O VEREDITO DE CHUMBO

MICHAEL CONNELLY
O VEREDITO DE CHUMBO

Tradução
Cássio de Arantes Leite

2ª edição

Copyright © 2008 by Hieronymus, Inc.

Esta edição foi publicada por acordo com a Little, Brown and Company, Nova York, Nova York, EUA.
Todos os direitos reservados.
Logo Netflix e "O poder e a lei" © Netflix 2022. Usado mediante autorização.

Grafia atualizada segundo o Acordo Ortográfico da Língua Portuguesa de 1990, que entrou em vigor no Brasil em 2009.

Título original
The Brass Verdict

Capa
Mateus Valadares

Imagem de capa
Tadashi Miwa/ Getty Images

Revisão
Camila Saraiva
Julian F. Guimarães

Dados Internacionais de Catalogação na Publicação (CIP)
(Câmara Brasileira do Livro, SP, Brasil)

Connelly, Michael
    O veredito de chumbo / Michael Connelly ; tradução Cássio de Arantes Leite. — 2ª ed. — Rio de Janeiro : Suma, 2022.

    Título original: The Brass Verdict.
    ISBN 978-85-5651-153-9

    1. Ficção norte-americana I. Título.

22-114597   CDD-813

Índice para catálogo sistemático:
1. Ficção : Literatura norte-americana   813

Eliete Marques da Silva – Bibliotecária – CRB-8/9380

[2022]
Todos os direitos desta edição reservados à
EDITORA SCHWARCZ S.A.
Praça Floriano, 19, sala 3001 — Cinelândia
20031-050 — Rio de Janeiro — RJ
Telefone: (21) 3993-7510
www.companhiadasletras.com.br
www.blogdacompanhia.com.br
facebook.com/editorasuma
instagram.com/editorasuma
twitter.com/Suma_BR

Em memória de Terry Hansen e Frank Morgan

PARTE UM
NAS CORDAS 1992

1

Todo mundo mente.
A polícia mente. Os advogados mentem. As testemunhas mentem. As vítimas mentem.

Um julgamento é uma competição para ver quem mente mais. E todo mundo no tribunal sabe disso. O juiz sabe. Até o júri sabe. Os jurados entram no prédio sabendo que vão ouvir um monte de mentiras. Eles sentam em seus lugares na bancada e aceitam ouvir mentiras.

O segredo para quem está sentado à mesa da defesa é ter paciência. Esperar. Não por uma mentira qualquer. Mas por aquela que você pode agarrar e martelar como um ferro em brasa até transformar numa espada afiada. Depois usar a espada para rasgar o caso no meio e ver as tripas se esparramando pelo chão.

Esse é meu trabalho, forjar espadas. Afiar a lâmina. Usar a espada sem dó nem piedade. Ser honesto num lugar onde todo mundo mente.

2

Era o meu quarto dia de julgamento no Departamento 109 do Fórum Criminal, no centro, quando achei a mentira que ia usar para estripar aquele caso. Meu cliente, Barnett Woodson, encarava duas acusações de assassinato que o levariam direto à salinha cinza-chumbo de San Quentin, onde eles dão de graça a agulha para sua última *bad trip*.

    Woodson, um traficante de drogas de vinte e sete anos de Compton, era acusado de roubar e matar dois estudantes universitários de Westwood. Eles o haviam procurado para comprar cocaína. Em vez de entregar a droga, ele decidiu pegar o dinheiro e matar os caras com uma espingarda de cano serrado. Ou ao menos foi o que a promotoria disse. Era o tipo do crime preto no branco e isso deixava as coisas bastante ruins para Woodson — principalmente por ter acontecido apenas quatro meses após os tumultos que deixaram a cidade de pernas pro ar. Mas o que tornava a situação ainda pior era que o assassino tinha tentado ocultar o crime amarrando pesos nos corpos e jogando os dois no reservatório de Hollywood. Eles ficaram submersos por quatro dias, então voltaram à tona como duas maçãs num barril. Maçãs podres. A ideia de cadáveres se deteriorando num reservatório que era uma fonte primária de água potável para a cidade deu um nó coletivo no estômago da população. Quando os registros telefônicos ligaram Woodson aos dois rapazes mortos e ele foi preso, a indignação pública contra ele era quase palpável. O Gabinete da Promotoria anunciou que tentaria a pena de morte.

    O processo contra Woodson, porém, não era assim tão palpável. Foi montado em grande parte com base em provas circunstanciais — os registros telefônicos — e no depoimento de testemunhas que eram, também, criminosas. E, à frente de todos, o testemunho de Ronald Torrance. Segundo ele, Woodson lhe confessara o crime.

Torrance ocupara o mesmo andar que Woodson na Men's Central Jail, o centro de detenção masculino em Los Angeles. Os dois eram mantidos em um módulo de segurança máxima com dezesseis celas individuais em dois níveis que abriam para uma área comunitária. Na época, todos os dezesseis prisioneiros no módulo eram negros, segundo o procedimento rotineiro, mas questionável, de "segregar para proteger", o que implicava a divisão dos prisioneiros de acordo com raça e afiliação a gangue, evitando assim confrontos e violência. Torrance aguardava julgamento sob as acusações de roubo e crime doloso originadas de seu envolvimento nos saques durante os tumultos. Os detidos na segurança máxima tinham acesso à área comunitária das seis da manhã às seis da tarde, onde sentavam às mesas para comer, jogar cartas e interagir sob os olhares atentos dos guardas nas cabines de vidro elevadas. Segundo Torrance, foi numa dessas mesas que meu cliente confessou ter matado os dois rapazes de Westside.

A promotoria fez o melhor que pôde para tornar Torrance apresentável e digno de credibilidade perante o júri, que contava com apenas três membros negros. Estava barbeado, o cabelo cortado curto, sem as trancinhas estilo *cornrow*, e vestido com um terno azul-claro sem gravata quando chegou ao tribunal no quarto dia do julgamento de Woodson. Em um testemunho direto extraído por Jerry Vincent, o promotor, Torrance descreveu a conversa que supostamente tivera com Woodson certa manhã em uma das mesas. Woodson não apenas confessou os crimes, ele disse, como também forneceu vários detalhes impressionantes dos assassinatos. A intenção era deixar claro para o júri que só o verdadeiro assassino poderia saber de tantos detalhes.

Durante o depoimento, Vincent manteve Torrance na rédea curta com perguntas longas e planejadas para obter respostas sucintas. As questões eram sobrecarregadas ao ponto de conduzir a testemunha, mas não me dei o trabalho de objetar, nem mesmo quando o juiz Companioni olhou para mim com as sobrancelhas erguidas, praticamente me pedindo para intervir. Mas não protestei, pois eu queria estabelecer o contraste. Queria que o júri percebesse o que a promotoria estava fazendo. Quando chegasse minha vez, deixaria Torrance falar à vontade nas respostas, me preparando para a hora de puxar a espada.

Vincent terminou sua inquirição às onze da manhã, e o juiz me perguntou se eu gostaria de parar para o almoço antes de começar com a testemunha. Eu disse que não, não precisava nem queria um intervalo. Disse algo sobre como estava revoltado e que não poderia esperar mais uma hora para me aproximar do homem no banco das testemunhas. Fiquei de pé e levei comigo para o atril uma grossa pasta de documentos e um bloco de anotações.

— Senhor Torrance, meu nome é Michael Haller. Trabalho na Defensoria Pública e represento Barnett Woodson. O senhor e eu já nos conhecemos?

— Não, senhor.

— Achei mesmo que não. Mas o senhor e o acusado, o senhor Woodson, já se conhecem há bastante tempo, correto?

Torrance deu aquele sorrisinho de "que bosta". Mas eu havia feito minha lição de casa sobre ele e sabia exatamente com quem estava lidando. O homem tinha trinta e dois anos de idade e passara um terço da vida atrás das grades, em cadeias e presídios. Seu grau de instrução era o quarto ano primário, quando largou a escola, e nem seu pai nem sua mãe pareceram notar ou se importar. Sob a lei de terceira reincidência vigente no estado, ele corria o risco de responder pelo conjunto da obra, caso fosse condenado pelas acusações de roubo e agressão com a coronha do revólver contra a dona de uma lavanderia automática. O crime fora cometido durante os três dias de tumultos e saques que tomaram conta da cidade após a absolvição dos três policiais acusados de uso de força excessiva contra Rodney King, um negro inicialmente detido por direção perigosa. Em resumo, Torrance tinha bons motivos para ajudar o estado a condenar Barnett Woodson.

— Bom, a gente se conhece faz uns meses só — disse Torrance. — Desde o módulo de segurança.

— O senhor disse "modo de segurança"? — perguntei, me fazendo de idiota. — Isso aí é alguma coisa de computador?

— Não, módulo de segurança máxima. Do município.

— Então o senhor está falando sobre uma cadeia, correto?

— Isso mesmo.

— Então o senhor está me dizendo que não conhecia Barnett Woodson antes disso?

Fiz a pergunta com um tom de surpresa na voz.

— Não, senhor. A gente se conheceu na cadeia.

Escrevi uma anotação no meu bloco, como se ele estivesse admitindo uma coisa muito importante.

— Então está certo, vamos fazer as contas, senhor Torrance. Barnett Woodson foi transferido para o módulo de segurança, onde o senhor já se encontrava desde o dia cinco de setembro deste ano. Você se lembra disso?

— Lembro, lembro dele quando chegou, é.

— E por que o senhor estava lá, no módulo de segurança?

Vincent se levantou e protestou, dizendo que eu estava voltando a um assunto que ele já havia abordado com a testemunha. Argumentei que eu procurava uma explicação mais detalhada sobre o encarceramento de Torrance e o juiz Companioni me permitiu prosseguir. Disse a Torrance para responder à pergunta.

— Como eu disse, uma acusação por agressão e outra por roubo.

— E esses supostos crimes aconteceram durante os tumultos, correto?

Com o clima antipolícia disseminado entre as minorias desde antes dos tumultos, eu brigara na seleção do júri para incluir o maior número possível de negros e gente de pele escura. Mas ali estava uma chance de trabalhar em cima dos cinco jurados brancos que a promotoria havia conseguido manter na relação. Eu queria mostrar a eles que o homem no qual a promotoria baseara grande parte de seu caso era um dos responsáveis pelas imagens a que eles haviam assistido em seus aparelhos de tevê, em maio último.

— É, eu estava lá, como todo mundo — respondeu Torrance. — A polícia sempre se safa muito fácil nessa cidade, se você quer saber.

Balancei a cabeça, como se concordasse.

— E sua reação à injustiça dos vereditos no caso do espancamento de Rodney King foi sair por aí, roubar uma senhora de sessenta e dois anos e deixá-la inconsciente, batendo nela com um latão de lixo? Está correto, senhor?

Torrance olhou para o promotor, depois para Vincent, depois para seu próprio advogado, sentado na primeira fileira da plateia. Tendo ou não ensaiado previamente uma resposta para essa pergunta, seus advogados não podiam ajudá-lo agora. Ele estava por conta própria.

— Não fiz nada disso — afirmou, finalmente.

— O senhor é inocente do crime de que é acusado?

— Isso mesmo.

— E quanto aos saques? O senhor não cometeu crime nenhum durante os tumultos?

Depois de uma pausa e outro olhar na direção do advogado, Torrance disse:

— Vou exercer o meu direito de ficar calado.

Eu já esperava. Então conduzi Torrance por uma série de perguntas feitas de modo que não tivesse outra escolha a não ser se incriminar ou se recusar a responder com base no direito ao silêncio. Finalmente, depois de optar pelo silêncio seis vezes, o juiz cansou da ladainha e me mandou voltar ao caso em questão. Relutante, concordei.

— Certo, certo, já chega de falar sobre sua pessoa, senhor Torrance — eu disse. — Vamos voltar ao senhor e ao senhor Woodson. O senhor tinha conhecimento dos detalhes sobre o duplo homicídio antes de conhecer o senhor Woodson na prisão?

— Não, senhor.

— Tem certeza? O caso recebeu um bocado de atenção.

— Eu tava na cadeia, cara.

— Não tem tevê nem jornal na cadeia?

— Eu não leio jornal e o aparelho de tevê tá quebrado desde que eu fui pra lá. A gente chiou pra caralho e falaram que iam consertar, mas não consertaram porra nenhuma.

O juiz advertiu Torrance sobre o linguajar e a testemunha se desculpou. Segui em frente.

— De acordo com os registros, o senhor Woodson chegou ao módulo de segurança no dia cinco de setembro e, segundo a publicação compulsória do estado, o senhor contatou a promotoria no dia dois de outubro para relatar a suposta confissão. Isso está correto para o senhor?

— É, parece que sim.

— Bom, mas não pra mim, senhor Torrance. O senhor está afirmando a este júri que um homem acusado de duplo homicídio e ameaçado de pena de morte confessou seu crime para um sujeito que conhecia havia menos de quatro semanas?

Torrance deu de ombros antes de responder.

— Foi isso que aconteceu.

— É o que o senhor diz. O que vai conseguir com a promotoria se o senhor Woodson for condenado por esses crimes?

— Sei lá. Ninguém me prometeu coisa nenhuma.

— Com sua ficha policial e as acusações que o senhor enfrenta agora, pode pegar mais de quinze anos de prisão se for condenado, correto?

— Não sei nada sobre isso.

— Não?

— Não, senhor. Quem cuida disso é o meu advogado.

— Ele não explicou que se o senhor não fizer alguma coisa a respeito pode ficar na prisão por um longo tempo?

— Ele não me falou nada.

— Entendo. O que o senhor pediu ao promotor em troca do seu testemunho?

— Nada. Eu não quero nada.

— Então o senhor está sentado aqui testemunhando porque acredita que é seu dever cívico, correto?

O sarcasmo em minha voz era evidente.

— Isso mesmo — respondeu Torrance, indignado.

Levantei a grossa pasta de documentos sobre o atril para que ele pudesse vê-la.

— O senhor reconhece esta pasta, senhor Torrance?

— Não. Não, não me lembro disso.

— Tem certeza de que já não viu isso antes, na cela do senhor Woodson?

— Eu nunca estive na cela dele.

— Tem certeza de que não entrou lá escondido e deu uma olhada nos documentos da publicação compulsória quando o senhor Woodson estava na área comunitária, nas duchas ou quem sabe até no tribunal, uma hora qualquer?

— Não, não entrei.

— Meu cliente tinha vários documentos da investigação relacionados ao processo em sua cela. Eles continham inúmeros detalhes como os que o senhor apresentou em testemunho essa manhã. Não acha isso suspeito?

Torrance fez que não com a cabeça.

— Não. Tudo que eu sei é que ele sentou lá na mesa e me contou o que tinha feito. O cara tava se sentindo péssimo com aquele negócio e resolveu se abrir comigo. Não é culpa minha se alguém vem chorar no meu ombro.

Balancei a cabeça, como que mostrando solidariedade com o fardo que Torrance carregava por ser um homem da confiança de outros — principalmente no caso de um duplo homicídio.

— Claro que não, senhor Torrance. Bem, pode dizer ao júri exatamente o que ele disse para o senhor? E nada daquelas frases telegráficas que usou quando o doutor Vincent estava fazendo as perguntas. Quero ouvir exatamente o que meu cliente disse. Repita as palavras dele, por favor.

Torrance fez uma pausa, como que buscando os acontecimentos na memória e ordenando os pensamentos.

— Bom — disse, enfim —, a gente tava sentado lá, os dois, sem mais ninguém, e ele simplesmente começou a falar como se sentia mal com o que tinha feito. Eu perguntei: "O que você fez?", e ele me contou sobre a noite em que matou os dois caras e como aquilo deixou ele maluco.

A verdade é curta. Mentiras são longas. Eu queria fazer Torrance abrir o bico por mais tempo, um negócio que Vincent conseguiu evitar com sucesso. Um dedo-duro de cadeia tem algo em comum com qualquer vigarista ou mentiroso profissional. Eles tentam esconder a tapeação com despistamentos e piadinhas. Embrulham suas mentiras com algodão. Mas no meio de toda essa fofura muitas vezes você encontra a chave para revelar a grande mentira.

Vincent protestou novamente, dizendo que a testemunha já havia respondido às perguntas que eu estava fazendo e que agora eu simplesmente o estava atormentando.

— Meritíssimo — respondi —, a testemunha está pondo uma confissão na boca de meu cliente. No que diz respeito à defesa, parece que o caso é exatamente sobre essa confissão. Seria negligência do tribunal não me permitir explorar inteiramente o conteúdo e o contexto de um testemunho tão prejudicial.

O juiz Companioni parecia concordar antes mesmo que eu terminasse a última frase. Ele negou o protesto de Vincent e pediu-me para prosseguir. Voltei a me dirigir à testemunha e falei com um tom de impaciência na voz.

— Senhor Torrance, o senhor continua sendo muito sucinto. O senhor alega que o senhor Woodson confessou os assassinatos. Se é assim, diga ao júri o que ele disse para o senhor. Quais foram as *exatas* palavras que ele disse quando confessou o crime?

Torrance balançou a cabeça como se só então percebesse o que eu estava pedindo.

— A primeira coisa que ele me disse foi "Cara, tô na pior". E aí eu disse "Qualé, meu bróder?". Ele disse que não conseguia parar de pensar naqueles caras. Eu não sabia do que ele tava falando porque, como eu disse, não tinha ouvido falar nada do caso, sabe como é? Daí eu disse "Que caras?", e ele disse "Os dois pretinhos que eu joguei no reservatório". Eu perguntei que história era aquela e daí ele me contou como tinha estourado os dois com uma espingarda e embrulhado os corpos em tela de galinheiro e tudo mais. Ele disse "Eu fiz uma cagada", e eu perguntei o que era. Ele disse "Eu devia ter pegado uma faca e aberto a barriga deles pra que não voltassem flutuando daquele jeito". E foi isso que ele me disse.

Com o canto do olho eu percebera Vincent se encolher todo no meio da longa resposta de Torrance. E eu sabia por quê. Enfiei a lâmina com cuidado.

— O senhor Woodson usou essa palavra? Ele chamou as vítimas de "pretinhos"?

— É, ele disse isso.

Hesitei conforme pensava como ia formular a frase seguinte. Eu sabia que Vincent estava pronto para protestar se eu desse a brecha. Eu não podia pedir a Torrance para interpretar. Eu não podia usar a expressão "por quê?" quando se tratava do significado do que Woodson dissera ou de sua motivação. Tudo isso podia dar margem a objeção.

— Senhor Torrance, na comunidade negra a palavra "pretinho" pode significar coisas diferentes, não pode?

— Pode crer.

— Isso quer dizer sim?
— É.
— O réu é afro-americano, correto?
Torrance riu.
— Pra mim parece.
— Assim como o senhor, correto?
Torrance começou a rir outra vez.
— Desde que eu nasci — ele disse.
O juiz bateu o martelinho uma vez e olhou para mim.
— Doutor Haller, isso é mesmo necessário?
— Peço desculpas, Meritíssimo.
— Por favor, prossiga.
— Senhor Torrance, quando o senhor Woodson usou essa palavra, como o senhor disse que ele fez, isso o deixou chocado?
Torrance esfregou o queixo enquanto pensava na pergunta.
— Na verdade, não.
— Por que o senhor não ficou chocado, senhor Torrance?
— Deve ser porque escuto isso o tempo todo, cara.
— De outros homens negros?
— É isso aí. E escuto gente branca falando, também.
— Certo, quando homens negros como o senhor usam essa palavra, como disse que o senhor Woodson fez, a quem estão se referindo?
Vincent protestou, dizendo que Torrance não podia falar a respeito do que outros homens estavam falando. Companioni deferiu a objeção e levei um momento para reelaborar o caminho para a resposta que eu queria.
— Ok, senhor Torrance — eu disse, finalmente. — Vamos falar só do senhor, então, ok? O senhor usa essa palavra de vez em quando?
— Acho que sim.
— Certo, e quando usou, a quem estava se referindo?
Torrance deu de ombros.
— Outros caras.
— Outros negros?
— Isso mesmo.
— Alguma vez o senhor se referiu a homens brancos como pretinhos?
— Não.
— Ok, e depois, o que o senhor achou que significava quando Barnett Woodson descreveu os dois homens que foram jogados no reservatório como pretinhos?

Vincent se mexeu na cadeira, assumindo a linguagem corporal de quem ia protestar, mas o gesto não se fez acompanhar por sua contrapartida verbal. Ele já devia saber que seria inútil. Eu conduzira Torrance por aquele caminho e agora ele estava no papo.

Torrance respondeu à pergunta.

— Entendi que eram negros e que ele tinha matado os dois.

Agora a linguagem corporal de Vincent mudava outra vez. Ele afundou um pouco em sua cadeira, pois se deu conta de que sua aposta de fazer um preso traíra sentar no banco das testemunhas fora um tiro pela culatra.

Olhei para o juiz Companioni. Ele também percebeu para onde aquilo estava indo.

— Meritíssimo, posso me aproximar da testemunha?

— Pois não — disse o juiz.

Fui até o banco das testemunhas e pus a pasta na frente de Torrance. Era tamanho ofício, gasta, laranja esmaecido — a cor usada pelas prisões do município para indicar documentos legais particulares que um interno tem autorização de portar.

— Ok, senhor Torrance, estou apresentando diante do senhor a pasta em que o senhor Woodson guarda documentos de publicação compulsória fornecidos a ele na cadeia pelos seus advogados. Vou perguntar mais uma vez: o senhor reconhece isso?

— Já vi muita pasta cor de laranja no módulo de segurança. Não quer dizer que era justo essa aí.

— Está dizendo que nunca viu o senhor Woodson com essa pasta?

— Não lembro direito.

— Senhor Torrance, o senhor ficou com o senhor Woodson no mesmo módulo por trinta e dois dias. Testemunhou que ele confiou no senhor e fez uma confissão. Está dizendo que nunca o viu com essa pasta?

De início ele não respondeu. Eu o encurralara num canto de onde não tinha como sair. Esperei. Se continuasse a afirmar que nunca tinha visto a pasta, então sua alegação de uma confissão de Woodson seria suspeita aos olhos do júri. Se finalmente admitisse estar familiarizado com a pasta, então abriria uma enorme porta para mim.

— Eu quero dizer é que eu vi ele com essa pasta, mas nunca olhei o que tinha dentro.

Pronto. Estava no papo.

— Então vou pedir ao senhor para pegar a pasta e dar uma examinada.

A testemunha seguiu minha instrução e olhou a pasta de um lado e do outro. Voltei para o atril, dando uma relanceada em Vincent no caminho. Estava olhando para baixo e tinha o rosto pálido.

— O que viu quando abriu a pasta, senhor Torrance?

— De um lado tem umas fotos de dois corpos no chão. Tá grampeado ali... as fotos, quer dizer. E do outro é um monte de documento, relatório, essas coisas.

— Pode fazer o favor de ler o primeiro documento aí do lado direito? Leia a primeira linha do sumário, só isso.

— Não, não sei ler.

— Não sabe ler nem um pouco?

— Não mesmo. Não aprendi.

— Pode ler alguma palavra perto desses textos marcados no alto do sumário?

Torrance baixou os olhos para a pasta e suas sobrancelhas se juntaram de concentração. Eu sabia que havia sido testado em sua última passagem pela prisão para determinar seu grau de instrução, e o resultado foi o mais baixo mensurável — inferior ao segundo ano primário.

— Não dá — ele disse. — Eu não sei ler.

Fui rapidamente até a mesa da defesa e apanhei outra pasta e uma caneta hidrográfica em minha maleta. Voltei até o atril e rapidamente escrevi a palavra CAUCASIANO no lado de fora da pasta, em grandes letras maiúsculas. Ergui a pasta de modo que Torrance, assim como o júri, pudesse ver.

— Senhor Torrance, essa é uma das palavras circuladas no sumário. Consegue ler essa palavra?

Vincent se levantou na mesma hora, mas Torrance já estava abanando a cabeça, com uma aparência humilhada. Vincent protestou contra a evidência carente de fundamentação apropriada e Companioni deferiu. Eu esperava que ele fizesse isso. Só estava preparando o terreno para meu movimento seguinte diante do júri, e eu tinha certeza de que a maioria vira a testemunha fazendo não com a cabeça.

— Ok, senhor Torrance — eu disse. — Vamos passar ao outro lado da pasta. Pode descrever os corpos nas fotos?

— Ahn, dois homens. Parece que abriram uma tela de galinheiro e uma espécie de lona e estão deitados nela. Tem um monte de policial investigando e tirando foto.

— Qual a raça dos homens na lona?

— Pretos.

— O senhor já viu essas fotos antes, senhor Torrance?

Vincent se levantou para protestar contra minha pergunta, por já ter sido feita e respondida anteriormente. Mas foi o mesmo que tentar erguer a mão para deter uma bala. O juiz olhou feio para ele e o mandou voltar a sentar. Foi o modo que encontrou para dizer ao promotor que era melhor ficar quietinho na cadeira e aguentar o tranco. Se você arranja um mentiroso para ocupar o banco das testemunhas, também tem que ficar com cara de otário na hora em que a máscara cair.

— Pode responder à pergunta, senhor Torrance — eu disse, depois que Vincent sentou. — Já viu essas fotografias antes?

— Não, senhor, só tô vendo agora.

— Concorda que as fotos mostram o que o senhor descreveu para nós um pouco antes? Que são os corpos de dois homens negros assassinados?

— É o que parece. Mas eu não tinha visto essa foto antes, só sabia o que ele me contou.

— Tem certeza?

— Como eu ia esquecer um negócio desses?

— O senhor contou que o senhor Woodson confessou ter matado dois homens negros, mas ele está sendo julgado pelo assassinato de dois homens brancos. Não concorda que tudo leva a crer que ele não confessou nada para o senhor, afinal de contas?

— Não, ele confessou. Ele me disse que matou esses dois aí.

Olhei para o juiz.

— Meritíssimo, a defesa pede que a pasta diante do senhor Torrance seja admitida como prova número um da defesa.

Vincent protestou com base em carência de fundamentação, mas Companioni indeferiu.

— A evidência será admitida e vamos deixar o júri decidir se o senhor Torrance viu ou não as fotografias e os conteúdos da pasta.

Aproveitei o embalo e fui com tudo.

— Obrigado — disse. — Meritíssimo, agora talvez seja uma boa hora também para a promotoria voltar a instruir sua testemunha e orientá-la sobre a pena por perjúrio.

Era apenas um gesto teatral visando conquistar o júri. Eu esperava continuar com Torrance e estripá-lo com a lâmina de sua própria mentira. Mas Vincent se levantou e pediu ao juiz que o tribunal entrasse em recesso para ele poder conferenciar com o advogado do réu.

Isso me fez perceber que eu havia acabado de salvar a vida de Barnett Woodson.

— A defesa não faz objeção — eu disse ao juiz.

3

Depois que o júri saiu em fila da bancada, voltei para a mesa da defesa enquanto o oficial vinha algemar meu cliente e levá-lo de volta à cela do tribunal.

— Esse cara é um puta mentiroso do caralho — Woodson sussurrou para mim. — Eu não matei preto nenhum. Foram dois brancos.

Eu só esperava que o oficial do tribunal não tivesse ouvido aquilo.

— Por que não fecha a boca, porra — sussurrei de volta na mesma hora. — E da próxima vez que encontrar o puta mentiroso do caralho na cadeia você aperta a mão dele. Porque é graças às mentiras dele que a promotoria vai ter que esquecer a pena de morte e fazer acordo. Eu volto pra te contar o que aconteceu assim que eu souber.

Woodson balançou a cabeça de um jeito dramático.

— É, bom, eu não quero mais saber de acordo nenhum. A porra da testemunha tava mentindo, cara. Esse processo já devia ter ido pro lixo. A gente pode ganhar essa merda, Haller. Não faz acordo nenhum, não.

Fiquei olhando para Woodson por um instante. Eu acabara de salvar sua vida, mas ele queria mais. Estava achando que tinha esse direito porque o estado não jogara limpo — aos diabos com a responsabilidade pelos dois rapazes que acabara de confessar ter matado.

— Não cresce muito o olho, Barnett — eu disse. — Eu volto com novidades assim que der.

O oficial o conduziu pela porta de aço que levava ao anexo de celas do tribunal. Fiquei observando enquanto ele era levado. Eu não me iludia com

Barnett Woodson. Nunca perguntara diretamente, mas sabia que tinha matado aqueles dois do Westside. Isso não era da minha conta. Meu papel era pôr à prova o processo que o poder público montara contra ele usando toda minha capacidade — era assim que o sistema funcionava. Eu havia feito isso e conseguira minha espada. Agora ia usá-la para melhorar significativamente a situação, mas o sonho de Woodson de se safar com aqueles dois corpos que haviam ficado pretos na água era improvável. Talvez ele não entendesse isso, mas seu defensor público subestimado e mal remunerado sem dúvida entenda.

Depois que a sala do tribunal ficou vazia, Vincent e eu paramos, olhando para a cara um do outro, cada um de sua mesa.

— E aí — eu disse.

Vincent balançou a cabeça.

— Primeira coisa — ele disse. — Quero deixar bem claro que eu não sabia de jeito nenhum que o Torrance tava mentindo.

— Claro.

— Pra que eu ia sabotar meu próprio caso desse jeito?

Fiz um gesto com a mão para que parasse com o mea-culpa.

— Olha, Jerry, nem começa. Eu falei pra você na audiência preliminar que o cara tinha passado a mão no material compulsório que o meu cliente tinha na cela dele. Questão de bom senso. Meu cliente nunca ia dizer porra nenhuma pro seu, um perfeito estranho, e todo mundo sabia disso, menos você.

Vincent fez que não com a cabeça enfaticamente.

— Eu não sabia, Haller. Ele se apresentou, foi examinado por um dos nossos melhores investigadores, e não acharam nenhum indício de mentira, por mais improvável que pudesse ter sido o seu cliente ter conversado com ele.

Dei uma risada nem um pouco amistosa.

— "Conversado com ele" não, Jerry. *Confessado pra ele*. Um pouquinho diferente. Então acho melhor você dar uma repensada nesse investigador supercompetente seu, porque ele não vale o salário que a gente paga pra ele.

— Olha, ele disse que o cara não sabia ler, então não tinha como ele ter conseguido saber o que sabia pela publicação compulsória. Ele não tinha mencionado as fotos.

— Exatamente, e é por isso que você devia procurar um novo investigador. E eu vou te dizer uma coisa, Jerry. Eu normalmente sou bem razoável com esse tipo de coisa. Eu sempre tento ficar numa boa com o Gabinete da Promotoria. Mas eu tinha avisado sobre esse cara. Então depois do recesso eu vou tirar as tripas dele ali no banco e só o que você vai poder fazer é sentar e assistir.

Já estava soltando fumaça de tanta raiva, e um bocado disso era sincero.

— Isso se chama *rope a dope*, Muhammad Ali, cara. Você vai pras cordas, se faz de morto, cansa o oponente e depois acaba com o otário. Mas quando eu tiver terminado com o Torrance, ele não vai ser o único que vai ficar com cara de otário. O júri vai perceber: ou vocês sabiam que o cara era um mentiroso, ou vocês foram burros demais pra notar. De um jeito ou de outro, vocês não ficam bem no final da história.

Vincent olhou sem expressão para a mesa da promotoria e ajeitou calmamente as pastas do processo diante de si. Falou em voz baixa.

— Eu ia preferir se você não interrogasse mais a testemunha — ele disse.

— Ótimo. Então, para de negar, corta essa babaquice e me dá um acordo que eu possa...

— Eu esqueço a pena de morte. Vinte e cinco sem condicional.

Fiz que não com a cabeça sem titubear.

— Isso não vai servir. A última coisa que Woodson disse antes de levarem ele foi que ele queria ir até o fim, ia pagar pra ver. Pra ser exato, ele disse: "A gente pode ganhar desse filho da puta". E acho que ele tem razão.

— Então o que você quer, Haller?

— Quinze no máximo. Acho que esse peixe eu consigo vender pra ele.

Vincent negou enfaticamente.

— De jeito nenhum. Vão me pôr pra fichar vendedor de droga outra vez se eu deixar esses dois assassinatos a sangue-frio só por isso. O melhor que eu posso oferecer é vinte e cinco com condicional. Mais nada. Pela lei hoje dá pra sair em dezesseis, dezessete anos. Nada mal pro que ele fez, matar os dois daquele jeito.

Olhei para ele, tentando ler seu rosto, ver se traía alguma expressão. Resolvi acreditar que aquela era a melhor oferta que faria. E tinha razão, não era um acordo ruim pelo que Barnett Woodson fizera.

— Não sei não — falei. — Acho que ele disse pra ir até o fim.

Vincent balançou a cabeça e olhou para mim.

— Mas é esse peixe que você vai ter que vender pra ele, Haller. Porque se eu baixar mais que isso e você continuar com a inquirição, minha carreira na promotoria já era.

Agora eu hesitei antes de responder.

— Peraí um minuto, o que você tá dizendo, Jerry? Que eu tenho que limpar essa cagada toda que você aprontou? Eu pego você com as calças na mão e é *o meu cliente* que leva no rabo?

— Estou dizendo que é uma oferta justa pra um sujeito culpado até o último fio de cabelo. Mais do que justa. Vai lá e faz sua mágica, Mick. Convence ele. Nós dois sabemos que você não vai ficar muito tempo na Defensoria

Pública. Pode ser que você precise de algum favor um dia quando estiver por aí nesse mundo cruel sem nenhum salário certo entrando no bolso.

Olhei para a cara dele, entendendo o toma lá dá cá da oferta. Eu o ajudo e em algum momento no futuro ele me ajuda, e Barnett Woodson fica um ou dois anos a mais atrás das grades.

— Ele vai ter sorte se durar cinco anos lá dentro, quanto mais vinte — disse Vincent. — Que diferença faz pra ele? Mas você e eu? A gente pode ir longe, Mickey. A gente pode ajudar um ao outro.

Assenti com a cabeça vagarosamente. Vincent era apenas alguns anos mais velho do que eu, mas estava tentando bancar o sujeito sábio e vivido.

— O problema, Jerry, é que se eu fizesse isso que você está sugerindo, eu nunca mais conseguiria olhar nos olhos de outro cliente. Acho que eu é que ia acabar com cara de otário.

Fiquei de pé e juntei minhas pastas. Meu plano era voltar lá e dizer a Barnett Woodson que pagasse pra ver e deixasse o resto comigo.

— A gente se vê depois do recesso — eu disse.

E fui embora.

PARTE DOIS
SUITCASE
CITY

2007

4

A semana nem bem começara e Lorna Taylor já estava ligando para saber como eu estava. Normalmente, ela esperava pelo menos até quinta-feira. Terça, nunca. Atendi o telefone achando que fosse mais uma ligação de rotina.
— Lorna?
— Mickey, por onde você andou? Te liguei a manhã inteira.
— Eu fui dar uma corrida. Acabei de sair do chuveiro. Tudo bem com você?
— Comigo tudo bem. E você?
— Tudo bem. O qu...?
— A juíza Holder quer ver você agora mesmo. Ela está te procurando... já faz uma hora.

Isso me deixou paralisado.
— Sobre o quê?
— Sei lá. Só sei que primeiro a Michaela ligou, depois foi a juíza em pessoa. É difícil acontecer um negócio desses. Ela queria saber por que você não estava atendendo.

Eu sabia que Michaela era Michaela Gill, a assistente da juíza. E Mary Townes Holder era a presidente do Superior Tribunal de Los Angeles. O fato de ter ligado pessoalmente dava a entender que dificilmente se tratava de um convite para a festa anual do judiciário. Mary Townes Holder não ligava para advogados se não houvesse um bom motivo.
— O que você disse pra ela?
— Só disse que você não tinha audiência hoje e que podia estar no golfe.
— Eu não jogo golfe, Lorna.

— Olha, eu não consegui pensar em mais nada.

— Tudo bem, eu ligo pra juíza. Me dá o número.

— Mickey, ligar, não. Vai lá. A juíza quer ver você *na sala dela*, no tribunal. Ela deixou isso bem claro e não quis me dizer por quê. Então vai logo.

— Ok, estou indo. Só preciso me vestir.

— Mickey?

— O que foi?

— Está tudo bem de verdade?

Eu sabia interpretar a pergunta. Sabia o que ela queria dizer. Ela não queria que eu aparecesse diante de um magistrado se não estivesse de fato preparado para isso.

— Não se preocupe, Lorna. Está tudo bem. Vou ficar bem.

— Ok. Me liga e diz o que está acontecendo assim que você puder.

— Não se preocupe. Eu ligo.

Desliguei o telefone, com a sensação de que estava recebendo ordens de minha esposa, não de minha ex-esposa.

5

Como presidente do Superior Tribunal de Los Angeles, a juíza Mary Townes Holder executava a maior parte de seu trabalho a portas fechadas. Seu tribunal era usado ocasionalmente para audiências de emergência sobre requerimentos, mas raramente para julgar um processo. O trabalho era feito longe das vistas do público. Dentro de seu gabinete. O cargo dizia respeito em grande parte à administração do sistema judiciário no município de Los Angeles. Mais de duzentas e cinquenta varas e quarenta fóruns estavam sob sua jurisdição. Toda convocação de júri que chegava pelo correio tinha o nome dela escrito, e todas as vagas reservadas de estacionamento em cada um dos fóruns dependiam de sua aprovação. Ela nomeava juízes tanto em termos geográficos como segundo a área do direito — criminal, cível, juvenil e família. Quando juízes eram recém-eleitos para o tribunal, a juíza Holder decidia se iriam para Beverly Hills ou Compton, e se cuidariam de casos envolvendo grandes litígios financeiros em um tribunal de alçada civil ou casos de divórcio emocionalmente exaustivos em um tribunal de família.

Eu me vestira rapidamente com o que considerava meu terno da sorte. Era um italiano importado de Corneliani que eu costumava usar em dias de julgamento. Como não comparecia a um tribunal fazia um ano, nem participava de um julgamento havia ainda mais tempo, tive de tirá-lo de um saco plástico pendurado nos fundos do armário. Depois disso voei para o centro sem demorar nem mais um segundo, imaginando que eu que podia estar a caminho de um julgamento de algum tipo. No carro, minha mente percorria velozmente os casos e clientes que deixara para trás um ano antes. Até onde sabia, nada permanecera em aberto ou engavetado. Mas talvez alguma queixa tivesse sido apresentada, ou podia ser que a juíza houvesse escutado algum disse me disse no tribunal e estivesse conduzindo sua própria investigação. Fosse como fosse, entrei no gabinete de Holder tremendo um pouco. Ser convocado por um juiz normalmente não era boa coisa; uma convocação da presidente do tribunal era ainda pior.

O tribunal estava às escuras e a cadeira da assistente junto à bancada da juíza, vazia. Passei pela portinhola e me encaminhava ao corredor dos fundos quando a porta abriu e a assistente surgiu. Michaela Gill era uma mulher bem-apessoada que lembrava minha professora do terceiro ano. Mas ela não esperava encontrar um homem se aproximando do outro lado quando abriu a porta. Levou um susto e quase deixou escapar um grito. Identifiquei-me rapidamente antes que ela pudesse correr e apertar o botão de alarme na bancada do juiz. Ela respirou fundo e então me conduziu à juíza sem mais demora.

Andei pelo corredor e encontrei a juíza sozinha no gabinete, trabalhando em uma enorme mesa de madeira escura e maciça. Sua toga preta pendia de um cabide em um canto. Ela vestia um terno bordô de corte conservador. Era uma cinquentona atraente e esbelta, de cabelos castanhos curtos sem nenhum toque de extravagância.

Era a primeira vez que eu encontrava a juíza Holder pessoalmente, mas já ouvira falar dela. Havia atuado como promotora pública por vinte anos antes de ser nomeada por um governador conservador. Cuidava de casos criminais, julgara alguns dos mais importantes e era conhecida por imputar as penas mais altas. Consequentemente, fora lembrada com facilidade pelo eleitorado após seu primeiro mandato. Havia sido eleita presidente do tribunal quatro anos antes e permanecera no cargo desde então.

— Doutor Haller, obrigado por vir — ela disse. — Fico feliz que sua secretária finalmente o tenha encontrado.

Havia um tom de impaciência, quando não de petulância, em sua voz.

— Na verdade não é minha secretária, Excelência. Mas ela me achou. Desculpe a demora.

— Bom, o importante é que o senhor está aqui. Acho que nunca nos encontramos antes, não é?

— Acho que não.

— Sabe, isso vai entregar minha idade, mas o fato é que já estive em um tribunal contra seu pai, uma vez. Foi um dos últimos casos dele, eu acho.

Tive de repensar minha estimativa de sua idade. Ela tinha de ter no mínimo sessenta para ter participado de um julgamento com meu pai.

— Eu era na verdade a terceira assistente da Defensoria Pública, recém-saída da Universidade do Sul da Califórnia e verde que só vendo. Era para ganhar um pouco de experiência participando de um julgamento. Em um caso de homicídio, eu estava incumbida de interrogar uma das testemunhas. Me preparei uma semana para a inquirição e seu pai destruiu o sujeito em dez minutos. A gente ganhou o caso, mas nunca esqueci a lição. Esteja preparada para tudo.

Concordei com a cabeça. Ao longo dos anos eu conhecera inúmeros advogados mais velhos que tinham histórias de Mickey Haller pai para contar. Já eu mesmo tinha poucas. Antes que pudesse perguntar à juíza sobre o julgamento em que o conhecera, ela prosseguiu.

— Mas não foi por isso que chamei o senhor aqui — disse.

— Não achei que fosse, Excelência. Ao que parecia era alguma coisa... uma emergência?

— É. O senhor conhecia Jerry Vincent?

Fiquei sobressaltado na mesma hora com o tempo verbal que ela usou.

— Jerry? Claro, claro que conheço Jerry. O que tem ele?

— Ele está morto.

— Morto?

— Foi assassinado, pra falar a verdade.

— Quando?

— Na noite passada. Lamento.

Baixei os olhos para a identificação com o nome em sua escrivaninha. Um *Juíza M. T. Holder* gravado em letra cursiva em uma placa bidimensional de madeira com um martelinho, uma caneta-tinteiro e um vidro de nanquim.

— Vocês eram muito próximos? — ela perguntou.

Era uma boa pergunta e na verdade eu não sabia a resposta. Continuei de olhos baixos quando falei:

— A gente se enfrentou quando ele estava na promotoria e eu na defensoria. Nós dois largamos o serviço público para trabalhar por conta própria mais ou menos na mesma época e tínhamos cada um seu escritório particular. Ao longo dos anos a gente trabalhou em uns casos juntos, uns dois julgamentos de entorpecentes, e a gente meio que cobria um ao outro quando precisava. Às vezes ele passava pra mim algum caso em que não queria se envolver.

Eu tivera um relacionamento exclusivamente profissional com Jerry Vincent. De vez em quando nos encontrávamos para uma bebida no Four Green Fields ou íamos assistir a um jogo de beisebol no Dodger Stadium. Mas dizer que éramos amigos íntimos teria sido um exagero. Eu sabia pouco a seu respeito fora do âmbito jurídico. Ouvira qualquer coisa sobre um divórcio numa fofoca de tribunal, mas nunca sequer perguntara a respeito. Isso era informação pessoal, e não era da minha conta.

— O senhor parece esquecer, doutor, mas eu fazia parte da promotoria quando o doutor Vincent era um jovem promissor e ambicioso. Mas então ele perdeu um caso importante e sua estrela o abandonou. Foi depois disso que ele abriu um escritório particular.

Olhei para a juíza mas não disse nada.

— E ao que parece o senhor esqueceu sua própria atuação como advogado da defesa nesse caso — ela acrescentou.

Fiz que sim com a cabeça.

— Barnett Woodson. Consegui uma absolvição num caso de duplo homicídio. Ele saiu do tribunal e pediu desculpas para a imprensa, sarcástico, por ter se livrado da condenação de assassinato. Esfregou isso na cara da promotoria, o que praticamente acabou com a carreira de Jerry como promotor público.

— Então por que ele iria trabalhar com o senhor ou dar um caso na sua mão?

— Porque, Excelência, encerrando a carreira dele como promotor eu comecei sua carreira como advogado de defesa.

Parei por aí, mas isso não foi suficiente para ela.

— E?

— E alguns anos depois ele estava ganhando cinco vezes mais do que ganhava na promotoria. Um dia ele me ligou pra agradecer por abrir os olhos dele.

A juíza assentiu.

— Tudo se resumia a dinheiro. Era dinheiro que ele queria.

Dei de ombros, como que desconfortável em falar por um homem morto, e não respondi.

— O que aconteceu com seu cliente? — perguntou a juíza. — O que aconteceu com o homem que escapou de uma condenação por assassinato?

— Para ele a condenação teria sido melhor. Woodson foi morto por uns sujeitos atirando de um carro uns dois meses depois da absolvição.

A juíza balançou a cabeça outra vez, agora como se quisesse dizer: a justiça tarda mas não falha. Tentei trazer o foco da conversa de volta a Jerry Vincent.

— Não consigo acreditar nisso do Jerry. Sabe me dizer o que aconteceu?

— Não está claro. Parece que ele foi encontrado na noite passada dentro do carro na garagem do escritório dele. Morto com vários tiros. Me disseram que a polícia ainda está lá na cena do crime e que ninguém foi preso. Soube disso tudo por um repórter do *Times* que ligou para minha sala querendo saber o que vai acontecer agora com os clientes do doutor Vincent... principalmente Walter Elliot.

Eu entendia o que ela queria dizer. Nos últimos meses, ficara em uma bolha de vácuo, mas não tão à prova de ar que não tivesse ouvido falar sobre os assassinatos envolvendo o magnata do cinema. Era mais um de uma série de casos de grande repercussão que Vincent obtivera ao longo dos anos. A despeito do fiasco com Woodson, seu histórico de promotor bem-sucedido o catapultara de imediato à carreira de advogado criminal dos grandes casos. Ele não precisava ir atrás dos clientes; os clientes vinham à sua procura. E em geral eram clientes que podiam pagar ou diziam a que vinham, ou seja, apresentavam ao menos um dos seguintes atributos: podiam pagar uma grana preta para serem representados legalmente, eram claramente inocentes das acusações apresentadas contra eles ou eram obviamente culpados mas com a opinião pública e a simpatia popular do seu lado. Clientes aos quais ele podia se devotar e defender de corpo e alma, independentemente da acusação. Clientes que não o faziam se sentir sujo ao final do expediente.

E Walter Elliot se encaixava em pelo menos um desses atributos. Era o presidente/dono da Archway Pictures e um homem muito poderoso em Hollywood. Havia sido acusado de matar a esposa e seu amante num acesso de fúria ao pegar os dois juntos em uma casa de praia em Malibu. O episódio contou com todos os ingredientes, envolvendo sexo e celebridades, e atraiu ampla cobertura dos meios de comunicação. Funcionara como uma máquina publicitária para Vincent e agora a vaga estava aberta para quem viesse.

A juíza interrompeu meu devaneio.

— O senhor conhece o RPC trezentos e trinta? — ela perguntou.

Entreguei-me involuntariamente revirando os olhos para a pergunta.

— Ahn... não muito bem.

— Vou refrescar sua memória. É a seção do código de conduta profissional da ordem na Califórnia que se refere à transferência ou venda de uma carteira de clientes. Sem dúvida, nesse caso, estamos falando de uma transferência.

Ao que parece, o doutor Vincent o nomeou como substituto em seu contrato padrão de representação. Isso autorizava o senhor a cobri-lo quando houvesse necessidade e o incluía, se necessário, na relação advogado-cliente. Além do mais, descobri que ele entrou com um requerimento no tribunal há dez anos autorizando a transferência de clientes em caso de incapacitação ou falecimento. O requerimento nunca foi alterado ou atualizado, mas suas intenções não deixam dúvida.

Olhei para ela. Eu sabia a respeito da cláusula no contrato padrão de Vincent. Eu tinha a mesma no meu, com o nome dele. Mas eu me dava conta naquele momento de que o que a juíza me dizia era que agora os clientes de Jerry passavam para minhas mãos. Todos eles, inclusive Walter Elliot.

Isso, é claro, não significava que eu realmente ficaria com todos os casos. Todos os clientes eram livres para escolher outro advogado de sua preferência assim que fossem notificados do falecimento de Vincent. Mas significava que o primeiro candidato da lista seria eu.

Comecei a pensar. Fazia um ano que eu não tinha um cliente e o plano era recomeçar devagar, não com um carregamento completo como esse que eu aparentemente acabava de herdar.

— Mas — disse a juíza — antes que o senhor se anime demais com essa oportunidade, devo dizer que seria negligência de minha parte como presidente do tribunal não tomar todas as providências necessárias para assegurar que os clientes do doutor Vincent sejam realocados para um advogado proeminente e de capacitação a toda prova.

Agora eu entendia. Ela me chamara para explicar por que eu não seria designado para os clientes de Vincent. Ela se predispunha a ir contra os desejos do morto e indicar algum outro advogado, muito provavelmente um dos endinheirados contribuintes de sua última campanha de reeleição. Até onde me lembrava, eu não dera um tostão para seus cofres em todos esses anos.

Mas então a juíza me surpreendeu.

— Andei conversando com alguns juízes — ela disse — e sei que o senhor não exerce a advocacia há pelo menos um ano. Não encontrei qualquer explicação para isso. Antes de emitir uma notificação nomeando o senhor como advogado substituto nessa questão, preciso ter certeza de não estar entregando os clientes do doutor Vincent nas mãos do homem errado.

Balancei a cabeça, concordando, na esperança de ganhar tempo antes de precisar responder.

— Excelência, a senhora tem razão. De certa forma eu me afastei um pouco dos tribunais. Mas já estou me preparando para voltar à ativa.

— Por que o senhor se afastou?

Ela soltou a pergunta na lata, os olhos cravados nos meus e procurando qualquer indício de que eu poderia estar faltando com a verdade ao dar minha resposta. Falei com o maior cuidado.

— Excelência, tive um caso há alguns anos. O nome do cliente era Louis Roulet. Ele era...

— Me lembro do caso, doutor Haller. O senhor foi baleado. Mas, como disse, isso foi há alguns anos. Pelo que sei o senhor voltou a exercer a advocacia por algum tempo depois disso. Me lembro de algumas notícias de jornal sobre sua volta aos tribunais.

— Bom — eu disse —, o que aconteceu foi que voltei cedo demais. O tiro que levei foi na barriga, Excelência, eu devia ter ficado em repouso. Em vez disso, voltei o mais rápido que pude e quando me dei conta estava com dores e os médicos disseram que eu tinha uma hérnia. Então passei por uma cirurgia e houve umas complicações. Fizeram besteira. Comecei a sentir mais dor ainda e passei por outra cirurgia, e, bom, pra encurtar a história, fiquei de molho por um tempo. Da segunda vez, decidi que não ia voltar enquanto não estivesse cem por cento.

A expressão no rosto da juíza mostrava simpatia. Acho que fiz bem em não mencionar a parte da minha dependência de remédios e da temporada na clínica de reabilitação.

— O dinheiro não era problema — eu disse. — Eu tinha alguma coisa guardada e também recebi um pouco do seguro. Então não tive pressa em voltar. Mas estou pronto. Eu já estava prestes a comprar um espaço na quarta capa das Páginas Amarelas.

— Então imagino que herdar uma carteira de clientes completa é bastante conveniente, não é mesmo? — ela disse.

Não sabia o que responder à pergunta ou como reagir ao tom malicioso que ela usara.

— Tudo que posso dizer, Excelência, é que os clientes de Jerry Vincent estariam em boas mãos comigo.

A juíza assentiu, mas não me pareceu estar realmente de acordo. Entendi o sinal. Ela sabia de alguma coisa. E isso a incomodava. Talvez soubesse sobre a clínica.

— Segundo meus registros, o senhor foi repreendido em tribunal diversas vezes — ela disse.

Lá íamos nós outra vez. De volta à ameaça de entregar os casos para outro advogado. Provavelmente algum contribuinte de Century City para sua campanha que não saberia encontrar o caminho para um tribunal criminal nem se sua admissão no clube de golfe de Riviera dependesse disso.

— Tudo isso são águas passadas, Excelência. Foram só divergências sem importância, está tudo bem entre mim e a ordem dos advogados. Se ligar pra eles agora mesmo, tenho certeza de que vão dizer isso.

Ela ficou me encarando por um longo tempo antes de baixar os olhos para o documento na mesa diante de si.

— Muito bem, então — disse.

Rabiscou uma assinatura na última página do documento. Comecei a sentir uma palpitação de empolgação crescendo em meu peito.

— Aqui está uma notificação para a transferência dos clientes para o senhor — disse a juíza. — Talvez seja necessária quando for ao escritório dele. E deixe-me dizer uma coisa. Vou monitorar pessoalmente seu trabalho. Quero um inventário atualizado dos casos no começo da semana que vem. O andamento de cada um na lista de clientes. Quero saber quais clientes permanecerão com o senhor e quais vão procurar outra representação. Depois disso, vou querer atualizações quinzenais sobre todos os casos que estiverem sob sua responsabilidade. Estou sendo clara?

— Perfeitamente, Excelência. Por quanto tempo?

— Como?

— Por quanto tempo deseja esses relatórios quinzenais?

Ela me encarou e seu rosto ficou rígido.

— Até eu dizer ao senhor que basta.

Estendeu-me a ordem judicial.

— Pode ir agora, doutor Haller, e, se eu fosse o senhor, iria até lá e protegeria meus novos clientes de qualquer busca e apreensão ilegal de arquivos que a polícia pretenda fazer. Se houver algum problema, pode me procurar quando quiser. Escrevi aí na notificação o telefone de onde me encontrar fora do expediente.

— Certo, Excelência. Obrigado.

— Boa sorte, doutor Haller.

Levantei-me para deixar o gabinete. Quando cheguei à porta, dei uma olhada nela outra vez. Estava com a cabeça baixa, trabalhando no processo seguinte.

No corredor do tribunal, li o documento de duas páginas que a juíza havia me dado, para confirmar se o que acabara de acontecer era real.

Era. O documento em minhas mãos me designava como advogado substituto, pelo menos temporariamente, em todos os casos de Jerry Vincent. Ele me garantia acesso imediato ao escritório do advogado morto, e aos arquivos e contas bancárias em que os adiantamentos de seus clientes haviam sido depositados.

Peguei o celular e liguei para Lorna Taylor. Pedi para que procurasse o endereço do escritório de Jerry Vincent. Ela me passou o lugar e eu lhe disse para me encontrar por lá e levar dois sanduíches no caminho.

— Por quê? — ela perguntou.
— Porque ainda não almocei.
— Não, por que você está indo para o escritório de Jerry Vincent?
— Porque a gente voltou à ativa.

6

Eu estava no meu Lincoln, a caminho do escritório de Jerry Vincent, quando pensei em uma coisa e liguei de novo para Lorna Taylor. Como ela não atendeu, liguei para o celular e ela estava dirigindo.

— Vou precisar de um investigador. Por você tudo bem se eu ligar pro Cisco?

Ela hesitou antes de responder. Cisco era Dennis Wojciechowski, seu outro relacionamento significativo desde o ano anterior. Fora eu quem os apresentara ao usá-lo em um de meus casos. A última notícia que tinha era de que estavam morando juntos.

— Bom, por mim não tem problema você trabalhar com Cisco. Mas eu queria saber do que se trata tudo isso.

Lorna conhecera Jerry Vincent como uma voz no telefone. Era ela quem o atendia quando ele ligava para saber se eu podia substituí-lo numa audiência de sentença ou bancar a babá de um cliente durante uma citação. Não conseguia lembrar se haviam chegado a se conhecer pessoalmente. Eu pretendia dar a notícia frente a frente, mas as coisas estavam indo rápido demais para isso.

— Jerry Vincent está morto.

— O quê?

— Ele foi morto na noite passada e eu sou o primeiro candidato a herdar todos os casos dele. Incluindo Walter Elliot.

Ela ficou em silêncio por um bom tempo antes de responder.

— Meu Deus... Como? Ele era um cara tão legal.

— Não lembro se você chegou a conhecê-lo.

O quartel-general de Lorna era em seu condomínio em West Hollywood. Todas as minhas ligações e agendamentos passavam por ela. Se havia um escritório feito de tijolos e argamassa para a empresa de advocacia Michael Haller e Associados, então sua casa era ele. Mas não havia nenhum associado e, quando eu trabalhava, meu escritório era o banco de trás do meu carro. Isso dava a Lorna poucas oportunidades de se encontrar pessoalmente com qualquer um que eu representasse ou com quem me associasse.

— Ele foi ao nosso casamento, não lembra?

— É. Eu tinha esquecido.

— Não dá pra acreditar. O que aconteceu?

— Não sei. Holder disse que ele foi baleado na garagem do escritório. Pode ser que eu descubra alguma coisa quando chegar lá.

— Ele tinha família?

— Acho que era divorciado, mas não sei de filhos nem de nada disso. Acho que não.

Lorna não respondeu. Estávamos ambos ocupados com os próprios pensamentos.

— Deixa eu desligar e ligar pro Cisco — acabei dizendo. — Sabe o que ele está fazendo hoje?

— Não, ele não disse.

— Tudo bem, até mais.

— Que sanduíche você quer?

— Que caminho você está fazendo?

— Sunset.

— Passa no Dusty's e compra pra mim um daqueles sanduíches de peru com molho de cranberry. Já faz quase um ano que eu não como um desses.

— Pode deixar.

— E compra alguma coisa pro Cisco, pro caso de ele estar com fome.

— Tudo bem.

Desliguei e procurei o número de Dennis Wojciechowski na agenda de endereços que eu guardava dentro do console, no meio do carro. Eu tinha o celular dele. Quando ele atendeu, escutei uma mistura de vento e barulho de escapamento no telefone. Estava em sua moto e, ainda que eu soubesse que tinha um fone de ouvido com microfone ligado ao celular no interior do capacete, tive de berrar.

— É o Mickey Haller. Para em algum lugar.

Esperei e ouvi quando desligava o motor da Harley-Davidson 63.

— E aí, Mick? — perguntou quando não havia mais barulho. — Há quanto tempo, hein?

— Você precisa pôr um silenciador nesse escapamento, cara. Ou é ele que vai acabar pondo um silenciador na sua audição antes de você chegar aos quarenta.

— Já passei dos quarenta e estou ouvindo muito bem. O que aconteceu?

Wojciechowski era um investigador de defesa freelance que eu usara em alguns casos. Foi assim que conheceu Lorna, quando foi receber um pagamento. Mas eu já o conhecia havia mais de dez anos, por sua ligação com o Road Saints Motorcycle Club, um grupo para o qual eu atuara como advogado fixo por vários anos. Dennis nunca vestiu as cores do RSMC, mas era considerado um membro do clube. O grupo até o batizara com um apelido, em grande parte porque já havia um sócio chamado Dennis — conhecido, é claro, como Dennis Pimentinha — e seu sobrenome, Wojciechowski, era irritantemente difícil de pronunciar. Inspirados por sua tez escura e seu bigode, apelidaram-no de Cisco Kid. Ninguém deu bola para o fato de que era cem por cento polonês da parte sul de Milwaukee.

Cisco era um sujeito grandalhão e que impunha respeito, mas sempre andava de cara limpa na companhia dos Saints. Nunca fora fichado e isso se revelou compensador quando mais tarde entrou com o pedido de habilitação como investigador particular junto ao estado. Agora, muitos anos depois, os cabelos longos tinham ido embora e o bigode estava aparado e ficando grisalho. Mas o nome Cisco e uma queda por andar de Harleys clássicas fabricadas em sua cidade natal permaneceram, e ficarão por toda a vida.

Cisco era um investigador determinado e meticuloso. E também tinha mais uma qualidade. Era grande e forte e podia ser fisicamente intimidador, se necessário. Esse atributo podia ser de muita utilidade quando se precisava achar e lidar com o tipo de gente que orbita em torno de um caso criminal.

— Antes de mais nada, onde você está? — perguntei.

— Burbank.

— A trabalho?

— Não, só passeando. Por quê, você tem alguma coisa pra mim? Resolveu pegar um caso, finalmente?

— Um monte de casos. E vou precisar de um investigador.

Dei a ele o endereço do escritório de Vincent e lhe disse para me encontrar lá assim que pudesse. Eu sabia que Vincent teria usado uma equipe de investigadores ou apenas um em particular, e que talvez a gente perdesse um pouco de tempo enquanto Cisco corria para ficar a par dos casos, mas para mim isso não era problema. Eu queria um investigador em quem pudesse confiar e com quem já tivesse uma relação de trabalho. Também precisaria que Cisco começasse imediatamente, verificando os endereços de meus novos clientes. Minha experiência me mostrava que réus criminais nem sempre estão no lugar onde dizem que vão estar quando preenchem o formulário de cliente ao requisitar uma representação legal.

Depois de desligar o telefone me dei conta de que passara reto pelo prédio onde ficava o escritório de Vincent. Era na Broadway, perto da Third Street, e o trânsito estava pesado demais com carros e pedestres para que eu tentasse fazer a volta. Perdi dez minutos dando um jeito de retornar, parando em sinais vermelhos em cada esquina. Quando cheguei ao lugar certo, estava tão contrariado que tomei a decisão de contratar um motorista outra vez assim que possível, para que pudesse me concentrar nos casos, não nos endereços.

O escritório de Vincent ficava em um prédio de seis andares chamado simplesmente de Centro Jurídico. Por ser tão próximo dos principais fóruns do centro — tanto civis como criminais —, era cheio de advogados. Bem o tipo de lugar que a maioria dos tiras e médicos provavelmente desejaria ver implodir toda vez que ocorria um terremoto. Vi a entrada da garagem logo adiante e parei ao lado da cancela automática.

Quando estava apanhando meu tíquete de estacionamento, um policial uniformizado se aproximou do carro. Ele segurava uma prancheta.

— Senhor? O senhor tem negócios a tratar neste edifício?

— É por isso que estou parando aqui.

— O senhor poderia informar do que se trata?

— Eu é que pergunto do que se trata tudo isso, policial.

— Estamos no meio de uma investigação de cena do crime na garagem e preciso saber o que o senhor tem a fazer aí dentro antes de autorizar a entrada.

— Meu escritório é nesse prédio — eu disse. — Isso serve?

Não era exatamente mentira. Eu estava com a notificação da juíza Holder no bolso do paletó. Isso significava ter um escritório dentro do prédio.

A resposta pareceu bastar. O policial pediu para ver minha identidade e eu poderia ter argumentado que ele não tinha nenhum direito de exigir identificação, mas resolvi que não havia a menor necessidade de armar uma confusão por causa disso. Puxei a carteira e lhe mostrei o documento e ele escreveu meu nome e o número da carta de motorista em sua prancheta. Depois me deixou entrar.

— Nesse momento não é possível estacionar no segundo piso — disse. — Eles ainda não limparam a cena do crime.

Acenei e comecei a subir a rampa. Quando cheguei ao segundo andar, vi que não havia nenhum veículo parado, a não ser duas viaturas e um cupê BMW preto sendo puxado para a traseira de um guincho da polícia. O carro de Jerry Vincent, supus. Dois outros policiais uniformizados estavam nesse exato instante removendo a fita amarela usada para interditar o piso do estacionamento. Um deles fez um sinal para que eu seguisse em frente pela rampa. Não vi nenhum detetive por perto, mas a polícia ainda não ia liberar a cena do crime.

Continuei a subir e só encontrei uma vaga para estacionar o Lincoln no quinto andar. Mais um motivo para voltar a contratar um motorista.

O policial que eu procurava estava no segundo andar, na parte da frente do edifício. A porta de vidro opaco estava fechada, mas não trancada. Entrei em uma recepção com as poltronas vazias e um balcão atrás do qual havia uma mulher com os olhos vermelhos de choro. Falava ao telefone mas quando me viu pousou o aparelho sobre o balcão sem nem sequer dizer "um momento" para fosse lá quem estivesse no outro lado da linha.

— O senhor está com a polícia? — ela perguntou.

— Não, não estou — respondi.

— Então me desculpe, hoje o escritório está fechado.

Aproximei-me do balcão, tirando a notificação da juíza Holder do bolso interno do paletó.

— Não pra mim — eu disse, mostrando o documento.

Ela desdobrou os papéis e ficou olhando para eles, mas não parecia estar lendo. Notei que numa das mãos segurava um punhado de lenços de papel.

— O que é isso? — perguntou.

— Uma ordem judicial — eu disse. — Meu nome é Michael Haller e a juíza Holder me nomeou advogado substituto dos clientes do doutor Jerry Vincent. Isso quer dizer que vamos trabalhar juntos. Pode me chamar de Mickey.

Ela abanava a cabeça, como que afastando alguma ameaça invisível. Meu nome geralmente não carrega esse tipo de poder.

— Você não pode fazer isso. O senhor Vincent não ia querer.

Tirei os papéis de sua mão e voltei a dobrá-los. Comecei a enfiar o documento de volta no bolso.

— Na verdade, posso. A presidente do Superior Tribunal de Los Angeles me ordenou que fizesse isso. E se você examinar atentamente os contratos de representação que o doutor Vincent fez os clientes dele assinarem, vai descobrir que meu nome já consta deles, relacionado como advogado associado. Por isso, o que você acha que o doutor Vincent poderia querer não vem ao caso nesse momento, porque foi ele quem registrou esses documentos que me nomeavam como seu substituto em caso de incapacitação ou... morte.

A mulher estava com uma expressão desnorteada no rosto. A maquiagem pesada escorria sob um olho. Isso a deixava com um aspecto desarmônico, quase cômico. Por algum motivo a imagem de Liza Minnelli surgiu em minha mente.

— Se quiser, pode ligar pra assistente da juíza Holder e conversar sobre isso com ela — eu disse. — Enquanto isso, eu preciso começar o mais rápido possível por aqui. Sei que foi um dia muito duro pra senhora. Foi difícil pra mim também; eu conhecia Jerry desde o tempo em que ele tava na promotoria. Eu compartilho do seu luto.

Balancei a cabeça e olhei para ela, esperando uma resposta, mas ela permaneceu em silêncio. Continuei.

— Preciso de algumas coisas para começar. Antes de mais nada, a agenda dele. Quero fazer uma lista de todos os casos em aberto de que Jerry estava cuidando. Depois vou precisar que você traga os arquivos par...

— Levaram — ela disse de repente.

— O que levaram?

— O laptop dele. A polícia disse que a pessoa que o matou tirou a maleta dele do carro. Ele guardava tudo no laptop.

— Você quer dizer a agenda? Ele não tinha nenhuma cópia em papel?

— Levaram isso também. Levaram a pasta de elástico dele. Tava na maleta.

Seus olhos fitavam o vazio. Dei uma batidinha na tela do computador em sua mesa.

— E este computador? — perguntei. — Ele não tinha um backup da agenda em algum lugar?

Ela não disse nada, então repeti a pergunta.

— O Jerry não deixava um backup em algum outro lugar? Não tem como acessar?

Ela finalmente olhou para mim e pareceu sentir prazer ao responder.

— Eu não ficava com a agenda. Só ele. Ele arquivava tudo no laptop e guardava uma cópia em papel na velha pasta de elástico que ele carregava. Mas as duas coisas sumiram. A polícia me fez procurar por todo canto aqui, mas sumiram.

Meneei a cabeça, demonstrando compreensão. A agenda desaparecida ia ser um problema, mas nada insuperável.

— E as pastas dos casos? Tinha alguma na maleta?

— Acho que não. Ele mantinha todas as pastas aqui.

— Ok, certo. O que a gente vai ter que fazer é ir atrás de todos os casos em andamento e reconstruir a agenda a partir dessas pastas. Também vou precisar ver qualquer livro-razão ou talões de cheque pertencentes à conta-caução e à conta de movimentação.

Ela me fuzilou com o olhar.

— O senhor nem sonhe em pegar o dinheiro dele.

— Não é…

Parei, respirei fundo e comecei de novo em um tom de voz calmo mas direto.

— Antes de mais nada, minhas desculpas. Estou pondo o carro na frente dos bois. Não sei nem o seu nome ainda. Vamos começar outra vez. Qual é o seu nome?

— Wren.

— Wren? Wren do quê?

— Wren Williams.

— Ok, Wren, deixa eu explicar uma coisa. Não é dinheiro dele. É dinheiro dos clientes, e enquanto eles não afirmarem o contrário, esses clientes são agora meus clientes. Está entendendo? Bom, eu já disse antes que estou ciente do grande abalo emocional que foi o dia e do choque pelo qual você está passando. Eu também estou passando por isso, de certo modo. Mas você precisa decidir imediatamente se está do meu lado ou contra mim, Wren. Porque se estiver comigo, vou precisar que pegue as coisas que eu pedi pra você. E vou precisar que trabalhe com minha gerente administrativa quando ela chegar. Se estiver contra mim, então vou precisar que vá para casa agora mesmo.

Ela lentamente fez que não com a cabeça.

— Os detetives me disseram que era pra eu esperar até eles terminarem.

— Que detetives? Só tinham sobrado uns policiais uniformizados quando entrei aqui com o meu carro.

— Os detetives no escritório do senhor Vincent.

— Você deix…

Não terminei. Contornei o balcão e me dirigi a duas portas diferentes que havia na parede do fundo. Escolhi a da esquerda e abri.

Era o escritório de Jerry Vincent. Uma sala ampla, luxuosa e vazia. Girei, descrevendo um círculo completo até me pegar encarando os olhos esbugalhados de um enorme peixe preso na parede, acima de um armário escuro de madeira junto à porta pela qual eu entrara. O peixe era de um verde muito bonito, com uma barriga branca. Seu corpo se arqueava como que congelado bem no momento em que pulava para fora da água. A boca estava tão aberta que dava para enfiar o punho ali dentro.

Presa à parede sob o peixe havia uma placa de chumbo. A inscrição dizia:

SE EU TIVESSE FICADO DE BOCA FECHADA
NÃO ESTARIA AQUI

Sábias palavras, pensei. A maioria dos acusados de crime ia parar na prisão por falar demais. Poucos saíam por falar de menos. O melhor e mais simples conselho que já dei a qualquer cliente meu é: fique de boca calada, só isso. Não converse com ninguém sobre seu caso, nem mesmo com sua esposa. Se quiser trocar ideia com alguém, troque ideia com você mesmo. Fique de boca calada e viva para brigar em um novo dia.

O som inconfundível de uma gaveta de metal rolando nas roldanas e depois batendo com estrépito me fez voltar a andar pela sala. Do outro lado havia mais duas portas. Ambas estavam entreabertas e por uma delas dava para ver um banheiro com a luz apagada. Pela outra porta vi luz.

Aproximei-me rapidamente da sala iluminada e escancarei a porta. Era a sala de arquivo, um anexo enorme e sem janelas, com fileiras de arquivos de metal dos dois lados. Uma pequena mesa de trabalho estava encostada na parede do fundo.

Havia dois homens sentados à mesa. Um mais velho, o outro mais jovem. Provavelmente, um ensinando, o outro aprendendo. Haviam tirado os paletós e pendurado nas cadeiras. Vi suas armas, seus coldres e seus distintivos presos no cinto.

— O que vocês estão fazendo? — perguntei bruscamente.

Os homens ergueram o olhar do que estavam lendo. Vi uma pilha de pastas na mesa entre eles. Os olhos do detetive mais velho se arregalaram momentaneamente de surpresa quando me viu.

— Polícia de Los Angeles — ele disse. — E acho que eu deveria fazer a mesma pergunta.

— Essas pastas são minhas e é melhor tirar a mão delas agora mesmo.

O mais velho ficou de pé e veio na minha direção. Comecei a puxar a ordem judicial do bolso do paletó outra vez.

— Meu nome é...

— Sei quem você é — disse o detetive. — Mas ainda não sei o que está fazendo aqui.

Estendi para ele a ordem judicial.

— Então isso aqui deve explicar. Fui nomeado pela presidente do Superior Tribunal como o advogado substituto dos clientes de Jerry Vincent. Isso quer dizer que os casos dele agora passaram pra mim. E vocês não têm nenhum direito de ficar aqui fuçando nessas pastas. Essa é uma clara violação dos direitos à proteção dos meus clientes contra busca e apreensão ilegal. Esses documentos contêm comunicados e informações confidenciais entre advogado e cliente.

O detetive não se deu o trabalho de examinar a notificação. Folheou rapidamente o documento para ver a assinatura e o sinete na última página. Não pareceu nada impressionado.

— Vincent foi assassinado — ele disse. — O motivo pode estar aí numa dessas pastas. A identidade do assassino pode estar numa delas. A gente t...

— Não, não têm. O que vocês têm que fazer é sair dessa sala agora mesmo.

O detetive não moveu um músculo.

— Considero isso parte da cena do crime — ele disse. — Quem tem que cair fora é você.

— Leia a notificação, detetive. Não vou pra lugar nenhum. Sua cena do crime é lá na garagem e nenhum juiz em Los Angeles vai deixar você estendê-la até esse escritório e esses arquivos. Tá na hora de vocês caírem fora e de eu cuidar dos meus clientes.

Ele não fez o menor gesto de ler a ordem judicial ou de deixar o recinto.

— Se eu sair — disse —, vou ter que fechar o lugar e lacrar.

Odeio entrar em queda de braço com a polícia, mas às vezes a gente não tem escolha.

— Se você fizer isso eu consigo deslacrar em uma hora. E você vai se ver com a juíza do Superior Tribunal e vai ter que explicar como foi que passou por cima dos direitos dos clientes de Vincent. Sabe, dependendo do número de clientes, pode ser um recorde, até mesmo pro Departamento de Polícia de Los Angeles.

O detetive sorriu, como que achando graça das minhas ameaças. Apontou para a ordem judicial.

— Está me dizendo que isto aqui dá todos esses casos pra você?

— Isso mesmo, por enquanto.

— Toda a carteira de clientes?

— É, mas cada um vai decidir se quer continuar comigo ou passar pra outro advogado.

— Bom, então acho que isso põe você na nossa lista.

— Que lista?

— Nossa lista de suspeitos.

— Que ridículo. Por que eu estaria nela?

— Você acabou de dizer por quê. Você herdou todos os clientes da vítima. Isso deve ter sido um baita golpe de sorte, não é? O sujeito morre e você fica com o negócio todo. Não acha que é motivo suficiente para um assassinato? Que tal dizer pra gente onde esteve ontem à noite entre as oito e a meia-noite?

Ele sorriu para mim outra vez, um sorriso sem nenhuma simpatia, o tarimbado sorriso de condenação dos tiras. Seus olhos castanhos eram tão escuros que não dava para ver a linha entre a íris e a pupila. Como olhos de tubarão, não pareciam receber nem refletir nenhuma luz.

— Não vou nem começar a explicar como isso é ridículo — eu disse. — Mas se vocês forem verificar com a juíza vão descobrir que eu não fazia a menor ideia de que essa coisa ia cair no meu colo.

— Isso é o que você diz. Mas não se preocupe, a gente vai checar a sua história com todo o cuidado.

— Ótimo. Agora, por favor, saiam da sala ou vou ter que ligar pra juíza.

O detetive recuou até a mesa e apanhou seu paletó na cadeira. Ficou com ele na mão, em vez de vestir. Pegou uma pasta de cima da mesa e trouxe até mim. Ficou segurando contra meu peito até que eu a tirasse de sua mão.

— Toma aqui uma das suas novas pastas, doutor. Não vai engasgar com ela.

Passou pela porta, e seu parceiro foi atrás. Acompanhei os dois pelo escritório e decidi fazer uma tentativa de diminuir a tensão. Tinha a sensação de que não seria a última vez que os veria.

— Olha, detetives, peço desculpas pelo acontecido. Sempre tento manter um bom relacionamento com a polícia e tenho certeza de que podemos conseguir alguma coisa trabalhando juntos. Mas nesse momento minha obrigação é com os clientes. Nem faço ideia do que tem por aqui. Preciso de um tempo...

— A gente não tem tempo — disse o mais velho. — Se a gente perder o embalo a gente perde o caso. Sabe no que está se metendo, doutor?

Fiquei olhando para ele por um minuto, tentando entender o significado da pergunta.

— Acho que sim, detetive. Faz só dezoito anos que exerço a advocacia, mas...

— Eu não estou falando de experiência. Estou falando do que aconteceu na garagem. Quem matou o Vincent tava só esperando por ele, ali. Eles sabiam onde encontrar e exatamente como pegar. Foi uma cilada.

Balancei a cabeça, fingindo entender.

— Se eu fosse você — disse o detetive —, ficava com um pé atrás com esses seus novos clientes. Jerry Vincent conhecia o assassino.

— E o tempo em que ele foi promotor? Ele pôs muita gente atrás das grades. Talvez um dos...

— A gente vai checar isso também. Mas aconteceu há muito tempo. Acho que a pessoa que estamos procurando está nessas pastas.

Dizendo isso, ele e seus parceiros começaram a se encaminhar para a porta.

— Espera um pouco — eu disse. — Você tem um cartão? Me dá um cartão seu.

Os detetives pararam e se viraram. O mais velho puxou um cartão do bolso e me deu.

— Todos os meus números estão aí.

— Só preciso dar uma geral nisso tudo e depois eu ligo pra gente combinar alguma coisa. Tem que ter um jeito da gente cooperar sem atropelar o direito de ninguém.

— Você é quem sabe, você é o homem das leis.

Baixei os olhos para o nome no cartão. Harry Bosch. Eu tinha certeza de que nunca havia encontrado o cara antes, mas mesmo assim, quando a gente bateu de frente, ele disse que sabia quem eu era.

— Olha, detetive Bosch — eu disse —, Jerry Vincent foi um colega meu. A gente não era íntimo, mas éramos amigos.

— Então?

— Então boa sorte, viu? Com o caso. Eu quero mais é que você ache o culpado.

Bosch fez que sim e senti algo familiar no gesto. Talvez a gente já se conhecesse, afinal de contas.

Virou para sair junto com o parceiro.

— Detetive?

Bosch virou outra vez para mim.

— A gente já se cruzou em algum caso antes? Acho que reconheço você.

Bosch deu um sorrisinho formal e balançou negativamente a cabeça.

— Não — ele disse. — Se a gente tivesse trabalhado junto num caso, você ia se lembrar.

7

Uma hora mais tarde, eu estava atrás da mesa de Jerry Vincent com Lorna Taylor e Dennis Wojciechowski sentados do outro lado. Estávamos mastigando nossos sanduíches e nos preparando para começar a examinar o material que havíamos reunido após uma olhada muito superficial no escritório e nas pastas. O lanche era bom, mas ninguém sentia grande apetite, considerando o lugar onde a gente estava sentado e o que acontecera com o ocupante anterior do escritório.

Eu mandara Wren Williams para casa mais cedo. Ela fora incapaz de parar de chorar ou de objetar a que eu me apoderasse dos casos de seu chefe morto. Preferi remover o obstáculo a contorná-lo. A última coisa que ela perguntou antes que eu a acompanhasse até a porta foi se ia mandá-la embora. Eu lhe disse que o júri ainda não havia deliberado quanto à questão, mas que ela deveria se apresentar para o trabalho como de costume, no dia seguinte.

Com Jerry Vincent morto e Wren Williams fora do caminho, ficamos tateando no escuro até Lorna deduzir o método de arquivamento e começar a puxar as pastas com os casos em aberto. A partir das datas anotadas em cada uma, ela conseguira começar a montar uma agenda geral — o componente-chave na vida de qualquer advogado criminal. Assim que conseguimos chegar a uma agenda rudimentar, passei a me sentir menos tenso, paramos para o lanche e abrimos as caixas de sanduíche que Lorna trouxera do Dusty's.

A agenda era leve. Umas poucas audiências preliminares aqui e ali, mas na maior parte ficava óbvio que Vincent vinha mantendo as coisas bem adiantadas para o julgamento de Walter Elliot, programado para começar com a seleção do júri em nove dias.

— Então vamos começar — eu disse, a boca ainda cheia com minha última mordida. — Segundo essa agenda que montamos, tenho uma audiência de sentença daqui a quarenta e cinco minutos. Acho que a gente podia ter uma primeira conversa agora e depois deixo vocês dois aqui enquanto vou até o tribunal. Daí eu volto e vejo em que pé a gente está, antes de sair junto com o Cisco pra procurar algumas informações.

Os dois balançaram a cabeça, as bocas ainda ocupadas com os sanduíches, como eu. Cisco tinha molho de cranberry no bigode, mas não percebeu.

Lorna continuava esbelta e bonita como sempre. Uma loira de parar o trânsito com olhos capazes de fazer o sujeito se sentir o centro do universo quando se fixavam nele. Nunca me cansava de olhar para ela. Eu continuara a pagar seu salário durante todo o ano em que permaneci inativo. Podia me dar ao luxo, graças ao dinheiro do seguro, e não queria correr o risco de que estivesse trabalhando para outro advogado quando chegasse a hora de retomar o batente.

— Vamos começar pela grana — eu disse.

Lorna concordou. Depois de ter juntado as pastas e colocado na minha frente, ela havia passado aos livros bancários, talvez a única coisa tão importante quanto a agenda dos processos. Os livros bancários nos diriam mais do que apenas quanto dinheiro a firma de Vincent tinha no cofre. Eles nos dariam uma radiografia do modo como ele administrava seu escritório particular.

— Tudo bem, boas e más notícias sobre o dinheiro — ela disse. — Ele tem trinta e oito mil na conta de movimentação e cento e vinte e nove mil na conta-caução.

Assobiei. Era um bocado de dinheiro para manter na conta-caução. O dinheiro recebido dos clientes vai para essa espécie de fundo de operações. À medida que o trabalho com cada um prossegue, as faturas são encaminhadas para a conta-caução e o dinheiro é transferido para a conta de movimentação. Sempre preferi ter dinheiro na conta de movimentação a tê-lo na conta-caução, porque uma vez que o dinheiro entra na conta de movimentação, ele passa a ser meu.

— Tem um motivo para estar tão desigual — disse Lorna, adivinhando minha surpresa. — Ele acabou de receber um cheque de cem mil dólares de Walter Elliot. Depositado na sexta.

Bati na agenda sobre a mesa diante de mim. Estava rabiscada em um bloco de anotações. Lorna teria que sair e comprar uma agenda de verdade assim que pudesse. Ela também precisaria inserir todas as datas de audiências em meu computador e montar uma agenda on-line. Por fim, algo que Jerry Vincent não fizera, teria de abrir uma conta no provedor só para fazer backup dos dados em um site remoto.

— O julgamento de Elliot está marcado pra começar na quinta da semana que vem — eu disse. — Os cem mil foram um adiantamento.

A reiteração do óbvio trouxe uma súbita iluminação.

— Assim que a gente tiver terminado por aqui, liga pro banco — eu disse a Lorna. — Verifica se o cheque já caiu. Se não caiu, tenta compensar. Quando o Elliot souber da morte do Vincent, é provável que ele tente sustar o cheque na mesma hora.

— Certo.

— O que mais de dinheiro tem aí? Cem mil é do Elliot, e o resto, de quem é?

Lorna abriu um dos livros contábeis em seu colo. Cada centavo de uma conta-caução precisa ser contabilizado para que se saiba a que cliente se refere. A qualquer momento, o advogado tem de ser capaz de determinar quanto dinheiro do cliente foi transferido para a conta de movimentação e quanto foi usado, além de saber ainda quanto sobrou na conta-caução. Cem mil da conta-caução de Vincent se destinavam ao julgamento de Walter Elliot. Isso deixava apenas vinte e nove mil relativos aos demais casos em aberto. Não muito, considerando a pilha de pastas que haviam sido puxadas dos arquivos quando estávamos procurando pelos casos ativos.

— E aqui estão as más notícias — disse Lorna. — Parece que existem só uns cinco ou seis casos com depósitos na conta-caução. No restante dos casos ativos, o dinheiro já foi transferido pra conta de movimentação ou já foi gasto, ou os clientes estão devendo.

Balancei a cabeça. As informações não eram nada boas. Estava começando a parecer que Jerry Vincent corria na frente de seus casos, ou seja, ele se metera em uma roda-viva, arranjando novos clientes para manter o dinheiro entrando e pagando os processos já em sua mão. Walter Elliot devia ter representado a solução de todos os problemas. Assim que os cem mil fossem liberados, Vincent poderia desligar o motor e recuperar o fôlego — por um tempo, pelo menos. Mas ele nunca teve a chance.

— Quantos clientes com plano de pagamento? — perguntei.

Lorna consultou mais uma vez os registros no colo.

— Ele tinha dois pagando antes do julgamento. Os dois, bem atrasados.

— Qual o nome deles?

Levou um momento para responder enquanto olhava os registros.

— Ahn, um é Samuels e o outro é Henson. Os dois com uns cinco mil de atraso.

— E é por isso que o povo usa cartão de crédito e nunca dinheiro.

Eu estava falando de minha própria metodologia de negócio. Eu tinha desistido havia um bom tempo de fornecer crédito. Aceitava pagamentos em dinheiro não reembolsáveis. Também aceitava cartões, mas só depois que Lorna os consultava e obtinha aprovação.

Olhei para as anotações que eu fizera enquanto realizava uma rápida revisão da agenda e dos casos em andamento. Tanto Samuels como Henson figuravam numa sublista que eu rabiscara enquanto revisava os ativos. Era uma lista de casos que eu pretendia rejeitar, se pudesse. Isso se baseava em minha rápida avaliação das acusações e dos fatos envolvendo os clientes. Se houvesse qualquer coisa de que eu não gostasse em um caso — por qualquer motivo —, então ele entrava na sublista.

— Sem problema — eu disse. — Esses a gente vai deixar de lado.

Samuels respondia por homicídio culposo quando dirigia embriagado e Henson por roubo qualificado e posse de drogas. Henson conquistou meu interesse momentâneo porque Vincent estava construindo sua defesa baseado na dependência que o cliente tinha de analgésicos obtidos com prescrição. Ele esperava angariar simpatia e desviar o foco da defesa com uma só cajadada. Ia apresentar um caso em que o médico que prescrevera os remédios para Henson era o maior responsável pelas consequências da dependência que criara. Patrick Henson, argumentaria Vincent, era uma vítima, não um criminoso.

Eu tinha certa intimidade com essa estratégia de defesa porque a empregara repetidamente ao longo dos dois últimos anos para tentar absolver a mim mesmo dos inúmeros delitos que cometi no papel de pai, ex-marido e amigo contra pessoas em minha vida. Mas joguei Henson no que chamava de inferno dos pobres-diabos, porque, no fundo, eu sabia que a defesa não se sustentava — pelo menos, não para mim. E eu não estava disposto a ir a julgamento com aquilo para defendê-lo, tampouco.

Lorna balançou a cabeça e fez anotações sobre os dois casos em um bloquinho de papel.

— Então, como está a contagem? — ela perguntou. — Quantos você pôs no inferno?

— A gente chegou a trinta e um casos em andamento — eu disse. — Desses, acho que só uns sete levam jeito de pobres-diabos. Então isso significa que tem uma porção de casos sem nenhum centavo em caixa. Ou eu consigo mais dinheiro, ou eles vão ter que ir pro inferno, também.

Eu não estava preocupado em extrair dinheiro dos clientes. A habilidade número um de um advogado de defesa criminal é conseguir dinheiro. Eu era bom nisso, mas Lorna, melhor ainda. O macete do ofício era conseguir clientes que pagavam, pra começo de conversa, e duas dúzias deles tinham acabado de cair no nosso colo.

— Você acha que a juíza vai simplesmente deixar você largar alguns desses? — ela perguntou.

— Não. Mas eu vou pensar em alguma coisa. Talvez eu possa alegar conflito de interesse. O conflito de que eu gosto de receber pelo meu trabalho e os clientes não gostam de pagar.

Ninguém riu. Nem mesmo um sorriso. Continuei.

— Mais alguma coisa sobre o dinheiro? — perguntei.

Lorna fez que não com a cabeça.

— Acho que é só isso. Enquanto você vai até o fórum, vou ligar pro banco e começar a cuidar desse assunto. Vai ter a assinatura de nós dois nas contas?

— Isso, assim como nas minhas contas.

Eu não havia considerado a potencial dificuldade de pôr as mãos no dinheiro que estava nas contas de Vincent. Era para isso que eu tinha Lorna comigo. Ela era boa em obter resultados de um jeito que eu não conseguia. Às vezes era tão boa que eu desejava das duas uma: ou nunca ter me casado com ela, ou nunca ter me divorciado.

— Veja se Wren Williams pode assinar cheques — eu disse. — Se o nome dela constar, tira. Por enquanto quero só você e eu nas contas.

— Pode deixar. Talvez você tenha que procurar a juíza Holder de novo pra conseguir uma ordem judicial pro banco.

— Isso não vai ser problema.

Meu relógio mostrou que eu tinha dez minutos antes de sair para a audiência. Voltei minha atenção para Wojciechowski.

— Cisco, o que você conseguiu?

Eu havia lhe dito bem antes para procurar seus contatos e monitorar a investigação do assassinato de Vincent o mais de perto possível. Queria que soubesse de cada movimento dos detetives, porque parecia, pelo que Bosch dissera, que a investigação estaria envolvida com os casos que eu acabara de herdar.

— Não muita coisa — disse Cisco. — Os detetives ainda nem voltaram pra Parker Center. Liguei pra um cara que conheço no legista e ainda estão processando tudo. Não consegui muita informação sobre o que eles podem ter, mas ele me contou sobre uma coisa que eles não têm. Vincent foi acertado pelo menos duas vezes, pelo que puderam ver na cena. E não tinha cartucho nenhum. Quem atirou limpou o local.

Ali tinha coisa. Ou o assassino havia usado um revólver, ou ele tivera a presença de espírito de, depois de matar um homem, apanhar os cartuchos ejetados de sua arma.

Cisco continuou o relatório.

— Liguei pra outro contato na central telefônica e ela me disse que a primeira ligação foi ao meio-dia e quarenta e três. Eles vão precisar melhor a hora da morte na autópsia.

— Alguma ideia mais geral do que aconteceu?

— Parece que Vincent trabalhou até tarde, o que devia ser normal na segunda-feira. Ele trabalhava até tarde toda segunda, se preparando pra semana. Quando terminou, encheu a valise, trancou tudo e saiu. Daí ele foi pra garagem, entrou no carro e leva o pipoco pela janela do motorista. Quando encontraram ele, o carro tava em ponto morto, com a ignição ligada. A janela abaixada. Não tava nem um pouco quente ontem à noite. Ele pode ter abaixado a janela porque gostava de frio ou porque alguém se aproximou do carro.

— Alguém conhecido.

— É possível.

Pensei nisso e no que o detetive Bosch dissera.

— Não tinha ninguém trabalhando na garagem?

— Não, o funcionário vai embora às seis. Você tem que pôr dinheiro na cancela depois disso ou usar seu cartão de mensalista. Vincent tinha um desses.

— E câmeras?

— Só tem câmera nas entradas e nas saídas. Do tipo que pega a placa, porque se você diz que perdeu o tíquete eles podem dizer a hora que o carro entrou, esse tipo de coisa. Mas pelo que meu contato no legista disse, não tinha nada de útil nas gravações. O assassino não entrou com o carro na garagem. Ou ele entrou pelo prédio ou por uma das entradas de pedestres.

— Quem encontrou o Jerry?

— O segurança. Eles têm um guarda para o prédio e a garagem. Ele entra na garagem de vez em quando à noite e viu o carro de Vincent na segunda ronda. As lanternas estavam acesas e o motor funcionando, então ele foi checar. Primeiro, achou que o Vincent estivesse dormindo, daí viu o sangue.

Balancei a cabeça, pensando no cenário e no modo como tudo ocorrera. Ou o assassino fora incrivelmente descuidado e sortudo, ou ele sabia que a garagem não tinha câmeras e que conseguiria interceptar Jerry Vincent ali numa segunda-feira à noite, quando o lugar estivesse quase deserto.

— Ok, continuando. E sobre esse Harry Potter?

— Quem?

— O detetive. Não Potter. Eu quis dizer...

— Bosch. Harry Bosch. Estou trabalhando nisso, também. Parece que ele é um dos melhores. Ele se aposentou faz uns anos e o chefe de polícia em pessoa mandou chamá-lo de volta. Pelo menos é o que dizem.

Cisco consultou umas anotações em um bloquinho.

— O nome completo é Hieronymus Bosch. Trinta e três anos na função, sabe o que isso significa.

— Não sei não, o que significa?

— Bom, o programa de aposentadoria do Departamento de Polícia de Los Angeles estabelece um tempo de serviço de no máximo trinta anos, e depois você pode dar entrada no pedido de pensão integral e, independente do tempo que você permaneceu na função, depois de trinta anos sua pensão não aumenta. Financeiramente falando, então, não faz nenhum sentido continuar.

— A menos que você seja um homem numa missão.

Cisco concordou.

— Exato. Qualquer um que fique mais do que trinta anos nesse trabalho não faz isso pelo dinheiro. É mais do que trabalho.

— Peraí — eu disse. — Você disse Hieronymus Bosch? Que nem o pintor?

A segunda pergunta o deixou confuso.

— Não sei nada sobre pintor nenhum. Mas o nome dele é esse. Rima com "anônimos", me disseram. Um nome esquisito, se você quer saber.

— Não é mais esquisito do que Wojciechowski... se você quer saber.

Cisco já ia começar a defender seu nome e seus antepassados quando Lorna o cortou.

— Pensei que você tinha dito que não conhecia ele, Mickey.

Olhei para ela e balancei a cabeça.

— Nunca tinha visto ele antes de hoje, mas o nome... eu conheço esse nome.

— Você quer dizer das pinturas?

Eu não queria começar a conversar sobre história, ainda mais de um período sobre o qual eu não sabia quase nada.

— Deixa pra lá — eu disse. — Não tem importância e eu preciso ir andando.

Fiquei de pé.

— Cisco, continue no caso e descubra o que conseguir sobre Bosch. Preciso saber até onde eu posso confiar no cara.

— Você não vai deixar ele meter o nariz nas pastas, vai? — perguntou Lorna.

— Esse não foi um crime sem propósito. Tem um assassino à solta por aí que sabia como chegar em Jerry Vincent. Vou me sentir muito melhor com isso tudo se nosso homem com uma missão conseguir achar e trancafiar o sujeito.

Contornei a mesa e fui até a porta.

— Vou estar no tribunal da juíza Champagne. Vou levar uma pilha desses casos em aberto pra ler enquanto espero.

— Eu acompanho você até lá fora — disse Lorna.

Vi que lançou um olhar e acenou com a cabeça para Cisco, para que esperasse. Passamos pela recepção. Eu sabia o que Lorna ia dizer, mas deixei que dissesse.

— Mickey, você tem certeza de que está pronto pra isso?

— Absoluta.

— O plano não era esse. Você ia voltar devagar, lembra? Pegar um ou dois casos e partir daí. Em vez disso você assumiu uma carteira inteira de clientes.

— Não assumi nada.

— Olha, é sério.

— Eu sei que é. E estou pronto. Você não está vendo que isso saiu melhor do que o planejado? O caso Elliot, além de trazer todo aquele dinheiro, vai ser como pôr um cartaz gigante no alto do Fórum Criminal dizendo VOLTEI com letras de néon!

— É, isso é ótimo. E o caso Elliot sozinho vai colocar uma pressão tão grande nas suas costas q...

Ela não terminou, mas não precisava.

— Lorna, eu parei com tudo. Estou bem, superei aquilo e estou pronto pra outra. Pensei que você fosse ficar feliz com esse negócio. A gente vai ter dinheiro entrando pela primeira vez em um ano.

— Eu não ligo pra isso. Só quero ter certeza de que você está bem.

— Estou mais do que bem. Estou empolgado. É como se em um só dia eu tivesse pegado a manha de novo. Não me puxa pra baixo. Tá legal?

Ela ficou me encarando e eu a encarei de volta, até que finalmente um sorriso relutante atravessou seu semblante sério.

— Tudo bem — ela disse. — Então acaba com eles.

— Pode deixar. É o que eu vou fazer.

8

A despeito das palavras tranquilizadoras para Lorna, uma preocupação com os casos e todo o trabalho de organização que seria necessário fazer não saíram da minha cabeça conforme eu percorria o corredor em direção à passarela que ligava o edifício de escritórios à garagem. Eu havia esquecido que estacionara no quinto andar e acabei subindo a pé três rampas até encontrar meu Lincoln. Abri o porta-malas e enfiei lá dentro a grossa pilha de pastas que estava carregando na minha bolsa.

A bolsa era uma híbrida que eu comprara em uma loja chamada Suitcase City quando estava planejando minha volta à ativa. Era uma mochila com correias que dava para pôr nos ombros nos dias em que me sentisse com forças para tanto. Também tinha uma alça, de modo que eu podia carregá-la como uma maleta, se quisesse. E tinha ainda duas rodinhas e um puxador retrátil, para que eu a puxasse rodando atrás de mim nos dias em que estivesse me sentindo mal das pernas.

Ultimamente, os dias fortes têm superado em muito os dias fracos e eu provavelmente poderia ter me virado com a tradicional pasta de couro de advogado. Mas eu gostava da bolsa e estava me acostumando a ela. Havia um logo — uma crista montanhosa com as palavras "Suitcase City" gravadas como o letreiro de Hollywood. Acima disso, fachos de luzes varriam o horizonte, completando a imagem onírica de desejo e esperança. Acho que o logo foi o verdadeiro motivo para eu ter gostado da bolsa. Porque eu sabia que a "Suitcase City" não era uma loja. Era um lugar. Esse lugar era Los Angeles.

Los Angeles era o tipo de cidade onde todo mundo vinha de alguma outra parte e ninguém criava um laço de fato. Era um lugar transitório. Pessoas atraídas pelo sonho, pessoas fugindo de um pesadelo. Doze milhões de pessoas e cada uma delas pronta para cair fora, se necessário. Figurativamente, literalmente, metaforicamente — do modo como você quiser encarar a questão —, todo mundo em L.A. deixa uma mala pronta. Só para o caso de precisar.

Quando fechava o porta-malas, levei um susto ao ver um sujeito de pé entre meu carro e o que estava estacionado na vaga do lado. A tampa do porta-malas havia bloqueado minha visão e eu não o vira se aproximar. Era um estranho para mim, mas dava para perceber que sabia quem eu era. O aviso de Bosch sobre o assassino de Vincent relampejou em minha mente e o instinto de lutar ou fugir tomou conta de mim.

— Senhor Haller, posso falar um minuto?

— Quem é você, porra? O que você tá fazendo se escondendo atrás dos carros?

— Não estou me escondendo. Vi você e passei pelo meio dos carros, só isso. Trabalho pro *Times* e pensei que a gente podia conversar sobre Jerry Vincent.

Sacudi a cabeça e bufei.

— Você me deu um puta susto. Não sabia que ele foi assassinado nessa garagem, por alguém que chegou perto do carro dele?

— Olha, desculpa. Eu só queria...

— Pode esquecer. Não sei nada sobre o caso e tenho que ir até o fórum.

— Mas o senhor ficou com os clientes dele, não foi?

Fazendo um gesto para que me desse passagem, me aproximei da porta do meu carro.

— Quem disse isso pra você?

— Nosso escrevente do tribunal pegou uma cópia da notificação com a juíza Holder. Por que Jerry Vincent escolheu você? Vocês eram bons amigos ou algo assim?

Abri a porta.

— Olha, qual o seu nome?

— Jack McEvoy. Eu cubro o noticiário policial.

— Fico feliz por você, Jack. Mas não dá pra conversar sobre isso agora. Se quiser me dar seu cartão, eu ligo quando puder falar.

Ele não fez qualquer gesto para me dar um cartão ou indicar que compreendera o que eu havia dito. Simplesmente fez outra pergunta.

— A juíza impôs alguma lei da mordaça a você?
— Não, não tem lei da mordaça nenhuma. Não posso falar porque não sei nada, ok? Quando tiver alguma coisa pra dizer, eu digo.
— Bom, pode me dizer por que você ficou com os casos de Vincent?
— Você já sabe a resposta pra isso. Fui nomeado pela juíza. Preciso ir até o fórum, agora.

Me enfiei no carro, mas deixei a porta aberta enquanto girava a chave. McEvoy apoiou o cotovelo no teto e se curvou para continuar a tentar me convencer a dar uma entrevista.

— Olha — eu disse. — Preciso ir, então dá pra você chegar um pouco pra trás pra eu poder fechar a porta e dar ré nessa banheira?

— Eu queria ver se não dava pra gente entrar num acordo — ele disse rapidamente.

— Acordo? Que acordo? Do que você está falando?

— Sabe como é, trocar informações. Eu tenho o departamento de polícia grampeado e você tem o tribunal grampeado. Podia ser uma via de mão dupla. Você me conta o que estiver escutando e eu conto o que eu estiver escutando. Tenho a impressão de que esse caso vai ser notícia quente. Preciso de toda informação que puder obter.

Virei e o encarei por um momento.

— Mas por um acaso a informação que você me der não vai estar no jornal do dia seguinte? Eu posso muito bem esperar e ler depois.

— Nem tudo aparece ali. Tem coisa que você não pode publicar, mesmo sabendo que é verdade.

Olhou para mim como se estivesse me agraciando com uma pérola de sabedoria.

— Tenho a sensação de que você vai saber de umas coisas antes de mim — eu disse.

— Pode ser que sim, pode ser que não. Fechado?

— Tem um cartão?

Dessa vez ele puxou um cartão do bolso e me deu. Segurei entre os dedos e agarrei o volante. Ergui o cartão e dei uma olhada nele outra vez. Fiquei pensando que ninguém ia morrer se eu tivesse uma linha direta para conseguir informações confidenciais sobre o caso.

— Ok, fechado.

Fiz um gesto para que se afastasse e fechei a porta do carro, então dei partida. Ele continuou ali. Abaixei o vidro.

— O que foi? — perguntei.

— Não esquece, não quero ver seu nome em outros jornais ou na tevê dizendo coisas que eu não sei.

— Não esquenta a cabeça. Eu sei como funciona.

— Beleza.

Engatei a ré, mas pensei em um negócio e fiquei com o pé no freio.

— Deixa eu perguntar uma coisa. Você tem amizade com Bosch, o chefe de investigações desse caso?

— Eu conheço ele, mas amizade com ele ninguém tem, não de verdade. Nem mesmo o parceiro dele.

— Qual o lance com ele?

— Sei lá. Nunca me interessei em saber.

— Certo, ele é bom?

— No trabalho dele? É, bom pra cacete. Acho que consideram ele um dos melhores.

Balancei a cabeça e pensei em Bosch. O homem com uma missão.

— Olha o pé.

Dei ré no Lincoln. McEvoy me chamou bem no momento em que engatei para sair.

— Ei, Haller, gostei da placa.

Acenei pela janela conforme descia a rampa. Tentei lembrar qual dos meus Lincolns eu estava dirigindo e o que dizia a placa. Eu tinha uma frota de três sedãs de luxo que restaram da época em que eu vivia lotado de casos. Mas andei usando os carros tão pouco no ano anterior que tinha de fazer um rodízio dos três para manter os motores funcionando bem e não acumular poeira no escapamento. Parte de minha estratégia de volta à ativa, eu acho. Os carros eram cópias exatas, a não ser pelas placas, e eu não tinha certeza de qual deles estava dirigindo.

Quando passei pela cabine do atendente do estacionamento e lhe dei meu tíquete, vi uma pequena tela de vídeo perto da caixa registradora. Mostrava a visão de uma câmera localizada poucos passos atrás do meu carro. Era a câmera sobre a qual Cisco havia me falado, colocada em um ângulo que pegava o para-choque traseiro e a placa.

No monitor, pude ver minha placa personalizada.

IWALKEM

Sorri. *I walk 'em*, pode apostar — "eu levo eles pra passear". Estava a caminho do fórum para encontrar um dos clientes de Jerry Vincent pela primeira vez. Eu ia apertar sua mão e depois levá-lo para um passeio — direto para a prisão.

9

A juíza Judith Champagne estava atrás de sua bancada examinando requerimentos quando entrei no tribunal, faltando cinco minutos para minha audiência. Outros oito advogados tomavam chá de cadeira, aguardando a vez. Estacionei minha bolsa de rodinhas na barra e sussurrei para o oficial do tribunal, explicando que estava ali para acompanhar a sentença de Edgar Reese no lugar de Jerry Vincent. Ele me explicou que o cronograma da juíza estava atrasado, mas disse que Reese seria o primeiro a ouvir a sentença assim que os requerimentos acabassem. Perguntei se podia ver Reese, e o oficial se levantou e me acompanhou pela porta de aço atrás de sua mesa até o anexo com a cela do tribunal. Havia três prisioneiros ali dentro.

— Edgar Reese? — eu disse.

Um homenzinho branco atarracado e robusto aproximou-se das grades. Vi as tatuagens de detento subindo pelo seu pescoço e senti alívio. Reese estava prestes a voltar para um lugar que já conhecia. Eu não estaria segurando pela mão um virgem de prisão de olhar arregalado. Isso tornava as coisas mais fáceis para mim.

— Meu nome é Michael Haller. Estou cobrindo a ausência do seu advogado aqui hoje.

Achei que não fazia muito sentido explicar para aquele sujeito o que acontecera com Vincent. Só ia levar Reese a me fazer um monte de perguntas cujas respostas eu não tinha nem tempo nem conhecimento para fornecer.

— Onde está o Jerry? — perguntou Reese.

— Não deu pra ele vir. Está pronto pra isso?

— Como se eu tivesse escolha.

— Jerry comentou a pena quando você aceitou alegar culpa?

— É, comentou. Cinco anos, pelo estado, saindo em três por bom comportamento.

Estava mais para quatro, mas eu não ia levantar essa lebre.

— Ok, bom, a juíza está terminando umas coisas e depois eles vêm buscar você. O promotor vai ler na sua frente um monte de lenga-lenga legal, você responde sim pra tudo, diz que entendeu, e depois a juíza dá a sentença. Quinze minutos, no máximo.

— Que diferença faz a demora, pra mim? Não vou a lugar nenhum.

Balancei a cabeça e o deixei ali. Bati de leve na porta de metal, de modo que o oficial do tribunal — os meirinhos nos tribunais de Los Angeles são policiais subordinados ao Ministério Público — ouvisse, mas, assim eu esperava, não a juíza. Ele abriu para mim e sentei na primeira fileira da plateia. Abri a bolsa e tirei a maioria das pastas, pondo no banco à minha frente.

A de cima era a de Edgar Reese. Eu já a revisara quando estava me preparando para a audiência com a juíza. Reese era um dos clientes recorrentes de Vincent. O tradicional caso envolvendo drogas. Um vendedor que usava seu próprio produto, Reese foi pego graças a uma armação montada pela polícia com um de seus compradores usuais. Segundo o levantamento que tinha na pasta, o informante entregou Reese porque estava puto com o cara. Ele já tinha comprado cocaína de Reese antes e descobrira que tinha sido diluída com muito manitol. Esse era um erro frequente cometido pelos vendedores viciados. Eles adulteravam demais o produto, aumentando desse modo a quantidade restante para seu próprio uso, mas enfraquecendo o efeito obtido com o pó que vendiam. Era uma prática péssima para os negócios, porque gerava inimigos. Um usuário tentando livrar a própria cara com a justiça ao cooperar como delator está mais propenso a armar para cima de um traficante de quem ele não gosta. Essa era a lição empresarial sobre a qual Edgar Reese teria de refletir pelos cinco anos seguintes em uma prisão estadual.

Enfiei a pasta de volta na bolsa e olhei para a seguinte da pilha. A de cima pertencia a Patrick Henson, o caso do analgésico que eu havia dito a Lorna que deixaria de lado. Curvei-me, prestes a enfiar a papelada de volta na bolsa, quando de repente me recostei no banco e pus a pasta no colo. Bati as folhas algumas vezes em minha coxa enquanto reconsiderava as coisas e então abri.

Henson era um surfista de vinte e quatro anos de Malibu, vindo da Flórida. Era um profissional, mas no extremo mais baixo do espectro, com pouco apoio e poucas vitórias no circuito Pro. Quando competiu em Maui, uma onda o jogou com força no fundo da rocha vulcânica de Pehei. A lava solidificada perfurou seu ombro e, depois de uma cirurgia, o médico prescreveu oxicodona. Dezoito meses mais tarde Henson era um dependente assumido, correndo atrás de pílulas para aliviar a dor. Perdeu seus patrocínios e ficou fraco demais para voltar a competir. O fundo do poço veio quando roubou um colar de diamantes em uma casa em Malibu, onde estava a convite de uma amiga. Segundo o BO, o colar pertencia à mãe de sua amiga e continha oito diamantes representando seus três filhos e os cinco netos. O valor estimado pelo Ministério Público foi de 25 mil dólares, mas Henson o penhorou por quatrocentos dólares e zarpou para o México a fim de comprar duzentos comprimidos legalmente.

Henson era um alvo fácil de ligar ao delito. O colar de diamantes foi recuperado da casa de penhores, e o filme da câmera de segurança o mostrava pondo a peça no prego. Como o colar era muito valioso, foram com tudo para cima dele, acusando-o de negociar propriedade roubada e de roubo qualificado, além de posse de drogas ilícitas. Também não ajudou o fato de que a mulher de quem ele furtara o colar era casada com um médico bem relacionado que contribuíra prodigamente para a reeleição de vários membros do quadro de inspetores do município.

Quando Vincent pegou Henson como seu cliente, o surfista fez o pagamento inicial de 5 mil dólares adiantados em mercadoria. Vincent ficou com todas as suas doze pranchas Trick Henson feitas sob encomenda e as vendeu por intermédio de seu liquidante para colecionadores ou pôs no eBay. Henson também foi encaixado no plano de pagamento de mil dólares mensais, mas nunca fez um único pagamento, pois entrara em uma clínica de reabilitação um dia depois de ser solto. Sua mãe, que morava em Melbourne, Flórida, pagara sua fiança.

A pasta dizia que Henson completara a reabilitação com sucesso e estava trabalhando meio período em um acampamento de surfe para crianças na praia de Santa Monica. Mal conseguia o suficiente para viver, quanto mais pagar mil dólares por mês para Vincent. Sua mãe, entretanto, fora à falência com a fiança e os custos da clínica de reabilitação.

A pasta estava cheia de petições de adiamento e outros documentos com táticas de protelação empreendidas por Vincent enquanto aguardava que Henson conseguisse mais dinheiro. Era uma prática padrão: conseguir dinheiro adiantado, sobretudo quando o caso é forte candidato a pobre-diabo. O promotor tinha uma gravação de Henson vendendo mercadoria roubada. Isso queria dizer que o caso era ainda mais feio que um pobre-diabo. Era um cachorro de três cabeças, o próprio guardião do inferno.

Havia um número de telefone onde encontrar Henson. Uma coisa que nenhum advogado se cansava de repetir para clientes não encarcerados era a necessidade de manter um meio de contato. Pessoas enfrentando acusações criminais e a perspectiva de uma prisão geralmente levam uma vida errante. Mudam de um lugar para outro, às vezes são verdadeiros sem-teto. Mas um advogado tem de ser capaz de achá-los na mesma hora. O número figurava na pasta como o celular de Henson e, se ainda existisse, eu poderia ligar para ele bem ali. A questão era: será que eu queria?

Olhei para a juíza. Ela continuava no meio de arrazoados orais sobre um pedido de fiança. Havia ainda mais três outros advogados aguardando a vez para mais requerimentos e nenhum sinal do promotor designado para o caso de Edgar Reese. Fiquei de pé e sussurrei para o oficial mais uma vez.

— Preciso ir lá fora fazer uma ligação. Vou estar no corredor.

Ele balançou a cabeça.

— Se o senhor não estiver de volta quando chegar a hora eu vou até lá chamá-lo — disse. — Só não esquece de desligar o telefone antes de voltar. A juíza odeia celular.

Ele não precisava me dizer isso. Eu já sabia que a juíza não aturava celulares dentro de seu tribunal. Aprendi a lição quando, em sua presença, meu aparelho começou a tocar a Abertura de *Guilherme Tell* — o ringtone que minha filha escolheu, não eu. A juíza me castigou com uma multa de cem dólares e passou a me chamar desde então de Lone Ranger. O apelido não me incomodou muito. Eu de fato me sentia às vezes o perfeito Cavaleiro Solitário. A única diferença era que tinha um Lincoln Town Car preto, em vez de um cavalo branco.

Deixei meu caso e as demais pastas no banco da plateia e saí da sala do tribunal só com o material referente a Henson. Encontrei um lugar razoavelmente silencioso no corredor abarrotado e liguei para o número. Atenderam no segundo toque.

— Aqui é o Trick.

— Patrick Henson?

— É ele, quem é?

— Sou seu novo advogado. Meu nome é Mi…

— Ei, espera um minuto. O que aconteceu com o meu advogado antigo? Eu dei praquele tal de Vincent…

— Ele morreu, Patrick. Faleceu ontem à noite.

— O quê?

— É, Patrick. Lamento informar.

Esperei um momento para ver se ele tinha mais alguma coisa a dizer a respeito, então comecei tão superficialmente quanto um funcionário público.

— Meu nome é Michael Haller e estou assumindo os casos de Jerry Vincent. Andei revendo a papelada referente a seu caso e vi que você não fez nenhum pagamento combinado com o doutor Vincent.

— Ah, cara, esse é o acordo. Estou concentrado em andar na linha e não pisar mais na bola e não tenho porra nenhuma de dinheiro. Ok? Já dei pro tal de Vincent todas as minhas pranchas. Ele contou como cinco paus, mas eu sei que deu mais que isso. Tinha umas duas longboards que valiam pelo menos mil cada uma. Ele falou que isso tava bom pro começo, mas depois tudo que ele fez foi só ficar adiando. Não posso fazer porra nenhuma enquanto essa merda não acabar.

— Você está andando na linha, Patrick? Você tá limpo?

— Mais limpo que uma freira, cara. Vincent me disse que era o único jeito de eu tentar ficar fora da cadeia.

Olhei de um lado para o outro do corredor. Estava lotado de advogados, réus, testemunhas e familiares de vítimas ou acusados. Era do comprimento de um campo de futebol e todo mundo ali tinha em comum a mesma esperança. Uma chance. Que o céu abrisse e alguma coisa boa acontecesse pelo menos dessa vez.

— Jerry estava certo, Patrick. Você tem que ficar limpo.

— Estou fazendo isso.

— Está empregado?

— Cara, será que vocês não entendem? Ninguém vai dar emprego pra um cara como eu. Ninguém vai me contratar pra nada. Estou esperando esse processo e eu posso ir preso antes disso terminar. Dou aula pra uns bebês meio período na praia, mas não tiro um puto. Tô morando na porra do carro, dormindo no posto do salva-vidas em Hermosa Beach. Nessa mesma época há dois anos? Eu tava numa suíte do Four Seasons em Maui.

— É, sei, a vida é uma merda. Você ainda tem carteira de motorista?

— Acho que foi só o que me sobrou.

Tomei uma decisão.

— Certo, você sabe onde fica o escritório de Jerry Vincent? Já esteve lá?

— Sei, levei minhas pranchas pra lá. E o meu peixe.

— Seu peixe?

— Ele ficou com meu tarpão de trinta quilos que eu peguei quando era criança lá na Flórida. Disse que ia pôr na parede, fingir que era ele que tinha pegado, sei lá.

— Ah, sei. Bom, seu peixe continua lá. Se você puder aparecer no escritório às nove em ponto amanhã de manhã, eu queria fazer uma entrevista pra um trabalho. Se estiver tudo certo, você começa na mesma hora.

— Fazendo o quê?

— Motorista. Pago quinze paus a hora pra dirigir e mais quinze pelos seus honorários. Que tal?

Houve um momento de silêncio antes de Henson responder com voz afável.

— Nada mal, cara. Eu posso ir, por essa grana.

— Ótimo. Até lá, então. Só não esquece uma coisa, Patrick. Você precisa continuar limpo. Se não estiver, eu vou perceber. Pode acreditar em mim, eu sei como é.

— Não esquenta, cara. Não vou voltar praquela merda nunca mais. Aquilo fodeu com a minha vida pra sempre.

— Ok, Patrick, até amanhã.

— Ei, cara, por que você tá fazendo isso?

Hesitei antes de responder.

— Quer saber, nem eu sei.

Fechei o telefone e vi se estava mesmo desligado. Voltei para a sala do tribunal pensando se estava fazendo uma boa ação ou cometendo o tipo de cagada da qual ia me arrepender amargamente depois.

A sincronia foi perfeita. A juíza estava terminando a última petição no momento em que entrei. Vi que havia um assistente do promotor chamado Don Pierce sentado na mesa da promotoria, pronto para dar andamento à audiência. Era um sujeito que já servira na marinha e mantinha o cabelo rente, além de ser figurinha certa na hora do coquetel do Four Green Fields. Enfiei rapidamente todas as minhas pastas de volta na bolsa e passei pela portinhola rumo à mesa da defesa.

— Ora, ora — disse a juíza —, se não é o Cavaleiro Solitário que está de volta.

Ela disse isso com um sorriso e eu sorri de volta.

— Certo, Excelência. Prazer em rever a senhora.

— Faz um bom tempo que não o vejo por aqui, doutor Haller.

Um tribunal não era o lugar mais apropriado para contar por onde eu andara. Mantive o laconismo nas respostas. Estendi as mãos, como que apresentando um novo eu.

— Tudo que tenho a dizer é: estou de volta, Excelência.

— Fico feliz em ver. Bom, o senhor está aqui substituindo o doutor Vincent, correto?

Isso foi dito em um tom rotineiro. Dava para perceber que não sabia a respeito do falecimento. Eu sabia que podia manter aquilo em segredo e passar pela audiência dessa forma. Mas depois ela ia acabar sabendo da história e se perguntar por que eu não havia contado nada. Não era um jeito muito bom de trazer um magistrado para o seu lado.

— Infelizmente, Excelência — eu disse —, o doutor Vincent faleceu na noite passada.

As sobrancelhas da juíza se arquearam, em choque. Ela havia sido promotora por um longo tempo, antes de ser juíza. Seu envolvimento na comunidade legal era enorme e muito provavelmente ela conhecia Jerry Vincent bem. Aquilo era um golpe para ela.

— Meu Deus, mas ele era tão novo! — exclamou. — O que aconteceu?

Abanei a cabeça, demonstrando não saber.

— Não foi morte natural, Excelência. A polícia está investigando e realmente não sei muita coisa além do fato de que o encontraram dentro do carro na noite passada no escritório. A juíza Holder me ligou hoje e me nomeou advogado substituto. É por isso que estou aqui representando o senhor Reese.

A juíza baixou os olhos e esperou um momento enquanto se recuperava do choque. Me senti mal de ser o portador da notícia. Abaixei e tirei a pasta de Edgar Reese da bolsa.

— Lamento muito saber disso — disse finalmente a juíza.

Assenti com a cabeça e esperei.

— Muito bem — disse a juíza, após outro longo intervalo. — Vamos trazer o réu.

As considerações sobre Jerry Vincent não foram além. Se a juíza tinha alguma desconfiança sobre Jerry ou a vida que levava, ela não disse nada. Mas a vida seguiria em frente no fórum. As engrenagens da justiça continuariam a girar sem ele.

10

A mensagem de Lorna Taylor era curta e grossa. Eu a recebi na mesma hora em que liguei o telefone ao deixar a sala do tribunal, após ter visto Edgar Reese sendo sentenciado a cinco anos. Ela me contava que havia acabado de falar com a assistente da juíza Holder sobre a ordem judicial exigida pelo banco para pôr o nome de Lorna e o meu nas contas de Vincent. A juíza concordara em emitir uma notificação, e tudo que eu tinha a fazer era ir até o fim do corredor e entrar em seu gabinete para apanhar o documento.

A sala do tribunal estava às escuras mais uma vez, mas a assistente da juíza estava em sua cadeira junto à bancada. Ela de fato me lembrava minha professora do terceiro ano.

— Senhora Gill? — eu disse. — Vim buscar uma notificação com a juíza.

— Certo, acho que ainda está com ela na sala. Vou dar uma olhada.

— Seria possível talvez eu entrar um pouco para ter uma palavrinha com ela, só por uns minutos?

— Bom, no momento ela está recebendo uma pessoa, mas vou ver.

Ficou de pé e seguiu pelo corredor localizado atrás da cadeira da assistente. No fim do corredor havia o gabinete da juíza e fiquei olhando enquanto batia na porta e aguardava autorização para entrar. Quando ela abriu a porta, pude ver um homem sentado na mesma cadeira em que eu sentara antes. Reconheci o sujeito como o marido da juíza Holder, um advogado de danos morais chamado Mitch Lester. Eu o reconheci pela foto em seu anúncio. No tempo em que cuidava de casos criminais, havíamos certa vez dividido a quarta capa das

Páginas Amarelas, meu anúncio na metade de cima, o dele na de baixo. Fazia um bom tempo que não atuava mais no direito penal.

Alguns minutos mais tarde a senhora Gill apareceu com a ordem judicial de que eu precisava. Achei que isso significava que eu não poderia entrar para falar com a juíza, mas a senhora Gill me disse que ela iria me receber assim que houvesse terminado de falar com seu visitante.

Não havia tempo hábil para que eu continuasse com minha revisão das pastas em minha bolsa de rodinhas, então caminhei pela sala do tribunal, olhando em torno e pensando no que diria à juíza. Na mesa vazia do meirinho, baixei os olhos e vi uma página da agenda da semana anterior. Eu conhecia o nome de diversos advogados listados ali que haviam sido convocados para audiências e petições de emergência. Um deles era Jerry Vincent, no interesse de Walter Elliot. Fora provavelmente um dos últimos comparecimentos de Jerry ao tribunal.

Depois de três minutos, escutei um som de campainha na bancada da assistente, e a senhora Gill me disse que eu já podia entrar no gabinete da juíza.

Quando bati na porta foi Mitch Lester quem abriu. Sorrindo, convidou-me a entrar. Apertamos as mãos e ele comentou que acabava de saber sobre Jerry Vincent.

— Que mundo horrível esse em que a gente vive hoje em dia — ele disse.

— Às vezes é mesmo — eu disse.

— Se precisar de ajuda com qualquer coisa, é só dizer.

Ele saiu da sala e eu me sentei em sua cadeira, na frente da mesa da juíza.

— O que posso fazer por você, doutor Haller? Já pegou a ordem pro banco?

— Já, já peguei, Excelência. Obrigado. Eu queria deixá-la a par do trabalho e também perguntar sobre um negócio.

Ela tirou os óculos de leitura e os pousou sobre o mata-borrão.

— Por favor, prossiga.

— Bom, primeiro como andam as coisas. O trabalho está meio devagar porque começamos sem uma agenda. Tanto o laptop de Jerry Vincent como a agenda em papel sumiram depois que ele foi assassinado. A gente precisou montar uma nova agenda puxando das pastas de casos em aberto. Pelos nossos cálculos, está tudo mais ou menos sob controle. Aliás, acabo de vir de uma audiência com a juíza Champagne a respeito de um desses casos. Então não deixamos escapar nada.

A juíza não deu mostras de estar impressionada com os meus esforços e os de minha equipe.

— De quantos casos em aberto estamos falando? — perguntou.

— Ahn, parece que são trinta e um... bom, trinta, agora que saiu uma sentença. Esse está encerrado.

— Então eu diria que o senhor herdou uma carteira das mais prósperas. Qual o problema?

— Não tenho certeza se existe um problema, Excelência. Até agora, só conversei com um cliente e parece que ele vai seguir comigo como seu advogado.

— Era Walter Elliot?

— Ahn, não, com esse ainda não falei. Estou me programando para conversar com ele hoje à tarde. A pessoa com quem conversei se envolveu com algo um pouco menos grave. Um caso de delito qualificado, na verdade.

— Ok.

Ela estava perdendo a paciência, então fui direto ao ponto.

— Eu queria perguntar sobre a polícia. A senhora tinha razão hoje de manhã quando me advertiu contra a intrusão policial. Quando cheguei ao escritório de Jerry depois de sair daqui, topei com dois detetives fuçando nos arquivos. A recepcionista estava lá, mas não fez nada pra impedir.

O rosto da juíza assumiu uma expressão dura.

— Bem, espero que o senhor tenha impedido. Esses policiais sabem muito bem que não podem sair por aí investigando ao bel-prazer.

— É, Excelência, eles pararam quando cheguei lá e protestei. Na verdade, ameacei fazer uma queixa à senhora. Foi só assim que pararam.

Ela balançou a cabeça, o rosto revelando orgulho com o poder que a menção de seu nome trazia.

— Certo, então por que está aqui?

— Bom, o que estou me perguntando agora é se não deveria chamá-los de volta.

— Não estou entendendo o senhor, doutor Haller. Chamar a polícia de volta?

— O detetive encarregado da investigação fez um comentário procedente. Ele disse que tudo levava a crer que Jerry Vincent conhecia seu assassino e provavelmente até permitiu que se aproximasse o suficiente para, sabe, atirar nele. Por isso, eles estavam olhando as pastas à procura de potenciais suspeitos quando eu cheguei e fiz com que parassem.

A juíza gesticulou com as mãos em um movimento de recusa.

— Claro que estavam. E estavam passando por cima dos direitos desses clientes quando fizeram isso.

— Eles estavam na sala de arquivos, examinando casos antigos. Casos encerrados.

— Tanto faz. Abertos ou encerrados, ainda assim é uma violação da prerrogativa advogado-cliente.

— Compreendo, Excelência. Mas depois que foram embora, vi que tinham deixado uma pilha de pastas na mesa. Eram as pastas que eles pensavam em levar ou queriam dar uma olhada mais cuidadosa. Eu examinei e vi que havia ameaças nesses documentos.

— Ameaças contra o doutor Vincent?

— Isso. Eram casos em que os clientes não estavam satisfeitos com a conclusão, fosse com o veredito, fosse com o modo como se acertaram os termos da sentença. Havia ameaças e, em cada um desses casos, ele as levou suficientemente a sério para manter um registro detalhado das palavras exatas que foram ditas e por quem. Era isso que os detetives estavam investigando.

A juíza se recostou em sua cadeira e entrelaçou os dedos das mãos, apoiando os cotovelos nos braços de sua poltrona de couro. Ela refletiu sobre a situação que eu havia descrito e então fixou seus olhos nos meus.

— O senhor acredita que estamos inibindo a investigação ao não permitir que a polícia faça seu trabalho.

Concordei.

— Fiquei imaginando se não haveria um jeito de meio que servir os dois lados — eu disse. — Limitar o dano aos clientes, mas deixar a polícia seguir com a investigação, independente do rumo que estiver tomando.

Em silêncio, a juíza considerou o que eu disse mais uma vez, depois suspirou.

— Quem dera meu marido não tivesse saído — disse, finalmente. — A opinião dele pra mim vale muito.

— Bom, eu tive uma ideia.

— Imagino que sim. O que é?

— Eu estava pensando que talvez pudesse examinar as pastas eu mesmo e fazer uma lista das pessoas que ameaçavam Jerry. Depois poderia passar para o detetive Bosch e dar a ele alguns detalhes das ameaças, também. Desse jeito, ele teria o que precisa, mas não poria ele mesmo a mão nos arquivos. Ele fica satisfeito, eu fico satisfeito.

— Bosch é o chefe das investigações?

— É, Harry Bosch. Da Roubos-Homicídios. Não lembro o nome do parceiro dele.

— O que o senhor precisa entender, doutor Haller, é que mesmo que apenas forneça os nomes a esse tal de Bosch, ainda assim estará quebrando a garantia de confidencialidade do cliente. O senhor pode ser expulso da ordem, por isso.

— Bom, andei pensando nisso e acho que há uma saída. Um dos mecanismos de desobrigação da confidencialidade com o cliente é ameaça à segurança. Se Jerry Vincent soubesse que um cliente estava indo matá-lo na noite passada, ele teria ligado para a polícia e informado o nome do cliente. Isso não teria sido um rompimento da garantia.

— É verdade, mas o que o senhor está considerando aqui é completamente diferente.

— É diferente, Excelência, mas não completamente. Fui informado pelo detetive-chefe desse caso que é muito provável que a identidade do assassino de Jerry Vincent esteja contida nos arquivos do próprio Jerry. Esses arquivos agora são meus. Então, essa informação constitui ameaça a minha pessoa. Quando eu circular por aí e começar a me encontrar com os clientes, pode acontecer de eu apertar a mão do assassino e nem fazer ideia. Interprete a situação como quiser, Excelência, mas de qualquer jeito eu ainda sinto que estou correndo riscos, por isso acredito que a desobrigação seja justificada.

Ela balançou a cabeça mais uma vez e voltou a pôr os óculos. Esticou o braço e apanhou um copo d'água oculto de meu campo de visão, atrás de seu computador.

Depois de beber um bom gole do copo ela falou:

— Certo, doutor Haller. Creio que se examinar os arquivos como sugeriu, o senhor estará agindo de uma maneira apropriada e aceitável. Gostaria de dar entrada em uma petição neste tribunal explicando suas ações e o sentimento de ameaça que o senhor enfrenta. Vou assinar, selar e com um pouco de sorte será algo que nunca virá à tona.

— Obrigado, Excelência.

— Mais alguma coisa?

— Acho que é só.

— Então tenha um bom dia.

— Certo, Excelência. Obrigado.

Fiquei de pé e comecei a andar em direção à porta, mas então me lembrei de uma coisa e me virei para ficar diante da mesa da juíza.

— Excelência? Esqueci uma coisa. Vi sua agenda da semana passada lá fora e notei que Jerry Vincent veio tratar da questão de Elliot. Não revisei o processo ainda, mas a senhora não se incomoda em me dizer do que se tratou a audiência?

A juíza teve de pensar por um momento para se lembrar.

— Foi uma petição de emergência. O doutor Vincent me procurou porque o juiz Stanton havia revogado a fiança e ordenado que Elliot ficasse sob custódia preventiva. Eu ratifiquei a revogação.

— Por que ela foi revogada?

— Elliot havia viajado para um festival de cinema em Nova York sem permissão. Era uma das condições da fiança. Quando Golantz, o promotor, viu uma foto de Elliot no festival na revista *People*, ele solicitou ao juiz Stanton que revogasse a fiança. Obviamente não estava nem um pouco contente de que a fiança tivesse sido concedida, para começo de conversa. O juiz Stanton a revogou e então o doutor Vincent me procurou pra pedir uma suspensão de emergência pra detenção e encarceramento de seu cliente. Decidi dar ao senhor Elliot uma segunda chance e restringir sua liberdade com uma tornozeleira eletrônica. Mas posso lhe assegurar que Elliot não terá uma terceira chance. Tenha isso em mente se ele permanecer como seu cliente.

— Compreendo, juíza. Obrigado.

Deixei o gabinete, agradecendo à senhora Gill conforme atravessava a sala do tribunal.

O cartão de Harry Bosch continuava em meu bolso. Tirei-o quando entrei no elevador. Eu deixara o carro em um estacionamento pago perto do Kyoto Grand Hotel, e a caminhada de três quadras passava bem em Parker Center. Liguei para o celular de Bosch quando me dirigia à saída do tribunal.

— Bosch falando.

— Aqui é Mickey Haller.

Houve uma hesitação. Achei que talvez não houvesse reconhecido meu nome.

— Em que posso ajudar? — ele perguntou finalmente.

— Como está a investigação?

— Indo, mas não tem nada que eu possa falar a respeito.

— Então eu vou direto ao assunto. Você está em Parker Center agora?

— Isso mesmo. Por quê?

— Estou vindo do tribunal. Me encontra na frente do memorial.

— Olha, Haller, eu estou ocupado. Pode me dizer do que se trata?

— Não por telefone, mas acho que é um negócio que vale a pena pra você. Se não estiver lá quando eu passar, então vou considerar que deixou escapar a oportunidade e não vou incomodar outra vez.

Fechei o telefone antes que ele pudesse responder. Levei cinco minutos para chegar a Parker Center a pé. O lugar estava com os dias contados, seu substituto sendo erguido a um quarteirão dali, na Spring Street. Vi Bosch parado junto ao chafariz que era parte do memorial para policiais mortos no cumprimento do dever. Notei os fios brancos de um aparelho saindo de seus ouvidos para o bolso de seu paletó. Me aproximei e não me dei o trabalho de apertar sua mão ou cumprimentá-lo de alguma forma. Ele puxou os fones e os enfiou no bolso.

— Se desligando do mundo, detetive?

— Isso ajuda a me concentrar. Esse encontro tem alguma finalidade?

— Depois que saiu do escritório hoje, olhei as pastas que você empilhou na mesa. Na sala dos arquivos.

— E daí?

— Daí que eu percebi o que vocês estavam tentando fazer. Quero ajudar, mas precisa entender minha posição.

— Eu entendo, doutor. O senhor precisa proteger aqueles processos e o possível assassino escondendo os arquivos, porque essas são as regras.

Assenti. O sujeito não queria facilitar as coisas.

— Vou dizer o que eu vou fazer, detetive Bosch. Esteja de volta ao escritório às oito, amanhã de manhã, e eu forneço o que eu puder.

Acho que o oferecimento o deixou surpreso. Não teve reação.

— Você vai estar lá? — perguntei.

— Qual é a jogada? — ele perguntou de volta.

— Jogada nenhuma. Mas não se atrase. Tenho uma reunião às nove, e depois disso provavelmente vou estar em trânsito, indo ao encontro de clientes.

— Às oito eu estarei lá.

— Ok, então.

Eu estava pronto para me afastar, mas parecia que ele não.

— O que foi?

— Quero perguntar uma coisa.

— O quê?

— Vincent tinha algum processo federal?

Pensei por um momento, relembrando o que sabia das pastas.

— A gente ainda está revisando tudo, mas acho que não. Ele era como eu, gostava de estar no tribunal. É um jogo de números. Quanto mais casos, mais gente fazendo merda, mais buracos por onde entrar. O jogo dos federais está mais pra cartas marcadas. Eles não gostam de perder.

Achei que ele poderia tomar aquilo um pouco pessoalmente. Mas deixou passar batido e encerrou o assunto.

— Ok.

— É só isso? Só isso que você queria perguntar?

— Só.

Esperei mais alguma explicação, mas ele não deu nenhuma.

— Ok, detetive.

Estendi a mão, meio sem jeito. Ele apertou e pareceu igualmente desconfortável. Decidi fazer uma pergunta que estava me incomodando.

— Ei, tem um negócio que eu queria perguntar pra você, também.

— O que é?

— Não é o que está no seu cartão, mas ouvi dizer que seu nome completo é Hieronymus Bosch. É verdade?

— O que tem isso?

— Eu fiquei imaginando como ganhou um nome desses.

— Minha mãe me deu.

— Sua mãe? E o que seu pai achou?

— Nunca perguntei. Preciso voltar pra minha investigação, agora, doutor. Tem mais alguma coisa?

— Não, é só isso. Só curiosidade. A gente se vê amanhã às oito.

— Até lá.

Ele ficou ali no memorial e eu me afastei. Enquanto caminhava, fiquei pensando o tempo todo no motivo de ele ter perguntado se Jerry Vincent cuidava de algum caso envolvendo os federais. Quando peguei a esquerda na esquina, virei para dar uma olhada e vi Bosch junto ao chafariz. Ele estava me observando. Não desviou o olhar, mas eu sim, e continuei andando.

11

Cisco e Lorna continuavam trabalhando no escritório de Jerry Vincent quando voltei. Entreguei a ordem judicial do banco para Lorna e a informei sobre os dois compromissos marcados para o dia seguinte de manhã.

— Pensei que você tivesse jogado Patrick Henson com os pobres-diabos — disse Lorna.

— Eu tinha. Mas agora o trouxe de volta.

Ela juntou as sobrancelhas, como fazia sempre que eu a deixava confusa — o que acontecia sempre. Eu não queria dar explicações. Continuando, perguntei se algo de novo acontecera quando estava no fórum.

— Algumas coisas — disse Lorna. — Primeiro de tudo, o cheque de Walter Elliot já caiu. Se ele ficou sabendo de Jerry, é tarde demais pra sustar.

— Ótimo.

— Melhor que isso. Encontrei o contrato e dei uma olhada no que o Jerry acertou com Elliot. Aqueles cem mil depositados na sexta-feira pro julgamento eram uma parcela do pagamento.

Sem dúvida ela tinha razão. Era muito melhor.

— Quanto é? — perguntei.

— Segundo o contrato — ela disse —, Vincent pegou duzentos e cinquenta adiantados. Isso faz cinco meses, e parece que já foi tudo embora. Mas ele receberia mais duzentos e cinquenta pro julgamento. Não reembolsáveis. Os cem eram só a primeira parte disso. O resto ficou pro primeiro dia do depoimento.

Balancei a cabeça, demonstrando satisfação. Vincent fechara um contrato e tanto. Eu nunca havia tido um caso envolvendo tanta grana. Mas fiquei pensando em como ele tinha detonado aqueles primeiros 250 mil dólares tão rápido. Lorna teria que investigar os depósitos e saques para achar uma resposta.

— Ok, isso tudo é muito bom, se a gente ficar com o Elliot. Se não, não tem importância. O que mais a gente tem?

Lorna pareceu decepcionada por eu não querer continuar falando sobre o dinheiro e comemorar sua descoberta. Ela não considerava o fato de que eu ainda não podia contar com Elliot como meu cliente certo. Tecnicamente, ele era livre para mudar de ideia. Eu teria a primeira chance com ele, mas ainda precisaria assegurar seu compromisso comigo antes de poder considerar como era ter em mãos honorários de 250 mil dólares.

Lorna respondeu minha pergunta em tom desinteressado.

— A gente teve uma série de visitas enquanto você tava no fórum.

— Quem?

— Primeiro, um dos investigadores que Jerry costumava usar apareceu quando soube da notícia. Ele deu uma olhada em Cisco e quase avançou pra cima. Depois resolveu usar a cabeça e ficou na dele.

— Quem era?

— Bruce Carlin. Jerry o contratou pra trabalhar no caso Elliot.

Bruce Carlin era um antigo detetive do Departamento de Polícia de Los Angeles que passara para o lado negro da força e trabalhava com a defesa, agora. Um monte de advogados o contratava, devido ao seu conhecimento do funcionamento interno da polícia. Usei seus serviços em um caso certa vez e achei que usufruía de uma reputação pouco merecida. Nunca mais o chamei.

— Liga pra ele — eu disse. — Arranja um horário pra ele voltar aqui.

— Por quê, Mick? Você tem o Cisco.

— Sei que tenho o Cisco, mas o Carlin tava trabalhando no caso de Elliot e eu duvido que esteja tudo nessas pastas. Você sabe como funciona. Se deixa fora da pasta, deixa fora da publicação compulsória. Então traz o cara aqui. Cisco pode conversar com ele e descobrir o que ele conseguiu. Paga pelo tempo dele — não interessa quanto cobra por hora — e depois manda ele passear quando não tiver mais utilidade. O que mais? Quem mais apareceu?

— Um perfeito bando de gente inútil. Carney Andrews veio aqui toda toda, achando que ia simplesmente pegar a pasta de Elliot do meio da pilha e sair tranquila com ela debaixo do braço. Mandei ela se catar. Então fui olhar a movimentação da conta e vi que ela foi contratada cinco meses atrás como coadvogada no caso Elliot. Um mês depois, foi cortada.

Balancei a cabeça e entendi do que se tratava. Vincent fora às compras de magistrados para Elliot. Carney Andrews era uma advogada sem talento e uma víbora, mas era casada com um juiz do Superior Tribunal chamado Bryce Andrews. Ele passara vinte e cinco anos como promotor antes de ser nomeado para a magistratura. Na opinião da maioria dos advogados de defesa criminal que trabalhavam no fórum, ele nunca deixara a promotoria. Acreditava-se que fosse um osso duro dos piores do Tribunal Criminal, agindo às vezes de comum acordo, quando não como uma extensão direta do Gabinete da Promotoria. Isso gerou um empreendimento familiar em que sua esposa ganhava a vida muito confortavelmente sendo contratada como coadvogada nos casos do tribunal de seu marido, criando desse modo um conflito de interesses que obrigaria a renomeação dos casos para outros juízes, com um pouco de sorte, mais lenientes.

A coisa funcionava como por encanto e a melhor parte era que Carney Andrews nunca tinha de praticar advocacia, de fato. Tudo que tinha a fazer era dar entrada em um processo, fazer um comparecimento no tribunal como coadvogada e então esperar que o caso fosse transferido da agenda de seu marido. Assim ela recebia honorários substanciais e passava ao caso seguinte.

Eu não precisava nem olhar a pasta de Elliot para entender o que tinha acontecido. Eu sabia. As atribuições dos processos eram feitas por seleção aleatória no gabinete da presidente do tribunal. O caso Elliot fora obviamente designado de início para a vara de Bryce Andrews e Vincent não ficou animado com suas chances ali. Para começar, Andrews jamais teria permitido fiança em um caso de duplo homicídio, para não falar da linha dura que adotaria contra o réu quando chegasse a hora do julgamento. Assim, Vincent contratou a esposa do juiz como coadvogada e o problema foi resolvido. Designado ao acaso, o processo foi parar nas mãos do juiz James P. Stanton, cuja reputação era o completo oposto da de Andrews. O resumo da ópera era que fosse lá o que Vincent houvesse pagado a Carney, tinha valido a pena.

— Você verificou? — perguntei a Lorna. — Quanto ele pagou pra ela?

— Ela pegou dez por cento do adiantamento inicial.

Assobiei. Vinte e cinco mil dólares por nada. Isso ao menos explicava para onde fora parte do primeiro quarto de milhão.

— Trabalhinho bom, pra quem pode — eu disse.

— Mas dormir à noite com Bryce Andrews está incluído no pacote — disse Lorna. — Não tenho certeza se vale a pena.

Cisco deu risada. Eu não, mas Lorna tinha razão. Bryce Andrews estava pelo menos vinte anos e quase cem quilos à frente de sua esposa. Não era uma cena muito bonita.

— Mais alguém apareceu? — perguntei.

— Não — disse Lorna. — Vieram também uns clientes que queriam saber dos casos deles depois que ouviram sobre a morte de Jerry no rádio.

— E?

— A gente barrou. Eu expliquei pra eles que só você podia entregar uma pasta e que você ia voltar depois de vinte e quatro horas. Parecia que iam tentar engrossar, mas com o Cisco aqui eles decidiram que era melhor esperar.

Ela sorriu para Cisco e o grandalhão fez uma mesura como que dizendo "a seu dispor".

Lorna me passou um pedaço de papel.

— Aqui estão os nomes. E também tem os contatos.

Olhei os nomes. Um fazia parte dos pobres-diabos, então devolveria a pasta dele com o maior prazer. O outro era um caso de atentado ao pudor em que eu achava que podia fazer alguma coisa. A mulher havia sido acusada quando um oficial de polícia ordenou que saísse da água em uma praia de Malibu. Estava nadando nua, mas isso só se tornou aparente depois que ela saiu da água. Como a acusação era de um delito leve, o policial teve de testemunhar o crime para fazer a prisão. Mas ao ordenar que saísse da água, ele criou o crime pelo qual a prendeu. Isso não seria aceito no tribunal. Eu sabia que conseguiria ganho de causa.

— Eu vejo esses dois hoje à noite — eu disse. — Na verdade, quero começar a ver logo todos os casos. Vou começar dando uma passada na Archway Pictures. Vou levar o Cisco comigo, e Lorna, quero que junte tudo que achar necessário aqui e vá pra casa. Não quero que fique aqui sozinha.

Ela fez que sim, mas então disse:

— Tem certeza de que quer que o Cisco vá com você?

Fiquei surpreso por fazer a pergunta na frente dele. Estava se referindo ao seu tamanho e aparência — as tatuagens, o brinco, as botas, a roupa de couro e tudo mais —, o aspecto geral de ameaça que projetava. Sua preocupação era de que pudesse mais assustar os clientes do que ajudar a mantê-los.

— É — eu disse. — Ele vai junto. Quando eu quiser ser sutil ele pode ficar esperando no carro. Além disso, quero que ele dirija pra mim enquanto examino as pastas.

Olhei para Cisco. Ele balançou a cabeça e pareceu à vontade com o arranjo. Talvez ficasse meio ridículo em seus trajes de motoqueiro atrás do volante de um Lincoln, mas ainda não estava se queixando.

— Falando nas pastas — eu disse. — Não temos nenhum caso de alçada federal, temos?

Lorna balançou a cabeça.

— Não que eu saiba.

Certo, pensei. Isso confirmava o que eu dera a entender a Bosch e me deixava ainda mais curioso sobre o porquê de ele ter perguntado sobre processos federais. Eu começava a fazer uma ideia a respeito e planejava trazer o assunto à tona quando o encontrasse no dia seguinte.

— Ok — eu disse. — Acho que chegou a hora do Lincoln Lawyer, o advogado motorizado, cair na estrada outra vez.

12

Ao longo da última década a Archway Pictures passou de uma posição periférica na indústria do cinema a uma potência. Isso se devia à única força motriz que sempre impulsionara Hollywood. Dinheiro. O custo de produção de filmes crescia exponencialmente e, ao mesmo tempo, a indústria se concentrava nos filmes mais caros. Por isso, os grandes estúdios começaram cada vez mais a procurar parceiros a fim de dividir o custo e o risco.

Era aí que entravam Walter Elliot e a Archway Pictures. A Archway anteriormente era um estúdio de aluguel. Ficava na Melrose Avenue, a poucas quadras do monstro que era a Paramount Pictures. A Archway fora criada para funcionar como uma rêmora em um enorme tubarão-branco. Ela pairava junto à boca do peixe maior e se alimentava de qualquer eventual migalha que escapasse da boca gigante. A Archway oferecia instalações de produção e salas de som quando não havia mais nada disponível nos grandes estúdios. Eles arrendavam seu espaço para candidatos a produtores e antigos produtores que não estavam à altura dos padrões ou não usufruíam das mesmas condições contratuais dos demais produtores em seus estúdios. Estimulavam os filmes independentes, mais baratos de serem feitos, porém mais arriscados e supostamente menos promissores nas bilheterias do que os filmes dos grandes estúdios.

Walter Elliot e a Archway Pictures se arrastaram dessa forma por uma década, até que a sorte bateu duas vezes na mesma porta. No espaço de apenas três anos, Elliot acertou na mosca com dois filmes independentes que apoiara ao fornecer salas de som, equipamento e instalações de produção em troca de parte dos lucros. Os filmes saíram e, desafiando as expectativas de Hollywood, se tornaram imensos sucessos de crítica e de público. Um deles até levou para casa o Oscar de melhor filme. Walter e seu estúdio adotado de repente viram-se rodeados pela aura do triunfo. Mais de cem milhões de pessoas diante da tevê ouviram o nome de Walter ser mencionado nos agradecimentos na hora da premiação. E, o mais importante, a parte da Archway com os dois filmes, que rodaram o mundo todo, foi de mais de cem milhões de dólares por cada um.

Walter fez uma coisa sábia com o dinheiro recém-obtido. Alimentou os tubarões, cofinanciando inúmeras produções para as quais os grandes estúdios procuravam parceiros de risco. Houve perdas, é claro. O negócio, afinal, era Hollywood. Mas ocorreram sucessos suficientes para manter o capital em crescimento. Ao longo da década seguinte, Walter Elliot duplicou e depois triplicou a aposta e com o tempo se tornou um jogador a aparecer regularmente nas listas dos 100 mais poderosos na avaliação da indústria e nas revistas. Elliot transformara a Archway de um endereço qualquer associado aos párias de Hollywood em um lugar onde havia uma espera de três anos por um escritório sem janelas.

Durante esse tempo todo, a riqueza pessoal de Elliot cresceu em igual proporção. Embora houvesse chegado à Costa Oeste vinte e cinco anos antes como o rico descendente de uma família do adubo fosfatado na Flórida, esse dinheiro não era nada comparado com a riqueza proporcionada por Hollywood. Como tantos outros na lista dos 100 mais, Elliot trocou sua esposa por uma modelo mais nova, e juntos começaram a colecionar casas. Primeiro, nos Canyons, depois, na parte baixa de Beverly Hills, em seguida à beira-mar em Malibu e então na parte alta de Santa Barbara. Segundo as informações em sua pasta, Walter Elliot e a esposa possuíam sete casas diferentes e dois ranchos nas imediações de Los Angeles. Com que frequência aproveitavam isso não vinha ao caso. Adquirir propriedades era um modo de marcar pontos em Hollywood.

Todos esses imóveis e listas de 100 mais vieram a calhar quando Elliot foi acusado de duplo homicídio. O chefão do estúdio mexeu seus pauzinhos e conseguiu um feito raro em um caso de assassinato. Saiu sob fiança. Com a promotoria objetando o tempo todo, a fiança foi fixada em vinte milhões de dólares e Elliot rapidamente pagou em imóveis. Estava fora da cadeia e aguardando julgamento desde então — apesar do breve flerte com a revogação da fiança de uma semana antes.

Uma das propriedades que Elliot deu como garantia para a fiança foi a residência onde aconteceram os assassinatos. Uma casa de veraneio de frente para o mar em uma angra isolada. No documento de alienação fiduciária seu valor está avaliado em seis milhões de dólares. Foi ali que Mitzi Elliot, de trinta e nove anos, foi assassinada junto com o amante em um quarto envidraçado de cem metros quadrados com vista para o vasto e azul Pacífico.

A publicação compulsória fornecida pela promotoria estava repleta de relatórios dos legistas e técnicos forenses, além de fotos coloridas da cena do crime. O quarto onde ocorreu o assassinato era inteiramente branco — paredes, tapete, mobília e roupa de cama. Dois corpos nus foram encontrados estendidos na cama e no chão. Mitzi Elliot e Johan Rilz. A cena era vermelho sobre branco. Dois grandes buracos de bala no peito do homem. Na mulher, dois no peito e um na testa. Ele junto à porta do armário. Ela, na cama. Vermelho sobre branco. Uma cena nada bonita. Os ferimentos eram enormes. Embora a arma do crime não estivesse lá, um relatório anexo dizia que a balística havia identificado os projéteis como de uma Smith & Wesson modelo 29, um revólver calibre .44. Disparado à queima-roupa, era arrasador.

Walter Elliot andara suspeitando da mulher. Ela anunciara sua intenção de se divorciar e ele acreditava que havia outro homem envolvido. Contou aos investigadores de homicídio que fora à casa de Malibu porque a esposa lhe dissera que ia se encontrar com o designer de interiores lá. Elliot achou que fosse mentira e sincronizou sua chegada de modo que pudesse surpreendê-la com o amante. Ele a amava e a queria de volta. Estava disposto a lutar por ela. Fora lá para enfrentá-los, disse, não para matar ninguém. Não tinha nenhum calibre .44, disse a eles. Não possuía arma alguma.

Segundo o depoimento que deu aos investigadores, quando Elliot chegou à casa de Malibu, encontrou a esposa e seu amante nus e mortos. Como descobriu, o amante era de fato o designer de interiores, Johan Rilz, um sujeito natural da Alemanha que Elliot sempre acreditara ser gay.

Elliot saiu da casa e voltou para o carro. Começou a se afastar, mas depois pensou melhor. Decidiu tomar a atitude correta. Deu meia-volta e estacionou na entrada. Ligou para 190 e aguardou a chegada dos policiais.

A cronologia e os detalhes de como a investigação prosseguiu a partir desse ponto seriam importantes para montar a defesa. Segundo os relatórios na pasta, Elliot forneceu aos investigadores um relato inicial de sua descoberta dos dois corpos. Ele foi então transportado pelos dois detetives para a delegacia, para que não estivesse no caminho enquanto a investigação da cena do crime tinha prosseguimento. Não estava sob voz de prisão, nesse momento. Foi levado a uma sala de interrogatório destrancada onde aguardou três longas horas, esperando que os dois detetives encarregados finalmente liberassem a cena do crime e comparecessem à delegacia. Uma entrevista gravada em vídeo foi então conduzida, mas, segundo a transcrição que eu li, rapidamente enveredou para um interrogatório. Nesse ponto, Elliot foi finalmente avisado de seus direitos e perguntado se queria continuar a responder. Sensatamente, optou por ficar quieto e pedir um advogado. Uma decisão dessas é sempre melhor de ser tomada antes tarde do que nunca, mas teria sido melhor ainda se Elliot jamais houvesse dito uma palavra aos investigadores. Ele deveria simplesmente ter ficado de boca calada.

Enquanto os investigadores trabalhavam na cena do crime e Elliot tomava seu chá de cadeira na sala de interrogatório da delegacia, um investigador de homicídios trabalhando no Sheriff's Headquarters Bureau, em Whittier, redigiu vários mandados de busca que foram enviados por fax para um juiz do Superior Tribunal, que os assinou. Eles autorizavam os investigadores a procurar por toda a casa da praia e no carro de Elliot e lhes permitiam proceder a um teste GSR para detectar resíduo de tiro nas mãos e nas roupas de Elliot, a fim de identificar possíveis nitratos gasosos e partículas microscópicas de uma detonação de arma de fogo. Depois que Elliot se recusou a cooperar, suas mãos foram embrulhadas em plástico na delegacia e ele foi transportado à central do procurador-geral, onde um criminalista conduziu o teste residual no laboratório. Isso consistia em esfregar discos adesivos quimicamente tratados nas mãos e nas roupas de Elliot. Quando os discos foram processados por um técnico do laboratório, os que haviam sido esfregados em suas mãos e nas mangas da camisa acusaram altos níveis de resíduo de tiro.

A essa altura, Elliot foi formalmente detido sob suspeita de homicídio. Com o único telefonema a que tinha direito ele ligou para seu advogado pessoal, que por sua vez ligou para Jerry Vincent, antigo colega seu da faculdade de direito. Elliot foi enfim transferido para a cadeia e fichado por duas acusações de assassinato. Os investigadores do procurador-geral então ligaram para a assessoria de imprensa do departamento e sugeriram uma coletiva. Acabavam de pegar um dos grandes.

Fechei a pasta quando Cisco parou o Lincoln em frente aos Archway Studios. Havia um bando de gente fazendo piquete na calçada. Eram roteiristas em greve, segurando cartazes em vermelho e branco que diziam QUEREMOS COTA JUSTA! e ROTEIRISTAS UNIDOS! Alguns cartazes exibiam um punho brandindo uma caneta. Outro dizia SUA FALA FAVORITA? UM ROTEIRISTA ESCREVEU. Amarrado à calçada estava um enorme porco inflável fumando um charuto com a palavra PRODUTOR marcada no traseiro. O porco e a maioria dos cartazes eram clichês batidos, e imaginei que os autores do protesto, por serem roteiristas, poderiam ter se saído com coisa melhor. Mas talvez esse tipo de criatividade só acontecesse quando estavam sendo pagos.

Eu me sentara no banco de trás para manter as aparências nessa primeira parada. Esperava que Elliot pudesse me ver pela janela de seu escritório e me tomar por um advogado de grandes recursos e capacidade. Mas os roteiristas viram um Lincoln com um passageiro na traseira e pensaram que eu fosse um produtor. Quando entrei no estúdio, avançaram para o carro, entoando "Porco avarento! Porco avarento!". Cisco acelerou e passou no meio, alguns dos pobres escritores desviando do para-choque.

— Toma cuidado! — exclamei. — A única coisa que eu não preciso agora é atropelar um roteirista desempregado.

— Não se preocupe — respondeu Cisco calmamente. — Eles sempre abrem passagem.

— Não dessa vez.

Quando chegamos à guarita, Cisco encostou com minha janela paralela à porta. Me certifiquei que nenhum roteirista nos seguira pela propriedade do estúdio e então baixei o vidro, de modo a poder falar com o homem que se adiantou. Seu uniforme era bege com uma gravata marrom escura e dragonas combinando. Uma vestimenta ridícula.

— Posso ajudar?

— Sou o advogado de Walter Elliot. Não marquei hora, mas preciso vê-lo agora mesmo.

— Pode me mostrar sua carteira de motorista?

Tirei e passei-a pela janela.

— Estou cuidando disso no lugar de Jerry Vincent. Esse é o nome que a secretária do senhor Elliot vai conhecer.

O guarda voltou à sua cabine e fechou a porta. Não sei se fez isso para manter o ar condicionado ou para me impedir de escutar a conversa quando pegasse o telefone. Fosse qual fosse o motivo, logo abriu outra vez a porta de correr e passou o aparelho para mim, a mão cobrindo o bocal.

— A senhora Albrecht é assistente-executiva do senhor Elliot. Ela quer falar com o senhor.

Peguei o telefone.

— Alô.

— Senhor Haller, é isso mesmo? Do que se trata? O senhor Elliot vem tratando desse assunto exclusivamente com o senhor Vincent e não tem nada marcado na agenda.

Esse assunto. Que jeito mais estranho de se referir a uma acusação de duplo homicídio.

— Senhora Albrecht, prefiro não conversar sobre isso aqui no portão de entrada. Como pode imaginar, é um "assunto" dos mais delicados, pra usar uma palavra sua. Posso ir até o escritório pra ver o senhor Elliot?

Girei em meu banco e olhei pela janela traseira. Havia dois carros na fila da guarita atrás de meu Lincoln. Não deviam ser produtores. Os roteiristas haviam permitido sua passagem sem incomodá-los.

— Receio que não seja o suficiente, senhor Haller. Posso deixá-lo em espera enquanto ligo para o senhor Vincent?

— Não vai conseguir falar com ele.

— Tenho certeza que ele atende uma ligação do senhor Elliot.

— Tenho certeza que não, senhora Albrecht. Jerry Vincent morreu. É por isso que estou aqui.

Olhei o reflexo de Cisco no retrovisor e dei de ombros, como que dizendo que não tinha outra escolha senão soltar a bomba ali mesmo. O plano havia sido passar com a maior elegância sob o arco da entrada e então transmitir pessoalmente ao senhor Elliot a notícia de que seu advogado estava morto.

— Desculpe, senhor Haller. Como disse? O senhor Vincent... morreu?

— Foi o que eu disse. E fui nomeado seu substituto pelo Superior Tribunal. Será que posso entrar agora?

— Claro, claro.

Devolvi o aparelho e o portão abriu rapidamente.

13

Indicaram-nos uma vaga privilegiada no estacionamento executivo. Disse a Cisco que esperasse no carro e fui sozinho, carregando as duas grossas pastas que Vincent juntara sobre o caso. Uma continha a publicação compulsória entregue até então pela promotoria, incluindo importantes documentos da investigação e transcrições de inquirições, e a outra levava documentos e outros materiais relativos ao caso produzidos por Vincent ao longo dos cinco meses em que esteve envolvido. Analisando as duas pastas fui capaz de formar uma boa ideia do que a promotoria tinha e não tinha, e da direção que o promotor pretendia tomar no julgamento. Ainda havia trabalho a ser feito e faltavam algumas peças para o caso e a estratégia da defesa. Podia acontecer de essas peças terem se perdido, estando na cabeça de Jerry Vincent, em seu laptop ou no bloco de anotações dentro da pasta de elástico, mas a menos que os policiais prendessem um suspeito e recuperassem o material roubado, fosse lá o que houvesse neles não me seria de nenhuma ajuda.

Segui caminho através de um gramado muito bem-cuidado conforme me dirigia ao escritório de Elliot. Meu planejamento para a reunião se dividia em três partes. A primeira tarefa era assegurar Elliot como cliente. Isso feito, eu pediria sua aprovação para protelar o julgamento, a fim de ter tempo de ficar em dia com o processo e me preparar para ele. A última parte do plano seria ver se Elliot detinha alguma peça das que estavam faltando para montar a defesa. As etapas dois e três obviamente não fariam diferença se eu não obtivesse sucesso na primeira parte.

O escritório de Walter Elliot era no Bangalô Um, na área mais afastada da Archway. A palavra "bangalô" soa como algo pequeno, mas ali em Hollywood eles eram enormes. Um sinal de status. Era como ter sua própria casa no estúdio cinematográfico. E, como em qualquer casa particular, as atividades no lado de dentro podiam ser mantidas em segredo.

A entrada de ladrilhos espanhóis levava a uma sala de estar abaixo do nível do chão com uma lareira cuspindo chamas a gás de um lado e um bar de mogno no canto oposto. Fui até o meio da sala, olhei em volta e aguardei. Observei a pintura acima da lareira. Retratava um cavaleiro de armadura em um corcel branco. O cavaleiro estava com o braço para cima, abrira o visor de seu elmo e tinha um olhar de determinação. Dei alguns passos mais pela sala e percebi que seus olhos haviam sido pintados de modo a encarar o observador da pintura de qualquer ângulo no ambiente. Eles me seguiram.

— Senhor Haller?

Virei-me ao reconhecer a voz ao telefone na guarita. A guardiã de Elliot, a senhora Albrecht, entrara na sala por algum lugar que não dava para ver. Elegância foi a palavra que me veio à mente. Uma mulher muito bonita que parecia avançar pela meia-idade com toda a compostura. No cabelo sem tintura viam-se faixas grisalhas, e minúsculas rugas se formavam nos cantos dos olhos e da boca, aparentemente intocadas por bisturis ou injeções. A senhora Albrecht parecia ser uma mulher que gostava de estar na própria pele. Por minha experiência, coisa rara em Hollywood.

— O senhor Elliot vai vê-lo agora.

Eu a segui dobrando uma esquina e por um curto corredor até uma sala de espera. Ela passou por uma mesa vazia — a dela, presumi — e abriu a larga porta que dava para o escritório de Elliot.

Elliot era um homem excessivamente bronzeado, com mais cabelo grisalho despontando no peito do colarinho desabotoado do que no alto da cabeça. Estava sentado atrás de uma enorme mesa de vidro. Não havia gavetas sob ela e nada de computador em cima, embora houvesse papelada e scripts esparramados pela superfície. Enfrentar duas acusações de assassinato parecia não ser problema. Ele se mantinha ocupado. Estava trabalhando e tocando a Archway do modo como sempre fizera. Talvez fosse o conselho de algum guru da autoajuda de Hollywood, mas não era um comportamento ou filosofia incomum para um réu. Aja como inocente e todos irão vê-lo como tal. No fim, você se torna inocente.

Havia uma área com poltronas do lado direito, mas ele preferiu continuar atrás de sua mesa de trabalho. Seus olhos escuros e penetrantes me pareceram familiares e então me dei conta de que os estivera fitando pouco antes — o cavaleiro de armadura na sala de estar era Elliot.

— Senhor Elliot, o senhor Haller — disse a senhora Albrecht.

Ela sinalizou para que me sentasse na cadeira diante de Elliot. Assim que o fiz, Elliot gesticulou, dispensando a senhora Albrecht sem tirar os olhos de mim, e ela deixou a sala sem dizer palavra. Ao longo dos anos eu representara e estivera na companhia de umas duas dúzias de assassinos. A única regra é que não há regras. Eles vêm em todas as formas e tamanhos, ricos e pobres, humildes e arrogantes, arrependidos e frios até a alma. As probabilidades me diziam que Elliot tinha grandes chances de ser o assassino. Que calmamente despachara a esposa e seu amante e arrogantemente achava que podia e iria se safar daquilo. Mas não havia nada nesse primeiro encontro para me dizer com cem por cento de certeza se era uma coisa ou outra. E era sempre assim que as coisas funcionavam.

— O que aconteceu com meu advogado? — ele perguntou.

— Bom, pra uma explicação detalhada eu sugiro que procure a polícia. Resumidamente, alguém o matou na noite passada em seu carro.

— E como é que eu fico? Minha vida depende desse julgamento que vai acontecer daqui a uma semana!

Isso era um pouco exagerado. A seleção do júri estava marcada para dali a nove dias e o Gabinete da Promotoria não pleiteava a pena de morte. Mas o fato de que pensasse nesses termos não faria mal a ninguém.

— É por isso que estou aqui, senhor Elliot. No momento, sou tudo que tem.

— E quem é o senhor? Nunca ouvi falar do senhor.

— Não ouviu falar de mim porque tomo como norma não deixar que falem de mim. Advogados de celebridades atraem excessiva atenção para seus clientes. Eles alimentam a própria fama oferecendo seus clientes. Eu não trabalho desse jeito.

Ele franziu os lábios e fez que sim. Dava para perceber que eu ganhara um ponto com ele.

— E o senhor está assumindo os casos do senhor Vincent? — ele perguntou.

— Deixe-me lhe explicar, senhor Elliot. Jerry Vincent tinha um escritório só seu. Assim como eu. De vez em quando, um de nós precisava de ajuda com algum caso ou precisava de outro advogado para cuidar disso ou daquilo. A gente fazia isso um pelo outro. Se olhar no contrato de representação que assinou com ele, vai encontrar meu nome em um parágrafo em jargão legal que permitia a Jerry discutir seu caso comigo e me incluir no compromisso da relação advogado-cliente. Em outras palavras, Jerry confiava seus casos a mim. E agora que morreu, estou preparado pra seguir em frente em seu lugar. Hoje de manhã a juíza que preside o Superior Tribunal assinou uma ordem judicial me encarregando dos clientes de Jerry. Sem dúvida, caberá ao senhor decidir quem afinal de contas deverá representá-lo no tribunal. Estou bastante familiarizado com o caso e preparado para seguir em sua representação legal sem maiores problemas. Mas, como eu disse, cabe ao senhor a decisão. Estou aqui apenas para mostrar as opções.

Elliot balançou a cabeça.

— Não consigo acreditar nisso. A gente estava com o julgamento marcado para semana que vem e eu não vou adiar. Estou esperando faz cinco meses pra limpar meu nome! O senhor faz ideia do que significa um homem inocente ter que ficar esperando infinitamente pela justiça? Ler todas essas insinuações e bobagens na imprensa? Um promotor fungando no meu cangote, esperando eu fazer alguma merda pra me tirar o direito de responder em liberdade? Olha só pra isso!

Esticou uma perna e puxou a calça para revelar o monitor GPS que a juíza Holder ordenara que usasse.

— Quero que isso acabe logo!

Assenti com a cabeça num gesto consolador e percebi que qualquer pedido meu de protelação seria como pedir rápida dispensa do caso. Decidi deixar isso para uma reunião estratégica após fechar o contrato — se eu fechasse.

— Já lidei com muitos clientes acusados injustamente — menti. — A espera pela justiça pode ser quase intolerável. Mas isso torna o sentimento de reparação ainda mais significativo.

Elliot não respondeu e não deixei que o silêncio durasse muito.

— Passei a maior parte da tarde revisando as pastas de documentos e provas do seu caso. Tenho confiança de que o senhor não precisará adiar o julgamento, senhor Elliot. Estou mais do que pronto para prosseguir. Outro advogado, não sei dizer. Mas eu vou estar preparado.

Aí estava, meu melhor chamariz para ele, em grande parte mentira e exagero. Mas não parei por aí.

— Andei estudando a estratégia de defesa delineada pelo doutor Vincent. Eu não a mudaria, mas acredito que pode ser melhorada. E posso aprontá-la pra semana que vem, se preciso. Creio que um adiamento sempre é útil, mas não será necessário.

Elliot esfregou um dedo na boca.

— Eu acho que preciso pensar a respeito — ele disse. — Preciso conversar com algumas pessoas e procurar saber algumas coisas sobre você. Assim como investiguei o Vincent antes de assinar com ele.

Decidi apostar alto e tentar forçar Elliot a tomar uma decisão rápida. Não queria que saísse investigando por aí para descobrir possivelmente que eu sumira por um ano. Isso traria muitas perguntas à tona.

— Ótima ideia — eu disse. — Faça como quiser, mas não perca muito tempo. Quanto mais demorar pra decidir, maior a chance de o juiz achar necessário postergar o julgamento. Sei que o senhor não quer isso, mas o juiz provavelmente já está perdendo a calma e levando um adiamento em consideração, já que não tem nenhum advogado de defesa que conste dos autos. Se o senhor optar por meus serviços, tentarei chegar diante do juiz o mais rápido possível e explicar a ele que continuamos prontos para começar.

Fiquei de pé e enfiei a mão no bolso para puxar um cartão. Pus o cartão sobre o vidro.

— Esses são os meus números. Ligue quando quiser.

Minha esperança era de que me mandasse sentar outra vez e começássemos a planejar o julgamento. Mas Elliot simplesmente esticou o braço e apanhou o cartão. Parecia examiná-lo quando saí. Antes que eu chegasse até a porta ela foi aberta de fora e a senhora Albrecht apareceu. Ela sorriu cordialmente.

— Estou certa de que iremos contatar o senhor — disse.

Minha sensação era de que escutara cada palavra dita por mim e seu chefe.

— Obrigado, senhora Albrecht — eu disse. — Espero que sim.

14

Quando me aproximei, Cisco estava recostado no Lincoln, fumando um cigarro.
— Foi bem rápido — ele disse.
Abri a porta de trás, para o caso de haver câmeras no estacionamento e Elliot estar me espiando.
— Belas palavras de encorajamento.
Entrei e ele fez o mesmo.
— Só estou dizendo que não demorou o que eu esperava — ele disse. — Como foi?
— Fiz o melhor que pude. Provavelmente vamos ficar sabendo logo, logo.
— Acha que foi ele?
— É provável, mas não faz diferença. A gente tem mais coisa com que se preocupar.

Era duro deixar aqueles honorários de um quarto de milhão de dólares de lado e pensar nos demais pangarés da lista de Vincent, mas eram os ossos do ofício. Abri a bolsa e puxei outras pastas de arquivos. Hora de decidir sobre nossa próxima parada.

Cisco manobrou e começou a se afastar em direção ao arco da entrada.
— Lorna está esperando notícias — ele disse.
Olhei para ele no retrovisor.
— O quê?
— Lorna ligou quando você estava lá dentro. Ela tá louca pra saber o que aconteceu com Elliot.

— Não esquenta, eu ligo pra ela. Mas primeiro vamos ver pra onde a gente vai.

O endereço de cada cliente — pelo menos o endereço fornecido quando contrataram Vincent — estava nitidamente indicado na frente da pasta. Verifiquei rapidamente cada um, procurando endereços em Hollywood. Enfim cheguei à pasta da mulher acusada de atentado ao pudor. A cliente que fora mais cedo ao escritório de Vincent para pedir seus arquivos de volta.

— Aí vamos nós — eu disse. — Quando sair daqui, desce a Melrose em direção a La Brea. A gente tem uma cliente lá. Ela apareceu hoje de manhã pedindo a pasta de volta.

— Certo.

— Depois dessa parada, eu passo pro banco da frente. Não quero que você se sinta como um chofer.

— Não é tão ruim assim. Acho que posso me acostumar.

Peguei o celular.

— Ei, Mick, preciso dizer uma coisa pra você — disse Cisco.

Tirei o polegar da discagem automática para Lorna.

— O que foi?

— Só queria contar eu mesmo antes que você ficasse sabendo de outro jeito. Eu e a Lorna... a gente vai casar.

Eu já havia imaginado que os dois iam nessa direção. Lorna e eu já éramos amigos quinze anos antes do casamento, que durou um ano. Para mim, era o segundo casamento e uma das coisas mais impensadas que eu já fizera na vida. Terminamos quando nos demos conta do erro e, de algum modo, conseguimos continuar amigos. Não havia outra pessoa no mundo em quem eu confiasse mais. Não estávamos mais apaixonados, mas eu ainda me importava muito com ela e iria sempre protegê-la.

— Tudo bem por você, Mick?

Olhei para Cisco no retrovisor.

— Não faço parte da equação, Cisco.

— Sei disso, mas quero saber se *tudo bem* por você. Entende?

Olhei pela janela e pensei um momento antes de responder. Então voltei a encará-lo pelo retrovisor.

— Claro, por mim tudo bem. Mas vou dizer uma coisa, Cisco. Ela é uma das quatro pessoas mais importantes da minha vida. Você pesa uns trinta quilos a mais que eu, e tudo em músculo, eu sei. Mas se um dia você machucá-la de algum jeito, eu dou o troco, não sei como mas dou. Entende?

Ele tirou os olhos do retrovisor para olhar a rua à sua frente. Estávamos na saída, andando devagar. Os roteiristas em greve se aglomeravam na calçada e atrapalhavam as pessoas que queriam sair do estúdio.

— Claro, Mick, por mim tudo bem.

Ficamos em silêncio por algum tempo, avançando de centímetro em centímetro. Cisco continuava a me olhar pelo retrovisor.

— O que foi? — perguntei finalmente.

— Bom, sua filha, eu saquei. É uma. E depois tem a Lorna. Eu queria saber quem são as outras duas.

Antes que eu pudesse responder, a versão eletrônica da abertura de *Guilherme Tell* começou a tocar em minha mão. Baixei os olhos para o telefone. A tela dizia NÚMERO DESCONHECIDO. Abri o aparelho.

— Haller.

— Por favor, aguarde um minuto, Walter Elliot vai falar — disse a senhora Albrecht.

Não demorou muito e escutei a voz familiar.

— Senhor Haller?

— Estou aqui. O que posso fazer pelo senhor?

Senti um nó de ansiedade no estômago. Ele tomara sua decisão.

— Não notou alguma coisa sobre meu caso, senhor Haller?

A pergunta me pegou de surpresa.

— Como assim?

— Um advogado. Tenho um único advogado, senhor Haller. Entende, não é só no tribunal que preciso ganhar esse caso, também preciso sair vitorioso no julgamento da opinião pública.

— Entendo — eu disse, embora não soubesse muito bem do que estava falando.

— Nos últimos dez anos, escolhi um monte de vencedores. Falo dos filmes em que investi meu dinheiro. Escolhi vencedores porque acredito ter uma percepção afiada do gosto e da opinião do grande público. Sei do que as pessoas gostam porque sei o que pensam.

— Tenho certeza disso, senhor.

— E acho que o público acredita que quanto mais culpado você é, de mais advogados você precisa.

Não estava enganado a esse respeito.

— Então a primeira coisa que disse ao senhor Vincent quando o contratei foi: nada de *dream team*, só o senhor. Tivemos uma segunda advogada por algum tempo no começo, mas foi temporário. Serviu pra um propósito e depois acabou. Um advogado, senhor Haller. É assim que eu quero. O melhor advogado que eu puder obter.

— Eu compreen...

— Já tomei uma decisão, senhor Haller. Fiquei bem impressionado quando esteve aqui. Gostaria de contratar seus serviços pro tribunal. O senhor será meu advogado.

Tive de acalmar a voz antes de responder.

— Fico feliz em saber disso. E pode me chamar de Mickey.

— E pode me chamar de Walter. Mas insisto em uma única condição antes de fechar esse acordo.

— O que é?

— Nada de adiamentos. Vamos para o julgamento dentro do previsto. Quero ouvir você concordar com isso.

Hesitei. Eu queria um adiamento. Mas queria muito mais pegar aquele caso.

— Não vai ter adiamento — eu disse. — A gente vai estar pronto pra próxima quinta.

— Bom, então bem-vindo a bordo. O que a gente faz agora?

— Bem, ainda não saí do estúdio. Eu posso dar meia-volta e ir praí.

— Sinto muito, mas tenho umas reuniões até as sete e depois uma sessão do nosso filme pra temporada do Oscar.

Eu achava que o julgamento e sua liberdade tinham precedência sobre as reuniões e filmes, mas deixei para lá. Iria ensinar algumas coisas a Walter Elliot e o faria encarar a realidade da próxima vez em que o visse.

— Ok, então, por enquanto me passa um número de fax e eu vou pedir a minha gerente administrativa que mande um contrato. Os honorários vão estar estruturados da mesma forma combinada com Jerry Vincent.

Houve um silêncio e esperei. Se ele pretendia baixar o preço dos honorários, a hora era agora. Mas em vez disso ele repetiu um número de fax que eu podia ouvir a senhora Albrecht passando para ele. Escrevi na capa de uma das pastas.

— Que tal amanhã, Walter?

— Amanhã?

— Isso, já que não hoje à noite, então amanhã. A gente precisa começar. Você não quer adiamento; quero estar mais preparado do que já estou. A gente precisa conversar e rever umas coisas. Tem umas lacunas na defesa e eu acho que você pode me ajudar a preenchê-las. Posso voltar ao estúdio ou encontrá-lo em algum outro lugar à tarde.

Escutei vozes abafadas enquanto conferenciava com a senhora Albrecht.

— Tenho uma brecha às quatro — disse, finalmente. — Aqui no bangalô.

— Ok, estarei aí. E cancele qualquer compromisso às cinco. Vamos precisar de no mínimo duas horas, pra começar.

Elliot concordou com as duas horas e já íamos encerrando a conversa quando me lembrei de mais uma coisa.

— Walter, quero ver a cena do crime. Será que eu posso entrar na casa de Malibu amanhã antes da gente se encontrar?

Mais uma vez, uma pausa.

— Quando?

— Melhor você dizer.

Outra vez ele tapou o telefone e escutei sua conversa abafada com a senhora Albrecht. Então ele voltou a falar comigo.

— Que tal às onze? Vou mandar alguém encontrar você para deixá-lo entrar.

— Assim parece bom. Até amanhã, Walter.

Fechei o celular e olhei para Cisco no espelho.

— Ele é nosso.

Cisco deu uma buzinada para comemorar. Um prolongado toque que fez o motorista da frente pôr um punho fechado para fora e mostrar o dedo do meio. Na rua, os roteiristas em greve tomaram a buzina como manifestação de apoio vindo de dentro do odiado estúdio. Escutei um viva ruidoso da multidão.

15

Bosch chegou cedo na manhã seguinte. Veio sozinho. A título de cachimbo da paz, trouxe um copo extra de café, que passou para mim. Não bebo mais café — evito agora todo tipo de vício em minha vida —, mas aceitei assim mesmo, pensando que o cheiro da cafeína me ajudaria a acordar. Eram apenas 7h45, mas eu estava no escritório de Jerry Vincent já havia duas horas.

Acompanhei Bosch à sala de arquivo. Parecia mais cansado até do que eu, e tenho certeza absoluta de que usava o mesmo terno com que eu o vira no dia anterior.

— Noite muito longa? — perguntei.

— Ah, e como.

— Atrás de pistas ou do próprio rabo?

Era uma pergunta que eu ouvira um detetive fazer a outro em um corredor de tribunal. Acho que era o tipo de coisa reservada aos parceiros de ofício, pois Bosch não pareceu impressionado. Emitiu uma espécie de grunhido e não respondeu.

Na sala de arquivo eu lhe disse para sentar diante da mesinha. Havia um pequeno bloco amarelo sobre ela, mas nenhuma pasta. Peguei a outra cadeira e pus o café em cima da mesa.

— Bom — eu disse, apanhando o bloco de anotações.

— Bom — disse Bosch, quando eu não disse mais nada.

— Bom, eu encontrei a juíza Holder ontem no gabinete dela e tracei um plano que consiste em passar adiante o que você precisar dos arquivos sem de fato te dar as pastas.

Bosch sacudiu negativamente a cabeça.

— Qual o problema? — perguntei.

— Você devia ter me dito isso ontem em Parker Center — ele disse. — Eu não teria perdido meu tempo.

— Achei que fosse gostar.

— Não vai funcionar.

— Como é que sabe? Como pode ter certeza?

— Quantos homicídios você já investigou, Haller? E quantos já desvendou?

— Certo, você tem razão. Você é o especialista aqui. Mas tenho certeza de que sou capaz de rever as pastas e discernir o que constituía uma ameaça legítima contra Jerry Vincent. Talvez por minha experiência como advogado de defesa criminal eu até possa perceber alguma ameaça que você deixaria passar, como detetive.

— É o que você diz.

— É, é o que eu digo.

— Olha, tudo que eu estou apontando aqui é o óbvio. Eu sou o detetive. Sou eu quem deveria olhar as pastas porque eu sei o que estou procurando. Sem ofensa, mas você é um amador nesse negócio. Então estou numa posição aqui em que tenho que pegar o que um amador me der e confiar que estou pondo as mãos em tudo que há de aproveitável nessas pastas. Não funciona assim. Não confio numa evidência a não ser que eu mesmo a tenha encontrado.

— Mais uma vez tem razão, detetive, mas é assim que é. É o único método aprovado pela juíza Holder, e você pode se considerar com sorte por conseguir isso. Ela não tava nem um pouco interessada em ajudá-lo.

— Então está me dizendo que deu a cara a tapa em minha defesa?

Disse isso em um tom de descrédito, sarcástico, como se fosse uma impossibilidade matemática um advogado de defesa ajudar um detetive de polícia.

— Isso mesmo — eu disse, desafiador. — Dei a cara a tapa. Expliquei ontem, Jerry Vincent era meu amigo. Quero que você acabe com o sujeito que acabou com ele.

— Você provavelmente está preocupado com a sua pele, também.

— Nunca neguei isso.

— Se eu fosse você, eu estaria.

— Olha, quer a lista ou não quer?

Segurei o bloco de anotações como que provocando um cachorro com um brinquedo. Ele esticou o braço e eu recolhi o meu, me arrependendo do gesto na mesma hora. Passei o bloco a ele rapidamente. Foi um intercâmbio desajeitado, como o aperto de mãos do dia anterior.

— Há onze nomes nessa lista, com um pequeno resumo da ameaça que cada um fez a Jerry Vincent. A gente teve sorte de Jerry ter achado importante manter um registro de cada ameaça que recebeu. Eu nunca fiz uma coisa dessas.

Bosch não respondeu. Estava lendo a primeira página do bloco de anotações.

— Pus em ordem de prioridade — eu disse.

Bosch me olhou e percebi que estava pronto para partir pra cima de mim outra vez, por eu bancar o detetive. Ergui a mão para que nem começasse.

— Não do ponto de vista da sua investigação. Do ponto de vista de um advogado. Eu me pus na pele do Jerry Vincent, dei uma olhada nisso tudo e pensei qual deles me deixaria mais preocupado. Como o primeiro dessa lista. James Demarco. O cara vai em cana por porte de arma ilegal e acha que o Jerry fodeu com o caso. Um cara desses põe a mão num cano assim que se vê do lado de fora.

Bosch balançou a cabeça e baixou o rosto de volta para o bloco. Falou sem tirar os olhos dali.

— O que mais você tem pra mim?

— Como assim?

Ele me encarou e balançou o bloco para cima e para baixo como se fosse leve como uma pluma; e a informação que continha, a mesma coisa.

— Vou checar esses nomes e ver por onde andam esses caras hoje em dia. Pode ser que esse seu traficante de armas esteja solto por aí atrás de vingança. Mas todos esses casos aqui são antigos. Muito provavelmente, se essas ameaças fossem legítimas, elas teriam sido concretizadas há muito tempo. O mesmo vale para as ameaças que ele recebeu quando era promotor. Então tudo isso que você está me dando é só encheção de linguiça, para manter minhas mãos ocupadas, doutor.

— Encheção de linguiça? Alguns desses caras ameaçaram ele quando tavam sendo levados pra cadeia. Talvez alguns deles já estejam soltos. Pode ser que só um tenha saído e levado a ameaça até o fim. Pode ser que tenham contratado alguém de fora da prisão pra fazer o serviço. Tem muita possibilidade e acho melhor não ir dispensando como encheção de linguiça. Não entendo essa sua postura.

Bosch sorriu e balançou a cabeça, em gesto negativo. Me lembrei de meu pai fazendo a mesma coisa quando eu tinha cinco anos de idade e ele estava me explicando que eu entendera errado alguma coisa.

— Eu não estou nem aí pro que você acha da minha postura — ele disse. — A gente vai verificar os seus palpites. Mas estou procurando alguma coisa um pouco mais atual. Alguma coisa dos casos em andamento do Vincent.

— Bom, não dá pra ajudar nisso.

— Claro que dá. Você está com todos os casos, agora. Imagino que esteja revisando um por um e se encontrando com todos os novos clientes. Vamos dizer que você descubra alguma coisa, ou que veja alguma coisa, ou que escute alguma coisa que não se encaixa, que não cheira bem ou talvez te deixe um pouco assustado. Aí você me liga.

Fiquei olhando para ele sem responder.

— Nunca se sabe — ele disse. — Pra você, pode ser a diferença entre a vida…

Deu de ombros e não terminou a frase, mas não precisava. Estava tentando me amedrontar e me levar a cooperar além do permitido pela juíza Holder, ou além do que eu me sentia à vontade de fazer.

— Passar adiante informação de casos encerrados é uma coisa — eu disse. — Fazer o mesmo com os casos em aberto é outra completamente diferente. E além do mais, sei que você está querendo mais do que só ameaças. Você acha que o Jerry descobriu alguma coisa, ficou sabendo mais do que devia e por isso sofreu queima de arquivo.

Bosch manteve os olhos em mim e balançou a cabeça lentamente. Eu fui o primeiro a desviar o olhar.

— Que tal abrirmos uma via de mão dupla, detetive? O que você sabe e não quer me contar? O que havia no laptop que era tão importante? E o que havia na pasta de elástico?

— Não posso conversar sobre uma investigação em aberto.

— Ontem podia, quando perguntou sobre o FBI.

Ele me fitou e estreitou os olhos escuros.

— Não perguntei nada sobre o FBI.

— O que é isso, detetive? Você me perguntou sobre processos federais. Por que faria isso se não tivesse alguma espécie de conexão federal? Imagino que seja o FBI.

Bosch hesitou. Tive a sensação de que meu palpite estava correto e que agora eu o pusera contra a parede. Minha menção ao FBI o faria pensar que eu sabia de algo. Agora ele teria de dar para receber.

— Dessa vez, você primeiro — sugeri.

Ele fez que sim.

— Ok, o assassino ficou com o celular de Jerry Vincent… ou ele tirou do corpo, ou estava na maleta.

— Certo.

— Consegui o registro das chamadas ontem, logo depois que a gente se encontrou. No dia em que ele foi morto, recebeu três ligações do FBI. Quatro dias antes disso, duas. Ele estava falando com alguém de lá. Ou eles estavam falando com ele.

— Quem?

— Não sei. Todas as ligações pra fora feitas ali aparecem registradas com o número principal. Tudo que sei é que ele recebeu as ligações, nenhum nome.

— E a duração das ligações?

Bosch hesitou, inseguro sobre até onde devia falar. Baixou os olhos para o bloco em sua mão e vi que decidiu dizer mais coisas, meio que a contragosto. Ele ia ficar furioso quando eu não tivesse nada para dar em troca.

— Ligações curtas, todas.

— Curtas como?

— Nenhuma durando mais de um minuto.

— Bom, podia ser engano.

Ele sacudiu a cabeça.

— Engano demais. Eles queriam alguma coisa dele.

— Alguém de lá ligou pra saber da investigação de homicídio?

— Ainda não.

Pensei nisso e dei de ombros.

— Bom, pode ser que ainda liguem e então você vai saber.

— É, e pode ser que não. Não é o estilo deles, se é que me entende. Agora sua vez. O que você tem ligado aos federais?

— Nada. Eu confirmei que Vincent não tinha nenhum caso federal.

Observei Bosch tentar controlar a raiva conforme percebia que eu passara a perna nele.

— Está me dizendo que não encontrou nenhuma conexão com os federais? Nem mesmo um cartão do FBI naquele escritório?

— Isso mesmo. Nada.

— Está correndo um boato sobre um júri preliminar federal investigando corrupção nos tribunais dos estados. Ouviu falar alguma coisa sobre isso?

Abanei a cabeça.

— Eu fiquei na geladeira um ano.

— Muito obrigado pela ajuda.

— Olha, detetive, não estou entendendo. Por que você não pode simplesmente ligar pra lá e perguntar quem andou ligando pra sua vítima? Não é assim que uma investigação devia proceder?

Bosch sorriu como se estivesse lidando com uma criança.

— Se querem que eu saiba de alguma coisa, eles vêm até mim. Se eu ligar pra eles, vão me dar aquela esnobada. Se isso fazia parte de uma sindicância de corrupção ou se tinha alguma outra coisa rolando, as chances de conversarem com um tira local são muito poucas ou nenhuma. Se foram eles que o apagaram, então pode apostar em nenhuma.

— Como iam matar ele?

— Eu falei pra você, ligaram várias vezes. Eles queriam alguma coisa. Estavam pressionando o cara. Talvez mais alguém ficou sabendo disso e achou que ele fosse um risco.

— Isso é muita suposição só por causa de cinco ligações que não dão nem cinco minutos.

Bosch ergueu o bloquinho amarelo.

— Não mais suposição que esta lista.

— E o laptop?

— O que tem ele?

— Será que isso tudo tem a ver com ele, com alguma coisa no computador?

— Me diz você.

— Como vou saber, se não faço a menor ideia do que tinha nele?

Bosch balançou a cabeça concordando e ficou de pé.

— Tenha um bom dia, doutor.

Saiu, carregando o bloco de anotações junto ao corpo. Fiquei ali imaginando se eu havia recebido uma advertência ou se ele estivera me fazendo de bobo o tempo todo que ficou ali comigo.

16

Lorna e Cisco chegaram juntos quinze minutos depois que Bosch saiu e então nos reunimos no escritório de Vincent. Eu sentei atrás da mesa do advogado morto e os dois sentaram na minha frente, do outro lado. Era mais uma sessão de balanço em que a gente repassava os casos, vendo o que conseguíramos na noite anterior e o que ainda havia por ser feito.

Com Cisco de motorista, eu visitara onze clientes de Vincent na noite anterior, fechando com oito deles e devolvendo as pastas para outros três. Esses casos eram minhas prioridades, clientes potenciais que eu esperava manter porque podiam pagar, ou porque seus casos haviam angariado mérito de alguma forma quando os examinei. Eram casos que eu podia vencer ou que representavam um desafio.

Por isso a noite não foi ruim. Conseguira convencer até a acusada de atentado ao pudor a me manter como seu advogado. E claro que Walter Elliot era a cereja de meu bolo. Lorna me informou que lhe enviara um fax com o contrato de representação e que ele já assinara e devolvera. As coisas estavam correndo muito bem nesse aspecto. Eu já podia parar de me preocupar com os cem mil na conta.

Em seguida, elaboramos o planejamento para o dia. Disse a Lorna que eu queria que ela e Wren — se ela aparecesse — fossem atrás dos clientes restantes, comunicassem o falecimento de Jerry Vincent e marcassem uma hora comigo para discutir a questão da representação legal. Pedi para Lorna também continuar a montar uma agenda e se familiarizar com o arquivo e os registros financeiros de Vincent.

Disse a Cisco que era para ele se concentrar no caso Elliot, dando particular ênfase à preservação das testemunhas. Isso significava que tinha de pegar a relação preliminar de testemunhas da defesa, que já havia sido compilada por Jerry Vincent, e preparar intimações para os policiais, oficiais e outras testemunhas que podiam ser considerados hostis à causa da defesa. Com os especialistas pagos e outros que iriam testemunhar por vontade própria a favor da defesa, ele tinha de fazer contato e lhes assegurar que o julgamento ia ocorrer dentro do programado, comigo substituindo Vincent na condução.

— Entendido — disse Cisco. — E quanto à investigação de Vincent? Quer que eu fique de olho?

— Quero, continua monitorando e me conta o que descobrir.

— Descobri que passaram a noite toda dando um suadouro num sujeito, mas soltaram hoje de manhã.

— Quem?

— Ainda não sei.

— Um suspeito?

— Soltaram o cara, então seja lá quem for, tava limpo. Por enquanto.

Balancei a cabeça enquanto pensava a respeito. Não admirava que Bosch parecesse ter passado a noite em claro.

— O que você vai fazer hoje? — perguntou Lorna.

— Minha prioridade hoje é começar com Elliot. Tem poucas coisas nesses outros casos em que vou precisar prestar alguma atenção, mas na maior parte do tempo vou cuidar do Elliot daqui pra frente. Tem a seleção do júri daqui a oito dias. Hoje eu quero começar pela cena do crime.

— Eu devia ir junto — disse Cisco.

— Não, só quero dar uma olhada no lugar. Você pode ir lá com uma câmera e a trena depois.

— Mick, não tem como você convencer o Elliot a adiar? — perguntou Lorna. — Será que ele não percebe que você precisa de tempo pra examinar e entender o caso?

— Eu falei isso pra ele, mas ele não está interessado. Tinha essa condição pra me contratar. Eu precisei concordar em ir a julgamento na semana que vem, ou então ele ia procurar outro advogado que fizesse isso. Ele diz que é inocente e que não quer esperar nem mais um dia pra provar.

— Você acredita nele?

Dei de ombros.

— Tanto faz. Ele acredita. E tem essa confiança estranha de que as coisas vão virar a seu favor, como se fosse o resultado das bilheterias da segunda de manhã. Então ou eu me apronto pro julgamento do fim da semana que vem, ou perco meu cliente.

Bem nessa hora a porta do escritório se abriu e revelou Wren Williams parada na soleira, hesitante.

— Com licença — ela disse.

— Oi, Wren — eu disse. — Que bom que você veio. Pode esperar na recepção, por favor, Lorna vai falar do trabalho com você daqui a um minuto.

— Tudo bem. Tem um cliente seu esperando aqui. Patrick Henson. Ele já estava esperando quando eu cheguei.

Olhei o relógio. Nove e cinco. Era um bom sinal em relação a Patrick Henson.

— Então manda ele entrar.

Um homem jovem entrou na sala. Patrick Henson era menor do que pensei, mas talvez fosse o centro de gravidade baixo que o tornava um bom surfista. Tinha o bronzeado curtido do ofício, mas seu cabelo estava cortado bem curto. Nenhum brinco, nenhum colar de conchas brancas ou dente de tubarão. Nenhuma tatuagem que desse pra ver. Usava umas calças pretas cheias de bolsos e o que provavelmente imaginava ser sua melhor camiseta. Com colarinho.

— Patrick, a gente se falou pelo telefone ontem. Eu sou Mickey Haller e essa é minha gerente administrativa, Lorna Taylor. O grandão aqui é o Cisco, meu investigador.

Ele se dirigiu à mesa e apertamos as mãos. Tinha um aperto firme.

— Fico feliz que tenha decidido aparecer. É seu esse peixe aí na parede?

Sem mexer os pés, Henson girou o tronco como se estivesse sobre uma prancha de surfe e olhou para o peixe pendurado na parede.

— É, é a Betty.

— Você deu um nome pra um peixe empalhado? — perguntou Lorna. — Que coisa, ele era de estimação?

Henson sorriu, mais para si mesmo do que para nós.

— Não, eu peguei esse aí faz muito tempo. Na Flórida. A gente pendurou na porta da frente de um apê que a gente dividia em Malibu. Meus amigos e eu, a gente sempre dizia "Oi, Betty" quando entrava. Era meio idiota.

Girou de volta e olhou para mim.

— Falando em nomes, como a gente chama você, Trick?

— Ahn, isso aí é só um nome que o meu empresário inventou. Eu não uso mais. Me chama de Patrick, só isso.

— Ok, e você me disse que sua carteira de motorista está em dia.

— Pode crer.

Ele enfiou a mão num dos bolsos da frente, puxou uma grossa carteira de náilon e me deu. Examinei por um momento e a passei para Cisco. Ele examinou um pouco mais detidamente que eu e então assentiu com a cabeça, dando sua aprovação oficial.

— Ok, Patrick, preciso de um motorista — disse. — Eu entro com o carro, a gasolina e o seguro e você aparece aqui todo dia de manhã às nove pra me levar aonde precisar. Sobre o pagamento eu falei ontem. Interessado?

— Claro.

— Você é cuidadoso no volante? — perguntou Lorna.

— Nunca bati carro nenhum — disse Patrick.

Balancei a cabeça, aprovando. Dizem que um viciado é o mais indicado para identificar outro viciado. Procurei sinais de que continuasse usando drogas. Pálpebra pesada, falar devagar, evitar contato olho no olho. Mas não captei nada.

— Quando você quer começar?

Ele deu de ombros.

— Não tenho nada... quer dizer, quando o senhor quiser, acho.

— Que tal agora mesmo? Podemos fazer o test-drive hoje. A gente vê como você se sai e depois conversa sobre isso mais tarde, no final do dia.

— Pra mim tá bom.

— Ok, vamos sair e rodar por aí, no carro eu explico como gosto que as coisas funcionem.

— Beleza.

Ele enfiou os polegares em gancho nos bolsos e ficou aguardando meu próximo passo ou instrução. Parecia ter uns trinta anos, mas isso era por causa do que o sol fizera com sua pele. Eu sabia pela pasta que tinha só vinte e quatro e ainda muita coisa para aprender.

Nesse dia o plano era fazê-lo voltar para a escola.

17

Tomamos a 10 saindo do centro e seguimos rumo oeste na direção de Malibu. Sentei no banco de trás e abri meu computador sobre a mesinha embutida. Enquanto aguardava a inicialização, expliquei a Patrick Henson como era meu esquema.

— Patrick, estou sem escritório desde que saí da Defensoria Pública, faz doze anos. Meu carro é meu escritório. Tenho mais dois Lincolns iguais a este. Eu faço um rodízio com eles. Cada um tem uma impressora e um fax e eu tenho um cartão wireless no meu computador. Tudo que eu posso fazer em um escritório eu posso fazer aqui atrás enquanto estou a caminho de algum lugar. Existem mais de quarenta fóruns espalhados pelo município de Los Angeles. A mobilidade é o melhor meio de cuidar dos negócios.

— Legal — disse Patrick. — Eu também não ia querer ficar fechado num escritório.

— Pode crer — eu disse. — É claustrofóbico.

Meu computador estava pronto. Fui para o arquivo em que eu guardava formulários e requerimentos gerais e comecei a preparar uma petição preliminar de exame de provas.

— Estou trabalhando no seu caso bem agora, Patrick.

Ele olhou para mim no retrovisor.

— Como assim?

— Bom, revisei seu caso e tem um negócio que pelo jeito Vincent deixou de lado que acho que a gente precisa fazer e que talvez possa ajudar.

— O que é?

— Uma avaliação independente do colar que você pegou. O valor apresentado é de vinte e cinco mil, e isso deixa você na categoria de roubo qualificado. Mas parece que ninguém pôs isso em dúvida.

— Você quer dizer que se os diamantes forem falsos o delito deixa de ser grave?

— Pode funcionar assim. Mas eu estava pensando em outra coisa, também.

— O quê?

Puxei a pasta dele da minha bolsa, para checar um nome.

— Deixa eu fazer umas perguntas primeiro, Patrick — eu disse. — O que você estava fazendo naquela casa onde você pegou o colar?

Ele deu de ombros.

— Eu tava saindo com a filha mais nova da mulher. Conheci ela na praia e eu meio que tava ensinando a garota a pegar onda. A gente saiu junto algumas vezes. Uma vez teve uma festa de aniversário na casa dela e eu fui convidado e aí a mãe dela ganhou o colar de presente.

— Foi daí que você ficou sabendo quanto valia.

— É, o pai dela disse que era diamante quando ele deu pra ela. O cara tava se sentindo com aquilo.

— E então da próxima vez que você esteve na casa você passou a mão no colar.

Ele não respondeu.

— Não foi uma pergunta, Patrick. É um fato. Sou seu advogado agora e a gente precisa conversar sobre os fatos do caso. É só não mentir pra mim, ou então não vou continuar sendo seu advogado.

— Ok.

— Então da próxima vez que você foi na casa você passou a mão no colar.

— É.

— Me fala como foi.

— A gente tava sozinho na piscina e eu disse que precisava ir ao banheiro, só que o que eu queria mesmo era dar uma olhada no armário dos remédios pra ver se achava umas pílulas. Eu tava sentindo dor. No banheiro do andar de baixo não tinha nada, então eu subi e dei uma olhada geral. Olhei a caixa de joias da mulher e vi o colar. Aí eu peguei.

Ele balançou a cabeça de um lado para o outro e eu sabia por quê. Estava completamente envergonhado e frustrado pelas ações que sua dependência o levara a cometer. Eu conhecera a mesma situação e sabia que olhar para trás de minha sobriedade era quase tão apavorante quanto olhar para a frente.

— Tudo bem, Patrick. Agradeço a honestidade. O que o cara disse quando você foi pôr no prego?

— Ele me disse que ia dar só quatrocentos paus porque a corrente era de ouro mas ele achava que os diamantes não eram de verdade. Eu falei pra ele que ele tava falando merda, mas que é que eu podia fazer? Peguei a grana e me mandei pra Tijuana. Eu precisava dos comprimidos, então aceitei o que ele ofereceu. Eu andava tão zureta com aquele negócio que nem liguei.

— Qual o nome da garota? Não tem no arquivo.

— Mandolin, parecido com o instrumento, bandolim. Os pais dela chamam ela de Mandy.

— Você falou com ela depois que foi preso?

— Não, cara. Nosso lance já era.

Agora os olhos no espelho pareciam tristes e humilhados.

— Burrice — disse Henson. — O negócio todo foi uma burrice.

Pensei em tudo aquilo por um momento e então levei a mão ao bolso do paletó e puxei uma foto Polaroid. Passei-a por sobre o banco e bati no ombro de Patrick.

— Dá uma olhada nisso.

Ele pegou a foto e a segurou no alto do volante enquanto olhava.

— Nossa, o que aconteceu com o senhor? — perguntou.

— Tropecei no meio-fio e aterrissei de cara na frente da minha casa. Quebrei um dente e o nariz, abri um belo rombo na testa, também. Tiraram minha foto no pronto-socorro. Pra andar com ela por aí, como um lembrete.

— Do quê?

— Eu tinha acabado de sair do carro depois de levar minha filha de onze anos pra casa da mãe dela. Nessa época eu tava tomando trezentos e vinte miligramas de OxyContin por dia. Amassava e cheirava no café da manhã, só que pra mim a manhã era de tarde.

Deixei que digerisse isso um pouco antes de continuar.

— Então, Patrick, você acha que o que você fez foi burrice? Eu tava levando a minha filhinha por aí de carro com trezentos e vinte miligramas de heroína genérica na cabeça.

Agora era eu que abanava a cabeça.

— Não tem nada que você possa fazer sobre o passado, Patrick. A não ser deixar ele onde está.

Ele olhava direto para mim pelo espelho.

— Vou ajudar você a superar todo o problema legal — eu disse. — O resto é com você. E o resto é a parte difícil. Mas disso você já sabe.

Ele assentiu.

— Bom, estou vendo uma luz no fim do túnel aqui, Patrick. Uma coisa que Jerry Vincent não viu.

— O que é?

— O marido da vítima deu aquele colar pra ela. O nome dele é Roger Vogler e ele apoia um bocado de gente que é eleita no município.

— É, o cara é um figurão da política. A Mandolin me contou. Eles dão jantares de angariação e tudo mais naquela casa.

— Bom, se os diamantes no colar são falsos, ele não vai querer isso aparecendo no tribunal. Principalmente se a mulher não sabe.

— Mas como ele vai impedir?

— Ele contribui com fundos de campanha, Patrick. As doações dele ajudaram a eleger pelo menos quatro membros do conselho administrativo. O conselho da cidade controla o orçamento do Gabinete da Promotoria. A promotoria entrou com a ação contra você. É uma cadeia alimentar. Se o doutor Vogler quer mandar uma mensagem, pode acreditar, a mensagem chega.

Henson fez que sim. Estava começando a enxergar uma luz.

— Essa petição em que eu vou dar entrada solicita permissão pra gente examinar e avaliar de forma independente a evidência, ou seja, o colar de diamante. A gente nunca sabe, pode ser que pedir pra avaliar o valor do colar deixe as coisas um pouquinho agitadas. Tudo que a gente precisa fazer é esperar e ver o que acontece.

— A gente precisa ir até o fórum pra dar entrada?

— Não. Vou redigir esse negócio agora mesmo e mandar pro fórum por e-mail.

— Que maneiro!

— Esse é o bom da internet.

— Obrigado, senhor Haller.

— Não esquenta, Patrick. Dá pra devolver a foto agora?

Ele me passou a foto por cima do banco e eu dei uma olhada. Meus lábios estavam inchados e meu nariz apontava para o lado errado. Tinha também um esfolado vermelho-sangue na minha testa. Os olhos eram a parte mais desagradável da composição. Vidrados e perdidos, fitando a câmera sem firmeza. Era eu no fundo do poço.

Guardei a foto de volta no bolso, por segurança.

Andamos em silêncio nos quinze minutos seguintes, enquanto eu terminava a petição, me conectava e mandava. Ia ser um balde de água fria na promotoria e me deixou com uma sensação ótima. O advogado motorizado estava de volta ao batente. O Cavaleiro Solitário atacava outra vez.

Tirei o olho da tela quando chegamos ao túnel que fica no fim da rodovia e desemboca na Pacific Coast Highway. Abri uma fresta da janela. Sempre adorei sentir o cheiro do mar quando o carro sai do túnel.

Seguimos pela estrada indo na direção norte para Malibu. Foi difícil para mim voltar ao computador com o Pacífico azul logo ali do outro lado da janela do meu escritório. No fim me entreguei, baixei a janela toda e simplesmente relaxei.

Assim que passamos a foz de Topanga Canyon comecei a ver bandos de surfistas nas ondas. Olhei para Patrick e vi que ele dava umas olhadas para o mar.

— Sua pasta diz que você ficou numa clínica de reabilitação em Crossroads, em Antigua — eu disse.

— É. O lugar que o Eric Clapton fundou.

— É bom?

— Até onde dá pra chamar de bom esse tipo de lugar, acho que sim.

— Verdade. Tinha onda lá?

— Nada que valesse a pena. Não tive muita chance de usar uma prancha, de qualquer jeito. O senhor passou pela reabilitação?

— Passei, em Laurel Canyon.

— Aquele lugar pra onde vão as celebridades?

— Era perto de casa.

— Sei, bom, eu fiz o caminho inverso. Fiquei o mais longe possível dos amigos e de casa. Funcionou.

— Está pensando em voltar a surfar?

Ele olhou pela janela antes de responder. Uma dúzia de surfistas em suas pranchas esperava a próxima onda.

— Acho que não. Pelo menos não profissionalmente. Meu ombro já era.

Eu já ia perguntando para que ele precisava do ombro quando continuou a responder:

— Remar é uma coisa, mas o difícil é ficar de pé. Perdi o movimento quando fodi o ombro. Desculpe o termo.

— Tudo bem.

— Além do mais, estou fazendo tudo aos poucos, um dia de cada vez. Eles ensinaram isso lá em Laurel Canyon, não ensinaram?

— Ensinaram. Mas o surfe já é uma coisa meio que um dia de cada vez, uma onda de cada vez, não é?

Ele balançou a cabeça e eu observei seus olhos. Eles surgiam no retrovisor e me fitavam o tempo todo.

— O que você está querendo me perguntar, Patrick?

— Ahn, é que eu queria saber um negócio. Sabe aquilo do Vincent pegar meu peixe e pôr na parede?

— O que tem?

— Bom, eu, ahn, eu tava querendo saber se ele ficou com uma das minhas pranchas em algum lugar.

Abri a pasta outra vez e folheei os documentos até encontrar o relatório do liquidante. Tinha uma relação de doze pranchas e os preços obtidos por elas.

— Você deu doze pranchas pra ele, não foi?

— É, dei todas.

— Bom, ele passou pro liquidante dele.

— O que é isso?

— Um cara que ele usava quando recebia em mercadoria dos clientes. Sabe como é, joias, imóveis, carros, geralmente. Esse cara transformava isso em dinheiro pra entrar como honorários. Segundo esse relatório, o liquidante vendeu todas as doze, levou vinte por cento e deu para o Vincent 4.800 dólares.

Patrick balançou a cabeça mas não disse nada. Observei-o por alguns instantes e depois voltei a examinar a folha de inventário do liquidante. Lembrei que Patrick dissera na primeira vez ao telefone que as duas longboards eram as mais valiosas. No inventário, havia duas pranchas descritas como tendo três metros de comprimento. As duas fabricadas pela One World em Sarasota, Flórida. Uma vendida por 1.200 dólares para um colecionador e a outra por 400 dólares no eBay, o site de leilões on-line. A disparidade entre as duas vendas me fez imaginar se a venda pelo eBay não tinha sido armação. O liquidante provavelmente tinha vendido a prancha para ele mesmo, bem barato. Depois ele podia procurar um comprador e embolsar o lucro. Todo mundo queria tirar vantagem. Comigo não era diferente. Eu sabia que, se ele ainda não tivesse vendido a prancha, então não custava tentar.

— Quem sabe eu não consigo uma das longboards de volta? — falei.

— Cara, seria demais! Tudo que eu queria era ter ficado com uma delas, saca?

— Não prometo nada. Mas vou ver o que dá pra fazer.

Decidi ir atrás disso mais tarde e pôr meu investigador na jogada. Cisco aparecendo e fazendo perguntas provavelmente ia tornar o liquidante mais prestativo.

Patrick e eu ficamos em silêncio pelo resto do caminho. Vinte minutos depois pegamos a entrada da casa de Walter Elliot. Era em estilo mourisco, de pedra branca com venezianas marrom-escuras. A fachada no centro se projetava numa torre que recortava o céu azul. Um Mercedes prata estava estacionado no passeio de paralelepípedos. Paramos ao lado dele.

— Quer que eu espere no carro? — perguntou Patrick.

— Quero. Acho que não vou demorar muito.

— Eu conheço essa casa. Ela é toda de vidro nos fundos. Tentei surfar atrás dela umas vezes, mas as ondas quebram muito em cima e a correnteza é barra-pesada.

— Abre o porta-malas pra mim.

Desci e fui até a traseira para apanhar minha câmera digital. Liguei para ter certeza de que tinha bateria e tirei uma foto da frente da casa. A câmera estava funcionando e eu estava pronto.

Caminhei até a entrada e a porta da frente abriu antes que eu apertasse a campainha. A senhora Albrecht estava ali de pé, tão adorável quanto eu a vira no dia anterior.

18

Quando Walter Elliot me disse que haveria alguém à minha espera na casa de Malibu, não imaginei que pudesse ser sua assistente executiva.

— Senhora Albrecht, como está passando hoje?

— Muito bem. Acabei de chegar e pensei que a gente podia ter se desencontrado.

— De jeito nenhum. Acabei de chegar, também.

— Entre, por favor.

A entrada da casa sob a torre tinha dois andares. Olhei para cima e vi um lustre de ferro trabalhado pendurado no vestíbulo. Havia teias de aranha ali, e fiquei pensando se tinham se formado porque a casa ficara sem uso desde os assassinatos ou porque o lustre ficava alto demais para ser espanado.

— Por aqui — disse a senhora Albrecht.

Eu a segui pela enorme sala, que era muito maior do que minha casa inteira. Um espaço completo para receber gente, com uma parede de vidro na face oeste convidando todo o oceano Pacífico a entrar.

— Como é bonito — eu disse.

— De fato. Quer ver o dormitório?

Ignorando a pergunta, apontei a câmera e tirei algumas fotos da sala de estar com sua vista.

— Faz ideia de quem já esteve aqui desde que o Ministério Público liberou a área? — perguntei.

A senhora Albrecht pensou por um segundo antes de responder.

— Pouquíssima gente. Creio que o senhor Elliot não veio mais aqui. Mas é claro que o senhor Vincent veio uma vez e seu investigador apareceu algumas vezes, acho. E o Ministério Público voltou duas vezes depois de reabrir a propriedade pro senhor Elliot. Trouxeram mandados de busca.

Havia cópias desses mandados na pasta. Nas duas vezes, o que esperavam encontrar era a mesma coisa — a arma do crime. A ação contra Elliot era toda circunstancial, até mesmo considerando o resíduo de tiro em suas mãos. Eles precisavam da arma para fechar aquele caso, mas não estavam com ela. As anotações no arquivo diziam que mergulhadores haviam vasculhado o mar atrás da casa dois dias seguidos depois do crime, mas também não conseguiram encontrar arma nenhuma.

— E faxineira? — perguntei. — Alguém veio aqui fazer limpeza?

— Não, nada disso. O senhor Vincent nos orientou a deixar as coisas como estavam caso precisasse usar o lugar durante o julgamento.

Não havia qualquer menção nos documentos da pasta de que Vincent quisesse usar a casa de algum modo durante o julgamento. Eu não entendia o raciocínio por trás disso. Minha reação instintiva ao ver o lugar foi de querer o júri a léguas de distância. A vista e a pura opulência da propriedade enfatizariam a riqueza de Elliot e contribuiriam para distanciá-lo dos jurados. Eles perceberiam que não estavam na verdade julgando alguém como eles. Veriam que o homem vinha de um planeta completamente diferente.

— Onde fica a suíte principal? — perguntei.

— É todo o andar de cima.

— Então vamos subir.

Quando subíamos a escada caracol de corrimão azul-marinho, perguntei à senhora Albrecht seu nome de batismo. Disse-lhe que me sentia desconfortável sendo tão formal com ela, ainda mais com o chefe dela e eu nos tratando pelo primeiro nome.

— Meu nome é Nina. Pode me chamar de Nina, se preferir.

— Certo. E pode me chamar de Mickey.

A escada levava a uma porta que dava para uma suíte do tamanho de alguns tribunais em que eu já havia entrado. Era tão grande que tinha duas lareiras idênticas nas paredes norte e sul. Havia uma área de estar, uma de dormir e banheiros dele e dela. Nina Albrecht apertou um botão junto à porta, e as cortinas que cobriam o lado oeste silenciosamente se abriram e revelaram uma parede de vidro com vista para o mar.

A cama feita sob encomenda era o dobro do tamanho de uma king size normal. Estava sem o colchão de cima e toda a roupa de cama e travesseiros, e presumi que haviam sido levados para a análise forense. Em dois lugares do quarto, segmentos de tapete de meio metro quadrado haviam sido cortados, de novo, imaginei, para coleta e análise de evidências sanguíneas.

Na parede junto à porta, havia marcas de sangue salpicado que tinham sido circuladas e marcadas com códigos de letras pelos investigadores. Não vi mais nenhum indício da violência que tivera lugar ali dentro.

Fui até o canto da parede de vidro e me virei para olhar o quarto. Ergui a câmera e tirei algumas fotos de ângulos diferentes. Nina passou na frente da imagem umas duas vezes, mas não tinha importância. As fotos não eram para o tribunal. Eu ia usá-las para refrescar a memória do lugar enquanto trabalhava na estratégia para o julgamento.

Uma cena de crime é um mapa. Se você sabe ler esse mapa, às vezes consegue encontrar o caminho. A composição geral, a posição das vítimas ao morrer, os ângulos de visão, a luz e o sangue. As restrições espaciais e diferenciações geométricas eram todas elementos do mapa. Nem sempre se pode conseguir isso de uma foto policial. Às vezes, você precisa ver por si mesmo. Foi por isso que quis ir à casa em Malibu. Para o mapa. Para a geografia do crime. Quando compreendesse isso, eu estaria pronto para o julgamento.

Do canto, olhei para o quadrado recortado no tapete branco junto à porta do quarto. Ali foi onde a vítima masculina, Johan Rilz, levara o tiro. Meus olhos se dirigiram à cama, onde Mitzi Elliot fora atingida, seu corpo nu atravessado sobre ela.

O sumário de investigação na pasta sugeria que o casal sem roupas escutara um intruso na casa. Rilz foi até a porta do quarto e a abriu, para ser imediatamente surpreendido pelo assassino. Rilz foi baleado diante da porta e o assassino passou por cima de seu corpo para entrar no quarto.

Mitzi Elliot pulou da cama e ficou paralisada ao lado dela, agarrando um travesseiro diante do corpo nu. Segundo as autoridades, os elementos do crime sugeriam que conhecia o assassino. Talvez houvesse implorado por sua vida ou soubesse que não tinha como impedir sua morte. Levou dois tiros através do travesseiro de uma distância estimada em um metro e tombou de costas na cama. O travesseiro que segurou como proteção caiu no chão. O assassino foi então até a cama e pressionou o cano da arma contra sua testa para o tiro de misericórdia.

Essa era a versão oficial, pelo menos. Ali parado no canto do quarto, eu sabia que existiam pressuposições infundadas construídas em cima disso suficientes para me possibilitar sem problemas fatiar e retalhar o caso em um julgamento.

Olhei para as portas de vidro que davam em um deque com vista para o Pacífico. Não havia nada nas pastas dizendo se as cortinas e as portas estavam abertas no momento do crime. Eu não tinha certeza se isso significava alguma coisa, de um jeito ou de outro era um detalhe que gostaria de saber.

Tentei abrir as portas de vidro e vi que estavam travadas. Levei um bom tempo tentando descobrir como abrir. Nina finalmente se aproximou e me ajudou, apertando com o dedo uma alavanca de segurança enquanto abria o fecho com a outra mão. As portas se abriram para fora e trouxeram para dentro o som da rebentação.

Percebi na mesma hora que se as portas estivessem abertas no momento do crime, o som das ondas teria facilmente abafado qualquer ruído que o intruso pudesse ter feito na casa. Isso poderia contradizer a teoria oficial de que Rilz fora morto na porta do quarto porque fora até lá após escutar um intruso. Isso então suscitaria uma nova pergunta sobre o que Rilz estaria fazendo sem roupa junto à porta, mas isso não interessava à defesa. Tudo que eu tinha a fazer era levantar questões e apontar discrepâncias para plantar a semente da dúvida na mente do júri. Uma única dúvida na mente do júri bastava para nos sairmos bem. Era o método de defesa criminal conhecido como distorcer ou destruir.

Andei pelo deque. Não sabia se era a maré alta ou baixa, mas suspeitei que fosse alguma coisa entre as duas. A água estava perto. As ondas vinham e estouravam bem nas colunas do quebra-mar sobre o qual a casa fora construída. Havia ondas de dois metros ali, mas nenhum surfista à vista. Lembrei o que Patrick dissera sobre tentar surfar na angra.

Voltei para dentro e, assim que entrei, percebi que meu telefone estava tocando, mas que eu não conseguira escutar por causa do barulho do mar. Olhei para ver quem era, mas as palavras NÚMERO DESCONHECIDO apareceram no visor. Eu sabia que a maioria das autoridades bloqueava sua identificação.

— Nina, preciso atender. Você podia me fazer o favor de ir até o meu carro e pedir pro meu motorista vir aqui?

— Tudo bem.

— Obrigado.

Atendi.

— Alô?

— Sou eu. Só estou ligando pra saber quando você vem.

"Eu" era minha primeira ex-esposa, Maggie McPherson. Segundo o novo acordo de guarda recém-firmado, eu ficaria com a minha filha apenas nas quartas à noite e fim de semana sim, fim de semana não. Algo bem distante da guarda compartilhada que havia antes. Mas eu destruíra isso junto com a segunda chance que tivera com Maggie.

— Lá pelas sete e meia. Tenho uma reunião com um cliente hoje à tarde e pode atrasar um pouco.

Seguiu-se um silêncio e percebi que dissera a coisa errada.

— O que foi, você vai sair? — perguntei. — Que horas quer que eu chegue?

— Eu preciso sair às sete e meia.

— Tá, então eu chego antes disso. Quem é o cara de sorte?

— Isso não é da sua conta. Mas falando em sorte, ouvi dizer que você ficou com os clientes do Jerry Vincent.

Nina Albrecht e Patrick Henson entraram no quarto. Vi que Patrick olhava para o quadrado recortado no tapete. Cobri o bocal e pedi aos dois que descessem e me esperassem lá embaixo. Então voltei ao telefone. Minha ex-mulher era uma assistente de promotora nomeada para o tribunal de Van Nuys. Isso a deixava naquela condição de poder ouvir as coisas a meu respeito.

— Isso mesmo — eu disse. — Sou o substituto dele, mas não tenho certeza de quanta sorte isso significa.

— O caso Elliot deve ser uma boa.

— Estou na cena do crime bem agora. A vista é linda.

— Ok, boa sorte em tentar livrar a cara dele. Se alguém pode conseguir, esse alguém é você com certeza.

Ela disse isso com sarcasmo de promotora.

— Prefiro não responder.

— Mas já sei o que você responderia, de qualquer jeito. Mais uma coisa. Você não vai ter companhia essa noite, vai?

— Do que você está falando?

— Estou falando de duas semanas atrás. Hayley disse que tinha uma mulher com você. Acho que o nome era Lanie. Ela se sentiu mal com isso.

— Não se preocupe, ela não vai lá hoje. É só uma amiga e usou o quarto de hóspedes. Mas fique sabendo que posso convidar quem eu quiser pra entrar na minha casa a hora que eu quiser, porque é *minha* casa, assim como você tem liberdade pra fazer o mesmo na sua.

— E eu também tenho liberdade pra procurar o juiz e dizer que você está expondo nossa filha a viciados.

Respirei fundo antes de responder o mais calmamente de que era capaz.

— Como você vai saber a que tipo de gente eu estou expondo a Hayley?

— Porque sua filha não é idiota e ela ouve perfeitamente. Ela me contou um pouco do que vocês falaram e não foi nem um pouco difícil perceber que a sua... amiga é da reabilitação.

— E isso agora é crime, andar com alguém que saiu de uma reabilitação?

— Crime não é, Michael. Só acho que não é a melhor coisa para Hayley, ficar exposta a um bando de viciados quando ela está com você.

— Agora já é um bando. Acho que o único viciado com quem você está preocupada sou eu.

— Bom, se a carapuça serve...

Quase perdi as estribeiras, mas me acalmei outra vez, dando uma profunda inspirada no ar marinho. Quando falei, estava calmo. Eu sabia que demonstrar raiva só ia servir para me prejudicar a longo prazo, quando chegasse a hora de refazer o acordo da guarda.

— Maggie, é da nossa filha que estamos falando. Não a machuque tentando me atingir. Ela precisa do pai dela e eu preciso da minha filha.

— É nisso que eu quero chegar. Você está indo bem. Se meter com drogados não é boa ideia.

Apertei o telefone com tanta força que achei que fosse quebrar. Dava para sentir o calor vermelho da humilhação nas minhas bochechas e no meu pescoço.

— Preciso desligar.

Minhas palavras saíram estranguladas pelos meus próprios fracassos.

— Eu também. Vou dizer pra Hayley que você vai chegar às sete e meia.

Ela sempre fazia isso, encerrava a ligação com insinuações de que eu desapontaria minha filha se chegasse tarde ou não pudesse apanhá-la no horário programado. Desligou antes que eu pudesse dizer mais alguma coisa.

Na escada para a sala de estar não havia ninguém, mas vi Patrick e Nina do lado de fora, no deque inferior. Saí e me apoiei no parapeito onde Patrick estava observando as ondas. Tentei afastar da mente o aborrecimento pela conversa com minha ex-esposa.

— Patrick, você disse que tentou surfar aqui mas que a correnteza era forte demais?

— Isso mesmo.

— Você se refere à corrente de retorno?

— É, é barra-pesada aqui. O formato da baía faz isso. A força das ondas vindo do norte muda de direção debaixo da superfície e tipo ricocheteia pro sul. A correnteza acompanha o contorno da baía, desce e depois sai. Já fiquei preso nesse tubo umas vezes, cara. A água me carregou até passar aquelas pedras ali na ponta, no sul.

Examinei a angra conforme ele descrevia o que se passava sob a superfície. Se ele estava com a razão e havia essa correnteza toda no dia dos assassinatos, então os mergulhadores do procurador-geral provavelmente buscaram a arma do crime no lugar errado.

E agora era tarde demais. Se o assassino jogara a arma na água, a força da correnteza a teria carregado para longe da baía e levado até o mar aberto. Comecei a me sentir confiante de que a arma do crime jamais faria uma aparição surpresa no julgamento.

No que dizia respeito aos interesses do meu cliente, isso era bom.

Fiquei olhando para as ondas e pensei como, sob a superfície de uma coisa bela, uma força oculta nunca cessava de se mover.

19

Os roteiristas em greve haviam tirado o dia de folga ou foram com seu piquete protestar em outra parte. Nos Archway Studios, passamos pela segurança sem sofrer nenhum empecilho como o do dia anterior. Ajudou o fato de Nina Albrecht estar no banco da frente do carro e facilitar a passagem.

No fim do dia o estúdio começava a esvaziar. Patrick achou uma vaga para estacionar bem diante do bangalô de Elliot. Patrick estava empolgado, porque nunca ultrapassara os portões de um estúdio de cinema antes. Disse-lhe que estava livre para olhar o que quisesse mas que ficasse com o celular ligado. Eu não sabia quanto ia durar minha reunião com o cliente e precisava chegar no horário para pegar minha filha.

Acompanhando Nina ao entrar, perguntei a ela se havia um lugar para me encontrar com Elliot sem ser o escritório. Disse que tinha muita papelada para espalhar e que a mesa em torno da qual nos reuníramos no outro dia era pequena. Ela disse que iria me levar para a sala de reuniões executivas e que eu poderia me arranjar por lá enquanto buscava seu chefe e o levava até mim. Confirmei que estava bom assim. Mas a verdade é que eu não ia espalhar documento nenhum. Só queria me encontrar com Elliot em um lugar neutro. Se me sentasse com ele em seu local de trabalho, ele iria comandar a reunião. Isso ficara claro em nosso primeiro encontro. Elliot tinha uma personalidade forte. Mas eu precisava tomar as rédeas da situação dali para a frente.

Era uma sala enorme com vinte cadeiras de couro negro em volta de uma reluzente mesa oval. Havia um projetor no alto e uma comprida caixa na parede oposta contendo a tela retrátil. Nas outras paredes viam-se pôsteres emoldurados dos filmes feitos no estúdio. Presumi que fossem os filmes que renderam dinheiro.

Escolhi um lugar e tirei a pasta de arquivos de minha bolsa. Vinte e cinco minutos depois eu olhava os documentos de publicação compulsória da promotoria quando a porta abriu e Elliot finalmente entrou. Não me dei o trabalho de ficar de pé ou estender a mão. Tentei mostrar irritação conforme lhe indicava que sentasse em uma cadeira do outro lado da mesa.

Nina o seguiu ao entrar e perguntou o que deveria trazer para bebermos.

— Nada, Nina — eu disse antes que Elliot pudesse responder. — Não queremos nada e vamos começar. Se precisarmos de algo, mandamos chamar você.

Ela pareceu momentaneamente surpresa ao ouvir as ordens partindo de outra pessoa que não Elliot. Olhou para ele em busca de confirmação e ele simplesmente assentiu com a cabeça. Ela saiu, fechando as portas duplas atrás de si. Elliot sentou na cadeira que eu lhe indiquei.

Olhei meu cliente do outro lado da mesa por um longo tempo antes de falar.

— Não consigo entender, Walter.

— Como assim? Entender o quê?

— Bom, pra começar, você passa um tempão protestando a sua inocência. Mas acho que não está levando isso muito a sério.

— Você está enganado.

— Estou? Você compreende que se perder esse julgamento vai para a prisão? E não haverá nenhuma fiança para uma condenação por duplo homicídio durante a apelação. Se a sentença for desfavorável, eles vão algemá-lo ali mesmo na sala do tribunal e levá-lo embora.

Elliot se curvou alguns centímetros em minha direção antes de responder outra vez.

— Compreendo exatamente a posição em que me encontro. Então não se atreva a dizer que eu não estou levando isso a sério.

— Ok, então quando tivermos uma reunião, chegue na hora marcada. Temos um monte de questões pra rever e muito pouco tempo pra fazer isso. Sei que tem o estúdio pra cuidar, mas sua prioridade agora é outra. Nas duas próximas semanas, sua prioridade é uma só. Esse caso.

Agora ele olhou para mim por um longo tempo antes de responder. Devia ser a primeira vez em sua vida que estava sendo repreendido por estar atrasado e ouvindo ordens de alguém. Finalmente, balançou a cabeça.

— De acordo — ele disse.

Balancei a cabeça em resposta. Nossas posições estavam bem entendidas. Ali era sua sala de reuniões e seu estúdio, mas eu era a voz dominante, agora. Seu futuro dependia de mim.

— Ótimo — eu disse. — Agora, a primeira coisa que eu preciso perguntar é se estamos conversando em particular, aqui.

— Claro que sim.

— Bom, ontem a gente não estava. Ficou bem claro que a Nina ouvia de um grampo no seu escritório. Isso pode ser muito bom pras suas reuniões sobre filmes, mas não serve pra discutirmos seu caso. Sou seu advogado, e ninguém deve escutar a nossa conversa. Ninguém. Nina não tem esse privilégio. Ela pode ser intimada a testemunhar contra você. Na verdade, não vou ficar surpreso se ela aparecer na relação de testemunhas da promotoria.

Elliot se reclinou em sua cadeira estofada e ergueu o rosto para o teto.

— Nina — ele disse. — Desliga aí. Se eu precisar de alguma coisa, chamo você pelo ramal.

Ele olhou para mim e abriu as mãos. Balancei a cabeça, me dando por satisfeito.

— Obrigado, Walter. Agora vamos trabalhar.

— Tenho uma pergunta, primeiro.

— Pode falar.

— É nesta reunião que eu digo que não fui eu e então você me diz que isso não faz diferença pra você?

— Se foi ou não você não é relevante, Walter. É o que o estado pode provar além de uma…

— Não!

Ele bateu na mesa com a palma da mão. O som foi de um tiro. Levei um susto, mas esperava não ter dado mostras disso.

— Estou de saco cheio de toda essa merda legal! Dessa história de que isso não tem importância, só o que pode ser provado. Tem importância sim! Não está entendendo? Tem importância. Eu preciso que acreditem em mim, diabo! Preciso que *você* acredite em mim. Não me importa que as evidências estejam contra mim. Eu NÃO fiz isso. Tá entendendo? Acredita nisso? Se o meu próprio advogado não acreditar nem se importar, então eu não tenho a menor chance.

Tive certeza absoluta de que Nina estava a caminho para ver se estava tudo bem. Recostei em minha cadeira estofada e esperei por ela, e para ter certeza de que Elliot terminara.

Como suspeitara, uma das portas se abriu e Nina fez menção de entrar. Mas Elliot a dispensou com um gesto de mão e uma ordem seca para que não nos incomodasse. A porta voltou a se fechar e ele me encarou. Ergui a mão para impedi-lo de dizer qualquer coisa. Era minha vez.

— Walter, tem duas coisas com que eu preciso me preocupar — eu disse, calmamente. — Se compreendi direito o processo montado pelo estado e se sou capaz de derrubá-lo.

Bati com um dedo nos documentos de publicação compulsória enquanto falava.

— No momento, entendo perfeitamente o caso do estado. É a velha cartilha da promotoria, sem rodeios. O estado acredita que tem o motivo e a oportunidade como trunfos na manga.

"Vamos começar pelo motivo. Sua esposa estava tendo um caso e isso deixou você furioso. Não apenas isso, mas o contrato pré-nupcial que ela assinou há doze anos passou a vigorar e o único jeito de se livrar disso sem ter que dividir tudo era cometendo o assassinato. Agora a oportunidade. Eles sabem a hora em que seu carro passou pelo portão da Archway naquela manhã. Eles fizeram o percurso e cronometraram várias vezes e disseram que você podia ter estado facilmente na casa de Malibu na hora do crime. Isso é a oportunidade.

"E o estado está contando com o fato de que o motivo e a oportunidade vão ser o suficiente pra convencer o júri e pra eles levarem a melhor, embora as evidências reais contra você sejam muito tênues e circunstanciais. Então, o meu trabalho é achar um jeito de fazer o júri entender que tem um monte de fumaça aqui, mas nenhum fogo. Se eu conseguir fazer isso, você está livre."

— Ainda quero saber se você acredita que eu sou inocente.

Sorri e abanei a cabeça.

— Walter, estou falando, não faz diferença.

— Pra mim faz. De um jeito ou de outro, eu quero saber.

Desisti e ergui as mãos, em rendição.

— Tudo bem, então, vou dizer o que eu penso, Walter. Estudei a sua pasta de trás pra frente. Já li todos os documentos ali dentro pelo menos duas vezes e a maioria deles três vezes. Estive hoje na casa de praia onde esse episódio lamentável aconteceu e examinei a geografia dos assassinatos. Fiz tudo isso e posso aceitar a possibilidade bastante real de que você seja inocente dessas acusações. Isso significa que eu acredito na sua inocência? Não, Walter, não significa. Sinto muito, mas estou nessa vida há muito tempo e a realidade é que não conheci muitos clientes inocentes. Então, o melhor que eu posso dizer é que eu não sei. Se isso não está suficientemente bom pra você, então tenho certeza de que consegue achar um advogado que vai dizer exatamente o que você quer ouvir, quer ele acredite, quer não.

Voltei a recostar em minha cadeira enquanto aguardava sua resposta. Ele juntou as mãos sobre a mesa diante de mim enquanto digeria minhas palavras e então finalmente deu o braço a torcer.

— Bom, acho que não posso pedir mais que isso — disse.

Tentei deixar sair o ar de alívio sem que ele notasse. O caso continuava em minhas mãos. Por enquanto.

— Mas quer saber no que eu acredito, Walter?

— No que você acredita?

— Que você está escondendo alguma coisa de mim.

— Escondendo o quê? Do que você está falando?

— Tem alguma coisa nesse caso que eu não estou sabendo e você não quer me dizer.

— Não sei do que você está falando.

— Você está confiante demais, Walter. É como se soubesse que vai sair dessa.

— Eu *vou* sair dessa. Sou inocente.

— Ser inocente não basta. Gente inocente também é condenada e no fundo todo mundo sabe disso. É por isso que eu nunca conheci um homem inocente de verdade que não estivesse com medo. Medo de que o sistema não funcione direito, de que ele seja construído pra decidir que os culpados são culpados, não que os inocentes são inocentes. É isso que não encaixa, Walter. Você não está com medo.

— Não sei do que você está falando. Por que eu deveria ter medo?

Encarei-o do outro lado da mesa, tentando interpretar seu rosto. Eu sabia que meus instintos estavam corretos. Havia alguma coisa que eu não sabia, algo que deixara escapar nos documentos de sua pasta ou que Vincent guardava na cabeça, não nos arquivos. Fosse o que fosse, Elliot não ia me pôr a par, por enquanto.

Mas no momento estava tudo bem. Às vezes, você não quer saber o que seu cliente sabe, porque assim que a fumaça sai da garrafa, não dá mais pra enfiar de volta.

— Tudo bem então, Walter — eu disse. — Este filme continua. Enquanto isso, ao trabalho.

Sem esperar resposta, abri a pasta da defesa e olhei as anotações que eu havia feito no lado de dentro.

— Pelo que vi estamos bem de testemunhas e de estratégia pra encarar a argumentação da promotoria. O que eu não encontrei nesse arquivo é uma estratégia sólida pra apresentar sua defesa.

— Como assim? — perguntou Elliot. — Jerry me disse que a gente estava pronto.

— Pode ser que não, Walter. Sei que é um negócio que você não quer nem ver ou ouvir falar, mas encontrei isso na pasta do seu caso.

Deslizei o documento de duas páginas pela madeira polida da mesa até ele. Ele olhou de relance, mas não examinou de fato.

— O que é isso?

— Um pedido de adiamento. Jerry redigiu isso, só que não deu entrada. Mas parece claro que ele queria protelar o julgamento. O código na petição indica que ele imprimiu na segunda, só algumas horas antes de ser morto.

Elliot balançou a cabeça negativamente e empurrou o documento de volta pela mesa.

— Não, a gente conversou sobre isso e ele concordou comigo em seguir conforme o programado.

— Isso foi na segunda?

— É, na segunda. Foi a última vez que eu falei com ele.

Isso cobria uma das questões que me incomodavam. Vincent mantinha registros das faturas em todos os arquivos, e notei que na pasta de Elliot havia uma hora marcada no dia de seu assassinato.

— A reunião foi no escritório dele ou no seu?

— Foi por telefone. Segunda à tarde. Ele tinha deixado uma mensagem mais cedo e eu retornei a ligação. Nina pode conseguir a hora exata, se você precisar.

— Aqui está marcado três horas. Ele falou com você sobre um adiamento?

— Falou, mas eu disse não.

Vincent cobrara uma hora. Fiquei imaginando quanto tempo ele e Elliot discutiram sobre o adiamento.

— Por que ele queria adiar? — perguntei.

— Ele só queria ter mais tempo pra se preparar, e talvez engordar um pouco a fatura. Falei pra ele que estávamos prontos, como estou falando pra você. Estamos prontos!

Eu meio que ri e sacudi a cabeça.

— Olha, o negócio é que não é você o advogado, Walter. Sou eu. E é isso que eu estou tentando te dizer, não estou vendo muita coisa aqui em termos de estratégia de defesa. Acho que é por isso que o Jerry queria adiar o julgamento. Ele não tinha um caso.

— Não, quem não tem o caso é a promotoria.

Eu estava começando a me cansar de Elliot e de sua insistência em palpitar sobre os aspectos legais.

— Deixa eu explicar como funciona — eu disse, com ar cansado. — E me perdoe se já souber tudo isso, Walter. O julgamento vai ser em duas partes, ok? O promotor começa e apresenta o caso dele. A gente tem uma chance de contra-argumentar enquanto ele está fazendo isso. Daí é nossa vez, e é aí que a gente aparece com as provas e teorias alternativas pro crime.

— Ok.

— E o que eu posso dizer do meu exame dos arquivos é que Jerry Vincent estava se fiando mais no caso da promotoria do que no caso da defesa. Tem…

— Como assim?

— O que estou dizendo é que ele está mirando só o lado da promotoria. Ele tem um plano de contra-ataque com testemunhas e inquirições pronto pra qualquer coisa que o promotor possa apresentar. Mas está faltando algo pelo lado da defesa nessa equação. Não temos um álibi, nenhum suspeito alternativo, nenhuma teoria alternativa, nada. Pelo menos, nada registrado no arquivo. E é isso que eu quero dizer quando afirmo que não temos caso nenhum. Ele alguma vez discutiu com você como planejava desenvolver a defesa?

— Não. A gente ia conversar sobre isso quando ele foi assassinado. Ele me disse que estava elaborando tudo. Disse que tinha uma arma secreta e quanto menos eu soubesse, melhor. Ia me contar quando chegasse perto do julgamento, mas não teve como. A chance não apareceu.

Eu conhecia a expressão. "Arma secreta" era um passe livre para fora das grades e de volta pra casa. Era a testemunha ou a prova-chave que você tinha guardada na manga para fazer das duas uma: ou derrubar as evidências como dominó ou incutir firme e permanentemente a dúvida razoável na mente de cada membro do júri. Se Vincent tinha uma arma secreta, ele não anotara isso na pasta. E se ele tinha uma arma secreta, por que estava falando em adiamento na segunda-feira?

— Você não faz a menor ideia de qual seria a arma secreta? — perguntei a Elliot.

— Só o que ele me contou, que tinha encontrado um negócio que ia pôr a promotoria pra correr.

— Isso não faz sentido, se na segunda ele estava falando em adiar o julgamento.

Elliot deu de ombros.

— Eu disse, ele só queria mais tempo pra se preparar. Provavelmente enrolar um pouco pra faturar mais nos honorários. Mas eu disse a ele, quando a gente faz um filme, a gente escolhe uma data, e esse filme fica pronto do jeito que estiver. Eu disse a ele que a gente estaria no tribunal na data marcada e não tinha conversa.

Balancei a cabeça para o mantra do não adiamento de Elliot. Mas minha cabeça ficou foi no laptop desaparecido de Vincent. Será que a arma secreta estava nele? Ele poderia ter guardado o que pretendia fazer no computador e não ter uma cópia física? A arma secreta era o motivo de seu assassinato? A descoberta disso teria sido um negócio tão delicado ou perigoso que alguém o matara por isso?

Decidi prosseguir com Elliot enquanto ainda o tinha diante de mim.

— Bom, Walter, eu não tenho a arma secreta. Mas se Jerry conseguiu encontrar, então eu também posso. E vou.

Olhei meu relógio e tentei passar a impressão de que não estava assim tão preocupado por não saber no que consistia esse que sem dúvida era um elemento-chave do caso.

— Certo. Vamos falar sobre uma teoria alternativa.

— O que isso quer dizer?

— Quer dizer que o estado tem a teoria dele e a gente precisa ter a nossa. A teoria do estado é de que você estava transtornado com a infidelidade de sua esposa e com tudo que o divórcio ia custar. Então foi até Malibu e matou a sua mulher e o amante dela. Depois se livrou da arma do crime de algum jeito — escondendo ou jogando no mar — e então ligou pro 190 e informou a descoberta dos corpos. Essa teoria dá a eles tudo de que precisam. Motivo e oportunidade. Mas pra sustentar isso eles só têm o GSR, praticamente mais nada.

— GSR?

— O teste de resíduo de tiro. Eles quase não têm provas contra você, então o caso deles se baseia praticamente só nesse teste.

— Mas o teste foi um falso positivo! — disse Elliot com veemência. — Nunca disparei arma nenhuma. E Jerry me disse que ia trazer o maior especialista do país pra derrubar isso. Uma mulher de John Jay, em Nova York. Ela vai atestar que os procedimentos do laboratório do procurador-geral foram descuidados e negligentes, com grande chance de apontar um falso positivo.

Assenti. Gostei do fervor de sua negativa. Poderia ser útil, se ele subisse no banco das testemunhas.

— Sei, a doutora Arslanian. A vinda dela ainda está de pé — eu disse.
— Mas ela não é nenhuma arma secreta, Walter. A promotoria conta com seu próprio especialista pra dar um parecer exatamente contrário, de que o laboratório é bem-administrado e que todos os procedimentos foram seguidos de forma correta. Na melhor das hipóteses, o GSR não vai cheirar nem feder. A promotoria vai continuar a se basear com tudo no motivo e na oportunidade.

— Que motivo? Eu amava aquela mulher e nem sabia sobre Rilz. Eu pensava que ele fosse bicha.

Ergui as mãos, num gesto para que se contivesse.

— Olha, Walter, faz um favor pra você mesmo, não chama ele assim. Nem no tribunal, nem em lugar nenhum. Se for procedente se referir à orientação sexual dele, diga que você pensava que ele era gay. Entendido?

— Certo.

— Bom, a promotoria vai simplesmente dizer que você sabia que Johan Rilz era amante da sua esposa, e apresentar provas e testemunhas indicando que um divórcio provocado pela infidelidade dela iria te custar uma soma de cem milhões de dólares e possivelmente enfraquecer o seu controle do estúdio. Eles enfiam isso na cabeça do júri e você começa a ter um ótimo motivo pro assassinato.

— E é tudo bobagem.

— E eu vou poder atirar pra todo lado nessa história, no julgamento. Várias das evidências positivas deles podem ser transformadas em negativas. Vai ser um balé, Walter. A gente vai trocar porrada. Vamos distorcer e destruir o que eles disserem, mas no fim eles vão dar mais golpes do que a gente é capaz de aparar. É por isso que nós somos os azarões e é por isso que é sempre bom para a defesa apresentar uma teoria alternativa. A gente dá ao júri uma explicação plausível para a morte dessas duas pessoas. Afastamos a suspeita de você e jogamos em algum outro.

— Como o sujeito de um braço só do *Fugitivo*?

— Não exatamente.

Eu me lembrei do filme e do seriado da tevê antes disso. Nos dois casos, havia de fato um sujeito de um braço só. Eu estava falando de uma cortina de fumaça, uma teoria alternativa construída pela defesa, porque eu não engolia aquele rap do "eu-sou-inocente" de Elliot — pelo menos não por enquanto.

Um zumbido soou e Elliot puxou um celular do bolso e olhou para a tela.

— Walter, a gente tem o que fazer, aqui — eu disse.

Ele não atendeu a ligação e pôs o aparelho de lado, com relutância. Continuei.

— Ok, durante a vez da promotoria vamos usar a inquirição das testemunhas para deixar uma coisa bem clara pro júri. Que assim que o teste GSR feito com você deu positivo, eles...

— Falso positivo!

— Que seja. A questão é: assim que eles tiveram em mãos o que achavam ser um indício positivo de que você havia recentemente disparado uma arma, a coisa toda mudou de figura. Uma investigação ampla passou a ter foco total em uma coisa só: você. Largaram o que eles chamam de investigação do cenário completo para fazer uma investigação completa de alguém. Assim, o que aconteceu foi que deixaram um monte de pedras sem virar. Por exemplo, Rilz estava no país havia apenas quatro anos. Nenhum investigador viajou pra Alemanha pra verificar o passado dele e saber se tinha algum inimigo por lá que quisesse ele morto. Isso é uma coisa. Eles não verificaram inteiramente o passado do sujeito em L.A., também. Aquele homem tinha acesso às casas e às vidas de algumas das mulheres mais ricas desta cidade. Com o perdão da franqueza, mas será que ele tava transando com outras mulheres casadas, ou só com a sua esposa? Havia outros homens importantes e poderosos que ele podia ter enfurecido, ou você foi o único?

Elliot não respondeu a essas perguntas rudes. Eu as fizera de propósito, para ver se despertava sua fúria ou suscitava alguma reação que contradissesse sua afirmação de que amava a esposa. Mas nem uma coisa nem outra perpassou seu semblante.

— Está vendo aonde eu quero chegar, Walter? O foco, quase que desde o início, foi em você. Quando for a vez da defesa, vamos desviar pra Rilz. E a partir daí plantar mais dúvidas no júri que milho num milharal.

Elliot balançou a cabeça pensativo enquanto fitava o próprio reflexo no tampo polido.

— Mas isso não é de jeito nenhum a arma secreta que o Jerry mencionou pra você — eu disse. — E a gente também corre um risco, se for atrás do Rilz.

Elliot ergueu os olhos para mim.

— Porque o promotor sabe que isso foi um ponto fraco quando os investigadores cuidaram do caso. Ele teve cinco meses pra antecipar que poderíamos ir por esse caminho, e se ele for bom, e tenho certeza de que é, então está se preparando na moita pra quando a gente for por essa direção.

— Isso não devia estar na publicação compulsória?

— Nem sempre. O material que a promotoria entrega pra gente tem suas manhas. Na maioria das vezes, é o que não aparece nos arquivos de publicação compulsória que é importante e que você precisa ver com cuidado. Jeffrey Golantz é um advogado tarimbado. Ele sabe perfeitamente o que tem que revelar e o que pode guardar pra si mesmo.

— Você conhece o Golantz? Já entrou num tribunal contra ele antes?

— Não conheço e nunca participei de um julgamento contra ele. É da reputação dele que eu sei. Ele nunca perdeu uma causa. Mais de vinte e sete ou algo assim.

Olhei o relógio. O tempo passara depressa e eu precisava seguir em frente se quisesse pegar minha filha na hora.

— Ok — eu disse. — Tem mais algumas coisas que a gente precisa rever. Vamos conversar sobre se você testemunha ou não.

— Isso nem se pergunta. Já está decidido. Quero limpar o meu nome. O júri vai querer me ouvir dizer que eu não fiz aquilo.

— Eu sabia que você ia dizer isso e gosto de ver com que veemência você nega. Mas seu depoimento tem que ser mais que isso. Tem que oferecer uma explicação, e é aí que a gente pode se complicar.

— Eu não ligo.

— Você matou a sua esposa e o amante dela?

— Não!

— Então o que foi fazer naquela casa?

— Eu estava desconfiado. Se ela estivesse lá com alguém, eu ia enfrentar ela cara a cara e pôr o homem pra correr.

— Você espera que o júri acredite que um sujeito com um estúdio de cinema de um bilhão de dólares tira a tarde de folga pra ir até Malibu espionar a esposa?

— Espionar não. Eu estava desconfiado e fui até lá pra ver por mim mesmo.

— E enfiar uma arma na cara dela?

Elliot abriu a boca para falar, mas então hesitou e não respondeu.

— Está vendo, Walter? — eu disse. — Se você subir naquele banco, estará exposto a tudo, e muita coisa não vai ser nada boa.

— Eu não ligo. É meu direito. Gente culpada não testemunha. Todo mundo sabe disso. Vou testemunhar e dizer que eu não fiz aquilo.

Apontou um dedo para mim conforme pronunciava cada sílaba da última frase. Eu continuava a admirar sua determinação. Era alguém em quem dava para acreditar. Talvez pudesse sobreviver ao banco das testemunhas.

— Bom, no fim das contas, a decisão é sua — eu disse. — Vamos nos preparar pro seu testemunho, mas não vamos tomar uma decisão enquanto não entrarmos na fase da defesa no julgamento e vermos em que situação estamos.

— Está decidido desde já. Vou testemunhar.

Seu rosto começou a adquirir um profundo tom escarlate. Eu tinha de pisar com cuidado, ali. Não queria que ele testemunhasse, mas não era ético de minha parte proibir isso. Era uma decisão do cliente, e se porventura ele viesse a alegar que eu o privara desse direito ou me recusara a permitir que o fizesse, a ordem dos advogados viria pra cima de mim como um enxame de abelhas furiosas.

— Olha, Walter — eu disse. — Você é um sujeito poderoso. Você dirige um estúdio, faz filmes e arrisca milhões de dólares todos os dias. Eu entendo tudo isso. Você está acostumado a tomar decisões que ninguém questiona. Mas quando formos pro tribunal, eu sou o chefe. E mesmo sendo você que vai tomar essa decisão, eu preciso saber se está escutando e levando meus conselhos em consideração. Não tem sentido continuarmos se não for assim.

Ele esfregou a mão com força no rosto. Era difícil para ele.

— Ok. Entendo. A gente toma a decisão sobre isso mais tarde.

Disse isso meio a contragosto. Era uma concessão que não queria fazer. Homem nenhum gosta de abrir mão de seu poder para outro.

— Ok, Walter — eu disse. — Acho que estamos conversados.

Olhei o relógio outra vez. Havia mais algumas coisas em minha lista e eu ainda tinha algum tempo.

— Ok, vamos em frente — eu disse.

— Certo.

— Quero acrescentar algumas pessoas à sua equipe de defesa. Elas vão ser de ex...

— Não. Já disse, quanto mais advogado tem o réu, mais culpado ele parece. Pega o Barry Bonds. Vai me dizer que as pessoas não achavam que ele era culpado. Ele tinha mais advogados que parceiros de time no beisebol.

— Walter, você não me deixou terminar. Não é de advogado que eu estou falando, e quando a gente for pro tribunal, prometo que seremos só você e eu sentados lá na mesa.

— Então quem você quer acrescentar?

— Um consultor de seleção de júri e alguém pra trabalhar com você em imagem e testemunho, não mais do que isso.

— Consultor de júri não. Vai parecer que a gente está tentando manipular as coisas.

— Olha, a pessoa que eu quero contratar vai ficar sentada lá na plateia. Ninguém vai notar a presença dela. Ela ganha a vida jogando pôquer e tudo que vai fazer é ler o rosto das pessoas e procurar expressões sutis — pequenos sinais reveladores. Só isso.

— Não, não vou gastar meu dinheiro com essa idiotice sem sentido.
— Tem certeza, Walter?

Passei cinco minutos tentando convencê-lo, dizendo-lhe que a escolha do júri podia ser a parte mais importante do julgamento. Enfatizei que em casos circunstanciais a prioridade tinha de ser escolher jurados de mente aberta, gente que não acreditava que só porque a polícia ou a promotoria dizia alguma coisa, isso automaticamente era verdade. Disse a ele que tinha muito orgulho de minhas habilidades na escolha de um júri, mas que sempre vinha a calhar a ajuda de um especialista capaz de ler rostos e gestos. No fim de meu apelo, Elliot apenas balançou a cabeça.

— Idiotice. Confio nas suas habilidades.

Olhei para ele por um momento e decidi que havíamos conversado o bastante por aquele dia. Era melhor deixar o resto para a próxima vez. Eu havia me dado conta de que, embora concordasse da boca pra fora que era eu quem mandava no julgamento, não restava dúvida de que era ele quem estava dando as cartas por ali.

E não pude deixar de acreditar que isso o levaria direto para a prisão.

20

Quando levei Patrick até seu carro no centro e segui para o Valley com o intenso trânsito do final do dia, eu sabia que chegaria atrasado e começaria outra briga com minha ex-esposa. Liguei para avisar, mas ela não atendeu, então deixei uma mensagem. Quando enfim cheguei a seu condomínio em Sherman Oaks, eram quase sete e quarenta e encontrei mãe e filha na calçada, esperando. Hayley estava de cabeça baixa e olhando para o chão. Notei que começara a adotar essa postura sempre que seus pais ficavam em muita proximidade um do outro. Era como se estivesse simplesmente se posicionando no teletransporte e aguardando a ordem do Capitão Kirk para sumir.

Destravei as portas ao estacionar, e Maggie ajudou Hayley a guardar a mochila da escola e a bolsa com roupas para a noite no porta-malas.

— Obrigada por chegar no horário — ela disse com voz inexpressiva.

— Não tem de quê — eu disse, só para ver se a raiva brotava em seus olhos. — Deve ser um encontro e tanto se você está aqui fora esperando por mim.

— Não, pra falar a verdade, não. Tem reunião de pais na escola.

Essa me pegou com a guarda baixa e foi como um direto no queixo.

— Você devia ter me dito. A gente podia ter contratado uma baby-sitter e ido junto.

— Eu não sou bebê — ouvi a voz de Hayley dizendo atrás de mim.

— A gente já tentou ir junto — disse Maggie, à minha esquerda. — Lembra? Você foi pra cima do professor de matemática de um jeito, que pediram pra você não participar mais das reuniões. Isso tudo por causa da nota da Hayley, quando você não tinha nem ideia das circunstâncias.

O incidente soou vagamente familiar. Estava guardado a sete chaves em algum lugar dos meus bancos de memória corrompidos pela oxicodona. Mas senti o calor da vergonha em meu rosto e meu pescoço. Eu não tinha resposta para aquilo.

— Preciso ir andando — disse Maggie rapidamente. — Filha, te amo. Obedece o papai e até amanhã.

— Tá, mãe.

Olhei para minha ex-esposa pela janela por alguns instantes antes de sair com o carro.

— Acaba com eles, Maggie "Feroz" — eu disse.

Afastei-me do meio-fio e fechei o vidro. Minha filha perguntou por que sua mãe tinha aquele apelido, Maggie "Feroz".

— Porque quando ela entra numa briga ela sempre sabe que vai vencer — eu disse.

— Que briga?

— Qualquer briga.

Fomos em silêncio pelo Ventura Boulevard e paramos para jantar no DuPar's. Era o lugar favorito de minha filha, porque eu sempre deixava que pedisse panquecas. De certo modo, a menina achava que pedir café da manhã na hora do jantar era uma transgressão, e isso a fazia se sentir rebelde e corajosa.

Pedi um sanduíche de bacon, alface e tomate com molho Thousand Island e, considerando o resultado de meu último exame de colesterol, pensei que era eu quem estava sendo rebelde e corajoso. Fizemos juntos sua lição de casa, que foi mamão com açúcar para ela e osso duro para mim, e depois eu perguntei o que ela queria fazer. Eu estava disposto a fazer qualquer coisa — cinema, shopping, o que ela preferisse —, mas tinha esperança de que apenas quisesse ir para minha casa e ficar por lá, talvez pegando alguns velhos álbuns de recortes da família e vendo as fotos amarelecidas.

Ela hesitou ao responder e achei que sabia por quê.

— Não tem ninguém na minha casa, se é com isso que você está preocupada, Hay. A moça que você conheceu, Lanie? Ela não vai mais lá.

— Quer dizer que ela não é mais sua namorada?

— Ela nunca foi minha namorada. Era só uma amiga. Lembra quando eu fiquei no hospital, no ano passado? A gente se conheceu lá e ficamos amigos. A gente tenta cuidar um do outro e de vez em quando ela aparece, quando não quer ficar sozinha em casa.

Era uma meia verdade. Lanie Ross e eu havíamos nos conhecido na clínica de reabilitação, durante a terapia de grupo. Continuamos a nos ver depois de sair do programa, mas o romance nunca se consumou, porque estávamos emocionalmente incapacitados. O vício anestesiava certas sensações que só voltavam gradualmente. Passávamos algum tempo um com o outro e dávamos força um para o outro — éramos um grupo de apoio de duas pessoas. Mas quando voltamos ao mundo real, comecei a perceber uma fraqueza em Lanie. Eu instintivamente sabia que ela não deixaria tudo aquilo para trás, mas não poderia fazer aquela jornada com ela. Na recuperação, existem três estradas que você pode pegar. Tem o caminho limpo da sobriedade e tem a estrada da recaída. O terceiro é o mais rápido de todos. É quando o viajante percebe que a recaída é só um suicídio lento e que não há motivo para esperar. Eu não sabia qual dessas duas últimas estradas Lanie ia percorrer, mas não queria segui-la em nenhuma das duas. No fim, tomamos rumos separados, um dia depois que Hayley a conheceu.

— Sabe, Hayley, você sempre pode me dizer se tem alguma coisa que você não está gostando ou se tem algo que eu estou fazendo que está te incomodando.

— Eu sei.

— Tá bom.

Ficamos em silêncio por alguns instantes e achei que ela quisesse dizer mais alguma coisa. Dei-lhe tempo para elaborar.

— Ahn, pai?

— O que é, querida?

— Se aquela moça não era sua namorada, quer dizer que você e a mamãe podem ficar juntos outra vez?

A pergunta me deixou sem palavras por alguns momentos. Eu podia ver a esperança nos olhos de Hayley e queria que ela visse a mesma coisa nos meus.

— Não sei, Hay. Eu fiz um bocado de bobagem quando a gente tentou, no ano passado.

Agora a mágoa despontava em seu olhar, como sombras de nuvens no oceano.

— Mas continuo tentando dar um jeito nisso, amor — acrescentei, rápido. — Tudo que a gente precisa fazer é viver um dia de cada vez. E estou tentando mostrar pra ela que a gente devia ser uma família outra vez.

Ela não respondeu. Olhava para seu prato.

— Certo, amor?

— Certo.

— Já decidiu o que você quer fazer?

— Acho que eu quero ir pra sua casa e assistir tevê.

— Ótimo. É o que eu estou com vontade de fazer, também.

Juntamos os livros escolares dela e deixei o dinheiro da conta. Quando subíamos a colina, ela me contou que sua mãe lhe dissera que eu tinha um trabalho novo importante. Fiquei surpreso, e feliz.

— Bom, é mais ou menos um trabalho novo. Estou voltando a fazer o que eu sempre fiz. Mas tenho um monte de casos novos e um bem importante. Sua mãe explicou isso?

— Ela disse que você tinha um caso grande e que todo mundo ia ficar com inveja, mas que você ia se sair bem.

— Ela disse isso?

— É.

Dirigi um pouco, pensando nisso e no que podia significar. Talvez eu não tivesse estragado tudo por completo com Maggie. Ela ainda me respeitava, em algum nível. Talvez isso significasse alguma coisa.

— Ahn...

Olhei minha filha pelo retrovisor. Estava escuro lá fora agora, mas dava para ver seus olhos fitando através da janela e desviando dos meus. As crianças são tão fáceis de interpretar, às vezes. Quem dera os adultos fossem assim.

— Qual o problema, Hay?

— Ahn, eu tava pensando, tipo assim, por que você não pode fazer o que a mamãe faz?

— Como assim?

— Tipo pôr gente ruim na cadeia. Ela disse que o seu caso grande é com um homem que matou duas pessoas. É tipo se você tivesse trabalhando pros caras maus.

Fiquei em silêncio por um momento antes de encontrar as palavras certas.

— O homem que eu estou defendendo é acusado de matar duas pessoas, Hayley. Ninguém provou que ele fez nada de errado. Por enquanto ele não é culpado de nada.

Ela não respondeu, e seu ceticismo, emanando do banco traseiro, era quase palpável. O que aconteceu com a inocência infantil?

— Hayley, o que eu faço é tão importante quanto o que sua mãe faz. Quando alguém é acusado de um crime no nosso país, a pessoa tem o direito de se defender. Como ia ser se na escola acusassem você de colar na prova e você soubesse que não tinha colado? Não ia querer poder explicar e se defender?

— Acho que sim.

— Eu também acho que sim. É do mesmo jeito no tribunal. Se você é acusado de um crime, pode ter um advogado como eu pra te ajudar a se explicar e a se defender. As leis são muito complicadas e é difícil pra pessoa fazer isso sozinha quando ela não conhece todas as leis de evidência e coisas assim. Então eu ajudo. Isso não quer dizer que eu concordo com elas ou com o que elas fizeram... se é que fizeram. Mas é parte do sistema. Uma parte importante.

A explicação me pareceu um belo discurso vazio assim que terminei. Em um nível intelectual, eu compreendia o argumento e acreditava em cada palavra dele. Mas no nível pai-filha, eu me senti como um dos meus clientes, me espremendo no banco dos réus. Como eu poderia fazê-la acreditar, quando eu mesmo não tinha mais certeza disso?

— Você já ajudou gente inocente? — perguntou minha filha.

Dessa vez não olhei no retrovisor.

— Algumas, ajudei.

Era o melhor que eu podia responder honestamente.

— Mamãe fez um monte de gente ruim ir pra cadeia.

Balancei a cabeça, concordando.

— É, fez mesmo. Eu costumava pensar que a gente era o número de um equilibrista. O que ela fazia e o que eu fazia. Agora...

Não havia necessidade de terminar o pensamento. Liguei o rádio e apertei o botão programado para tocar o canal de música da Disney.

A última coisa que pensei voltando para casa foi que talvez os adultos fossem tão fáceis de interpretar quanto seus filhos.

21

Depois de deixar minha filha na escola, quinta de manhã, fui direto para o escritório de Jerry Vincent. Ainda era cedo e o trânsito estava leve. Quando entrei na garagem adjacente ao prédio do Centro Jurídico, vi que podia escolher o lugar que quisesse — a maioria dos advogados não chega ao escritório antes das nove, quando as audiências começam. Eu estava pelo menos uma hora à frente deles. Dirigi até o segundo andar para poder estacionar no mesmo piso do escritório. Cada andar da garagem tinha uma entrada própria para o prédio.

Passei pelo lugar onde Jerry Vincent estava estacionado quando foi morto e parei mais adiante. Enquanto eu caminhava em direção à passagem que ligava a garagem ao Centro, notei uma perua Subaru com racks de prancha de surfe estacionada. Havia um adesivo no vidro de trás mostrando a silhueta de um surfista no nariz de uma prancha. O adesivo dizia ONE WORLD.

As janelas traseiras da Subaru estavam pintadas com tinta escura e não dava para ver o lado de dentro. Fui até a frente do carro e olhei pela janela do motorista. Dava para ver que o banco traseiro estava abaixado. Metade da área no fundo estava coberta com caixas de papelão abertas, cheias de roupas e pertences pessoais. A outra metade servia de cama para Patrick Henson. Eu soube disso porque lá estava ele, dormindo, o rosto protegido da luz nas dobras de um saco de dormir. E foi só então que me lembrei do que ele dissera durante nossa primeira conversa ao telefone, quando perguntei se estava interessado em um trabalho de motorista. Ele havia me dito que estava morando em seu carro e dormindo num posto de salva-vidas.

Ergui o punho para bater na janela, mas então decidi deixá-lo dormindo. Eu só ia precisar dele mais para o fim da manhã. Não havia necessidade de tirá-lo da cama. Caminhei na direção do complexo de escritórios, virei numa parede e desci um corredor na direção de uma porta marcada com o nome de Jerry Vincent. Parado junto à porta vi o detetive Bosch. Estava ouvindo música, me esperando. Tinha as mãos enfiadas no bolso e parecia pensativo, até um pouco irritado. Eu tinha certeza absoluta de que não havíamos marcado nada, então não fazia ideia do motivo de seu aborrecimento. Talvez fosse a música. Ele puxou os fones quando me aproximei e os guardou.

— Sem café? — eu disse, a título de cumprimento.

— Hoje não. Deu pra perceber ontem que você não queria.

Ele abriu passagem para que eu pudesse abrir a porta.

— Posso perguntar uma coisa? — eu disse.

— Se eu disser que não, você vai perguntar do mesmo jeito.

— Acho que tem razão.

Abri a porta.

— Então pode perguntar.

— Tudo bem. Bom, você não me parece o tipo de sujeito que usa iPod. O que está escutando aí?

— Alguém de quem eu tenho certeza que você nunca ouviu falar.

— É o Tony Robbins, o guru da autoajuda?

Bosch balançou a cabeça, e não reagiu à brincadeira.

— Frank Morgan — ele disse.

— O saxofonista? Sei, conheço o Frank.

Bosch parecia surpreso quando entramos na recepção.

— Você conhece — disse, sem acreditar.

— É, eu costumo aparecer para dar um alô quando ele toca no Catalina ou no Jazz Bakery. Meu pai adorava jazz e nas décadas de 50 e 60 ele foi advogado do Frank, que se meteu num bocado de encrenca antes de entrar na linha. Acabou formando uma banda na penitenciária de San Quentin com Art Pepper... já ouviu falar dele, não? Quando eu conheci o Frank, não precisava mais de advogado de defesa. Estava indo bem.

Levou alguns instantes para Bosch se recuperar da surpresa que lhe causou meu conhecimento de Frank Morgan, o obscuro herdeiro de Charlie Parker que por duas décadas dissipou a herança gastando tudo em heroína. Atravessamos a recepção e fomos para o escritório.

— Então, como está indo o caso? — perguntei.

— Indo — ele disse.

— Ouvi dizer que antes de falar comigo ontem você passou a noite em Parker Center apertando um suspeito. Mas ninguém foi preso, certo?

Contornei a mesa de Vincent e sentei. Comecei a puxar as pastas de minha bolsa. Bosch continuou de pé.

— Quem contou isso pra você? — perguntou Bosch.

Não havia nada de casual na pergunta. Estava mais para uma ordem. Me fiz de desentendido.

— Sei lá — eu disse. — Acho que ouvi em algum lugar. Pode ter sido um repórter. Quem era o suspeito?

— Isso não é da sua conta.

— Então o que é da minha conta, detetive? Veio aqui pra quê?

— Vim ver se tem mais algum nome pra mim.

— O que aconteceu com os nomes que eu passei ontem?

— Já foram todos checados.

— Como é possível que já tenham sido todos checados?

Ele se curvou e apoiou as duas mãos na mesa.

— Porque não estou trabalhando sozinho neste caso, ok? Estão me ajudando e já chequei cada um daqueles nomes que você me deu. Não tem um que não esteja na cadeia, ou morto, ou que não se importe mais com o Jerry Vincent. Também checamos um monte de gente que ele mandou para a prisão quando era promotor. É um beco sem saída.

Senti uma grande decepção ao ouvir Bosch, e percebi que talvez houvesse depositado demasiada esperança na possibilidade de que algum nome do passado pertencesse ao assassino e que sua prisão pudesse significar o fim de qualquer ameaça contra minha pessoa.

— E quanto a Demarco, o traficante de armas?

— Eu mesmo cuidei desse aí e não levou muito tempo pra riscar da lista. O cara está morto, Haller. Morreu faz dois anos, na cela dele, em Corcoran. Hemorragia. Quando abriram o corpo encontraram um estilete em forma de escova de dentes na cavidade anal. Ninguém apurou se ele mesmo tinha enfiado ali pra guardar ou se alguém fez isso pra ele, mas foi uma boa lição pros outros presos. Puseram até um cartaz. Nunca enfie objetos pontudos no cu.

Recostei na cadeira, repelido tanto pela história como pela perda de um potencial suspeito. Recuperei a fleuma e tentei continuar a bancar o indiferente.

— Bom, o que é que eu posso dizer, detetive? Demarco era minha melhor pista. Não tenho mais nenhum nome além desses. Eu disse que não posso revelar nada sobre os casos em andamento, mas o negócio é esse: não tem nada pra revelar.

Ele balançou a cabeça, descrente.

— É verdade, detetive. Já olhei todos eles. Não tem nada em nenhum caso aberto que constitua uma ameaça ou seja um motivo para Vincent se sentir ameaçado. Não tem nada em nenhum deles ligado ao FBI. Não tem nada em nenhum indicando que Jerry Vincent tropeçou em alguma coisa que pudesse ser perigosa pra vida dele. Além do mais, quando você descobre alguma coisa ruim sobre os clientes, eles estão protegidos. Então não tem nada. O que eu quero dizer é: ele não estava representando nenhum gângster. Não estava representando traficante de droga. Não tinha nada n...

— Estava representando assassinos.

— Acusados de assassinato. E quando morreu só tinha um caso de homicídio — Walter Elliot —, e nesse aí não tem nada. Pode acreditar, eu olhei.

Eu não tinha muita certeza se acreditava no que acabava de dizer, mas Bosch não pareceu notar. Finalmente, sentou na ponta da cadeira diante da mesa, e então seu rosto pareceu mudar. Havia uma expressão quase desesperada ali.

— Jerry era divorciado — sugeri. — Já checou a ex-mulher?

— Eles se divorciaram faz nove anos. Ela casou outra vez, está feliz e prestes a ter o segundo filho. Acho que uma grávida de sete meses não ia matar um ex-marido com quem não conversa há nove anos.

— Mais algum parente?

— A mãe em Pittsburgh. Desse mato familiar não sai coelho nenhum.

— E namorada?

— Ele estava trepando com a secretária, mas nada sério. E o álibi dela confere. Ela andava trepando com o investigador dele também. E os dois estavam juntos na noite em que aconteceu.

Senti meu rosto ficar vermelho. O cenário sórdido não estava muito longe da minha própria situação presente. Pelo menos Lorna, Cisco e eu havíamos nos envolvido em épocas diferentes. Esfreguei o rosto fingindo cansaço, na esperança de que meu rubor fosse interpretado como apenas isso.

— Isso é conveniente — eu disse. — Um fornece o álibi do outro.

Bosch sacudiu a cabeça.

— Testemunhas confirmaram. Eles estavam com uns amigos numa sessão de filme na Archway. Aquele seu cliente importante arranjou os convites.

Fiz que sim com a cabeça e deduzi uma coisa, então peguei Bosch de surpresa.

— O cara que você interrogou naquela primeira noite era o investigador, Bruce Carlin.

— Quem contou isso pra você?

— Você acabou de contar. Era o triângulo amoroso clássico. O lugar mais indicado por onde começar.

— Nada mal pra um advogado. Mas como eu disse, não deu em nada. A gente passou a noite tentando e de manhã continuava no zero. Me fale sobre o dinheiro.

Era a vez dele de tentar me pegar de surpresa.

— Que dinheiro?

— O dinheiro nas contas de trabalho. Pelo que imagino vai me dizer que nesse terreno eu também não posso pisar?

— Na verdade, eu provavelmente teria que falar com a juíza pra saber a opinião dela sobre o assunto, mas não vale o incômodo. Minha gerente administrativa é uma das pessoas mais eficientes em contabilidade que eu já conheci. É ela quem verifica os livros e me disse que está tudo em ordem. Cada centavo que Jerry pegou está explicado.

Bosch não respondeu, então continuei.

— Deixa eu dizer um negócio, detetive. Quando um advogado se mete em encrenca, na maior parte das vezes é por causa do dinheiro. Só nos livros tudo é preto no branco. É ali que a ordem dos advogados da Califórnia adora meter o nariz. Meus livros estão sempre em ordem porque não quero dar o menor motivo pra eles virem atrás de mim. Então eu e a Lorna, minha gerente administrativa, saberíamos se tivesse um único número naqueles livros que não estivesse batendo. Mas não tem. Só acho talvez que Jerry se pagou um pouco rápido demais, mas tecnicamente não tem nada de errado em fazer isso.

Vi os olhos de Bosch se iluminarem com alguma coisa que eu disse.

— O que foi?

— O que você quer dizer com "se pagou rápido demais"?

— Quer dizer... deixa eu começar pelo começo. Funciona assim: você consegue um cliente e recebe adiantado. Esse dinheiro vai pra conta-caução. O dinheiro é deles, mas fica com você como garantia, porque você quer ter certeza de receber após o trabalho feito. Está entendendo?

— Claro, você não pode confiar nos clientes porque eles são criminosos. Então você pega primeiro o dinheiro e guarda numa conta. Depois você paga você mesmo quando faz o serviço.

— Mais ou menos. Bom, o dinheiro fica na conta-caução e, enquanto você trabalha, comparece ao tribunal, prepara o caso e assim por diante, tira seus honorários da conta-caução. Você transfere para a conta de movimentação. Depois, da conta de movimentação você paga suas despesas com o caso e os salários. Aluguel, secretária, investigador, gastos com o carro, coisas assim. E também se paga.

— Ok, então como Vincent se pagou rápido demais?

— Bom, não estou exatamente dizendo que fez isso. Questão de costume e de maneira de trabalhar. Mas pelo jeito ele gostava de manter o saldo baixo na conta de movimentação. Acontecia de ele ter um cliente quente que pagou uma quantia polpuda adiantada e o dinheiro passou pela conta-caução e pela conta de movimentação muito rápido. Tirando as despesas, o resto foi para Jerry Vincent como salário.

A linguagem corporal de Bosch indicava que eu estava cutucando algo que batia com alguma outra coisa e isso era importante para ele. Ele havia se curvado ligeiramente em minha direção e parecia ter contraído os ombros e o pescoço.

— Walter Elliot — ele disse. — Era ele, o cliente?

— Essa informação eu não posso fornecer, mas acho que é bem fácil de adivinhar.

Bosch balançou a cabeça e era como se eu pudesse ver o movimento das engrenagens enquanto desenvolvia seu raciocínio. Esperei e ele não abriu a boca.

— Isso ajuda no quê, detetive? — perguntei, finalmente.

— Essa informação eu não posso fornecer, mas acho que é bem fácil de adivinhar.

Engoli aquela. Era o meu troco.

— Olha, nós dois temos regras pra seguir — eu disse. — Somos os dois lados da mesma moeda. Só estou fazendo o meu trabalho. E se não tem mais nada em que eu possa ajudar, preciso voltar a ele.

Bosch ficou me encarando e pareceu que decidia sobre alguma coisa.

— Jerry Vincent estava subornando quem no caso Elliot? — perguntou, finalmente.

A pergunta veio do nada. Eu realmente não esperava, mas logo depois que a fez, percebi que ele fora me procurar justamente para perguntar aquilo. Tudo mais que fora dito até lá não passava de enrolação.

— Como é, isso saiu do FBI?

— Não conversei com o FBI.

— Então do que você está falando?

— Estou falando de um pagamento.

— Pra quem?

— É isso que estou perguntando pra você.

Abanei a cabeça e sorri.

— Olha, já falei. Os livros tão limpos. Tem...

— Se você fosse subornar alguém com cem mil dólares, ia pôr isso nos livros?

Pensei em Jerry Vincent e na ocasião em que recusei a troca sutil que ele propôs no caso de Barnett Woodson. Recusei e acabei conquistando um veredito de inocente a Woodson às suas custas. Aquilo mudou a vida de Vincent e ele ia continuar me agradecendo por isso até no túmulo. Mas pode ser que não tivesse mudado suas práticas nos anos que se seguiram.

— Acho que você tem razão — eu disse a Bosch. — Eu não teria feito desse jeito. Então o que é que você está deixando de me contar?

— Isso é sigiloso, doutor. Mas preciso da sua ajuda e acho que você precisa saber disso pra conseguir me ajudar.

— Ok.

— Então quero ouvir você dizer.

— Dizer o quê?

— Que vai tratar essa informação como confidencial.

— Pensei que já tivesse dito isso. Vou. Vou manter o sigilo.

— Nem pra sua equipe. Só você.

— Tudo bem. Só eu. Diga.

— Você tem as contas de trabalho de Vincent. Eu tenho as contas particulares. Você disse que ele se pagou com o dinheiro de Elliot muito rápido. Ele...

— Eu não disse que era de Elliot. Você disse.

— Tanto faz. A questão é que cinco meses atrás ele juntou cem paus numa conta de investimento particular e uma semana depois ligou pro corretor dele e falou que precisava sacar.

— Você está dizendo que ele tirou cem mil em dinheiro?

— Foi o que eu disse.

— O que aconteceu com a grana?

— Não sei. Mas você não pode simplesmente ir entrando no escritório de um corretor e pegando cem paus em dinheiro. Uma quantia dessas precisa ser pedida com antecedência. Levou uns dois dias pra juntar e só depois é que ele foi buscar. O corretor fez um monte de perguntas pra descobrir se não envolvia a segurança de ninguém. Sabe como é, alguém sequestrado e ele indo com o dinheiro. Dinheiro de resgate, essas coisas. Vincent disse que tava tudo bem, que ele precisava da grana pra comprar um barco e que se fechasse o negócio em dinheiro vivo ia ser uma pechincha e ele ia economizar um dinheirão.

— E onde está o barco?

— Não tem barco coisa nenhuma. Era mentira.

— Tem certeza?

— Checamos todas as transações do estado e fizemos um milhão de perguntas na Marina del Rey e em San Pedro. Não achamos nenhum barco. Demos busca na casa dele duas vezes e conferimos as faturas dos cartões de crédito. Nenhum recibo nem registro de gasto com barco ou coisa parecida. Nenhuma foto, nenhuma chave, nenhuma vara de pescar. Nenhum registro na guarda costeira, o que, numa transação desse tamanho, seria obrigatório. Ele não comprou barco nenhum.

— E no México?

Bosch balançou a cabeça.

— O cara não saía de L.A. fazia nove meses. Ele não foi pro México e também não foi pra lugar nenhum. Estou falando pra você, ele não comprou um barco. A gente teria encontrado. Ele gastou com alguma outra coisa, e seu cliente Walter Elliot provavelmente sabe o que era.

Segui a lógica do seu raciocínio e pude ver como tudo levava a Walter Elliot. Mas eu não ia dar bandeira com Bosch espiando por cima do meu ombro.

— Acho que entendeu errado, detetive.

— Acho que não, doutor.

— Bom, não posso ajudar. Não faço ideia dessa história e não vi indício de nada disso nos livros ou nos registros que tenho. Se conseguir ligar esse suposto suborno ao meu cliente, então pode prender o homem e fazer a acusação. Senão, já vou logo dizendo que ele está fora do seu alcance. Não vai conversar com você sobre isso nem sobre coisa nenhuma.

Bosch deu de ombros.

— Eu não ia perder meu tempo tentando conversar com ele. Ele usou o advogado como escudo nisso e eu nunca vou conseguir passar pela prerrogativa advogado-cliente. Mas você devia usar isso como um aviso, doutor.

— É mesmo, como assim?

— É simples, Haller. O advogado dele foi morto, não ele. Pensa nisso. E não esquece: sabe aquela gotinha pingando da sua nuca e correndo pela sua espinha? É a sensação que a gente tem quando sabe que precisa olhar por cima do ombro. Quando sabe que está em perigo.

Devolvi um sorriso para ele.

— Ah, então é isso que quer dizer? Pensei que fosse a sensação que a gente tivesse quando sabia que tinha alguém falando merda pra gente.

— Só estou te dizendo a verdade.

— Você está nesse jogo comigo faz dois dias. Espalhando merda sobre esse negócio de suborno e de FBI. Você está tentando me manipular e isso só está me fazendo perder tempo. Melhor ir andando agora, detetive, porque estou cheio de trabalho de verdade pra fazer.

Fiquei de pé e estiquei um braço na direção da porta. Bosch se levantou mas não virou para ir embora.

— Não se iluda, Haller. Não cometa esse erro.

— Obrigado pelo conselho.

Bosch finalmente virou e começou a sair. Mas então parou e voltou até a mesa, puxando alguma coisa do bolso interno do paletó quando se aproximou.

Era uma fotografia. Ele a pôs em cima da mesa.

— Reconhece esse homem? — perguntou Bosch.

Examinei a foto. Era uma imagem granulada tirada de uma câmera de vídeo. Mostrava um homem saindo pela porta da frente de um prédio comercial.

— Essa é a entrada do Centro Jurídico, não é?

— Você o reconhece?

A foto foi tirada de longe e ampliada, estourando os pixels e deixando a imagem pouco nítida. O homem na fotografia me parecia de origem latina. Tinha pele e cabelo escuros e um bigode estilo Poncho Villa, como o que Cisco costumava usar. Estava com um chapéu-panamá e camisa com o colarinho desabotoado debaixo do que parecia uma jaqueta esportiva de couro. Assim que olhei mais de perto, percebi por que era a foto que haviam escolhido para tirar do vídeo de segurança. A jaqueta do homem se abrira quando ele passava pela porta de vidro. Dava para ver algo que parecia ser parte de uma pistola enfiada na cintura da calça.

— É uma arma, aqui? Esse é o assassino?

— Porra, será que dá pra responder uma droga de pergunta sem me devolver outra? Reconhece esse cara? É só isso que eu quero saber.

— Não, não reconheço, detetive. Feliz agora?

— Isso também é uma pergunta.

— Desculpe.

— Tem certeza de que nunca viu esse sujeito antes?

— Cem por cento, nunca vi. Mas essa foto que você tem aí não é das melhores. De onde é?

— Uma câmera de rua na Broadway com a Second. Ela faz uma varredura na área e só pegamos esse sujeito por uns segundos. É o melhor que dá pra arranjar.

Eu sabia que nos últimos anos a cidade vinha instalando câmeras de rua nas vias principais, sem fazer alarde. Um lugar como o Hollywood Boulevard era monitorado de alto a baixo. A Broadway seria uma candidata provável. Estava sempre lotada de carros e pedestres durante o dia. Também era a rua mais utilizada sempre que algum grupo oprimido queria fazer uma marcha de protesto.

— Bom, então, talvez seja melhor do que nada. Acha que o cabelo e o bigode são um disfarce?

— Deixe que eu faça as perguntas. Esse cara poderia ser um de seus novos clientes?

— Não sei. Não conheci todos. Me deixa a foto e vou mostrar pra Wren Williams. Ela vai saber melhor do que eu se ele é um cliente.

Bosch esticou a mão e pegou a foto de volta.

— É minha única cópia. Quando ela vai estar aqui?

— Em uma hora.

— Volto mais tarde. Enquanto isso, doutor, fique de olho aberto.

Apontou um dedo para mim como se fosse uma arma, então virou e saiu da sala, fechando a porta atrás de si. Fiquei ali sentado, pensando no que havia me dito e olhando para a porta, meio que esperando que voltasse para me dar mais um aviso agourento.

Mas quando a porta abriu um minuto mais tarde, foi Lorna quem entrou.

— Acabei de encontrar o detetive no corredor.

— É, ele tava aqui.

— O que ele queria?

— Me assustar.

— E?

— Fez um ótimo trabalho.

22

Lorna queria fazer outra reunião da equipe e me pôr a par de coisas que tinham acontecido enquanto eu estava fora do escritório, visitando a casa de Malibu e Walter Elliot, no dia anterior. Ela me comunicou inclusive que eu tinha uma audiência no fórum marcada para mais tarde, sobre um caso misterioso que não estava na agenda que havíamos montado. Mas eu precisava de tempo para pensar no que Bosch acabara de revelar e no que aquilo significava.

— Onde está o Cisco?

— Está vindo. Ele saiu cedo pra encontrar uma das fontes antes de vir pro escritório.

— Ele tomou café da manhã?

— Não comigo.

— Ok, vamos esperar ele chegar, aí a gente dá um pulo no Dining Car e toma um café. A gente conversa sobre as coisas por lá.

— Eu já tomei café.

— Tá, então enquanto você fala a gente come.

Ela fingiu uma cara zangada, mas saiu para a recepção e me deixou sozinho. Levantei e comecei a andar pelo escritório, as mãos no bolso, tentando avaliar o que significava a informação dada por Bosch.

Segundo Bosch, Jerry Vincent pagara uma propina gorda para alguém ou alguéns que ninguém sabia quem era. O fato de que os 100 mil dólares saíram do adiantamento de Walter Elliot seria um indício de que o suborno estava de algum modo ligado ao caso Elliot, mas isso não era de forma alguma conclusivo. Vincent poderia facilmente ter usado o dinheiro de Elliot para pagar uma dívida ou um suborno relativo a outro caso ou alguma coisa completamente diferente. Podia ser uma dívida de jogo que quisesse manter em segredo. O único fato era que Vincent desviara os cem paus para sua conta com algum propósito desconhecido e tentara esconder a transação.

O próximo fator a considerar era o momento da transação e se isso estava ligado ao assassinato de Vincent. Bosch disse que a transferência do dinheiro fora feita havia cinco meses. O assassinato de Vincent ocorrera apenas três noites atrás e o julgamento de Elliot estava programado para dali a uma semana. Mais uma vez, nada conclusivo. O espaço de tempo entre a transação e o assassinato me parecia impossibilitar qualquer ligação entre os dois fatos.

Mas mesmo assim eu não conseguia dissociar os dois, e o motivo era o próprio Walter Elliot. Filtrando as informações de Bosch eu começava a preencher alguns buracos e a enxergar meu cliente — e eu mesmo — de modo diferente. Eu agora via que Elliot podia estar tão confiante em sua inocência e em sua eventual absolvição por acreditar que ela já estava comprada. Eu agora via sua relutância em considerar um adiamento do julgamento como uma questão de timing relacionada ao suborno. E via sua boa vontade em permitir rapidamente que eu carregasse a tocha de Vincent sem checar nenhuma referência minha como uma jogada para ir a julgamento sem mais demora. Não tinha nada a ver com confiança na minha capacidade e tenacidade. Eu não o impressionara. Simplesmente, fora o que aparecera primeiro. Eu era apenas um advogado que trabalhava respeitando o esquema das coisas. Na verdade, era perfeito. Havia sido encontrado na lata dos achados e perdidos. Depois do período de inatividade, estava ansioso e preparado. Era só tirar minha poeira, dar um trato e pôr no lugar de Vincent, sem fazer perguntas.

O choque de realidade que isso me fez sentir foi tão desagradável como a primeira noite na clínica de reabilitação. Mas eu entendia que saber disso também podia me dar uma vantagem. Estava no meio de uma espécie de jogo, mas pelo menos sabia que era um jogo. Isso contava ponto em meu favor. Eu podia agora jogar com as minhas regras.

Havia um motivo para a pressa em ir a julgamento e eu agora achava que sabia qual. O jeitinho fora dado. Dinheiro fora pago por um jeitinho específico, e esse jeitinho estava vinculado à condição de que o julgamento ocorresse no dia esperado. A pergunta seguinte nesse enredo era por quê. Por que o julgamento tinha de ocorrer dentro do programado? Eu ainda não tinha uma resposta para isso, mas ia conseguir.

Fui até a janela e abri a persiana com a mão. Na rua, vi um furgão do Channel 5 estacionado com duas rodas sobre o meio-fio. Uma equipe de filmagem e uma repórter estavam na calçada, preparando-se para uma transmissão ao vivo e para fornecer aos telespectadores as últimas sobre o caso de Vincent — exatamente a mesma notícia dada na manhã anterior: nenhuma prisão, nenhum suspeito, nenhuma novidade.

Afastei-me da janela e voltei para o meio da sala para continuar andando. O elemento seguinte a considerar era o sujeito na fotografia que Bosch me mostrou. Havia uma contradição ali. Os primeiros indícios revelaram que Vincent conhecia o assassino e permitira que se aproximasse. Mas o homem da fotografia aparentava usar disfarce. Jerry teria abaixado a janela para aquele sujeito na foto? O fato de Bosch concentrar sua atenção naquele homem não fazia sentido, quando se pensava no que fora descoberto sobre a cena do crime.

As ligações do FBI para o celular de Vincent também eram parte de uma equação desconhecida. O que a investigação federal sabia e por que nenhum agente foi procurar Bosch? Podia ser que os federais estivessem apagando o próprio rastro. Mas eu sabia também que eles não iam querer sair das sombras para revelar uma investigação em andamento. Se esse era o caso, eu tinha de pisar com cuidado redobrado no terreno, mais do que fizera até ali. O menor envolvimento meu numa sindicância por corrupção federal me afundaria para o resto da vida.

O último fator desconhecido a considerar era o assassinato propriamente dito. Vincent havia pagado a propina e estava pronto para o tribunal, como o planejado. Por que foi considerado um fator de desvantagem? Seu assassinato sem dúvida ameaçava o planejamento e era uma resposta extrema. Por que o mataram?

Havia perguntas demais e mistérios demais, por ora. Eu precisava de mais informações antes de conseguir chegar a qualquer conclusão sólida sobre como proceder. Mas havia uma conclusão fundamental que eu não podia deixar de tirar. Parecia incomodamente claro que eu estava sendo engambelado por meu próprio cliente. Elliot estava me deixando no escuro quanto às engrenagens internas daquele caso.

Mas isso podia funcionar nos dois sentidos. Decidi que eu faria exatamente o que Bosch me pedira: manter em segredo a informação dada pelo detetive. Eu não ia dizer nada para minha equipe e certamente, a essa altura, não questionaria Walter Elliot sobre seu conhecimento dessas coisas. Eu manteria a cabeça acima da superfície dessas águas escuras do caso e ficaria de olhos bem abertos.

De repente, o foco de meus pensamentos mudou para algo diretamente diante de mim. Eu estava olhando para a boca escancarada do peixe pescado por Patrick Henson.

A porta se abriu e Lorna entrou no escritório, me vendo de olhar fixo no troféu.

— O que você está fazendo? — ela perguntou.

— Pensando.

— Bom, Cisco está aqui, vamos indo. Você tem um dia cheio hoje no fórum e não quero atrasá-lo.

— Então vamos. Estou morrendo de fome.

Fui atrás dela, mas não antes de dar uma última olhada no peixe belo e imenso pendurado na parede. Pensei saber exatamente como se sentia.

23

Patrick nos levou para o restaurante Pacific Dining Car e Cisco e eu pedimos filé com ovos e Lorna, chá com mel. O Dining Car era o lugar no centro onde os lobistas gostavam de se encontrar antes de começar a briga diária em uma das torres de vidro nas imediações. O preço era salgado, mas os pratos eram bons. Alimento para inspirar confiança, fazer um simples gladiador se sentir um guerreiro poderoso.

Assim que a garçonete pegou nosso pedido e se afastou, Lorna empurrou seus talheres para o lado e abriu uma agenda de espiral At-A-Glance sobre a mesa.

— Come rápido — ela disse. — Você tem um dia cheio pela frente.

— Não me diga.

— Certo, vamos começar pelo mais fácil.

Virou algumas páginas para trás e depois para a frente na agenda, então continuou.

— Você tem uma reunião às dez no gabinete da juíza Holder. Ela quer um relatório atualizado sobre seus clientes.

— Ela me disse que eu tinha uma semana — protestei. — Hoje é quinta.

— É, sei, Michaela ligou e disse que a juíza queria um informe provisório. Acho que ela, a juíza, leu no jornal que você ia mesmo ser o advogado de Elliot. Ela tem medo de que você dedique todo seu tempo a Elliot e nenhum aos outros clientes.

— Isso não é verdade. Dei entrada numa petição para Patrick ontem e terça compareci à audiência de sentença de Reese. E olha, ainda nem conheci todos os clientes.

— Não se preocupe, imprimi uma relação lá no escritório pra você levar. Ali tem quem você encontrou, quem fechou com você e agendas de todos eles. É só encher ela de papelada pra não ter do que reclamar.

Sorri. Lorna era a melhor gerente administrativa do ramo.

— Ótimo. Que mais?

— Depois, às onze, você tem uma reunião no gabinete do juiz Stanton sobre Elliot.

— Conferência de status?

— É. Ele quer saber se você vai conseguir ter tudo pronto pro julgamento, na próxima quinta.

— Não, mas Elliot não aceita de outra forma.

— Bom, o juiz vai poder ouvir isso da boca do próprio Elliot. Ele exige a presença do acusado.

Isso era incomum. A maioria das conferências de status era rotineira e rápida. O fato de Stanton querer Elliot ali tornava aquela uma ocasião mais importante que o normal.

Pensei em algo e puxei o celular.

— Você já avisou o Elliot? Talvez ele…

— Guarda isso. Ele sabe e vai estar lá. Falei com a assistente dele, a senhora Albrecht, hoje de manhã e ela sabe que ou ele aparece ou o juiz vai revogar a fiança.

Balancei a cabeça. Era uma jogada esperta. Ameaçar a liberdade de Elliot para se certificar de sua presença.

— Certo — eu disse. — É só?

Eu queria passar pro Cisco para perguntar o que mais conseguira descobrir sobre a investigação de Vincent e se suas fontes haviam mencionado alguma coisa sobre o homem da câmera de vigilância que Bosch me mostrara.

— Vai sonhando, meu chapa — respondeu Lorna. — Tem também o caso misterioso.

— Pode falar.

— Recebemos uma ligação ontem à tarde da assistente do juiz Friedman, que ligou no chute pro escritório do Vincent pra saber se havia alguma outra pessoa cuidando dos casos. Quando a assistente foi informada de que você assumira a carteira de clientes dele, perguntou se fazia ideia da audiência marcada com Friedman pra hoje às duas. Fui verificar na nossa agenda e não tinha nada marcado hoje pras duas. Então aí está o mistério. Você tem uma audiência às duas pra um caso que não consta na agenda nem tem pasta no arquivo.

— Qual o nome do cliente?
— Eli Wyms.

Não significava nada para mim.

— Wren conhecia o nome?

Lorna fez que não com a cabeça, descartando.

— Já checou os casos antigos? Pode estar arquivado errado.

— Não, a gente já olhou. Não tem essa pasta em lugar nenhum no escritório.

— E sobre o que é a audiência? Você perguntou pra assistente?

— Petições preliminares. Wyms é acusado de tentativa de assassinato de um oficial civil e diversas outras acusações ligadas a porte de armas. Prenderam ele no dia dois de maio em um parque municipal em Calabasas. Ele foi autuado, avaliado pelo juiz e mandado para Camarillo por noventa dias. Deve ter sido considerado apto, porque a audiência de hoje é para marcar uma data para o julgamento e considerar a possibilidade de fiança.

Balancei a cabeça. Deu para ler nas entrelinhas do resumo. Wyms se metera em algum tipo de confronto envolvendo armas no Ministério Público, que era o responsável pela manutenção da lei e da ordem nessa região não incorporada conhecida como Calabasas. Mandaram-no para o centro de avaliação mental de Camarillo, onde os psiquiatras passaram três meses decidindo se o sujeito era louco ou se estava apto a responder perante a justiça pelas acusações feitas contra ele. Os médicos o examinaram e concluíram que era capaz, isto é, que sabia diferenciar o certo do errado quando tentou matar o oficial civil, mais provavelmente o policial que o enfrentou.

Esse era um quadro geral da encrenca em que se metera Eli Wyms. Devia haver mais detalhes na pasta dele, mas não tínhamos pasta nenhuma.

— Há alguma referência a Wyms nos depósitos da conta-caução? — perguntei.

Lorna sacudiu a cabeça. Eu deveria ter imaginado que ela não deixaria nada de fora e já teria checado as contas procurando por Eli Wyms.

— Ok, então parece que Jerry pegou o homem em *pro bono*.

Advogados ocasionalmente se oferecem para trabalhar de graça — *pro bono* — para clientes indigentes ou especiais. Às vezes, isso acontece por motivos altruístas, outras, só porque o cliente simplesmente não vai pagar. De um modo ou de outro, a falta de um adiantamento por parte de Wyms era compreensível. A pasta desaparecida era outra história.

— Sabe o que andei pensando? — disse Lorna.

— O quê?

— Se Jerry estava com a pasta de Eli na maleta quando saiu na segunda à noite.

— E o assassino levou isso embora junto com o laptop e o celular.

Fazia sentido. Ele ficou até a noite se preparando para a semana e tinha uma audiência na quinta sobre Wyms. Pode ter acontecido de ter perdido o pique e jogado a pasta em sua maleta para dar uma olhada mais tarde. Ou talvez houvesse levado a pasta consigo por ter uma importância que eu ainda não conseguia compreender. Talvez o assassino quisesse a pasta de Wyms, não o laptop ou o celular.

— Quem é o promotor do caso?

— Joanne Giorgetti, e estou anos-luz à sua frente, meu caro. Liguei pra ela ontem, expliquei a situação e perguntei se não se importaria de copiar a publicação compulsória outra vez pra nós. Ela disse sem problema. Você pode pegar os documentos depois da reunião das onze com o juiz Stanton, e sobram algumas horas pra se familiarizar com o caso antes da audiência, às duas.

Joanne Giorgetti era uma promotora excelente que trabalhava na seção de crimes contra oficiais civis do Gabinete da Promotoria. Era também amiga de longa data de minha ex-esposa e treinadora de basquete de minha filha na liga da ACM. Sempre fora amigável e respeitosa como colega, mesmo depois de Maggie e eu nos separarmos. Não fiquei surpreso que se dispusesse a fazer uma cópia da publicação compulsória para mim.

— Você pensa em tudo, Lorna — eu disse. — Por que não assume os clientes de Vincent e vai em frente? Você não precisa de mim.

Ela sorriu com o elogio e vi que seus olhos relancearam na direção de Cisco. A leitura que fiz foi que queria que ele percebesse o valor que ela tinha para a firma de Michael Haller e Associados.

— Eu prefiro trabalhar em segundo plano — disse. — Deixo o centro do palco pra você.

Nossos pratos foram servidos e espalhei uma dose generosa de pimenta Tabasco no filé e nos ovos. Às vezes, um molho picante era o único jeito de eu saber que ainda estava vivo.

Finalmente poderia ouvir o que Cisco descobrira sobre a investigação de Vincent, mas ele mergulhou em seu prato e eu não era louco de me interpor entre ele e a comida. Decidi esperar e perguntei a Lorna como andavam as coisas com Wren Williams. Ela respondeu em voz baixa, como se Wren estivesse por perto ali no restaurante, ouvindo.

— Ela não ajuda em muita coisa, Mickey. Parece que não faz a menor ideia de como funcionava o escritório ou de onde Jerry punha as coisas. Ela tem sorte se conseguir lembrar onde deixou o carro de manhã. Se você me perguntar, acho que ela estava trabalhando lá por algum outro motivo.

Eu podia ter lhe dito qual era o motivo — como me fora contado por Bosch —, mas decidi guardar para mim mesmo. Não queria distrair Lorna com fofocas.

Olhei e vi Cisco limpando o molho da carne com pimenta em seu prato com um pedaço de torrada. Estava pronto para começar.

— O que vai fazer hoje, Cisco?

— Estou investigando o Rilz e o lado dele do triângulo.

— Como está indo?

— Acho que tem algumas coisas que podem ser úteis. Quer ouvir?

— Ainda não. Quando eu precisar eu pergunto.

Eu não queria receber qualquer informação sobre Rilz que pudesse ter de entregar à promotoria na publicação compulsória. No momento, quanto menos soubesse, melhor. Cisco entendeu.

— Hoje também vou ver o que Bruce Carlin tem pra nós — acrescentou Cisco.

— Ele quer duzentos por hora — disse Lorna. — É um roubo, se você quer saber.

Fiz um gesto com a mão de que deixasse pra lá.

— Pode pagar. É uma exceção, não vamos mais ter uma despesa dessas, e provavelmente ele tem alguma informação que a gente pode usar. Qualquer coisa que ele disser vai adiantar o trabalho de investigação do Cisco, e a gente economiza tempo.

— Não esquenta, a gente vai pagar. Só não estou achando graça. Ele está enfiando a faca porque sabe que pode.

— Tecnicamente, ele está enfiando a faca em Elliot e acho que Elliot não dá a mínima.

Virei para meu investigador.

— Tem alguma coisa nova no caso Vincent?

Cisco me atualizou com o que tinha. Eram na maior parte tecnicalidades forenses, dando a entender que a fonte que ele tinha dentro da investigação vinha dessa área. Ele disse que Vincent fora baleado duas vezes, as duas perto da têmpora esquerda. O tamanho dos ferimentos de entrada era menor que três centímetros, e queimaduras de pólvora na pele e no cabelo indicavam que a arma estava a uma distância de vinte a trinta centímetros quando foi disparada. Segundo Cisco, isso indicava que o assassino havia disparado dois tiros rápidos e era muito bom. Era pouco provável que um amador atirasse duas vezes rapidamente e fosse capaz de manter a firmeza de mira após o primeiro impacto.

Outra coisa, disse Cisco, é que os projéteis não saíram do corpo e foram recuperados durante a autópsia conduzida mais tarde, naquele dia.

— Eram de vinte e cinco — ele disse.

Eu havia conduzido incontáveis interrogatórios a respeito de marcas deixadas por instrumentos com especialistas em balística. De balas eu entendia e sabia que o buraco de uma calibre .25 vinha de uma arma pequena, mas podia causar grandes danos, sobretudo se disparada na caixa craniana. Os projéteis ricocheteavam nas paredes internas. Era como pôr o cérebro da vítima em um liquidificador.

— Já sabem exatamente qual foi a arma?

Eu sabia que estudando as marcas — proeminências e sulcos — nos projéteis eles eram capazes de dizer que tipo de arma disparara os tiros. O mesmo valia para os assassinatos em Malibu, em que os investigadores sabiam qual arma fora usada, ainda que não a houvessem encontrado.

— Já. Uma Beretta Bobcat calibre vinte e cinco. Bonitinha e pequena, quase dá pra esconder na mão.

Uma arma completamente diferente da que fora usada para matar Mitzi Elliot e Johan Rilz.

— Então o que tudo isso nos diz?

— É arma de quem não erra. Você leva junto quando sabe que o tiro vai ser na cabeça.

Concordei.

— Aquilo foi planejado. O assassino sabia o que estava fazendo. Ele espera na garagem, vê Jerry sair e vai direto pro carro. A janela desce ou já estava abaixada, e o cara manda dois pipocos na cabeça, depois enfia o braço no carro, pega a maleta com o laptop, o celular, a pasta de elástico e, é o que a gente acha, a pasta do caso de Eli Wyms.

— Exato.

— Ok, e quanto ao suspeito?

— O cara que foi interrogado na primeira noite?

— Não, esse era o Carlin. Já está descartado.

Cisco pareceu surpreso.

— Como você soube que era Carlin?

— Bosch me contou hoje de manhã.

— Está me dizendo que eles têm outro suspeito?

Fiz que sim.

— Ele me mostrou a foto de um sujeito saindo do prédio na hora dos tiros. O homem tinha uma arma e tava na cara que usava um disfarce.

Vi os olhos de Cisco pegando fogo. Era questão de orgulho profissional que ele aparecesse com uma informação dessas. Se acontecia o contrário, ele não tinha como gostar.

— Ele não tinha um nome, só a foto — eu disse. — Ele queria saber se alguma vez eu tinha visto o sujeito antes ou se era um dos clientes.

Os olhos de Cisco se anuviaram quando percebeu que sua fonte lá dentro não estava lhe passando as informações. Se eu tivesse contado das ligações do FBI, ele provavelmente teria pegado a mesa e jogado pela janela.

— Vou ver o que consigo descobrir — disse em voz baixa com os maxilares tensos.

Olhei para Lorna.

— Bosch disse que ia voltar mais tarde pra mostrar a foto pra Wren.

— Eu aviso.

— E não deixe de olhar você também. Quero todo mundo alerta com esse cara.

— Ok, Mickey.

Balancei a cabeça. Estávamos encerrando. Pus meu cartão de crédito em cima da conta e puxei o celular para ligar para Patrick. Ligar para meu motorista me lembrou de algo.

— Cisco, tem mais uma coisa que eu quero tentar fazer hoje.

Cisco olhou para mim, feliz em poder parar de pensar na ideia de que eu tinha uma fonte na investigação melhor do que a dele.

— Vai até o liquidante de Vincent e vê se ele ficou com uma das pranchas de Patrick. Se ficou, eu quero ela de volta pro Patrick.

— Pode deixar. Sem problema.

24

Preso nos lentos elevadores do fórum, eu estava quatro minutos atrasado quando entrei no tribunal da juíza Holder e atravessei correndo o cercado da assistente em direção ao corredor que levava a seu gabinete. Não vi ninguém e a porta estava fechada. Bati de leve e escutei a juíza dizendo-me que entrasse.

Ela estava atrás de sua mesa e usando sua toga preta. Isso me fez saber que provavelmente tinha uma audiência em um julgamento público programada para dali a pouco e que meu atraso não seria muito bem acolhido.

— Doutor Haller, nossa reunião estava marcada para as dez horas. Creio que foi devidamente informado disso.

— Sim, Excelência, fui. Desculpe. Os elevadores deste prédio...

— Todos os advogados usam os mesmos elevadores e a maioria sempre chega na hora certa para as reuniões comigo.

— Sim, Excelência.

— Está com o talão de cheques?

— Acho que sim, estou.

— Bom, podemos fazer de dois jeitos — disse a juíza. — Posso detê-lo por desacato ao tribunal, multá-lo e deixar que se explique à ordem da Califórnia, ou podemos resolver de um jeito informal e você pega seu talão de cheques e faz uma doação para a Make-A-Wish Foundation. É uma das minhas instituições de caridade favoritas. Eles são muito bons para as crianças doentes.

Isso era inacreditável. Eu estava sendo multado por quatro minutos de atraso. A arrogância de alguns juízes me deixava pasmo. Dei um jeito de engolir aquele abuso e continuar.

— A ideia de ajudar crianças doentes é boa, Excelência — eu disse. — Quanto pode ser?

— Contribua com quanto quiser. Posso até mandar para eles, para o senhor.

Apontou uma pilha de papéis no lado esquerdo da mesa. Vi dois outros cheques, muito provavelmente feitos por dois outros pobres coitados que haviam caído em desgraça com a juíza naquela semana. Abaixei e comecei a procurar no bolso da frente de minha mochila, até que encontrei o talão. Preenchi um cheque nominal de 250 dólares à Make-A-Wish, destaquei e passei-o através da mesa. Fiquei observando os olhos da juíza conforme via a quantia que eu doara. Ela balançou a cabeça de modo aprovador e vi que eu fizera a coisa certa.

— Obrigada, doutor Haller. Eles mandam um recibo para seu abatimento na declaração pelo correio. Vai para o endereço do cheque.

— Como a senhora disse, eles fazem um bom trabalho.

— É, fazem.

A juíza pôs o cheque em cima dos outros dois e então voltou sua atenção para mim.

— Bom, antes de começarmos a examinar os casos, deixe-me lhe fazer uma pergunta — disse. — Sabe se a polícia fez algum progresso na investigação da morte de Jerry Vincent?

Hesitei por um momento, pensando no que deveria contar à presidente do Superior Tribunal.

— Não posso dizer que estou por dentro da investigação, Excelência — eu disse. — Mas vi a fotografia de um homem que presumo ser um dos suspeitos.

— Sério? Que tipo de foto?

— Uma imagem de câmera de segurança tirada da rua. É de um homem, e parece portar uma arma. Acredito que tenham procurado as imagens correspondentes à hora dos tiros na garagem.

— O senhor reconhece o homem?

— Não, a foto não está clara. Mas mesmo que estivesse, seria difícil identificá-lo. Parece que usava um disfarce.

— Quando foi isso?

— Na noite do assassinato.

— Não, quer dizer, quando foi que lhe mostraram essa foto?

— Hoje de manhã. O detetive Bosch foi ao escritório com ela.

A juíza balançou a cabeça. Ficamos em silêncio por um momento e então ela passou ao motivo de nossa reunião.

— Ok, doutor Haller, por que não conversamos a respeito de clientes e casos, agora?

— Certo, Excelência.

Abaixei e abri o zíper de minha bolsa, tirando a tabela que Lorna havia preparado para mim.

A juíza Holder me segurou em sua mesa durante uma hora, enquanto eu falava sobre todos os clientes e casos, detalhando o andamento e as conversas mantidas com cada um. Na hora em que finalmente me liberou, eu estava atrasado para a audiência das onze horas com o juiz Stanton em seu gabinete.

Saí do tribunal da juíza Holder e ignorei os elevadores. Peguei a saída de emergência e desci correndo dois lances de escadas até o andar do juiz Stanton. Eu já estava oito minutos atrasado e me perguntava se isso iria me custar mais alguma doação para a instituição de caridade favorita de outro magistrado.

O tribunal estava vazio, mas a assistente de Stanton estava em seu cercado. Ela apontou com a caneta para a porta aberta no corredor que conduzia ao gabinete do juiz.

— Estão à sua espera — disse.

Passei rapidamente por ela e entrei no corredor. A porta do gabinete estava aberta e vi o juiz sentado atrás de sua mesa. À sua esquerda havia uma estenógrafa e diante dele, do outro lado da mesa, três cadeiras. Walter Elliot sentava-se na cadeira da direita, a cadeira do meio estava vazia e Jeffrey Golantz ocupava a terceira. Eu não conhecia o promotor pessoalmente, mas reconheci seu rosto de vê-lo na tevê e nos jornais. Nos últimos anos, ele se saíra vitorioso em uma série de processos importantes e seu nome ganhara respeito. Era o campeão invencível do Gabinete da Promotoria.

Eu adorava enfrentar promotores imbatíveis. Eles sempre eram traídos por sua autoconfiança.

— Desculpe o atraso, Excelência — eu disse conforme sentava. — A juíza Holder me convocou para uma reunião e se estendeu um pouco.

Minha esperança era de que mencionar a juíza como o motivo de minha demora impediria Stanton de atacar meu talão de cheques, e ao que parecia, funcionou.

— Que conste dos autos a partir de agora — ele disse.

A estenógrafa se aprumou e apoiou os dedos em sua máquina.

— Na questão de *Califórnia versus Walter Elliot*, encontramo-nos no gabinete do magistrado hoje para uma conferência de status. Presentes o réu, junto com o doutor Golantz pelo lado do estado e o doutor Haller, em substituição ao falecido doutor Vincent.

O juiz teve de fazer uma interrupção nesse ponto para soletrar para a estenógrafa as grafias corretas dos nomes. Sua voz tinha um tom de autoridade que só uma década sentando na cadeira do juiz podia lhe dar. Era um homem bem-apessoado com a cabeça coberta de cabelos grisalhos eriçados. Estava em boa forma, a toga preta mal ocultando os ombros e o peito bem desenvolvidos.

— Então — disse a seguir —, estamos programados nesse caso para uma audiência de *voir dire* na quinta-feira próxima — uma semana, contando a partir de hoje — e noto, doutor Haller, que o senhor não deu entrada em nenhuma petição solicitando um adiamento para se pôr a par do processo.

— Não queremos nenhum adiamento — disse Elliot.

Estiquei a mão e toquei o braço de meu cliente, abanando a cabeça.

— Senhor Elliot, nesta audiência, quero que deixe seu advogado falar — disse o juiz.

— Desculpe, Excelência — eu disse. — Mas a mensagem é a mesma vinda de mim ou diretamente do senhor Elliot. Não queremos adiamento. Passei a semana toda me inteirando do caso e estou preparado para ir à seleção do júri na quinta que vem.

O juiz estreitou o olhar em minha direção.

— Tem certeza disso, doutor Haller?

— Absoluta. O doutor Vincent era um ótimo advogado e mantinha registros precisos. Entendo a estratégia que planejava adotar e estaremos prontos na quinta-feira. O caso conta com minha completa dedicação. Minha e de minha equipe.

O juiz recostou em sua cadeira de espaldar alto e girou de um lado para outro enquanto pensava. Finalmente, olhou para Elliot.

— Senhor Elliot, e não é que vai poder falar, no final das contas? Gostaria de ouvir diretamente do senhor que concorda inteiramente com seu novo advogado aqui e que compreende os riscos que está correndo, aparecendo com um novo advogado tão próximo à data do julgamento. É sua liberdade que está em jogo nesse caso, senhor. Vamos ouvir o que tem a dizer a respeito.

Elliot se curvou para a frente e disse em um tom desafiador:

— Excelência, antes de mais nada, estou de inteiro acordo. Quero que esse negócio vá o mais rápido possível a julgamento pra fazer esse promotor aqui cair do cavalo. Sou inocente e estou sendo perseguido e processado por uma coisa que não fiz. Não quero passar nem mais um dia como réu, Excelência. Eu amava minha esposa e vou sentir falta dela pro resto da vida. Não a matei e sinto uma pontada no coração toda vez que escuto alguém na tevê falando essas coisas horríveis a meu respeito. O que mais me dói é saber que o verdadeiro assassino está solto por aí. Quanto antes o senhor Haller provar minha inocência para o mundo, melhor.

Era a cartilha de O.J. Simpson, mas o juiz observou Elliot e balançou a cabeça, pensativo, depois voltou sua atenção para o promotor.

— Doutor Golantz? O que o estado pensa disso?

O promotor público limpou a garganta. Ele era um cara de boa estampa, era a melhor expressão para descrevê-lo. Era bonito e moreno e seus olhos pareciam se iluminar com a própria ira da justiça.

— Excelência, o estado está preparado para ir a julgamento e não faz objeção a seguir dentro do programado. Mas eu gostaria de propor que, se o senhor Elliot está seguro de prosseguir sem um pedido de adiamento, que abra mão formalmente de uma tentativa de apelação caso as coisas não ocorram como prevê em tribunal.

O juiz girou sua cadeira de modo a voltar a atenção para mim.

— O que tem a dizer sobre isso, doutor Haller?

— Excelência, não acho que seja necessário que meu cliente abra mão de nenhum recurso capaz de protegê-lo caso...

— Eu não ligo — disse Elliot, me interrompendo. — Eu abro mão do diabo que pedirem. Quero logo o julgamento.

Fuzilei-o com o olhar. Ele olhou para mim e deu de ombros.

— A gente vai ganhar essa — explicou.

— Gostaria de um momento a sós no corredor, doutor Haller? — perguntou o juiz.

— Obrigado, Excelência.

Fiquei de pé e fiz um sinal para Elliot se levantar.

— Vem comigo.

Saímos para o pequeno corredor que levava à sala do tribunal. Fechei a porta atrás de nós. Elliot começou a falar antes que eu pudesse, enfatizando o problema.

— Olha, eu quero ver o fim desse negócio e...

— Cala a boca! — eu disse, sussurrando com força.

— O quê?

— Você me ouviu. Fecha a porra dessa boca. Tá entendendo? Sei que você está acostumado a falar sempre que sente vontade e a ver todo mundo babando pra cada palavra brilhante que diz. Mas você não está mais em Hollywood, Walter. Não está mais conversando sobre filmes de faz de conta com um de seus amiguinhos mandachuvas. Está entendendo o que eu estou dizendo? Isso é a vida real. Você não fala se não falarem com você antes. Se tiver alguma coisa pra dizer, você sussurra na minha orelha e se eu achar que vale a pena repetir, *eu* — não você — vou dizer pro juiz. Entendeu?

Levou um longo tempo para Elliot responder. Sua expressão ficou carregada e percebi que eu podia estar prestes a perder a bocada. Mas naquele momento eu não me importei. O que eu disse necessitava ser dito. Era o tipo de discurso seja-bem-vindo-ao-meu-mundo que eu devia ter feito muito antes.

— É — ele disse, finalmente —, entendi.

— Ótimo, então não esquece. Agora vamos voltar lá pra dentro e ver se consigo evitar dar de bandeja seu direito a uma apelação caso você seja condenado porque eu fodi com tudo indo pra um julgamento sem estar preparado.

— Isso não vai acontecer. Tenho fé em você.

— Fico feliz com isso, Walter. Mas a verdade é que você não tem base nenhuma pra essa fé. E tendo ou não, isso não significa que a gente possa abrir mão do que quer que seja. Vamos voltar lá pra dentro agora, e eu falo. É pra isso que ganho aquela grana toda, não é?

Dei um tapinha em seu ombro. Entramos e sentamos. E Walter não disse nem mais uma palavra. Argumentei que ele não deveria perder seu direito a uma revisão de apelação só porque queria o julgamento rápido a que tinha direito. Mas o juiz Stanton ficou do lado de Golantz, determinando que se Elliot abria mão da oferta de postergação do julgamento, não poderia, após uma eventual condenação, reclamar que seu advogado não tivera tempo suficiente para se preparar. Diante da proibição do juiz, Elliot não arredou pé e rejeitou um adiamento, como eu sabia que faria. Não me preocupei com isso. Graças às leis bizantinas no campo do direito, quase nada estava a salvo de uma apelação. Eu sabia que, se necessário, Elliot ainda seria capaz de apelar contra a proibição que o juiz acabara de fazer.

Depois disso, passamos ao que o juiz chamou de procedimentos rotineiros. A primeira coisa era fazer com que ambas as partes assinassem um requerimento da Court TV, o canal judiciário, autorizando a transmissão de trechos do julgamento ao vivo em sua programação diária. Nem eu nem Golantz objetamos. Afinal, era propaganda de graça — para novos clientes, no meu caso, para suas crescentes aspirações políticas, no de Golantz. E no que dizia respeito a Walter Elliot, ele sussurrou em meu ouvido que queria as câmeras lá para transmitirem o veredito de inocente.

Em seguida, o juiz tratou do prazo para submeter os últimos documentos e relações de testemunhas. Ele nos deu até a segunda para as publicações compulsórias, e as relações de testemunhas ficaram para um dia depois disso.

— Sem exceções, senhores — disse. — Não vejo com bons olhos surpresas sendo acrescentadas depois do prazo final.

Isso não ia ser problema pelo lado da defesa. Vincent já registrara duas publicações compulsórias antes e havia pouca coisa nova desde então para eu apresentar à promotoria. Cisco Wojciechowski estava fazendo um bom trabalho em me manter de fora de qualquer descoberta sobre Rilz. E o que eu não sabia eu não podia pôr no arquivo de publicação compulsória.

No que dizia respeito a testemunhas, meu plano era usar da tradicional tática evasiva com Golantz. Eu submeteria uma relação de potenciais testemunhas, indicando todos os oficiais civis e técnicos forenses mencionados no BO e nos relatórios do procurador-geral. Era um procedimento de operações padrão. Golantz teria de quebrar a cabeça e deduzir quem eu realmente chamaria para testemunhar e quem era importante para o caso da defesa.

— Muito bem, rapazes, deve ter um tribunal cheio de advogados lá fora à minha espera — disse Stanton, finalmente. — Ficou tudo bem claro?

Golantz e eu balançamos a cabeça. Não pude deixar de imaginar se não seria o juiz ou o promotor a receber o suborno. Eu poderia estar sentado junto com o homem que iria virar o caso a favor de meu cliente? Se isso era verdade, ele não fizera nada que o denunciasse. Terminei a reunião pensando que Bosch entendera tudo errado. Não havia suborno nenhum. Havia, sim, um barco de cem mil dólares em algum porto de San Diego ou do Cabo registrado em nome de Jerry Vincent.

— Ok, então — disse o juiz. — Vamos continuar na semana que vem. Podemos conversar sobre as regras básicas na quinta de manhã. Mas quero deixar claro desde já: vou conduzir esse julgamento como uma máquina bem azeitada. Nada de surpresas, nada de truques, nenhuma gracinha. Novamente pergunto: fui bem claro?

Golantz e eu aquiescemos mais uma vez. Mas o juiz girou sua cadeira e me encarou. Estreitou os olhos, com uma expressão desconfiada.

— Vou manter os senhores na linha — ele disse.

Pareceu uma mensagem dirigida só para mim, uma mensagem que não estava destinada a entrar no registro da estenógrafa.

Fiquei me perguntando: por que é sempre para o advogado de defesa que sobra o olhar de condenação?

25

Cheguei à sala de Joanne Giorgetti um pouco antes do meio-dia. Eu sabia que se chegasse um minuto que fosse depois desse horário seria tarde demais. O Gabinete da Promotoria se esvazia completamente na hora do almoço, seus ocupantes saindo em busca da luz do sol, de ar fresco e de uma refeição fora do prédio do fórum. Disse na recepção que tinha hora marcada com Giorgetti, e a mulher fez uma ligação. Então a porta se abriu com um som de cigarra e ela me disse para entrar.

A sala de Giorgetti era pequena e sem janelas, com a maior parte do chão ocupada por caixas de papelão. Era a mesma coisa que eu já vira em todo escritório de promotor, pequeno ou grande. Ela estava em sua mesa, mas escondida atrás de uma muralha de pastas e documentos empilhados. Passei o braço com muito cuidado sobre a pilha para apertar sua mão.

— Como estão as coisas, Joanne?

— Nada mal, Mickey. E você?

— Tudo bem.

— Ouvi dizer que caiu um monte de casos no seu colo.

— É, muitos.

A conversa era formal. Eu sabia que ela e Maggie eram amigas e não tinha como saber se minha ex-esposa não lhe confidenciara sobre meus problemas do ano anterior.

— Então veio aqui saber de Wyms?

— Isso mesmo. Eu não sabia nem que o caso era meu até hoje de manhã.

Ela me passou uma pasta grossa com três dedos de documentos dentro.

— O que você acha que aconteceu com a pasta de Jerry? — ela perguntou.

— Acho que o assassino deve ter levado.

Ela franziu a testa, achando absurdo.

— Que esquisito. Pra que o assassino ia querer essa pasta?

— Provavelmente foi sem querer. A pasta estava na maleta de Jerry, junto com o laptop, e o assassino simplesmente levou tudo.

— Hum.

— Bom, tem alguma coisa incomum nesse caso? Alguma coisa que deixaria Jerry visado?

— Acho que não. É só o maluco-com-arma normal de todos os dias.

Balancei a cabeça.

— Ouviu falar alguma coisa sobre um júri preliminar federal investigando os tribunais estaduais?

Ela juntou as sobrancelhas.

— Por que estariam investigando esse caso?

— Não estou dizendo que estavam. Andei meio por fora de tudo durante algum tempo. Queria saber o que você escutou.

Ela deu de ombros.

— Só os boatos de sempre das bocas de sempre. Parece que sempre tem uma sindicância federal sobre alguma coisa.

— É.

Não disse mais nada, na esperança de que ela me desse os detalhes dos boatos. Mas ela não falou nada e era hora de seguir em frente.

— A audiência de hoje é para marcar a data do julgamento? — perguntei.

— É, mas imagino que você vai pedir um adiamento pra ficar a par do processo.

— Bom, deixa eu dar uma olhada no arquivo durante o almoço e depois conto pra você se o plano vai ser esse.

— Certo, Mickey. Mas você é quem sabe. Eu não iria me opor a um adiamento, considerando o que aconteceu com Jerry.

— Obrigado, CoJo.

Ela sorriu quando usei o nome com que seus pequenos jogadores de basquete a chamavam na ACM.

— Tem visto a Maggie ultimamente? — ela perguntou.

— Vi na noite passada, quando fui buscar a Hayley. Ela parece bem. Você tem visto ela?

— Só no basquete. Mas normalmente ela fica sentada na arquibancada com o nariz enfiado em alguma pasta. A gente costumava pegar as garotas para ir ao Hamburger Hamlet, mas Maggie tem andado muito ocupada.

Assenti. Ela e Maggie eram colegas de trincheira desde sempre, tendo ambas servido nas tropas da promotoria. Competidoras, mas não competitivas entre si. Mas o tempo passa e a distância dá um jeito de se interpor em qualquer relacionamento.

— Bom, vou levar isso e dar uma boa olhada — eu disse. — A audiência com Friedman é às duas, certo?

— Isso, às duas. Vejo você lá.

— Obrigado por tudo, Joanne.

— Disponha.

Saí do Gabinete da Promotoria e aguardei dez minutos para conseguir pegar o elevador, com o bando de gente saindo para almoçar. O último a entrar, fiquei com o rosto a um palmo da porta. Não havia nada que eu odiasse mais que os elevadores do Fórum Criminal.

— Ei, Haller.

Era uma voz atrás de mim. Não reconheci de quem era, mas o elevador estava apinhado demais para que eu me virasse para descobrir.

— O quê?

— Ouvi dizer que você ficou com todos os casos de Vincent.

Eu não ia discutir meu trabalho num lugar daqueles. Não respondi. Finalmente chegamos ao térreo, e as portas se abriram. Saí e olhei por sobre o ombro, para ver quem falara aquilo.

Era Dan Daly, outro advogado de defesa da turma que ia aos jogos dos Dodgers de vez em quando e tomava martínis de vez em sempre no Four Green Fields. Eu perdi a última temporada de bebidas e beisebol.

— E aí, Dan?

Apertamos as mãos, sinal de que fazia muito tempo que não nos víamos.

— Então, você molhou a mão de quem?

Ele disse isso sorrindo, mas dava para perceber que estava escondendo alguma coisa atrás do sorriso. Talvez uma dose de inveja por eu pegar o caso Elliot. Todo advogado na cidade sabia que aquele era um cliente quente — do tipo que paga muito e em dia e que, por causa de sua pendência com a justiça, pode significar grana alta entrando por anos: primeiro com o julgamento, depois com as apelações após uma condenação.

— Ninguém — eu disse. — Jerry me pôs no testamento.

Fomos andando em direção à saída. O rabo de cavalo de Daly estava mais comprido e mais grisalho. Porém o mais estranho era que fizera uma trança com ele. Nunca o tinha visto usando assim antes.

— Então, boa sorte — disse Daly. — Não deixe de me avisar se precisar de um parceiro nesse caso.

— Ele quer um advogado só, Dan. Nada de *dream team*.

— Bom, então não esquece de mim quando precisar de um escrivão, depois.

Ele queria dizer que se punha à disposição para redigir as apelações para eventuais condenações de meus clientes. Daly construíra para si uma sólida reputação como especialista em apelações, com uma boa média de rebatidas.

— Pode deixar — eu disse. — Ainda estou revisando tudo.

— Tudo bem.

Passamos pelas portas e pude ver o Lincoln parado junto ao meio-fio, me esperando. Daly ia para o outro lado. Disse-lhe que a gente mantinha contato.

— Você faz falta lá no bar, Mick — ele disse por sobre o ombro.

— Eu apareço — exclamei de volta.

Mas eu sabia que não ia, que tinha de manter distância de lugares assim.

Entrei na traseira do Lincoln — instruo meus motoristas a jamais descer para abrir a porta para mim — e disse a Patrick para me levar ao Chinese Friends, na Broadway. Pedi que me deixasse lá e saísse para almoçar sozinho. Eu precisava sentar em algum lugar para ler e não queria conversa.

Cheguei ao restaurante entre a primeira e a segunda leva de fregueses e não precisei esperar mais que cinco minutos por uma mesa. Desejando trabalhar imediatamente, pedi um prato de costeletas de porco fritas assim que sentei. Seria perfeito, eu sabia. Finas como papel e deliciosas, e eu poderia comer com a mão sem tirar os olhos dos documentos de Wyms.

Abri a pasta que Joanne Giorgetti me dera. Continha cópias apenas das coisas que a promotoria entregara a Jerry Vincent pela lei de publicação compulsória — o BO e os relatórios da polícia relativos ao incidente, à detenção e à subsequente investigação. Todas as anotações e estratégias de defesa que Vincent houvesse feito perderam-se com a pasta original.

O ponto de partida natural era o BO, que incluía um resumo inicial e bem básico do que devia ter ocorrido. Como geralmente era o caso, começava com as ligações para a central de emergências municipal. Diversas ligações sobre um tiroteio foram feitas de uma área residencial próxima a um parque em Calabasas. Os chamados foram encaminhados à jurisdição do Ministério Público porque Calabasas pertencia a uma área não incorporada no norte de Malibu e ficava na circunscrição oeste do município.

O primeiro policial a atender estava registrado no BO como Todd Stallworth. Ele fazia o turno da noite na delegacia de Malibu e fora despachado às 10h21 para a área residencial na transversal da Las Virgenes Road. De lá, dirigiu-se ao parque público de Malibu Creek, nas imediações. Ouvindo então tiros, Stallworth pediu reforços e entrou no parque para investigar.

O parque acidentado e montanhoso estava às escuras, como seria de se esperar, com a placa de FECHADO À NOITE na entrada. Quando Stallworth rodava pela estrada principal, os faróis da radiopatrulha refletiram em algo, e o policial viu um veículo estacionado em uma clareira mais adiante. Ele acendeu o refletor e a luz banhou uma picape com a traseira aberta. Havia uma pirâmide de latas de cerveja na traseira e o que parecia uma bolsa de armas com vários canos de rifle aparecendo.

Stallworth parou o carro a oitenta metros da picape e decidiu esperar a chegada dos reforços. Estava falando no rádio com a delegacia de Malibu, descrevendo a picape e dizendo que não estava próximo o bastante para ler a placa, quando de repente começaram tiros e o holofote acima do retrovisor lateral explodiu com o impacto de uma bala. Stallworth desligou todas as luzes do carro e desceu rente ao chão, rastejando até a cobertura de arbustos que beirava a clareira. Usou o rádio portátil para pedir reforço à equipe tática e de armas especiais.

Um cerco de três horas se seguiu, com o atirador escondido no terreno arborizado perto da clareira. Ele disparava sua arma repetidamente, mas ao que parecia estava mirando no céu. Nenhum policial foi atingido pelas balas. Nenhum veículo além daquele foi danificado. Finalmente, um policial com o traje preto da SWAT se aproximou o suficiente da picape para ler a placa usando seu binóculo superpotente equipado com lentes de visão noturna. O número da placa levou ao nome de Eli Wyms, o que por sua vez levou a um número de celular. O atirador atendeu ao primeiro toque e um negociador da SWAT começou a conversar.

O atirador era de fato Eli Wyms, um pintor de paredes de quarenta e quatro anos de Inglewood. Estava descrito no relatório da polícia como bêbado, violento e suicida. Nesse mesmo dia, fora expulso de casa pela mulher, que o informou que se apaixonara por outro homem. Wyms pegara o carro e rumara para o litoral, depois foi na direção norte até Malibu, e então subiu a serra para Calabasas. Viu o parque e achou que parecia um bom lugar para parar a picape e dormir, mas seguiu em frente e comprou um pacote de cerveja em um posto de gasolina perto da rodovia 101. Então fez a volta e retornou para o parque.

Wyms disse ao negociador que começou a atirar porque ouviu ruídos no escuro e ficou com medo. Acreditou que estivesse atirando em coiotes infectados por raiva que queriam comê-lo. Disse que pôde ver os olhos vermelhos brilhando no escuro. Disse que atirou no holofote da primeira radiopatrulha que chegara porque ficou com medo de que a luz entregasse sua posição para os animais. Quando lhe perguntaram como acertara um alvo a oitenta metros, disse que recebera a condecoração máxima de atiradores durante a primeira guerra no Iraque.

O BO estimava que Wyms disparara pelo menos vinte e sete vezes contra os policiais no local e dezenas de vezes antes disso. Os investigadores acabaram recuperando um total de noventa e quatro cartuchos usados.

Wyms não se rendeu naquela noite até acabar com todas as suas cervejas. Pouco depois de esmagar a última lata vazia na mão, disse ao negociador no celular que trocaria um rifle por um pacote de seis latinhas. O pedido foi rejeitado. Ele então anunciou que estava arrependido e pronto para encerrar o incidente e tudo mais, e que ia se matar metendo uma bala na cabeça. O negociador tentou dissuadi-lo e esticou a conversa enquanto uma dupla de homens da SWAT se deslocava no pesado terreno na direção de onde ele estava, em meio a um denso bosque de eucaliptos. Mas logo em seguida o negociador escutou roncos na linha. Wyms apagara.

Os homens da SWAT avançaram e Wyms foi capturado sem que nenhum tiro fosse disparado pelas equipes de operações. A ordem foi restaurada. Como o policial Stallworth atendera a ligação inicial e sofrera o disparo, coube a ele fazer a prisão. O atirador foi levado à viatura de Stallworth, transportado para a delegacia de Malibu e encarcerado.

Outros documentos na pasta davam continuidade à saga de Eli Wyms. Na denúncia feita na manhã após sua prisão, Wyms foi declarado indigente e designado a um advogado de defesa do estado. O caso andou vagarosamente pelo sistema, com Wyms sendo mantido na Men's Central Jail. Mas então Vincent se apresentou e ofereceu seus serviços *pro bono*. Sua primeira ação foi solicitar e obter uma avaliação sobre as condições físicas e mentais de seu cliente. O efeito disso foi retardar ainda mais o andamento do caso, enquanto Wyms era transferido para o hospital estadual em Camarillo, para uma avaliação psicológica de noventa dias.

Esse período de avaliação terminara e os resultados foram entregues. Todos os médicos que examinaram, fizeram testes e conversaram com Wyms em Camarillo concordavam que era apto a responder por seus atos perante um tribunal.

Na audiência marcada com o juiz Mark Friedman às duas, seria fixada uma data para o julgamento e o relógio do processo começaria a tiquetaquear outra vez. Para mim, tudo não passava de uma formalidade. A primeira lida nos documentos do caso já me fizera perceber que não haveria julgamento nenhum. O que a audiência do dia estabeleceria era o período de tempo a minha disposição para barganhar um acordo em favor de meu cliente.

Era um caso de cartas marcadas. Wyms podia se declarar culpado e provavelmente enfrentaria um ou dois anos de encarceramento e acompanhamento psiquiátrico. A única questão de meu exame da pasta que me incomodava era por que Vincent aceitara o caso, para começo de conversa. Não tinha nada a ver com o tipo de casos que ele normalmente pegava, de clientes ricos ou, pelo menos, mais publicamente conhecidos. Considerando-se o processo em si, tampouco parecia constituir grande desafio. Era um caso rotineiro, e o crime de Wyms não era nem mesmo incomum. Teria sido simplesmente algo que Jerry acolhera para satisfazer uma necessidade de trabalho *pro bono*? Eu achava que, se esse era o caso, Vincent poderia ter encontrado algo mais interessante, e a gratificação viria em outra moeda, como notoriedade, por exemplo. De início, o caso Wyms atraíra alguma atenção da mídia, devido ao espetáculo público no parque. Mas quando chegasse a hora do julgamento e da sentença, fosse ela qual fosse, o caso muito provavelmente passaria bem abaixo do radar da mídia.

Meu pensamento seguinte foi a suspeita de que havia alguma relação com o caso Elliot. Vincent encontrara uma espécie de ligação.

Mas logo de cara eu não fui capaz de identificar o que podia ser. Havia duas ligações mais gerais, na medida em que o incidente envolvendo Wyms ocorrera menos de doze horas antes dos assassinatos da casa de praia e ambos os crimes haviam ocorrido no distrito de Malibu do Ministério Público. Mas essas conexões não se prestavam a posterior escrutínio. Em termos de topografia, os crimes não estavam nem remotamente ligados. Os assassinatos ocorreram na praia e os tiros dados por Wyms foram bem mais para o interior, no parque municipal do outro lado das montanhas. Até onde eu me lembrava, nenhum nome na pasta de Wyms era mencionado nos documentos relativos a Elliot que eu havia examinado. O incidente com Wyms aconteceu à noite; o assassinato do casal foi durante o dia.

Não consegui enxergar nenhuma relação particular e, me sentindo bastante frustrado, fechei a pasta sem resposta para a pergunta. Olhei o relógio e vi que tinha de voltar ao fórum se queria encontrar meu cliente na cela do anexo antes da audiência das duas horas.

Liguei para Patrick vir me pegar, paguei o almoço e saí para a calçada. Eu estava ao celular, conversando com Lorna, quando o Lincoln parou e entrei no banco de trás.

— Sabe se Cisco já foi ver Carlin? — perguntei a ela.

— Não, é às duas.
— Peça para o Cisco perguntar sobre Wyms, também.
— Ok, perguntar o quê?
— Perguntar pra que diabos o Vincent pegou o caso.
— Acha que tem alguma ligação? Elliot e Wyms?
— Achar, eu acho, mas não consigo encontrar nenhuma.
— Tá certo, deixa que eu falo.
— Mais alguma coisa rolando?
— No momento, não. Você vai receber uma porrada de ligações de jornalistas. Quem é esse tal de Jack McEvoy?

O nome fez acender uma luzinha, mas não consegui me situar.

— Sei lá. Quem é?
— Ele trabalha no *Times*. Ligou todo nervosinho dizendo que não tinha notícias suas, que você tinha feito um acordo exclusivo com ele.

Agora eu lembrava. A via de mão dupla.

— Não esquenta a cabeça com ele. Eu também não tive notícia nenhuma dele. Que mais?
— A Court tv quer conversar sobre Elliot. Eles vão cobrir o julgamento ao vivo, anunciar na programação, então estão esperando que você faça comentários diários no fim de cada dia no tribunal.
— O que acha, Lorna?
— Pra mim parece um anúncio gratuito em rede nacional. Melhor aceitar. Disseram que vão incluir uma legenda com o logo na parte de baixo da tela. "Assassinato em Malibu", estão chamando.
— Então pode marcar. Que mais?
— Bom, já que estamos no assunto, recebi um aviso faz uma semana de que seu contrato de publicidade vence no fim do mês. Eu ia deixar pra lá porque a gente estava sem dinheiro, mas agora que você voltou a trabalhar a gente pode pagar. Quer que renove?

Nos últimos seis anos eu pusera meus anúncios estrategicamente localizados em áreas com alta incidência de crimes e engarrafamentos pela cidade. Embora no ano anterior eu tivesse ficado afastado, os anúncios ainda resultavam num fluxo constante de ligações; algumas Lorna deixava passar, outras ela encaminhava para mim.

— O contrato é de dois anos, certo?
— Isso.

Tomei uma decisão rápida.

— Ok, pode renovar. Mais alguma coisa?

— Aqui é só. Ah, espera. Tem mais um negócio. A senhoria do prédio veio aqui hoje. Ela se referiu a si mesma como agente de leasing, um jeito fresco de dizer senhorio. Ela quer saber se a gente vai ficar com o escritório. A morte do Jerry constitui rompimento de contrato, se a gente quiser. Desconfio que tenha alguma lista de espera para o prédio e isso pode ser uma oportunidade de subir o aluguel pro próximo advogado que ocupar a sala.

Olhei pela janela do Lincoln ao passarmos no elevado 101 e para trás, onde ficava o Centro Jurídico. Dava para ver a nova catedral católica recém--construída e mais além a estrutura de aço ondulado do Disney Concert Hall. A construção refletia a luz do sol e assumia um acolhedor brilho alaranjado.

— Não sei não, Lorna, eu gosto de trabalhar aqui no banco de trás. Nunca me entedio. O que você acha?

— Não morro de amores por passar maquiagem todo santo dia.

Ou seja, ela preferia ficar em seu condomínio a ter de se arrumar e sair de carro para trabalhar no centro diariamente. Como de costume, estávamos em sintonia.

— Algo a se pensar — eu disse. — Nada de maquiagem. Nada de tetos e paredes. Nada de brigar por um lugar na garagem.

Ela não respondeu. A decisão era minha. Olhei para a frente e vi que estávamos a uma quadra de onde eu deveria descer, na frente do fórum.

— A gente conversa sobre isso mais tarde — eu disse. — Preciso descer.

— Ok, Mickey. Se cuida.

— Você também.

26

Eli Wyms ainda estava dopado dos três meses passados em Camarillo. Ele fora mandado de volta ao município com a prescrição de um remédio que não me ajudaria a defendê-lo, muito menos ajudá-lo a responder a qualquer pergunta sobre possíveis ligações com o crime da praia. Levou menos de dois minutos na cela do tribunal para que eu me desse conta da situação e decidisse submeter uma petição ao juiz Friedman requerendo que toda terapia medicamentosa fosse interrompida. Voltei à sala do tribunal e topei com Joanne Giorgetti em seu lugar, na mesa da promotoria. A audiência estava programada para começar dali a cinco minutos.

Ela estava escrevendo alguma coisa no lado de dentro de uma pasta quando me aproximei. Sem erguer os olhos, ela de algum modo sabia que era eu.

— Quer um adiamento, não é?

— E o fim da medicação. O cara parece um zumbi.

Ela parou de escrever e olhou para mim.

— Considerando que ele distribuiu tiros para meus policiais, não tenho certeza se sou contra ele continuar nesse estado.

— Mas Joanne, eu tenho que conseguir fazer umas perguntas básicas para o cara, se vou defender ele.

— Sério?

Ela sorria ao dizer isso, mas dera seu recado. Encolhi os ombros e me agachei, de modo que nossos olhares ficaram no mesmo nível.

— Você tem razão, acho que não tem sentido falar em julgamento desse caso — eu disse. — Se tiver alguma coisa pra oferecer, pode mandar.

— Seu cliente atirou em uma viatura com um policial dentro. O estado está interessado em fazer desse episódio um exemplo. Não queremos que isso se repita.

Ela cruzou os braços, indicando a relutância do estado em fazer concessões. Era uma mulher atraente e de porte atlético. Tamborilou com os dedos sobre o bíceps e não consegui deixar de notar o esmalte vermelho em suas unhas. Até onde eu era capaz de me lembrar do contato com Joanne Giorgetti, ela sempre pintara as unhas dessa cor. Ela fazia mais do que representar o estado. Representava os tiras que haviam sido alvejados, atacados, emboscados, desacatados. E queria o sangue de cada infeliz que tivera a má sorte de estar do lado errado em uma ação penal contra ela.

— Eu posso argumentar que meu cliente, em pânico por causa dos coiotes, atirou na luz do carro, não no carro. O próprio BO afirma que era um atirador de elite do exército dos Estados Unidos. Se ele quisesse acertar o policial, teria acertado. Mas não quis.

— Ele foi dispensado do exército faz quinze anos, Mickey.

— Certo, mas tem coisa que a gente aprende e nunca mais esquece. Que nem andar de bicicleta.

— Bom, esse é um argumento que você pode apresentar pro júri, não resta dúvida.

Meus joelhos começaram a fraquejar. Puxei uma cadeira da mesa da defensoria, girei e me sentei.

— Claro que posso apresentar o argumento, mas o estado provavelmente tem todo interesse em resolver logo o caso, tirar Wyms das ruas e arrumar pra ele uma terapia que o impeça de voltar a fazer o que fez. Então, o que diz? Vamos em algum canto resolver isso, ou você quer resolver na frente do júri?

Ela pensou por um momento antes de responder. Era o dilema clássico da promotoria. Era um caso que ela podia vencer com facilidade. Tinha de decidir entre uma massagem de ego ou fazer o que devia ser a coisa certa.

— Só se eu puder escolher o canto.

— Por mim, tudo bem.

— Certo, se você entrar com a petição não vou me opor a um adiamento.

— Parece bom, Joanne. E sobre a terapia de remédios?

— Não quero esse cara pondo as manguinhas de fora outra vez, nem mesmo na Men's Central.

— Olha, espera até tirarem ele de lá. Você vai ver, o cara virou um zumbi. Você não vai querer ir adiante com o processo pra depois ouvir ele contestando o acordo porque o estado o deixou inapto a tomar uma decisão. Vamos deixar o cara consciente, fazer o acordo e aí você pode mandar entupir o homem com o que achar melhor.

Ela pensou a respeito, viu a lógica e finalmente concordou.

— Mas se ele aprontar na cadeia uma única vez, a culpa vai ser sua e vou descontar no homem.

Dei risada. A ideia de pôr a culpa em mim era absurda.

— Como quiser.

Fiquei de pé e comecei a empurrar a cadeira de volta para perto da mesa da defesa. Mas então virei outra vez para a promotora.

— Joanne, deixa eu perguntar outra coisa. Por que Jerry Vincent pegou esse caso?

Ela deu de ombros e balançou a cabeça.

— Não faço ideia.

— Mas não ficou surpresa?

— Claro. Achei meio estranho, quando ele deu as caras. Conheço ele há mil anos, sabe?

Ela queria dizer desde que ele era promotor.

— Sei, então o que aconteceu?

— Um dia, faz uns meses, recebi a notificação de um requerimento pra teste psicológico em Wyms, e vi o nome do Jerry nela. Liguei pra ele e disse: "Qualé, cara? Nem pra me ligar e dizer: Tô pegando o caso?". E ele só disse que queria fazer um trabalho *pro bono* e que tinha pedido um caso na Defensoria Pública. Mas eu conheço o Angel Romero, o advogado que tava cuidando disso antes. Faz uns dois meses, encontrei com ele aqui no prédio e ele me perguntou como estava indo o caso do Wyms. Daí, enquanto a gente conversava, ele me contou que o Jerry não apareceu simplesmente pedindo pra arranjarem um caso PB qualquer. Ele procurou o Wyms na Men's Central antes disso, fez ele assinar a representação e depois chegou e pediu a pasta.

— Por que você acha que ele queria esse caso?

Aprendi com o passar do tempo que se você faz a mesma pergunta mais de uma vez as pessoas dão respostas diferentes.

— Não sei. Perguntei isso pra ele especificamente e ele não respondeu direito. Mudou de assunto e a situação toda ficou meio esquisita. Lembro de pensar que tinha alguma outra coisa rolando nessa história, tipo, talvez ele tivesse uma ligação com Wyms. Mas depois que ele mandou o homem pra Camarillo vi que não podia estar a fim de fazer favor nenhum pro cara.

— Como assim?

— Olha, você examina esse caso umas duas horas e já sabe tudo que vai rolar. É caso pra acordo. Se declarar culpado, um tempinho na cadeia, terapia e supervisão. Isso já era pra ser antes de mandarem ele pra Camarillo. Então o tempo que o Wyms ficou lá não teve a menor necessidade. Jerry só prolongou o inevitável.

Balancei a cabeça. Ela estava certa. Mandar o cliente para a ala psiquiátrica de Camarillo não ajudava Wyms em nada. O caso misterioso estava ficando mais misterioso. Só que meu cliente não podia me dizer por quê. O advogado dele — Vincent — o manteve trancafiado e drogado por três meses.

— Ok, Joanne. Valeu. Vam...

Fui interrompido pelo oficial do tribunal, que declarou que a corte estava em sessão, e quando ergui os olhos, vi o juiz Friedman tomando assento.

27

Angel Romero era uma dessas matérias que despertam o interesse das pessoas, e que você lê no jornal de vez em quando. A história de um delinquente de gangue que cresceu na dura realidade das ruas de East L.A., mas com muita garra conseguiu estudar e até cursar uma faculdade de direito, para depois voltar e contribuir com seu trabalho para a comunidade. O modo escolhido por Angel para ajudar foi entrando na Defensoria Pública e representando os pobres-diabos da sociedade. Ele havia se dedicado a vida toda à defensoria e vira inúmeros advogados mais jovens — inclusive eu — entrando e saindo para trabalhar como particular e usufruir da suposta grana preta que advinha disso.

Após a audiência de Wyms — em que o juiz concedeu a petição para adiamento, a fim de dar a Giorgetti e a mim tempo de trabalhar num acordo — desci ao escritório da Defensoria Pública no décimo andar e perguntei por Romero. Eu sabia que ele era alguém que exercia a advocacia, não um supervisor, e que isso muito provavelmente significava que estaria em um tribunal em alguma parte do prédio. A recepcionista digitou no computador e olhou para a tela.

— Departamento 124 — ela disse.

— Obrigado — eu disse.

O Departamento 124 era o tribunal da juíza Champagne, no décimo terceiro andar, o mesmo de onde eu descera. Mas assim era a vida no fórum. Ela parecia andar em círculos. Tomei o elevador para subir outra vez e segui pelo corredor até o 124, desligando o telefone quando me aproximei das portas duplas.

A corte estava em sessão e vi Romero diante da juíza, defendendo a redução da fiança. Sentei no fundo da plateia na esperança de uma rápida deliberação, de modo a conseguir falar com Romero sem esperar muito.

    Agucei os ouvidos quando Romero se referiu ao seu cliente pelo nome, chamando-o de sr. Scales. Escorreguei para o lado do banco, de modo a obter um ângulo de visão melhor do réu sentado ao lado de Romero. Era um homem branco em um macacão laranja de prisioneiro. Quando o vi de perfil, soube que se tratava de Sam Scales, um golpista e antigo cliente meu. A última coisa que lembrava dele era que fora parar na prisão com um acordo que eu obtivera. Isso fazia três anos. Obviamente saíra e se metera na mesma hora em novos problemas — só que dessa vez não foi pra mim que ligou.

    Depois que Romero encerrou sua argumentação, o promotor ficou de pé e se opôs vigorosamente a uma diminuição da fiança, enfatizando em seu arrazoado as novas acusações contra Scales. Quando eu o representara, ele fora acusado de fraudar cartões de crédito de gente que fizera doações a uma organização voltada para vítimas do tsunami. Dessa vez era pior. Ele foi mais uma vez acusado de fraude, mas agora as vítimas eram viúvas de militares mortos em serviço no Iraque. Abanei a cabeça e quase sorri. Fiquei feliz por Sam não ter me procurado. O defensor público que fizesse bom proveito.

    O veredito da juíza veio pouco depois da argumentação da promotoria. Ela chamou Scales de predador e de ameaça à sociedade e manteve a fiança em um milhão de dólares. Observou ainda que, se o pedido tivesse sido feito, provavelmente teria aumentado o valor. Foi então que me lembrei que fora a juíza Champagne quem sentenciara Scales no caso de fraude anterior. Não havia coisa pior para um réu do que voltar a ficar frente a frente com o mesmo juiz por outro crime. Era quase como se o magistrado em questão levasse as falhas do sistema judiciário para o lado pessoal.

    Afundei no banco e usei outro espectador na plateia como escudo, de modo que Scales não me visse quando o oficial do tribunal o fizesse se levantar, o algemasse e o levasse de volta para o anexo de celas. Depois que se foi, endireitei o corpo outra vez e fiquei em condição de cruzar o olhar com Romero. Fiz um sinal para que saísse para o corredor, e ele gesticulou cinco dedos abertos para mim. Cinco minutos. Ainda tinha alguns assuntos para resolver ali.

    Saí para esperá-lo e liguei o celular. Nenhuma mensagem. Ia ligar para Lorna e verificar se havia algum recado, quando escutei a voz de Romero atrás de mim. Estava quatro minutos adiantado.

— Uni, duni, tê, sala, me, minguê, se o assassino é você, chama o Haller pra vencer. E aí, meu bróder?

Estava sorrindo. Fechei o telefone e batemos punho com punho, cumprimentando. Eu não ouvia a riminha da casa desde que deixara a Defensoria Pública. Romero inventara aquilo depois que eu obtive o veredito de inocente no caso Barnett Woodson, em 92.

— E aí, cara, o que é que há? — perguntou Romero.

— Vou te dizer o que é que há. Você está roubando meus clientes, cara. Sam Scales era meu.

Disse isso com um sorriso cínico e Romero retribuiu com outro.

— Quer ele? Pode ficar. O branquinho nojento. Assim que a história ventilar na mídia, ele vai ser linchado pelo que fez.

— Pegando dinheiro de viúvas de soldados, hein?

— Roubar o seguro de vida que o governo dá. Vou dizer uma coisa pra você, já fui advogado de muito cara ruim que já fez muita coisa ruim, mas o Scales eu ponho pau a pau com estuprador de bebê, velho. Não aguento o cara.

— É, bom, mas o que você está fazendo com um branquelo? Seu negócio é crime de gangue.

O rosto de Romero ficou sério e ele balançou a cabeça.

— Não é mais, velho. Acharam que eu estava íntimo demais da freguesia. Uma vez mano, sempre mano. Então me tiraram das gangues. Depois de dezenove anos, não posso mais trabalhar com gangues.

— Que merda, cara.

Romero crescera em Boyle Heights, numa vizinhança dominada por uma gangue chamada Quatro Flats. Ele tinha as tatuagens para provar, se é que você ia ver os braços dele algum dia. Por mais quente que estivesse, estava sempre de mangas compridas quando trabalhava. E quando representava um membro de gangue acusado de algum crime, fazia mais do que defender o cara na justiça. Dava tudo para arrancá-lo das garras da vida de gangue. Afastar o homem de casos envolvendo gangues era um ato de estupidez que só podia mesmo existir numa burocracia como o sistema judiciário.

— O que você quer comigo, Mick? Não veio aqui brigar pelo Scales, veio?

— Não, você vai ter que ficar com o Scales, Angel. Eu queria perguntar sobre outro cliente seu que você pegou no começo do ano. Eli Wyms.

Eu ia fornecer os detalhes do caso para refrescar sua memória, mas Romero lembrou na mesma hora.

— É, Vincent tirou esse aí de mim. Quando ele morreu ficou pra você?

— Isso, herdei todos os casos do Vincent. Só descobri sobre Wyms hoje.

— Bom, boa sorte com ele, bróder. O que você precisa saber sobre o Wyms? Vincent tirou ele de mim faz pelo menos uns três meses.

Fiz que sim.

— É, sei. Já resolvi o que fazer. Mas o que me deixou curioso foi Vincent pegar. Pelo que Joanne Giorgetti falou, ele é que foi atrás. É isso mesmo?

Romero puxou da memória por alguns momentos antes de responder. Ergueu a mão e esfregou o queixo enquanto isso. Dava para ver umas cicatrizes leves nos nós dos dedos, de onde as tatuagens tinham sido removidas.

— É, ele foi até a cadeia e conversou com Wyms lá. Fez o cara assinar uma carta de liberação e me trouxe. Depois disso, o caso era dele. Dei a pasta pra ele e foi o fim da história.

Me aproximei.

— Ele disse por que queria o caso? Ele não conhecia o Wyms, conhecia?

— Acho que não. Só queria o caso. Me deu a piscada, entende?

— Não, como assim? O que você quer dizer com "a piscada"?

— Perguntei pra ele por que estava interessado em um mano da zona sul que se meteu em território de branco e saiu distribuindo pipoco pra todo lado. *Pro bono*, só isso. Achei que tinha alguma espécie de interesse racial ou qualquer coisa assim. Alguma coisa pra trazer publicidade pra carreira dele. Mas ele só me deu aquela piscada de olho, como se tivesse mais alguma coisa.

— Você perguntou o que era?

Romero deu um passo para trás, involuntariamente, quando invadi seu espaço pessoal.

— É, cara, perguntei. Mas ele não falou. Disse só que Wyms tinha disparado a arma secreta. Eu não fazia a menor ideia de que porra ele tava falando e não tinha mais tempo pra continuar naquela brincadeira. Dei a pasta na mão dele e fui cuidar da minha vida.

Lá estava ela outra vez. A arma secreta. Eu estava chegando perto de alguma coisa e podia sentir o sangue em minhas veias correndo a mil por hora.

— É só isso, Mick? Preciso voltar lá pra dentro.

Meus olhos focalizaram Romero e percebi que ele estava olhando para mim de um jeito estranho.

— É, Angel, valeu. Só isso. Volta lá e acaba com eles.

— É, cara, é isso que eu vou fazer.

Romero reentrou pela porta do Departamento 124 e eu me apressei em direção aos elevadores. Eu já sabia o que ia fazer pelo resto do dia e em parte da noite. Seguir o rastro de uma arma secreta.

28

Entrei no escritório e passei voando por Lorna e Cisco, que estavam na mesa da recepção, olhando para o computador. Falei sem me deter a caminho da sala, onde queria privacidade total.

— Se vocês têm alguma coisa pra me dizer ou algum compromisso pra me passar, melhor vir agora mesmo. Estou indo pra solitária.

— Oi pra você também — ouvi a voz de Lorna atrás de mim.

Mas Lorna sabia o que estava prestes a acontecer. Solitária era quando eu fechava todas as portas e janelas, puxava as cortinas, desligava os telefones e começava a trabalhar em um caso, completamente concentrado e absorto. Para mim, a solitária era a plaquinha de NÃO PERTURBE pendurada na porta. Lorna sabia que assim que eu entrasse em regime de solitária, não havia como me tirar dali enquanto eu não descobrisse o que estava procurando.

Contornei a mesa de Jerry Vincent e sentei na cadeira. Abri a minha bolsa no chão e comecei a procurar entre as pastas. Eu encarava o que precisava ser feito ali como "eu contra eles". Em algum lugar no meio de todos aqueles documentos, eu encontraria a chave para o último segredo de Jerry Vincent. A arma secreta.

Lorna e Cisco entraram no escritório assim que me acomodei.

— Não vi Wren lá fora — eu disse, antes que qualquer um dos dois tivesse oportunidade de falar.

— E não vai mais ver — disse Lorna. — Ela se demitiu.

— Isso foi meio repentino.

— Ela saiu pro almoço e não voltou mais.

— Ela ligou?

— É, acabou ligando. Disse que tinha uma oferta melhor. Ela vai ser secretária do Bruce Carlin.

Balancei a cabeça. Parecia fazer algum sentido.

— Bom, antes que você se tranque na solitária, a gente precisa ver umas coisas — disse Lorna.

— Foi isso que eu disse quando entrei. O que é?

Lorna sentou numa das cadeiras diante da mesa. Cisco continuou de pé, meio que andando de um lado pro outro, atrás dela.

— Certo — disse Lorna. — Teve umas coisas enquanto você esteve no fórum. Primeiro de tudo, você cutucou alguma ferida quando entrou com o requerimento pra exame da evidência no caso do Patrick.

— O que aconteceu? — perguntei.

— O promotor ligou três vezes hoje, querendo conversar sobre um acordo.

Sorri. O requerimento para avaliar o valor do colar roubado fora um tiro no escuro, mas parecia ter dado certo e seria de grande ajuda para Patrick.

— O que está acontecendo aí? — Lorna perguntou. — Você não me falou nada sobre requerimentos.

— Fiz isso do carro ontem. E o que está acontecendo é que eu acho que o doutor Vogler deu diamantes falsos de aniversário pra mulher dele. Agora, pra ter certeza de que ela nunca vai descobrir, vão entrar num acordo com Patrick se eu retirar meu pedido de exame da evidência.

— Ótimo. Acho que gostei do Patrick.

— Espero que ele se livre dessa. Que mais?

Lorna olhou as anotações em seu bloquinho. Eu sabia que ela não gostava que a apressassem, mas eu a apressei assim mesmo.

— Ainda tem muito repórter ligando. Sobre Jerry Vincent ou Walter Elliot ou sobre os dois. Quer falar com algum?

— Não. Não tenho tempo pra atender jornalista nenhum.

— Bom, foi isso que eu disse pra eles, mas ninguém está gostando muito de ouvir. Principalmente um cara do *Times*. O cara é um babaca.

— E daí se não estão gostando? Que se danem.

— Sei, melhor tomar cuidado, Mickey. A pior coisa que você pode fazer é deixar o pessoal da imprensa com raiva.

Ela estava certa. A mídia pode te adorar num dia e te enterrar no dia seguinte. Meu pai passou vinte anos como queridinho da imprensa. Mas no fim da vida profissional, ele virou um pária, porque os repórteres foram ficando cada vez mais cansados de ver ele livrando a cara de gente culpada. Ele se tornou a personificação de um sistema jurídico que tem regras diferentes para réus bem de vida com advogados poderosos.

— Vou tentar ser mais atencioso — eu disse. — Só que não agora.

— Ótimo.

— Mais alguma coisa pra passar?

— Acho que é só — já falei sobre Wren, então não tem mais nada. Vai ligar pro promotor, no caso do Patrick?

— Vou, vou ligar pra ele.

Olhei por sobre o ombro de Lorna para Cisco, ainda de pé.

— Ok, Cisco, sua vez. O que tem pra mim?

— Ainda trabalhando no Elliot. Principalmente com relação ao Rilz, e também confirmando nossas testemunhas.

— Tenho uma pergunta sobre as testemunhas — interrompeu Lorna. — Onde quer que eu ponha a doutora Arslanian?

Shamiram Arslanian era a autoridade em resíduo de tiro que Vincent planejara trazer de Nova York para testemunhar como especialista e derrubar o especialista da promotoria no julgamento. Ela era a melhor em seu campo e, com todo o arsenal financeiro de Walter Elliot, Vincent queria obter o melhor que o dinheiro podia comprar. Eu a queria perto do fórum, no centro, mas as opções de hotéis eram limitadas.

— Tenta o hotel Checkers, primeiro — eu disse. — E veja uma suíte. Se estiverem lotados, tenta o Standard e depois o Kyoto Grand. Mas arruma uma suíte com espaço pra trabalhar.

— Pode deixar. E quanto ao Muniz? Você quer ele por perto, também?

Julio Muniz era um cinegrafista freelance que morava em Topanga Canyon. Devido à proximidade de sua casa com Malibu, fora o primeiro integrante da mídia a aparecer na cena do crime após escutar o alerta para os investigadores de homicídio na faixa de transmissão do rádio do procurador-geral. Ele havia filmado um vídeo de Walter Elliot com os policiais do lado externo da casa de praia. Era uma testemunha valiosa, pois seu vídeo e suas próprias lembranças podiam ser usados para confirmar ou contradizer o testemunho fornecido pelos policiais e investigadores.

— Não sei — eu disse. — Pode levar de uma a três horas pra chegar de Topanga ao centro. Melhor não arriscar. Cisco, ele estaria disposto a vir e ficar num hotel?

— Claro, contanto que a gente pague e ele possa pedir serviço de quarto.

— Ok, então traz ele. E onde está o vídeo? Na pasta só tem anotações sobre isso. Não quero que a sala do tribunal seja o primeiro lugar onde eu vou assistir ao vídeo.

Cisco pareceu surpreso.

— Não sei. Mas se não tiver por aqui, posso pedir pro Muniz arranjar uma cópia.

— Bom, eu não vi por aqui. Então me arruma uma cópia. Que mais?

— Mais umas coisinhas. Primeiro, falei com minha fonte sobre o caso Vincent e ele não sabia coisa nenhuma sobre um suspeito ou essa foto que Bosch mostrou pra você hoje de manhã.

— Nada?

— Neca.

— O que você acha? Será que Bosch sabe que seu cara é por onde está vazando e deu um jeito de tapar?

— Não sei. Mas tudo que eu falei sobre a foto era novidade pra ele.

Fiquei considerando o possível significado disso por um momento.

— Bosch chegou a voltar pra mostrar a foto pra Wren?

— Não — disse Lorna. — Estive com ela a manhã toda. Bosch não apareceu nem de manhã, nem depois do almoço.

Eu não tinha certeza sobre o que isso tudo queria dizer, mas não podia ficar enroscado naquilo. Precisava olhar as pastas.

— Qual era a segunda coisa? — perguntei para Cisco.

— O quê?

— Você disse que tinha mais coisa pra me dizer. O que é?

— Ah, é. Liguei para o liquidante de Vincent e você acertou. Ele ainda está com uma das pranchas de Patrick.

— O que ele quer por ela?

— Nada.

Olhei para Cisco e ergui as sobrancelhas, querendo saber qual era a jogada.

— Vamos dizer apenas que ele quer te fazer um favor. Vincent era um bom cliente que ele perdeu. Acho que está esperando que você use ele numa futura liquidação. E eu não falei pra ele que não tinha nada a ver nem falei que normalmente você não troca bens por serviços com seus clientes.

Entendi. A prancha vinha sem nenhum porém.

— Valeu, Cisco. Você trouxe junto?

— Não, não estava com ele no escritório. Mas ele ligou pra alguém que deveria levar até lá hoje à tarde. Posso voltar e pegar, se você quiser.

— Não, me dê o endereço e mando Patrick buscar. O que aconteceu com Bruce Carlin? Você não conversou hoje com ele? Pode ser que esteja com a gravação de Muniz.

Eu estava ansioso em saber de Bruce Carlin por vários motivos. O mais importante, eu queria saber se havia trabalhado para Vincent no caso Eli Wyms. Se tivesse, talvez ele me levasse à arma secreta.

Mas Cisco não respondeu à minha pergunta. Lorna virou e ficaram olhando um para a cara do outro, como que se perguntando a quem cabia dar as más notícias.

— Qual o problema? — perguntei.

Lorna virou para mim.

— O veado do Carlin tá de sacanagem com a gente — ela disse.

Dava para ver a raiva projetada em seu maxilar. E eu sabia que ela reservava esse tipo de linguajar para ocasiões especiais. Alguma coisa dera errado com Bruce Carlin e ela estava particularmente irritada.

— Como assim?

— Bom, ele não apareceu às duas, como marcou com a gente. Em vez disso, ele ligou, logo depois que a Wren ligou e pediu demissão, e mudou os termos do acordo.

Abanei a cabeça, contrariado.

— Acordo? Quanto ele quer?

— Bom, acho que ele percebeu que duzentos dólares a hora não ia dar grande coisa, já que ia poder cobrar só duas, três horas no máximo. Cisco não ia precisar dele mais do que isso. Então ele ligou e disse que queria um honorário fechado ou que a gente se virasse sozinho.

— Quanto?

— Dez mil dólares.

— Vai pra puta que pariu!

— Foi exatamente isso que eu disse.

Desviei o olhar para Cisco.

— Isso é extorsão. Não tem nenhum órgão do governo pra regulamentar o trabalho de vocês? Não tem um jeito da gente fazer algum tipo de queixa?

Cisco fez que não com a cabeça.

— Órgão do governo é o que não falta, mas essa área é meio nebulosa.

— É, sei que é nebulosa. Ele é nebuloso. Percebi isso já faz muitos anos.

— O que estou querendo dizer é: ele não fez nenhum acordo com Vincent. Não conseguimos achar nenhum contrato. Então ele não é obrigado a passar nada pra gente. A gente simplesmente precisa contratar ele e ele está dando o preço: dez paus. É um puta roubo, mas deve ser legal. Quer dizer, você é o advogado. Você me diz.

Pensei nisso por um momento e então tentei deixar de lado. Eu ainda me sentia sob o efeito da adrenalina que me subira no tribunal. Não queria desperdiçar com distrações.

— Tudo bem, vou perguntar ao Elliot se ele quer pagar. Enquanto isso, vou repassar todas as pastas essa noite e se eu tiver sorte e me bater uma luz, a gente não vai precisar dele. A gente manda ele se foder e acaba com isso.

— Babaca — murmurou Lorna.

Tinha certeza absoluta de que era direcionado a Bruce Carlin, não a mim.

— Ok, é só isso? — perguntei. — Mais alguma coisa?

Olhei de um rosto para o outro. Ninguém tinha mais nada a dizer.

— Ok, então, obrigado aos dois por tudo que aguentaram e fizeram essa semana. Podem ir, boa noite.

Lorna olhou para mim com curiosidade.

— Está mandando a gente pra casa? — perguntou.

Olhei o relógio.

— Por que não? — eu disse. — São quase quatro e meia e eu vou enfiar a cara nesses arquivos e não quero distração. Vocês dois podem ir pra casa descansar e a gente retoma amanhã.

— Vai trabalhar aqui sozinho hoje? — perguntou Cisco.

— É, mas não se preocupa. Vou trancar a porta e não deixo ninguém entrar, mesmo se conhecer a pessoa.

Sorri. Lorna e Cisco não. Apontei a porta aberta do escritório. Tinha um fecho de deslizar que podia ser usado para travar a porta no alto do batente. Se necessário, dava para deixar seguros tanto o perímetro externo como o interno. Ficar em solitária assumia assim um novo significado.

— Vamos, vou ficar bem. Tenho coisas pra fazer.

Devagar e com relutância os dois começaram a deixar o escritório.

— Lorna — chamei. — Patrick deve estar lá fora. Diga a ele pra esperar. Pode ser que eu precise falar com ele depois de fazer aquela ligação.

29

Abri a pasta de Patrick Henson em minha mesa e procurei o telefone do promotor. Queria me livrar logo daquilo antes de começar a trabalhar no caso de Elliot.

O promotor era Dwight Posey, um cara com quem eu já tinha lidado antes e de quem nunca tinha gostado. Alguns promotores de justiça tratam os advogados de defesa como se fossem praticamente iguais a seus clientes. Quase como criminosos, não como profissionais instruídos e experientes. Não como dentes necessários nas engrenagens do sistema judiciário. A maioria dos tiras pensa desse jeito, mas isso não me importa. Só que me incomodo profundamente quando um colega de profissão adota essa postura. Infelizmente, Dwight Posey era um deles, e se eu pudesse passar o resto da vida sem nunca mais precisar falar com ele, eu seria um homem feliz. Mas esse não era o caso.

— Então, Haller — ele disse, depois de atender —, te puseram na pele do morto, hein?

— Como é que é?

— Deram pra você todos os casos de Jerry Vincent, não foi? É assim que Henson foi parar na sua mão.

— É, mais ou menos isso. Bom, estou retornando sua ligação, Dwight. Na verdade, três ligações. Qual o problema? Recebeu o requerimento que fiz ontem?

Tentei não esquecer que era melhor ir com cuidado se eu queria extrair o máximo proveito daquele telefonema. Não podia deixar que meu menosprezo pelo promotor afetasse o resultado para o meu cliente.

— É, recebi. Está bem aqui na minha mesa. É por isso que estou ligando. Deixou uma brecha para que eu entrasse.

— E?

— E, ahn, bom, a gente não vai fazer isso, Mick.

— Fazer o quê, Dwight?

— Pôr nossa evidência pra ser examinada.

Parecia cada vez mais que eu havia cutucado bem na ferida com meu requerimento.

— Bom, Dwight, é por isso que o sistema funciona, né? Você não precisa tomar essa decisão. Um juiz faz isso. Foi por isso que não pedi pra você. Entrei com o requerimento e perguntei pro juiz.

Posey limpou a garganta.

— Não, na verdade, a gente decide, dessa vez — ele disse. — Vamos deixar pra lá a acusação de roubo e avançar só com a de posse de drogas. Assim você pode retirar o requerimento ou podemos informar o juiz que a questão é irrelevante.

Sorri e balancei a cabeça. Eu o havia pegado. Sabia que Patrick ia se safar.

— O único problema com isso, Dwight, é que a acusação de posse de droga surgiu da investigação do roubo. Você sabe disso. Quando prenderam meu cliente, o mandado era pelo roubo. As drogas foram encontradas durante a prisão. Então sem uma coisa não tem outra.

Eu tinha a sensação de que ele sabia tudo que eu estava dizendo e que a ligação estava simplesmente seguindo um script. Estávamos indo na direção em que Posey queria ir e por mim tudo bem. Dessa vez era para onde eu também queria ir.

— Então quem sabe a gente pode apenas conversar sobre um acordo — ele disse, como se a ideia houvesse acabado de lhe ocorrer.

E lá estávamos. Havíamos chegado ao lugar onde Posey queria chegar desde o momento em que atendeu o telefone.

— Por mim tudo bem, Dwight, a gente pode conversar. Como deve saber, meu cliente entrou voluntariamente em um programa de reabilitação depois que foi preso. Ele completou o programa, está empregado em tempo integral e anda limpo há quatro meses. Pode pedir um exame de urina a hora que você quiser pra provar.

— Fico muito feliz em saber disso — disse Posey, fingindo entusiasmo. — O Gabinete da Promotoria, assim como a justiça, sempre vê com bons olhos a reabilitação voluntária.

Me diz alguma coisa que eu não sei, eu quase disse.

— O rapaz está indo bem. Posso garantir isso. O que você gostaria de fazer por ele?

Eu conhecia o script de cor dali em diante. Posey o apresentaria como um gesto de boa vontade da promotoria. Faria com que parecesse um favor, quando a verdade era que a promotoria estava agindo para blindar uma figura importante de um mal-estar político e pessoal. Por mim, tudo bem. Eu não dava a mínima para os desdobramentos políticos do acordo, contanto que meu cliente conseguisse o que eu queria obter para ele.

— Vou dizer o que vamos fazer, Mick. Vamos deixar isso pra lá, e quem sabe Patrick possa usar a oportunidade para seguir com a vida dele e se tornar um membro produtivo da sociedade.

— Por mim está fechado. Você salvou meu dia, Dwight. E o dele.

— Ok, então me manda os relatórios da reabilitação e a gente monta um pacote pro juiz.

Posey estava falando em fazer um programa supervisionado. Patrick teria de passar por testes quinzenais contra drogas e, em seis meses, se continuasse limpo, o caso seria arquivado. Ele ainda teria uma detenção em sua ficha, mas nenhuma condenação. A menos...

— E que tal cancelar a ficha dele? — perguntei.

— Ahn... aí você está pedindo demais, Mickey. Afinal de contas ele invadiu a casa e roubou os diamantes.

— Ele não invadiu, Dwight. Entrou convidado. E é por causa desses tais "diamantes" que a gente está conversando agora, não é mesmo? Tenha ele de fato roubado ou não algum diamante.

Posey deve ter se dado conta de que fora um deslize tocar no assunto das pedras. Ele cedeu na mesma hora.

— Tudo bem, está certo. A gente põe isso no pacote.

— Você é um bom sujeito, Dwight.

— Eu tento. Vai retirar o requerimento agora?

— É a primeira coisa que vou fazer amanhã. Quando vamos pro tribunal? Tenho um julgamento que começa no fim da semana que vem.

— Então vamos deixar pra segunda. Eu aviso.

Desliguei o telefone e liguei para a mesa da recepção pelo interfone. Felizmente, Lorna atendeu.

— Pensei que você fosse pra casa — eu disse.

— Eu estava de saída. Vou deixar meu carro aqui e vou com Cisco.

— O quê, naquela fábrica de doação de órgãos?

— Desculpe, *pai*, mas acho que isso não é da sua conta.

Resmunguei.

— Mas quem trabalha como investigador pra mim é da minha conta. Se eu conseguir manter os dois separados, talvez eu consiga manter você viva.

— Mickey, não começa!

— Pode só dizer ao Cisco que preciso do endereço do liquidante?

— Eu digo. E a gente se vê amanhã.

— Deus queira. Use capacete.

Desliguei e Cisco entrou, trazendo um Post-it em uma das mãos e uma arma no coldre de couro na outra. Ele contornou a mesa, colou o amarelinho na minha frente, abriu uma gaveta e enfiou a pistola ali dentro.

— O que você está fazendo? — perguntei. — Não pode me dar uma arma.

— Ela é totalmente legal e registrada no meu nome.

— Isso é ótimo, mas não pode me dar uma arma. Isso é...

— Não estou dando pra você. Só estou guardando aqui porque não vou mais trabalhar hoje. Pego de manhã, ok?

— Como achar melhor. Acho que vocês dois tão exagerando.

— Melhor do que ser pego de surpresa. A gente se vê amanhã.

— Valeu. Pode mandar o Patrick entrar antes de ir?

— Mando. Ah, só pra você saber, sempre faço ela usar o capacete.

Olhei para ele e balancei a cabeça.

— Beleza, Cisco.

Ele saiu e Patrick entrou em seguida.

— Patrick, Cisco conversou com o liquidante de Vincent: ele ainda está com uma das suas longboards. Pode passar lá pra pegar. Diz que está pegando pra mim e se tiver algum problema é só ligar.

— Porra, cara, valeu!

— Bom, mas eu tenho uma notícia melhor ainda sobre seu caso.

— O que aconteceu?

Falei sobre a conversa que acabara de ter ao telefone com Dwight Posey. Quando contei a Patrick que iria ficar fora das grades se continuasse limpo, vi que seus olhos brilharam. Era como tirar um fardo de seus ombros. Ele podia encarar o futuro outra vez.

— Preciso ligar pra minha mãe — ele disse. — Ela vai ficar superfeliz.

— É, bom, espero que você também esteja.

— Claro que estou!

— Bom, pelas minhas contas, você me deve uns dois paus pelo meu trabalho. Isso dá mais ou menos umas duas semanas e meia dirigindo. Se quiser, você fica comigo até me pagar. Depois a gente conversa e vê em que pé estão as coisas.

— Por mim tudo bem. Eu gosto de dirigir.

— Ótimo, Patrick, então estamos conversados.

Patrick sorriu de orelha a orelha e ia virando para sair.

— Patrick, só mais uma coisa.

Ele virou de novo para mim.

— Vi você dormindo no seu carro dentro da garagem hoje de manhã.

— Desculpe. Vou encontrar outro lugar.

Ele baixou os olhos para o chão.

— Não, eu é que peço desculpa — falei. — Esqueci que você me contou quando a gente conversou por telefone pela primeira vez que você tava morando no carro e dormindo num posto de salva-vidas. Só não sei se é muito seguro dormir na mesma garagem onde um cara levou uns tiros uma noite dessas.

— Vou procurar outro lugar.

— Olha, se você quiser eu posso pagar um pouco adiantado. Quem sabe ajuda você a conseguir um hotel ou qualquer coisa assim?

— Ahn, pode ser.

Fiquei feliz em ajudar, mas eu sabia que viver em um hotel era quase tão deprimente quanto viver em um carro.

— Não, peraí — eu disse. — Se quiser, pode ficar comigo umas semanas. Até conseguir um dinheiro e quem sabe arrumar um lugar melhor pra ficar.

— Na sua casa?

— É, sabe como é, por um tempo.

— Com você?

Percebi meu erro.

— Nada disso, Patrick. Eu moro numa casa e você ia ter seu próprio quarto. Na verdade, quarta à noite e fim de semana sim, fim de semana não, seria melhor se você fosse pra casa de algum amigo seu ou pra algum hotel. É que minha filha vai lá.

Ele pensou um pouco e balançou a cabeça.

— É, acho que dá pra fazer assim.

Estiquei o braço sobre a mesa e fiz um sinal para que me devolvesse o Post-it com o endereço do liquidante. Escrevi meu endereço enquanto falava.

— Por que você não pega sua prancha e depois vai pra minha casa neste endereço aqui? Fareholm fica em Laurel Canyon, uma rua antes de Mount Olympus. É só subir a escada da entrada e você vai ver uma mesa com cadeiras e um cinzeiro. A chave extra está debaixo do cinzeiro. O quarto de hóspedes é bem do lado da cozinha. Pode ficar à vontade.

— Valeu.

Ele pegou o amarelinho e olhou para o endereço que escrevi.

— Provavelmente só vou chegar lá bem tarde — eu disse. — Tenho um julgamento na semana que vem e um monte de trabalho pra fazer até lá.

— Ok.

— Olha, mas isso é só por algumas semanas. Até você conseguir andar com as próprias pernas outra vez. Enquanto isso, talvez a gente consiga se ajudar. Sabe como é, quando um começa a sentir aquela recaída, o outro pode estar por perto para conversar. Certo?

— Certo.

Ficamos em silêncio por um momento, os dois provavelmente pensando naquele trato. Não disse a Patrick que era capaz de ele me ajudar mais do que eu ajudaria a ele. Nas últimas quarenta e oito horas, a pressão dos novos casos começou a pesar em cima de mim. Dava para sentir aquilo me puxando pra trás, sentir o desejo de voltar ao mundo forrado de algodão que as pílulas podiam me proporcionar. As pílulas abriam o vão entre o lugar onde eu estava e o muro de tijolos da realidade. Eu começava a ansiar por essa distância.

Já de saída e lá no fundo eu sabia que não queria voltar a essa vida e talvez Patrick pudesse me ajudar a evitá-la.

— Obrigado, senhor Haller.

Despertei dos meus pensamentos e ergui os olhos.

— Me chama de Mickey — eu disse. — E sou eu quem agradece.

— Por que está fazendo tudo isso por mim?

Olhei para o grande peixe na parede atrás dele por um momento, depois de novo para ele.

— Não sei bem, Patrick. Mas acho que talvez se eu ajudar você, vou estar me ajudando também.

Patrick fez que sim com a cabeça, como se soubesse do que eu estava falando. Isso era estranho, porque eu mesmo não tinha certeza do que queria dizer.

— Vai pegar sua prancha, Patrick — eu disse. — Vejo você lá em casa. E não esquece de ligar pra sua mãe.

30

Depois de ficar finalmente sozinho no escritório, comecei a trabalhar do jeito que sempre faço, com páginas em branco e lápis apontados. No armário de materiais, apanhei dois blocos de folhas e quatro lápis Black Warrior. Apontei e arregacei as mangas.

Vincent dividira o caso Elliot em duas pastas. Uma continha os documentos reunidos pelo estado, e a segunda, mais fina, os da defesa. A diferença de tamanho não me preocupava. A defesa jogava seguindo as mesmas regras da promotoria. Tudo que entrava na segunda pasta ia parar nas mãos do promotor. Um advogado de defesa tarimbado saberia manter a pasta fina. Guardar o resto na cabeça, ou esconder em um microchip em seu computador, se seguro. Eu não tinha nem a cabeça de Vincent, nem seu laptop. Mas eu tinha certeza de que os segredos de Jerry Vincent estavam escondidos em algum lugar em uma cópia física. A arma secreta estava ali. Eu só precisava encontrá-la.

Comecei pela pasta mais grossa, os autos do processo montado pela promotoria. Li de cabo a rabo, cada palavra e cada página. Fiz anotações em um bloco e rabisquei um fluxograma de tempo-e-ação no outro. Examinei as fotos da cena do crime com uma lente de aumento que havia na gaveta da mesa. Fiz uma lista de cada nome encontrado nas pastas.

Depois, fui para a pasta da defesa e mais uma vez li tudo minuciosamente. O telefone tocou duas vezes em horas diferentes, mas nem me dei o trabalho de olhar que nome aparecia no visor. Eu não estava interessado.

Aquela era uma busca sem trégua e só havia uma coisa que me interessava. Achar a arma secreta.

Quando terminei de ver as pastas de Elliot, abri o processo de Wyms e li cada documento e relatório ali dentro, um negócio que tomou bastante tempo. Como Wyms fora preso após um incidente público que exigira a presença de inúmeros policiais e membros da SWAT, sua pasta estava abarrotada de BOs das diversas unidades envolvidas e homens da lei no local. Havia transcrições de conversas com Wyms, além de relatórios de armas e balística, um longo inventário de provas, depoimentos de testemunhas, registros de despachos e BOs de mobilização do patrulhamento.

Havia um monte de nomes na pasta e verifiquei cada um, comparando com a lista de nomes do caso Elliot. Também chequei todos os endereços, para ver se algum batia.

Certa vez, eu tive uma cliente. Não sei nem o nome dela, porque tenho certeza de que o nome que usava na justiça não era o verdadeiro. Ela era ré primária, mas conhecia o sistema bem demais pra ser virgem. Na verdade, conhecia tudo bem demais. Qualquer que fosse seu nome, ela de algum modo passara a perna na justiça e esta a tomara por alguém que ela não era.

A acusação era de furto em um domicílio ocupado. Mas havia muito mais por trás dessa acusação simples. A mulher gostava de atacar quartos de hotel em que se hospedavam homens com grandes quantidades de dinheiro. Ela sabia como achá-los, segui-los, abrir as fechaduras das portas e os cofres dos quartos enquanto dormiam. Em um momento de sinceridade — provavelmente o único, por todo o tempo em que tivemos contato — ela me contou da adrenalina muito forte que batia toda vez que o último dígito entrava no lugar e ela escutava o mecanismo eletrônico do cofre do hotel começar a se mover e destravar. Abrir o cofre e descobrir o que havia dentro nunca era tão bom quanto aquele momento mágico, quando o mecanismo entrava em funcionamento e ela podia sentir a velocidade do sangue em suas veias aumentando. Nada antes ou depois era melhor do que aquele momento. O serviço não tinha a ver com dinheiro. Tinha a ver com velocidade do sangue.

Balancei a cabeça quando me contou tudo isso. Eu nunca invadira um quarto de hotel com algum sujeito roncando na cama. Mas eu conhecia esse momento em que o mecanismo entrava em ação. Eu sabia como era a velocidade.

Descobri o que eu procurava uma hora depois que comecei a examinar as pastas pela segunda vez. Estivera na minha frente o tempo todo. Primeiro, no relatório policial de Elliot, e depois, no fluxograma que eu mesmo escrevera.

Eu chamava o gráfico de árvore de Natal. Começava sempre básico e sem enfeite. Só o esqueleto do caso. Depois, à medida que eu continuava a estudar e a tomar posse do caso, começava a imaginar luzinhas e enfeites pendurados nele. Detalhes e depoimentos de testemunhas, provas e resultados de laboratório. Em pouco tempo, a árvore estava acesa e brilhando. Tudo acerca do caso estava ali, para que eu visse no contexto de tempo e ação.

Eu prestara particular atenção a Walter Elliot conforme desenhava a árvore de Natal. Elliot era o tronco e todos os galhos partiam dele. Seus movimentos, declarações e ações estavam anotados por hora.

12h40 — WE chega à casa de praia
12h50 — WE descobre os corpos
13h05 — WE liga para 190
13h24 — WE liga para 190 novamente
13h28 — Policiais chegam à cena do crime
13h30 — WE detido
14h15 — Chegada da Divisão de Homicídio
14h40 — WE conduzido à delegacia de Malibu
16h55 — WE interrogado, aconselhado
17h40 — WE transportado para Whittier
19h00 — Teste de resíduo de tiro
20h00 — Segunda tentativa de interrogatório, recusada, prisão
20h40 — WE transportado para a Men's Central

Alguns horários foram estimados por mim, mas a maioria veio diretamente do relatório da polícia e de outros documentos na pasta. O cumprimento da lei neste país envolve tanta burocracia quanto qualquer outra coisa. Sempre dava para contar com o material da promotoria para reconstruir uma linha cronológica.

Da segunda vez, usei não só a ponta do lápis como a borracha e comecei a acrescentar decorações à árvore.

12h40 — WE chega à casa de praia
        porta da frente destrancada
12h50 — WE descobre os corpos
        porta da sacada aberta
13h05 — WE liga para 190 e espera do lado de fora
13h24 — WE liga para 190 novamente

      por que a demora?
13h28 — Policiais chegam à cena
      Murray (4-alfa-1) e Harber (4-alfa-2)
13h30 — WE detido
      enfiado na radiopatrulha
      Murray/Harber dão busca na casa
14h15 — Chegada da Homicídio
      primeira equipe: Kinder (nº 14492) e Ericsson
      (nº 212001)
      segunda equipe: Joshua (nº 22234) e Toles (nº 15154)
14h30 — WE levado para dentro da casa, descreve como achou os corpos
14h40 — WE conduzido à delegacia de Malibu
      transportado por Joshua e Tales
16h55 — WE interrogado, aconselhado
      Kinder conduz interrogatório
17h40 — WE transportado para Whittier
      Joshua/Toles
19h00 — Teste de resíduo de tiro
      T.F. Anita Sherman
      Lab Transport, Sherman
20h00 — Segundo interrogatório, Ericsson conduz, WE recusa
      fica irritado
20h40 — WE transportado para a Men's Central
      Joshua/Toles

  Enquanto ia construindo a árvore de Natal, fiz uma lista separada em outra folha de todo mundo que era mencionado nos relatórios e nos BOs. Eu sabia que aquilo ia virar a lista de testemunhas que eu entregaria para a promotoria na semana seguinte. Como de costume, eu generalizava a importância delas, intimando qualquer um mencionado no registro da investigação, só por via das dúvidas. Sempre dá pra cortar uma testemunha num julgamento. Já acrescentar às vezes pode ser um problema.
  Da lista de testemunhas e da árvore de Natal, eu poderia inferir como a promotoria pretendia conduzir o caso. Também conseguiria determinar que testemunhas a equipe do promotor estava evitando e possivelmente por quê. Foi enquanto eu pensava e examinava minhas anotações que senti as engrenagens começando a funcionar, e o dedo gelado da revelação percorreu minha espinha. Tudo ficou claro e nítido e encontrei a arma secreta de Jerry Vincent.

Walter Elliot fora levado da cena do crime para a delegacia de Malibu para ficar fora do caminho e em segurança enquanto os detetives continuavam com sua investigação no local. Um curto interrogatório foi conduzido na delegacia antes que Elliot se recusasse a prosseguir. Ele foi então transferido para a central do procurador-geral em Whittier, onde um teste de resíduo de tiro foi feito e suas mãos deram positivo para nitratos associados com pólvora. Depois disso, Kinder e Ericsson fizeram mais uma tentativa de entrevistar seu suspeito, mas ele usou a cabeça e se recusou. Foi então detido formalmente e registrado na prisão municipal.

Era um procedimento padrão, e o relatório da polícia documentou a sucessão de acontecimentos da custódia de Elliot. Os únicos que lidaram com ele foram os detetives de homicídios conforme ele era transferido da cena do crime para a delegacia, depois para a central e depois para a cadeia. Mas foi o modo como o trataram antes de sua chegada que chamou minha atenção. Foi aqui que vi algo que havia deixado escapar antes. Algo tão simples quanto as designações nos uniformes dos policiais que responderam primeiro ao chamado. Segundo os registros, os policiais Murray e Harber tinham a designação 4-alfa-1 e 4-alfa-2 diante de seus nomes. E eu vira pelo menos uma dessas designações na pasta de Wyms.

Pulando de caso em caso e de pasta em pasta, encontrei o BO de Wyms e passei os olhos rapidamente pela narrativa, só parando quando topei com a primeira referência à designação 4-alfa-1.

O policial Todd Stallworth tinha a designação escrita após o seu nome. Ele foi o policial inicialmente chamado para investigar a denúncia de tiros no Malibu Creek State Park. Era o policial que dirigia o carro contra o qual Wyms atirou e, ao final do confronto, foi o policial que prendeu Wyms formalmente e o levou para a cadeia.

Percebi que 4-alfa-1 não se referia a um policial específico, mas a uma zona de patrulha ou responsabilidade específicas. O distrito de Malibu cobria as imensas áreas não incorporadas do lado oeste do município, das praias de Malibu às montanhas e às comunidades de Thousand Oaks e Calabasas. Presumi que aquele era o quarto distrito e alfa a designação específica de uma unidade de patrulha — um carro específico. Pareceu ser a única forma de explicar por que policiais que cumpriam diferentes turnos dividiriam a mesma designação em diferentes BOs.

A adrenalina invadiu minhas veias, e meu sangue disparou quando todas as peças se encaixaram. No mesmo instante percebi o que Vincent viera tramando e o que estivera planejando. Eu não precisava mais de seu laptop ou de suas anotações. Não precisava de seu investigador. Eu sabia exatamente qual era a estratégia da defesa.

Pelo menos achei que sabia.

Saquei o celular e liguei para Cisco. Fui direto ao assunto.

— Cisco, sou eu. Você conhece algum policial que trabalha com o procurador-geral?

— Ah, alguns. Por quê?

— Algum deles trabalha na delegacia de Malibu?

— Conheço um cara que trabalhava lá. Ele está em Lynwood, agora. Malibu era chato demais.

— Pode ligar pra ele hoje à noite?

— Hoje à noite? Claro, acho que sim. O que foi?

— Preciso saber o que a designação de patrulha 4-alfa-1 significa. Você descobre isso?

— Não deve ser problema. Eu ligo de volta. Mas peraí um minuto. A Lorna quer falar com você.

Esperei enquanto ela pegava o telefone. Dava para ouvir o barulho da tevê ao fundo. Eu havia interrompido um momento de felicidade doméstica.

— Mickey, você continua no escritório?

— Sim, estou aqui.

— São oito e meia. Acho que você devia ir pra casa.

— Eu também acho. Vou esperar o Cisco me ligar de volta — ele está checando uma coisa pra mim — e depois é capaz de eu dar um pulo no Dan Tana's pra comer um filé com espaguete.

Ela sabia que eu ia ao Dan Tana's quando tinha algo para comemorar. Em geral era um veredito favorável.

— Você já comeu filé no café da manhã.

— Então acho que isso completa o dia perfeito.

— As coisas correram bem agora à noite?

— Acho que sim. Muito bem.

— Vai sozinho?

Disse isso com um tom de pena na voz, como se, agora que ela e Cisco estavam juntos, começasse a se sentir mal por mim, sozinho nesse imenso mundo cão.

— Craig ou Christian vão me fazer companhia.

Craig e Christian trabalhavam na porta do Dan Tana's. Eles cuidavam de mim quer eu fosse sozinho ou não.

— Te vejo amanhã, Lorna.
— Ok, Mickey. Divirta-se.
— Já estou me divertindo.

Desliguei e esperei, andando de lá pra cá na sala e repensando a história toda. Os dominós caíam um depois do outro. A sensação era ótima e tudo se encaixava. Vincent não assumira o caso de Wyms por obrigação com a lei, com os pobres ou com os necessitados. Estava usando Wyms como disfarce. Em vez de conduzir o caso na direção de um acordo óbvio, escondera Wyms em Camarillo por três meses, desse modo mantendo o caso vivo e ativo. Enquanto isso, recolhia informação que iria usar no caso Elliot sob os arquivos da defesa de Wyms, escondendo da promotoria seus movimentos e sua estratégia.

Tecnicamente, era provável que estivesse agindo dentro dos conformes, mas em termos éticos isso era desonesto. Eli Wyms passara noventa dias em um hospital estadual para que Vincent pudesse construir uma defesa para Elliot. Elliot ganhava a arma secreta enquanto Wyms ficava com o coquetel de zumbi.

O lado bom era que eu não precisava me preocupar com os pecados de meu predecessor. Wyms estava fora de Camarillo e, além disso, os pecados não eram meus. Eu poderia simplesmente colher os benefícios das descobertas de Vincent e ir para o tribunal.

Não levou muito tempo para Cisco ligar de volta.

— Conversei com o cara em Lynwood. Quatro-alfa é o carro principal de Malibu. O quatro é da delegacia de Malibu e alfa é de… alfa. Tipo cachorro alfa. O líder da matilha. Denúncias quentes — as chamadas prioritárias — geralmente vão para o carro alfa. Quatro-alfa-um seria o motorista, e se ele estiver dirigindo com um parceiro, então o parceiro vai ser 4-alfa-2.

— Então o carro alfa cobre todo o quarto distrito?

— Foi isso que ele me disse. O quatro-alfa é livre pra rodar pelo distrito e pegar a cereja do bolo.

— Como assim?

— As melhores ligações. As denúncias quentes.

— Saquei.

Minha teoria se confirmou. Um duplo homicídio e tiros disparados próximos a uma área residencial sem dúvida motivariam chamados para carros-alfa. Uma só designação, mas policiais diferentes respondendo. Policiais diferentes respondendo, mas um só carro. Os dominós estalaram e caíram.

— Ajudou alguma coisa, Mick?

— Ajudou, Cisco. Mas também vai significar mais trabalho pra você.
— No caso Elliot?
— Não, Elliot não. Quero que você trabalhe no caso Eli Wyms. Descubra tudo que puder sobre a noite em que ele foi preso. Quero os detalhes.
— É pra isso que eu estou aqui.

31

A descoberta que fiz à noite deslocou o caso do papel para minha imaginação. Comecei a ver imagens de tribunal na cabeça. Cenas de testemunhas sendo interrogadas pela promotoria e pela defesa. Eu projetava os ternos que usaria na ocasião e as posturas que assumiria perante o júri. O caso adquiria vida e isso sempre era uma boa coisa. Era algo que dava impulso. Sincronizando direito, você ia para o tribunal com a convicção inabalável de que não tinha como perder. Eu não sabia o que acontecera com Jerry Vincent, como suas ações haviam levado a seu assassinato, ou se sua morte estava de algum modo ligada ao caso Elliot, mas tinha a sensação de estar no caminho certo. Eu ganhara velocidade e estava quase pronto para a batalha.

Minha ideia era sentar no reservado em algum canto do Dan Tana's e esboçar a inquirição de algumas das testemunhas-chave, listando as perguntas fundamentais e as prováveis respostas de cada uma. Estava empolgado em fazer isso, e a preocupação de Lorna fora algo desnecessário. Eu não estaria sozinho. Teria meu caso comigo. Não o caso de Jerry Vincent. O meu.

Depois de arrumar rapidamente as pastas e apanhar lápis e blocos novos, apaguei as luzes e tranquei a porta do escritório. Atravessei o corredor e a passarela até o estacionamento. Assim que entrei na garagem, vi um sujeito subindo a rampa do primeiro andar. Estava a cinquenta metros de mim e demorou apenas alguns segundos e uns poucos passos para eu reconhecê-lo como o homem da fotografia que Bosch me mostrara pela manhã.

Meu sangue gelou nas veias. O instinto de lutar ou fugir invadiu meu cérebro. O resto do mundo deixou de importar. Havia apenas o momento e eu tinha de fazer uma escolha. Meu cérebro avaliou a situação mais rapidamente que qualquer computador IBM teria feito. E o resultado dos cálculos foi que eu sabia que o homem vindo em minha direção era o assassino e que estava armado.

Girei nos calcanhares e comecei a correr.

— Ei! — gritou uma voz atrás de mim.

Continuei a correr. Atravessei a passarela até as portas de vidro que levavam para o lado de dentro do prédio. Um pensamento nítido, isolado, disparou em cada sinapse do meu cérebro. Preciso chegar lá dentro e pegar a arma de Cisco. Era matar ou ser morto.

Mas após o horário comercial as portas haviam sido automaticamente trancadas quando passei. Enfiei a mão no bolso à procura da chave e puxei com tudo, notas, moedas e carteira voando junto.

Conforme forçava a chave na fechadura, pude ouvir passos correndo e se aproximando rapidamente às minhas costas. *A arma! Pega a arma!*

Enfim abri a porta com um tranco e disparei pelo corredor na direção do escritório. Relanceando por sobre o ombro, vi que o homem chegara à porta bem no momento em que ela se fechou e travou. Ele continuava atrás de mim.

Com a chave ainda na mão, estiquei o braço para a porta do escritório e me atrapalhei ao tentar enfiá-la na fechadura. Dava para sentir o assassino se aproximando. Finalmente, conseguindo abrir, entrei, bati a porta e girei o trinco. Acendi a luz, cruzei a recepção e fui para o escritório de Vincent.

A pistola que Cisco deixara para mim estava ali na gaveta. Peguei a arma, tirei do coldre e voltei para a recepção. Através da sala, dava para ver a silhueta do assassino no vidro martelado. Ele tentava abrir a porta. Ergui a arma e apontei para a imagem borrada.

Hesitei, então apontei a arma para o alto e dei dois tiros no teto. O som foi ensurdecedor na sala fechada.

— Isso mesmo! — gritei. — Entra aqui!

A imagem do outro lado da porta desapareceu. Escutei passos se afastando no corredor e então a porta da passarela sendo aberta e fechando. Fiquei imóvel e à escuta de mais algum som. Nada.

Sem tirar os olhos da porta, fui até a mesa da recepção e peguei o telefone. Liguei para 190 e a ligação foi atendida imediatamente, mas caí numa gravação que me dizia que minha ligação era muito importante e que eu precisava aguardar o próximo atendente de emergências disponível.

Me dei conta de que eu estava tremendo, não de medo, mas com a sobrecarga de adrenalina. Pus a arma na mesa, chequei o bolso e vi que não tinha perdido o celular. Com o telefone do escritório ainda na mão, abri o aparelho com a outra e liguei para Harry Bosch. Ele atendeu de primeira.

— Bosch! O cara que você me mostrou tava aqui agora!

— Haller? Do que você está falando? Quem?

— O cara na foto que você me mostrou hoje! O cara com a arma!

— Certo, fica calmo. Onde ele está? Onde você está?

Percebi que o estresse do momento deixara minha voz tensa e aguda. Envergonhado, respirei fundo e tentei me acalmar antes de responder.

— Estou no escritório. O escritório do Vincent. Eu tava saindo e vi o cara na garagem. Eu corri aqui pra dentro e ele veio atrás de mim. Ele tentou entrar no escritório. Acho que já foi embora, mas não dá pra ter certeza. Dei dois tiros e daí...

— Você tem uma arma?

— Claro que eu tenho, caralho.

— Sugiro que guarde isso aí antes que alguém saia machucado.

— Se aquele cara ainda estiver por perto ele é que vai sair machucado. Quem é ele, porra?

Houve uma pausa antes da resposta.

— Não sei, ainda. Olha, ainda estou no centro e já tava indo pra casa. Estou no carro. Fica sentado quieto e eu chego em cinco minutos. Fica no escritório e deixa a porta trancada.

— Não se preocupa, não vou sair daqui.

— E não vai atirar em mim quando eu aparecer.

— Não vou, pode deixar.

Estiquei o braço e desliguei o telefone do escritório. Não precisava da emergência, com Bosch vindo. Apanhei a arma outra vez.

— Ei, Haller?

— O que foi?

— Ele queria o quê?

— O quê?

— O cara. Pra que é que ele foi aí?

— Eu sei lá por quê. É a mesma porra da pergunta que eu queria fazer.

— Olha, para com essa merda de enrolação e me diz logo!

— Estou falando! Não faço ideia do que ele queria. Agora chega de conversa e vem logo pra cá!

Involuntariamente fechei as mãos conforme berrava e disparei um tiro acidental no chão. Dei um pulo como se o tiro tivesse sido dado por outra pessoa.

— Haller! — gritou Bosch. — Que porra foi essa?

Respirei fundo e levei um tempo recuperando a calma antes de responder.
— Haller? O que está acontecendo?
— Vem até aqui e você descobre.
— Você o acertou? Ele está caído?
Sem responder, desliguei o telefone.

32

Bosch chegou em seis minutos, mas pareceu uma hora. Uma imagem escura surgiu do outro lado do vidro e ele bateu ruidosamente.

— Haller, sou eu, Bosch.

Carregando a arma comigo, destranquei a porta e deixei ele entrar. Ele também segurava uma arma.

— Alguma coisa depois que a gente se falou no telefone? — perguntou.

— Não vi nem ouvi nada. Acho que pus o filho da puta pra correr.

Bosch guardou a arma no coldre e me lançou um olhar, como que dizendo que minha pose de macho não estava enganando ninguém, talvez só eu mesmo.

— E aquele último tiro?

— Foi acidente.

Apontei o buraco no chão.

— Me dá essa arma antes que você se mate.

Estendi a pistola e ele a enfiou na cintura.

— Você não tem arma — não legalmente. Eu chequei.

— É do meu investigador. Ele deixa aqui à noite.

Bosch examinou o teto, até que viu os dois tiros que dei ali. Depois olhou para mim e balançou a cabeça.

Foi até a persiana e olhou a rua. A Broadway lá fora estava completamente deserta àquela hora da noite. Alguns prédios em volta haviam sido convertidos em lofts residenciais, mas a Broadway ainda tinha um longo caminho pela frente se esperava resgatar a vida noturna de oitenta anos antes.

— Ok, vamos sentar — ele disse.

Virou junto à janela e deu de cara comigo, logo atrás dele.

— No escritório.

— Por quê?

— Porque você vai falar sobre isso.

Fui para o escritório e sentei atrás da mesa. Bosch sentou do outro lado.

— Antes de mais nada, olha aqui as suas coisas. Encontrei lá na passarela.

Do bolso do paletó ele puxou minha carteira e notas soltas. Pôs tudo na mesa e voltou a enfiar a mão no bolso procurando as moedas.

— Certo, e aí? — perguntei, enquanto guardava minhas coisas no bolso.

— Aí que a gente vai conversar — disse Bosch. — Primeiro, vai querer dar queixa?

— Pra quê? Você já está por dentro. É o seu caso. Como você não sabe quem é o cara?

— A gente está trabalhando nisso.

— Isso não adianta nada, Bosch! Ele veio me pegar! Como é que vocês não conseguem identificar o cara?

Bosch balançou a cabeça.

— Porque a gente acha que ele é um matador profissional trazido de fora da cidade. Pode ser até de fora do país.

— Porra, que ótimo, era só o que faltava. Pra que ele voltou pra cá?

— Tá na cara que foi por sua causa. Por causa do que você sabe.

— Eu? Eu não sei nada.

— Você está aqui faz três dias. Deve saber alguma coisa que represente perigo pra ele.

— Estou dizendo, não consegui nada.

— Então é você quem tem que se fazer essa pergunta: por que aquele cara voltou aqui? O que foi que ele deixou pra trás ou esqueceu da primeira vez?

Apenas fiquei olhando para ele. Eu queria de fato ajudar. Estava cansado daquele jogo de gato e rato — principalmente porque eu era o rato — e se tivesse uma resposta pra dar, eu daria.

Abanei a cabeça.

— Não consigo pensar em um único…

— Anda, Haller! — grunhiu Bosch para mim. — Sua vida está sendo ameaçada! Você não entende? O que você sabe?

— Eu já disse!

— Quem o Vincent estava subornando?

— Não sei e não poderia dizer se soubesse.

— O que o FBI queria com ele?

— Isso eu também não sei!

Começou a apontar para mim.

— Seu hipócrita de merda. Fica se escondendo debaixo da saia da lei enquanto o assassino está por aí à espreita. Sua ética e suas regras não vão parar uma bala, Haller. Me diz o que você sabe!

— Já disse! Não tenho nada, e não aponta a porra do dedo pra mim. Esse não é meu trabalho. É seu trabalho. E quem sabe se você fizesse ele direito as pessoas por aí iam poder se sentir...

— Com licença?

A voz veio de trás de Bosch. Em um único movimento fluido ele girou e pulou da cadeira, puxando a arma e apontando para a porta.

Um homem segurando uma lata de lixo estava ali parado, os olhos arregalados de pavor.

Bosch baixou a arma na mesma hora, e o funcionário da limpeza parecia que ia desmaiar.

— Desculpa — disse Bosch.

— Eu volto mais tarde — disse o sujeito com um forte sotaque do Leste Europeu.

Virou e desapareceu rapidamente pela porta.

— Puta que pariu! — praguejou Bosch, claramente irritado por ter apontado a arma para um coitado inocente.

— Duvido que algum dia vão esvaziar nossas latas de lixo outra vez — eu disse.

Bosch foi até a porta, fechou e trancou. Voltou para a mesa e me olhou furioso. Sentou outra vez, respirou fundo e continuou, com a voz bem mais calma.

— Fico feliz em ver que não perdeu o senso de humor, doutor. Mas por enquanto vamos esquecer essas piadinhas de merda.

— Certo, sem piadas.

Bosch parecia lutar internamente com o que ia dizer ou fazer em seguida. Seus olhos varreram a sala e então pararam em mim.

— Ok, olha, você está certo. É meu trabalho pegar o cara. Mas você estava com ele bem aqui. Bem aqui, porra! Então a dedução lógica é que ele veio aqui por algum motivo. Ou ele veio pra te matar, o que parece pouco provável, já que tudo indica que ele nem sabe quem você é, ou veio pegar alguma coisa que está com você. A questão é: o quê? O que tem no escritório ou numa dessas pastas que pode revelar a identidade do assassino?

Tentei falar com o mesmo tom equilibrado que ele imprimiu em sua voz.

— Tudo que posso dizer é que estou com minha gerente administrativa aqui desde terça. Meu investigador ficou aqui, e a recepcionista do próprio Jerry Vincent estava aqui até a hora do almoço de hoje, quando pediu demissão. E nenhum de nós, detetive, *nenhum de nós* conseguiu achar essa prova conclusiva que você tem tanta certeza que existe. Você está me dizendo que Vincent pagou uma propina pra alguém. Mas não consigo encontrar nenhum indício em arquivo nenhum ou vindo de nenhum cliente de que isso seja verdade. Passei as últimas três horas aqui examinando a pasta de Elliot e não vi nenhum indício — nem um único — de que ele pagou ou subornou alguém. Na verdade, descobri que ele *não precisava* subornar ninguém. Vincent tinha uma arma secreta e ia tentar ganhar esse caso honestamente. Então, quando eu digo que não tenho nada, estou falando sério. Não estou de brincadeira. Não estou retendo informação. Só não tenho nada pra te passar. Nada.

— E quanto ao FBI?

— A mesma coisa. Nada.

Bosch não respondeu. Vi uma nuvem de pura decepção cruzar seu rosto. Continuei.

— Se esse cara do bigode é o assassino, então é claro que ele voltou aqui por algum motivo. Mas eu não sei qual é. Se estou preocupado com isso? Não, preocupado não. Eu tô me cagando de medo. Tô me cagando de medo que esse cara pense que eu tenho alguma coisa, porque, se eu tiver, não vou nem saber que tenho, e essa não é a melhor situação do mundo pra estar.

Bosch ficou de pé de repente. Puxou a arma de Cisco da cintura e pôs em cima da mesa.

— Mantenha ela carregada. E se eu fosse você, parava de trabalhar à noite.

Virou e foi em direção à porta.

— Só isso? — exclamei atrás dele.

Ele se virou e voltou até a mesa.

— O que mais você quer de mim?

— Você vive atrás de mim querendo informação. Quase sempre informação que não posso dar. Mas em troca não me dá nada, e em parte é por isso que eu estou correndo perigo.

Bosch parecia prestes a pular por cima da mesa para me estrangular. Mas então vi que punha os nervos no lugar mais uma vez. Todos eles, a não ser pela palpitação no lado esquerdo do rosto, perto da têmpora. Ali não parou. Isso o entregava, e era um gesto revelador que mais uma vez me dava uma sensação de familiaridade.

— Que se foda — disse, finalmente. — O que quer saber, doutor? Vai em frente. Pode me perguntar, pergunte o que quiser, eu respondo.

— Quero saber sobre o suborno. Pra onde foi o dinheiro?

Bosch balançou a cabeça e deu uma risada fingida.

— Eu ofereço uma pergunta e digo pra mim mesmo que vou responder o que você quiser saber, aconteça o que acontecer, e aí você me faz a única pergunta pra qual eu não tenho uma resposta. Você acha que se eu soubesse pra onde o dinheiro foi e quem recebeu a propina eu ia estar aqui agora conversando com você? Que isso, Haller, eu ia era estar autuando um assassino.

— Então você tem certeza que uma coisa tem a ver com a outra? Que o suborno — se é que existe suborno — está ligado ao assassinato?

— Eu sigo as probabilidades.

— Mas o suborno — se é que existe suborno — aconteceu faz cinco meses. Por que Jerry só foi morto agora? Por que o FBI ia ligar pra ele só agora?

— Boas perguntas, as duas. Se você encontrar a resposta, me avisa. Enquanto isso, tem mais alguma coisa que eu possa fazer por você, doutor? Estava indo pra casa quando você me ligou.

— É, tem.

Ele olhou para mim e esperou.

— Eu também tava de saída.

— Como é, quer ir de mãozinha dada comigo pra garagem? Ok, vamos lá.

Fechei a porta do escritório outra vez e atravessei o corredor até a passarela. Bosch havia parado de falar e o silêncio era insuportável. No fim, quebrei o gelo.

— Eu ia comer um filé. Quer vir junto? Quem sabe a gente não resolve os problemas do mundo jantando uma carne vermelha?

— Onde, no Musso's?

— Tava pensando no Dan Tana's.

Bosch aceitou.

— Se conseguir pôr a gente pra dentro...

— Pode deixar. Eu conheço um cara.

33

Bosch veio atrás de mim, mas quando diminuí no Santa Monica Boulevard para entregar o carro para o manobrista na frente do restaurante, ele seguiu em frente. Vi ele passar e dobrar a direita na Doheny.

Entrei sozinho e Craig arranjou um lugar para mim em um dos reservados de canto de que eu tanto gostava. Era uma noite de movimento, mas o lugar começava a esvaziar. Vi o ator James Woods terminando seu jantar em um reservado com um produtor de cinema chamado Mace Neufeld. Os dois eram fregueses assíduos e Mace fez um sinal de cabeça para mim. Uma vez ele tentara comprar um dos meus casos para um filme, mas não deu certo. Vi Corbin Bernsen em outro reservado, o ator que conseguira fazer a interpretação mais próxima de um advogado que eu já vira na televisão. E em outro reservado o homem em pessoa, Dan Tana, jantava com sua esposa. Baixei os olhos para a toalha de mesa xadrez. Chega de quem é quem. Tinha de me preparar para Bosch. Enquanto dirigia, pensei muito no que acontecera no escritório e agora tudo em que eu queria pensar era na melhor forma de discutir os fatos com Bosch. Era como me preparar para interrogar uma testemunha hostil.

Dez minutos depois que eu estava sentado, Bosch finalmente apareceu na porta e Craig o conduziu até mim.

— Se perdeu? — perguntei, enquanto ele se espremia no reservado.

— Não conseguia achar um lugar pra parar.

— Imagino que você não ganha o bastante pra gastar com manobrista.

— Não, o manobrista é uma maravilha. Mas não posso dar um carro oficial pra um manobrista. É contra o regulamento.

Balancei a cabeça, supondo que era provavelmente porque ele guardava uma espingarda no porta-malas.

Decidi esperar até fazermos o pedido e só depois tentar abrir o jogo com Bosch. Perguntei se queria olhar o cardápio e ele disse que já sabia o que ia pedir. Quando o garçom veio, nós dois pedimos o Steak Helen e espaguete ao molho vermelho. Bosch pediu uma cerveja e eu, uma garrafa de água sem gás.

— Então — eu disse —, por onde tem andado seu parceiro ultimamente?

— Ele está trabalhando em outros aspectos da investigação.

— Puxa, que bom ouvir que a investigação tem outros aspectos.

Bosch me encarou por um longo momento antes de responder.

— Isso era pra ser engraçado?

— Foi só uma observação. Do meu ponto de vista não parece ter muita coisa acontecendo.

— Talvez seja porque sua fonte secou e dali não sai mais nada.

— Minha fonte? Eu não tenho fonte nenhuma.

— Não mais. Descobri quem andava abrindo o bico pro seu cara e pus um ponto final hoje. Só espero que vocês não tenham pagado nada pela informação, porque a corregedoria ia acabar com a carreira dele se isso acontecesse.

— Sei que não vai acreditar em mim, mas não faço ideia de quem ou do que você está falando. Eu recebo informações do meu investigador. Não pergunto onde ele consegue.

Bosch balançou a cabeça.

— É o melhor jeito de levar a coisa, não é? Você se isola e a merda nunca acontece pro seu lado. Enquanto isso, se um capitão de polícia perde o emprego e a pensão, fazer o quê, é a vida.

Eu não tinha me dado conta de que a fonte de Cisco era de um escalão tão alto.

O garçom trouxe as bebidas e uma cesta de pão. Bebi um gole d'água enquanto pensava a respeito do que ia dizer em seguida. Baixei o copo e olhei para Bosch. Ele ergueu as sobrancelhas, como se estivesse esperando alguma coisa.

— Como você sabia a que horas eu ia sair do escritório essa noite?

Bosch pareceu perplexo.

— Como assim?

— Acho que foram as luzes. Você ficou lá na Broadway e quando eu apaguei a luz mandou seu cara para a garagem.

— Não sei do que você está falando.

— Claro que sabe. A foto do cara com a arma saindo do prédio. Era falsa. Uma armação sua que você usou pra fazer o informante sair da toca, daí tentou me passar a perna com ela.

Bosch sacudiu a cabeça e olhou para fora do reservado, como que procurando alguém para ajudá-lo a interpretar o que eu estava dizendo. Foi uma ceninha malfeita.

— Você armou a foto fajuta e depois mostrou pra mim porque sabia que ela ia fazer o caminho de volta pelo meu investigador até o informante. Você ia descobrir onde era o vazamento quando alguém viesse perguntar pra você sobre a foto.

— Não posso discutir nenhum aspecto da investigação com você.

— E daí você usou ela pra tentar essa jogada comigo. Ver se eu tava escondendo alguma coisa e me apertar na base do susto.

— Já falei, não poss...

— Bom, nem precisa, Bosch. Eu sei que foi isso que você fez. Sabe onde foi que você errou? Primeira coisa, quando não voltou como disse que ia voltar pra mostrar a foto pra secretária do Vincent. Se o cara na foto fosse legítimo, você ia ter que mostrar pra ela, porque ela conhecia os clientes melhor que eu. Seu segundo erro foi a arma na cintura do atirador. Vincent foi assassinado com uma vinte e cinco — pequena demais pra pôr na cintura. Na hora que você me mostrou a foto, não percebi, mas agora sim.

Bosch olhou na direção do balcão no meio do restaurante. A tevê no alto exibia um noticiário esportivo. Me curvei sobre a mesa para ficar mais perto dele.

— Então, quem é o cara na foto? Seu parceiro, com um bigode de mentira? Algum palhaço de outro departamento? Você não tem nada melhor pra fazer do que tentar essa pegadinha ridícula comigo?

Bosch recostou no banco e continuou a observar em volta, olhando para todo canto menos para mim. Estava considerando alguma coisa e dei a ele todo o tempo de que precisava. Finalmente, me encarou.

— Ok, você me pegou. Foi uma armação. Imagino que isso faz de você o advogado sabichão, Haller. Como seu velho. Queria saber por que está desperdiçando todo esse brilhantismo com gente que não vale nada. Não deveria estar por aí processando uns médicos ou defendendo as companhias de tabaco ou qualquer coisa nobre assim?

Sorri.

— É desse jeito que você quer levar? Eu pego você com a mão na massa e sua reação é me acusar de ser desonesto?

Bosch riu, o rosto ficando vermelho quando se desviou do meu olhar. Foi um gesto que me pareceu familiar, e a menção ao meu pai o trouxe à minha memória. Tenho uma vaga lembrança de meu pai rindo desconfortavelmente e desviando o olhar ao recostar na mesa do jantar. Minha mãe o acusara de alguma coisa que eu era jovem demais para compreender.

Bosch apoiou os braços na mesa e se curvou em minha direção.

— Já ouviu falar das primeiras quarenta e oito, certo?

— Do que você está falando?

— As primeiras quarenta e oito. As chances de resolver um caso de homicídio diminuem quase que à metade a cada dia se você não resolve ele nas primeiras quarenta e oito horas.

Ele olhou para o relógio antes de continuar.

— Já estou chegando nas setenta e duas horas e ainda não tenho nada — disse. — Nem suspeito, nem uma pista viável, nada. E eu esperava que essa noite pudesse conseguir espremer alguma coisa de você com aquele susto. Algo que me pusesse na direção certa.

Fiquei sentado ali, olhando para ele, digerindo o que havia dito. Finalmente, consegui abrir a boca.

— Você realmente achou que eu sabia quem tinha matado o Jerry e não queria contar?

— Era uma possibilidade que eu não podia descartar.

— Vai tomar no seu cu, Bosch.

Só então o garçom chegou com nossos filés e o espaguete. Conforme os pratos eram servidos, Bosch olhou para mim com um sorriso presunçoso no rosto. O garçom perguntou se queríamos mais alguma coisa e gesticulei que não sem deixar de encarar o policial em nenhum momento.

— Seu filho da puta arrogante — eu disse. — Não acredito que tem a cara de pau de ficar aí sentado com esse sorrisinho depois de me acusar de esconder evidência ou qualquer informação sobre um assassinato. O assassinato de um cara que eu conhecia.

Bosch baixou os olhos para seu filé, apanhou o garfo e a faca e cortou. Notei que era canhoto. Ele enfiou um pedaço de carne na boca e ficou me encarando enquanto mastigava. Pousou as mãos, ainda segurando garfo e faca, de ambos os lados do prato, como que protegendo a comida de um saqueador faminto. Um monte de clientes meus que haviam passado algum tempo na cadeia comiam desse mesmo jeito.

— Por que não vai com calma, doutor — ele disse. — Precisa entender uma coisa. Não estou acostumado a ficar do mesmo lado que o advogado de defesa, entendeu? Pela minha experiência, advogados de defesa são os caras que me fazem passar por idiota, corrupto, corporativista, do que você quiser chamar. Então foi pensando nisso que tentei passar a perna em você, na esperança de que fosse me ajudar a resolver um homicídio. Me arrependo até o último fio de cabelo. Se quiser, posso mandar embrulhar minha comida e levar pra viagem.

Abanei a cabeça. Bosch tinha esse talento de tentar me fazer sentir culpado pelas cagadas que ele aprontava.

— Acho que quem tem que ir com calma é você — eu disse. — O que estou dizendo é que desde o começo eu joguei limpo e aberto com você. Forcei os limites éticos da minha profissão. E contei tudo que podia contar, quando podia. Não mereço a merda que me fez passar esta noite. E você teve uma puta sorte que eu não enfiei uma bala no peito daquele seu amigo quando ele apareceu na porta do escritório. Era um alvo fácil.

— Não era pra você ter uma arma. Eu chequei.

Bosch começou a comer outra vez, a cabeça baixa conforme cortava o filé. Ele mastigava várias vezes e então passava ao prato de espaguete. Não era nenhum estabanado. Enrolava o macarrão com o garfo antes de levá-lo à boca. Depois de engolir a comida, falou:

— Então agora que tiramos isso do caminho, vai me ajudar?

Explodi numa risada.

— Você tá de sacanagem, né? Não ouviu uma palavra do que eu disse?

— É, ouvi, claro. E não, não estou brincando. Depois disso tudo que a gente conversou, ainda estou com um advogado morto — seu colega — nas mãos e ainda vou precisar da sua ajuda.

Comecei a cortar meu primeiro pedaço de carne. Decidi que ele devia esperar eu comer, assim como eu fizera por ele.

O Dan Tana's era considerado por muitos o melhor filé da cidade. Pode me incluir nesse muitos. Não me arrependi. Mastiguei com calma, saboreando o primeiro pedaço, daí baixei o garfo.

— Que tipo de ajuda?

— Tirar o assassino da toca.

— Ótimo. É perigoso ou não?

— Depende de um monte de coisa. Mas não vou mentir pra você. Pode ser perigoso. Vou precisar agitar um pouco as coisas, fazer quem quer que seja pensar que tem algum nó desamarrado, que você pode ser perigoso pra eles. Daí a gente vê o que acontece.

— Mas você vai estar por perto. Vou ter cobertura.

— O tempo todo.

— Você vai fazer o quê pra agitar as coisas?

— Pensei numa matéria de jornal. Você deve estar recebendo ligações dos repórteres. A gente escolhe um e passa a história pra ele, uma exclusiva, e planta alguma coisa nela que vai deixar o assassino com a pulga atrás da orelha.

Pensei nisso e me lembrei do aviso de Lorna sobre jogar limpo com a mídia.

— Tem um cara no *Times* — eu disse. — Eu meio que fiz um acordo com ele, só pra tirar ele do meu pé. Disse que quando eu estivesse pronto para falar, era com ele que ia fazer isso.

— É perfeito. Vamos usar ele.

Eu não disse nada.

— Então, vai ajudar?

Apanhei meu garfo e minha faca e continuei em silêncio enquanto cortava o filé outra vez. O sangue escorreu pelo prato. Pensei em minha filha indo direto na ferida, fazendo as mesmas perguntas que a mãe dela fazia e que eu nunca tinha como responder. *É como se você sempre trabalhasse pros caras maus.* Não era tão simples assim, mas saber disso não me livrava da mágoa ou da expressão que eu lembrava de ter visto em seus olhos.

Baixei o garfo e a faca sem comer um pedaço. Tinha perdido a fome, de repente.

— Vou — eu disse. — Pode contar comigo.

PARTE TRÊS
DIZER A VERDADE

34

Todo mundo mente.
A polícia mente. Os advogados mentem. Os clientes mentem. Até o júri mente.

Há uma corrente de pensamento no direito penal que diz que todo julgamento se ganha ou se perde na escolha do júri. Eu nunca cheguei ao ponto de dizer que isso seja totalmente verdadeiro, mas reconheço que provavelmente não existe fase mais importante num processo por homicídio do que a seleção dos doze cidadãos que irão decidir o destino de seu cliente. É a parte mais complexa do julgamento, que se define em apenas um momento. Depende dos caprichos do destino, da sorte e de ser capaz de fazer a pergunta certa para a pessoa certa no momento certo.

E, no entanto, todo julgamento começa por ela.

A seleção do júri no caso de *Califórnia versus Elliot* começou dentro do programado no gabinete do juiz James P. Stanton às dez da manhã. Uma quinta-feira. A sala estava entupida de gente, metade era o *venire* — os oitenta potenciais jurados convocados aleatoriamente no quinto andar do fórum —, a outra metade pessoal de mídia, profissionais do tribunal, amigos dos envolvidos e meros curiosos que haviam dado um jeito de entrar de bicão.

Sentei sozinho com meu cliente à mesa da defesa — atendendo a seu desejo de uma equipe legal de apenas um. Aberta diante de mim havia uma pasta de papel manilha vazia, um bloco de Post-it e três marca-textos diferentes, vermelho, azul e preto. Quando estava no escritório, eu preparara a pasta usando uma régua para traçar uma tabela ali. Havia 12 quadrados, cada um do tamanho de um Post-it. As áreas eram uma para cada jurado entre as 12 pessoas que seriam escolhidas para o julgamento de Walter Elliot. Alguns advogados usam computadores para rastrear potenciais jurados. Eles têm até um software capaz de pegar uma informação revelada durante o processo de seleção, filtrá-la por um programa de reconhecimento de padrões sociopolíticos e emitir recomendações instantâneas quanto a manter ou rejeitar um jurado. Eu utilizava o antigo sistema de tabelas desde que debutara no Gabinete da Defensoria Pública. Sempre funcionara bem para mim e não era agora que eu ia mudar. Não queria usar os instintos de um computador quando se tratava de selecionar o júri. Queria usar os meus. Um computador não é capaz de ouvir como a pessoa dá uma resposta. Não é capaz de olhar nos olhos de alguém que está mentindo.

Funciona assim: o juiz tem uma lista gerada por computador de onde ele convoca os primeiros doze cidadãos do *venire*, que tomam seus lugares na bancada do júri. Nesse instante, todos eles são membros do júri. Mas vão manter suas cadeiras somente se passarem pelo *voir dire* — a inquirição a respeito de suas vidas, suas opiniões, seu entendimento da lei. Há um método. O juiz faz uma série de perguntas básicas e então os advogados têm a oportunidade de aprofundar o foco.

Os jurados podem ser removidos da composição do júri por um de dois motivos. Eles devem ser rejeitados por justa causa se mostrarem mediante suas respostas ou seu comportamento ou até as circunstâncias de sua vida que não podem ser considerados árbitros imparciais de credibilidade nem são capazes de acompanhar o caso com a mente aberta. Não há limites para o número de recusas por justa causa à disposição dos advogados. Muitas vezes, o juiz fará uma dispensa por justa causa antes mesmo que o promotor ou o advogado de defesa entre com uma objeção. Sempre acreditei que o jeito mais rápido de você cair fora da bancada do júri é anunciar que está convencido de que todo tira mente ou todo tira está sempre com a razão. De um jeito ou de outro, uma mentalidade estreita é recusa por justa causa na certa.

O segundo método de eliminação é a recusa peremptória, da qual cada advogado dispõe em quantidade limitada, dependendo do tipo de caso e acusações. Como o julgamento em questão envolvia acusações de assassinato, tanto a promotoria como a defesa teriam à disposição vinte recusas peremptórias cada uma. É na utilização judiciosa e sensata dessas recusas que a estratégia e o instinto entram em jogo. Um advogado habilidoso pode usar o mecanismo para tentar modelar o júri como uma ferramenta da promotoria ou da defesa, conforme o caso. Uma peremptória permite que o advogado recuse um jurado por nenhum outro motivo além da antipatia instintiva pelo indivíduo. Uma exceção a isso seria o uso óbvio de recusas para criar uma tendência no júri. Um promotor que removesse continuamente os jurados negros, ou um advogado de defesa que fizesse o mesmo com os jurados brancos, rapidamente entraria em conflito com o lado oposto, assim como com o juiz.

As regras do *voir dire* são destinadas a eliminar um júri tendencioso e pouco confiável. O termo vem do francês, "dizer a verdade". Mas isso, é claro, contradiz os interesses tanto de um lado como do outro. A minha ideia central em qualquer julgamento é conseguir um júri tendencioso. Quero um júri propenso a ir contra o estado e contra a polícia. Quero um júri predisposto a ficar do meu lado. A verdade é que uma pessoa imparcial é a última coisa que eu quero em um júri. Quero alguém que já esteja do meu lado ou que possa ser facilmente arrastado para ele. Quero doze lemingues ali na bancada. Jurados que irão andar a meu lado e atuar em prol da defesa.

E, é claro, o sujeito sentado a um metro de mim no tribunal quer chegar a um resultado diametralmente oposto com a seleção do júri. O promotor quer seus próprios lemingues e vai usar suas recusas peremptórias para moldar o júri a seu modo, e contra mim.

Às dez e quinze o diligente juiz Stanton apanhara a impressão do computador que selecionava aleatoriamente os primeiros doze candidatos e lhes dera as boas-vindas, convocando-os para o compartimento do júri chamando senhas distribuídas entre eles na sala da convocação do júri, no quinto andar. Havia seis homens e seis mulheres. Tínhamos três funcionários do correio, dois engenheiros, uma dona de casa de Pomona, uma roteirista desempregada, duas professoras secundárias e três aposentados.

Sabíamos de onde eram e o que faziam. Mas não sabíamos seus nomes. Era um júri anônimo. Durante todas as audiências preliminares o juiz fora irredutível em sua decisão de proteger os jurados da atenção e do escrutínio públicos. Ele havia ordenado que a câmera da Court TV fosse montada na parede acima da bancada do júri, de modo que os jurados não aparecessem quando o tribunal fosse filmado. Ele também determinara que as identidades de todos os potenciais jurados fossem omitidas até dos advogados, e que cada um fosse chamado durante o *voir dire* pelo número de seu lugar.

O processo começou com o juiz perguntando a cada potencial jurado no que trabalhava e em que região de Los Angeles morava. Ele então passou para questões básicas, se haviam sido vítimas de crime, tinham parentes na prisão ou estavam ligados a algum oficial da lei ou promotor de justiça. Perguntou que conhecimentos tinham de direito e de procedimentos do tribunal. Perguntou quem já passara por aquela experiência antes. O juiz dispensou três por justa causa: um empregado do correio cujo irmão era da polícia; um aposentado cujo filho fora vítima de um assassinato ligado a drogas; e a roteirista, porque embora nunca houvesse trabalhado para os Archway Studios, o juiz achou que poderia manifestar má vontade em relação a Elliot devido à relação conturbada entre os roteiristas e os diretores de estúdio de um modo geral.

Um quarto potencial jurado — um dos engenheiros — foi dispensado porque o juiz acatou sua alegação de motivos financeiros. Era um consultor autônomo, e duas semanas passadas no tribunal significavam duas semanas sem faturar nada além dos cinco dólares por dia que um jurado recebia.

Os quatro foram rapidamente substituídos por mais quatro selecionados aleatoriamente do *venire*. E assim por diante. Ao meio-dia, eu usara duas de minhas recusas nos funcionários de correio restantes e teria usado uma terceira para derrubar o segundo engenheiro do quadro de jurados, mas resolvi aproveitar a hora do almoço para pensar um pouco antes de tomar qualquer outra decisão. Enquanto isso, Golantz se segurava com todo um arsenal de recusas. Sua estratégia óbvia era deixar que eu gastasse meus cartuchos e então atacar no final, moldando o júri ao seu modo.

Elliot adotara a postura de diretor-executivo da defesa. Eu fazia o trabalho diante do júri, mas ele insistia em ter o crivo final sobre cada uma das minhas recusas peremptórias. Isso demandava um tempo extra, porque eu tinha de explicar a cada vez por que eu queria tirar determinado jurado e ele sempre dava sua opinião. Mas, em todos eles, acabou balançando a cabeça em sinal de aprovação, como se fosse quem mandava por ali, e o jurado era afastado. Embora fosse um procedimento irritante, dava para tolerar, contanto que Elliot concordasse com o que eu queria fazer.

Pouco depois do meio-dia, o juiz fez uma pausa para o almoço. Mesmo sendo um dia dedicado à seleção do júri, tecnicamente era o primeiro dia de meu primeiro julgamento em mais de um ano. Lorna Taylor viera ao tribunal para assistir e dar seu apoio. O plano era almoçarmos juntos e depois ela voltaria ao escritório para começar a encaixotar tudo.

Quando saímos para o corredor fora do tribunal, perguntei a Elliot se queria se juntar a nós, mas ele disse que daria uma rápida passada no estúdio para checar como iam as coisas. Disse-lhe que não se atrasasse. O juiz nos concedera generosos noventa minutos para o almoço e não veria um atraso com bons olhos.

Lorna e eu esperamos os candidatos ao júri encherem os elevadores. Não queria descer junto com eles. Inevitavelmente, quando você faz isso, alguém sempre abre a boca e pergunta alguma coisa imprópria que você tem que se dar o trabalho de relatar ao juiz.

Quando um dos elevadores abriu, vi o repórter Jack McEvoy abrir caminho entre a aglomeração de jurados, olhar pelo corredor e se aproximar de mim.

— Que maravilha — eu disse. — Lá vem.

McEvoy veio direto na minha direção.

— O que você quer? — eu disse.

— Explicar.

— Como assim, explicar por que você é um mentiroso?

— Não, olha, quando eu disse que ia sair no domingo, estava falando sério. Foi isso que me disseram.

— E aqui estamos na quinta-feira e nada de matéria no jornal, e quando eu tentei ligar pra falar com você sobre isso, você não me ligou de volta. Tenho outros jornalistas interessados, McEvoy. Não preciso do *Times*.

— Olha, eu entendo. Mas o que aconteceu foi que eles decidiram segurar, pra sair mais perto do julgamento.

— O julgamento começou faz duas horas.

O repórter sacudiu a cabeça.

— Você sabe, o julgamento de verdade. Testemunhas e evidências. Vão dar a primeira página no domingo.

— A primeira página, domingo? É uma promessa?

— Segunda, no máximo.

— Ah, agora é segunda.

— Olha, jornal é assim mesmo. As coisas mudam. Deve sair no domingo, mas se alguma coisa muito importante acontece, eles jogam pra segunda. É um ou outro.

— Vamos ver. Não dá pra contar com isso.

Vi que a área perto dos elevadores estava desimpedida. Lorna e eu podíamos descer sem encontrar nenhum potencial jurado. Peguei Lorna pelo braço e comecei a conduzi-la nessa direção. Forcei passagem pelo rapaz.

— Então estamos combinados? — disse McEvoy. — Continua de pé?

— Continua de pé o quê?

— Você não vai falar com mais ninguém. Desistir da exclusiva.

— Vamos ver.

Deixei-o falando sozinho e fui para os elevadores. Quando saímos do edifício, andamos uma quadra até o prédio da prefeitura e pedi a Patrick que fosse nos buscar ali. Não queria nenhum potencial jurado à toa pelos arredores do tribunal vendo-me entrar na traseira de um Lincoln com chofer. Podia não cair muito bem para eles. Uma das instruções preliminares que eu dera a Elliot fora a proibição de usar a limusine do estúdio e, em vez disso, ir com seu próprio carro para o tribunal todos os dias. Você nunca sabe quem pode encontrar do lado de fora e qual pode ser o efeito que isso terá.

Pedi a Patrick que nos levasse ao French Garden, na Seventh Street. Liguei em seguida para Harry Bosch em seu celular e ele atendeu na mesma hora.

— Acabei de falar com aquele jornalista — eu disse.

— E?

— E parece que vai sair finalmente, no domingo ou na segunda. Primeira página, foi o que ele disse, então fique preparado.

— Até que enfim.

— É. Vai estar preparado?

— Não se preocupe com isso. Já estou preparado.

— Como não vou me preocupar? É meu... Alô?

Ele já havia desligado. Fechei o telefone.

— O que foi isso? — perguntou Lorna.

— Nada.

Percebi que era melhor mudar de assunto.

— Escute, quando você voltar pro escritório hoje, quero que ligue para Julie Favreau e veja se ela pode ir até o tribunal amanhã.

— Pensei que Elliot não queria consultor de júri.

— Ele não precisa saber que a gente está usando os serviços dela.

— Então como você vai pagar?

— Tira das despesas gerais. Tanto faz. Pago do meu bolso, se tiver que fazer isso. Mas vou precisar dela e não estou nem aí pro que o Elliot acha. Já queimei duas recusas peremptórias e tenho a sensação de que amanhã vou ter que fazer valer a pena o que me tiver sobrado. Vou precisar da ajuda dela pra finalizar o meu diagrama. Diz só que o meirinho vai ter o nome dela e deixar um lugar reservado. Pede pra ela sentar na plateia e não se aproximar de mim quando eu estiver com o cliente. Diz que ela pode me enviar uma mensagem de texto quando tiver alguma coisa importante.

— Ok, eu ligo. Você está bem, Mick?

Eu devia estar falando muito rápido ou suando demais. Lorna percebera minha agitação. Estava tremendo um pouco e não sabia se era por causa da enrolação do jornalista ou por Bosch ter desligado na minha cara ou porque eu me dava conta de forma cada vez mais contundente de que tudo por que eu me esforçara ao longo de mais de um ano estava prestes a desabar sobre mim. Testemunhas e evidências.

— Tudo bem — eu disse abruptamente. — Só estou morrendo de fome. Sabe como eu fico quando estou com fome.

— Claro — ela disse. — Eu sei.

A verdade era que eu não estava morrendo de fome. Não me sentia nem sequer disposto a comer. Eu sentia um peso em cima de mim. O fardo sobre o futuro de um homem.

E esse homem não era meu cliente.

35

Às três da tarde do segundo dia da seleção de júri, Golantz e eu havíamos negociado as rejeições peremptórias e por justa causa durante mais de dez horas de tribunal. Estava sendo uma batalha silenciosa. Atacávamos um ao outro, identificando os respectivos jurados e eliminando-os sem dó nem piedade. Havíamos passado quase que por todo o *venire*, e meu diagrama de composição do júri estava coberto em alguns lugares com até cinco Post-it sobrepostos. Restavam-me duas recusas peremptórias. Golantz, no início criterioso com suas recusas, me alcançara e depois ultrapassara e estava agora em sua última dispensa. Chegara a hora H. Os assentos do júri estavam prestes a ser preenchidos.

Em sua disposição atual, o grupo de jurados agora incluía um advogado, um programador de computadores, dois empregados do correio e três novos aposentados, além de um enfermeiro, um podador de árvores e uma artista.

Dos doze originalmente sentados ali na manhã anterior, restavam ainda dois potenciais jurados. O engenheiro na cadeira sete e um dos aposentados, na doze, haviam de algum modo chegado até aquele ponto. Os dois, homens e brancos e, pelos meus cálculos, inclinados ao estado. Nenhum deles se mostrava abertamente pelo lado da promotoria, mas em meu diagrama eu escrevera anotações sobre ambos com tinta azul-escura — meu código para um jurado que eu percebesse como frio em relação à defesa. Mas suas inclinações eram tão imperceptíveis que eu ainda não usara uma de minhas preciosas recusas em nenhum.

Eu sabia que podia tirar os dois numa cartada final usando minhas recusas peremptórias, mas esse era o risco do *voir dire*. Você derruba um jurado por causa do azul-escuro, e o que entra no lugar pode acabar sendo azul néon e um risco ainda maior para o seu cliente do que era o anterior. Era o que tornava a seleção de júri uma empreitada imprevisível.

O último a integrar a bancada dos jurados foi a artista, que ficou com a vaga da cadeira número onze depois de Golantz ter usado sua décima nona recusa para retirar um lixeiro que eu classificara como jurado vermelho. Ao ser interrogada pelo juiz Stanton, a artista revelou que morava em Malibu e trabalhava em um estúdio numa travessa da Pacific Coast Highway. Seu instrumento de trabalho era a tinta acrílica e ela havia estudado no Instituto de Arte da Filadélfia antes de vir para a Califórnia, por causa da luz. Disse que nem sequer tinha televisão e não costumava ler jornais. Disse que não sabia de coisa alguma sobre os assassinatos ocorridos seis meses antes na casa da praia, que não era longe de onde trabalhava e morava.

Quase desde o início eu começara a fazer anotações sobre ela em vermelho e fui ficando cada vez mais satisfeito com sua presença em meu júri à medida que as perguntas iam sendo respondidas. Eu sabia que Golantz cometera um erro estratégico. Ele eliminara o lixeiro com uma recusa e terminara com uma jurada aparentemente ainda mais prejudicial no lugar. Ele agora teria de engolir essa ou usar sua última recusa para derrubar a artista e correr o mesmo risco de novo.

Quando o juiz terminou as inquirições gerais, foi a vez dos advogados. Golantz começou e fez uma série de perguntas que, assim ele esperava, poderiam revelar uma tendenciosidade da artista e levá-la a ser rejeitada por justa causa, em vez de obrigá-lo a gastar sua última recusa peremptória. Mas a mulher se saiu bem, parecendo muito honesta e imparcial.

Após a quarta pergunta vinda da promotoria, senti uma vibração em meu bolso e levei a mão ao celular. Segurei o aparelho sob a mesa, entre minhas pernas, em um ângulo que o juiz não pudesse ver. Julie Favreau estivera mandando mensagens de texto o dia todo.

Favreau: Essa é pra pegar.

Mandei uma resposta imediatamente.

Haller: Eu sei. E que tal 7, 8 e 10? Qual o próximo?

Favreau, minha consultora de júri secreta, permanecera na quarta fileira da plateia tanto durante a sessão da manhã como a da tarde. Eu também a encontrara na hora do almoço, enquanto Walter Elliot mais uma vez fora para o estúdio ver como andavam suas coisas, e eu a deixara ver meu diagrama, de modo que fizesse um para si. Ela deu uma rápida examinada e percebeu exatamente em que pé eu me encontrava com meus códigos e recusas.

  Recebi uma resposta para a mensagem de texto quase imediatamente. Essa era uma coisa que eu gostava em Favreau. Ela não perdia tempo pensando demais. Tomava decisões rápidas e instintivas baseadas somente em traços visuais denunciadores relacionados a respostas verbais.

  Favreau: Não gosto do 8. Não ouvi o suficiente do 10. Tire 7 se precisar.

O jurado oito era o podador de árvores. Eu o anotara em azul devido a algumas das respostas que forneceu quando questionado sobre a polícia. Também achei que estava ansioso demais para integrar o júri. Isso sempre dava bandeira em um caso de assassinato. Para mim era um indício de que o potencial jurado nutria fortes sentimentos em relação à lei e à ordem e não hesitava diante da ideia de julgar outra pessoa. A verdade era que eu suspeitava de qualquer um que gostasse de participar do julgamento de outro. Qualquer um que apreciasse a ideia de participar de um júri era azul-escuro até a alma.

  O juiz Stanton estava proporcionando uma larga margem de ação para nós. Quando chegava a hora de interrogar um potencial jurado, os advogados tinham permissão de usar o tempo para inquirir qualquer outro na bancada. Ele também havia liberado o uso de eliminações retroativas, significando que era aceitável usar uma recusa peremptória para derrubar qualquer integrante da bancada, mesmo que ele já tivesse sido interrogado e aceito.

  Quando chegou minha vez com a artista, me dirigi ao atril e disse ao juiz que a aceitava no júri naquele momento sem mais perguntas. Solicitei que me fosse permitido fazer mais perguntas ao jurado número oito em vez da artista, e o juiz me mandou prosseguir.

  — Jurado número oito, gostaria apenas de esclarecer uma ou duas opiniões suas a respeito das coisas. Primeiro, deixe-me lhe perguntar se, ao final desse julgamento, após ter ouvido todas as testemunhas, achando o senhor que meu cliente pudesse ser culpado, o senhor votaria pela condenação.

  O podador de árvore pensou por um momento antes de responder.

  — Não, porque isso não estaria além de uma dúvida razoável.

  Balancei a cabeça, fazendo-o saber que dera a resposta correta.

  — Então o senhor não compara "pudesse ser" com "além da dúvida razoável"?

— Não, senhor. De jeito nenhum.

— Ótimo. O senhor acredita que as pessoas são presas na igreja por cantar alto demais?

Uma expressão de perplexidade tomou conta do rosto do podador e houve um murmúrio de risadas na plateia atrás de mim.

— Não estou entendendo.

— Existe um ditado que diz que o motivo pelo qual as pessoas são presas na igreja não é porque elas cantam alto demais. Em outras palavras, onde há fumaça, há fogo. As pessoas não são presas a menos que haja bons motivos. A polícia geralmente está com a razão e prende as pessoas certas. Acredita nisso?

— Acredito que todo mundo comete erros de vez em quando — inclusive a polícia — e a gente precisa olhar cada caso individualmente.

— Mas o senhor acredita que a polícia *geralmente* está com a razão?

Era um beco sem saída. Qualquer resposta denunciaria uma posição, de um lado ou de outro.

— Acho que provavelmente sim — eles são profissionais —, mas eu olharia cada caso individualmente e não ia pensar que só porque a polícia costuma estar certa ela automaticamente pegou o homem certo, no caso.

Era uma boa resposta. Partindo de um podador de árvores, surpreendente. Mais uma vez, assenti com a cabeça. Suas respostas estavam corretas, mas havia qualquer coisa quase ensaiada no modo como as fornecia. Elas vinham com o jeito cabeça fechada de um dono da verdade, mas num tom quase bajulador. O podador de árvores queria muito participar do júri e isso não estava me descendo muito bem.

— Que tipo de carro o senhor tem?

A pergunta inesperada era sempre boa para despertar uma reação. O jurado número oito recostou-se em sua cadeira e me olhou como se eu estivesse tentando tapeá-lo de algum modo.

— Meu carro?

— É, com que o senhor vai trabalhar?

— Eu tenho uma picape. Guardo meu equipamento e outras coisas nela. É uma Ford cento e cinquenta.

— O senhor tem algum adesivo grudado no para-choque?

— Tenho... alguns.

— O que está escrito neles?

Ele teve de pensar por um longo momento para se lembrar do que diziam seus adesivos.

— Ahn, tenho um adesivo da Associação de Caçadores nela, e tem um outro que diz: Se você consegue ler isto, então chega pra trás. Mais ou menos por aí. Não tão educado, talvez.

Houve risadas dos demais membros do *venire*, e o número oito sorriu orgulhoso.

— Há quanto tempo o senhor é membro da Associação de Caçadores? — perguntei. — No formulário de informações dos jurados não consta essa informação.

— Bom, não sou, na verdade. Um membro, quero dizer. Só tenho o adesivo ali.

Ali tinha coisa. Ou ele estava mentindo sobre ser um membro e deixar de fora do formulário, ou não era mesmo membro e estava usando seu adesivo de para-choque para passar por algo que não era, ou por participante de uma organização em que acreditava, mas à qual não queria pertencer oficialmente. De um modo ou de outro, era uma inverdade e confirmava tudo que eu vinha pressentindo. Favreau estava com a razão. Ele tinha de sair. Disse ao juiz que havia terminado minha inquirição e voltei a sentar.

Quando o juiz perguntou se a promotoria e a defesa aceitavam o júri tal como estava, Golantz tentou recusar a artista por justa causa. Protestei contra isso e o juiz ficou do meu lado. Golantz não teve escolha a não ser usar sua última recusa peremptória para eliminá-la. Eu então utilizei minha penúltima recusa para eliminar o podador de árvores. O homem pareceu furioso ao sair do tribunal.

Dois outros nomes foram chamados do *venire*, e um corretor imobiliário e mais um aposentado tomaram os assentos oito e onze na bancada. Suas respostas para o juiz foram completamente em cima do muro. Usei o código preto neles e não escutei nada que me deixasse com a pulga atrás da orelha. No meio do *voir dire* recebi outra mensagem de texto de Favreau.

Favreau: Os dois +/– se quer minha opinião. Dois lemingues.

De modo geral, ter lemingues no júri era bom. Jurados que pareciam particularmente dotados de pouca personalidade e de convicções em cima do muro muitas vezes podiam ser manipulados durante as deliberações. Eles procuravam alguém para seguir. Quanto mais lemingues você tem, mais importante é ter um jurado com uma personalidade forte e que você julgue predisposto a pender pela defesa. Você vai querer ter alguém no julgamento que puxe os demais lemingues.

Golantz, em minha opinião, cometera um erro estratégico básico. Ele esgotara suas recusas peremptórias antes da defesa e, muito pior, deixara um advogado na bancada. O jurado número três continuara ali e meus instintos me diziam que Golantz viera reservando sua última recusa para ele. Mas Golantz a utilizou com a artista e agora tinha de engolir um advogado no júri.

O jurado número três não atuava no direito criminal, mas com certeza tivera de estudar o assunto para se formar, e de tempos em tempos devia pensar na ideia de atuar nessa área. Ninguém fazia filmes e programas de tevê sobre advogados imobiliários. O direito criminal tinha seus atrativos e o jurado número três não estaria imune a eles. Iluminei-o todo em vermelho no diagrama e ele era minha primeira opção para a bancada. Ele iria para o julgamento e para as deliberações que se seguem conhecendo a lei e a posição de total desvantagem da defesa. Isso não apenas o tornava solidário ao meu lado como também o candidato óbvio a primeiro jurado — aquele eleito pela bancada para fazer os comunicados com o juiz e falar em nome de todos os demais jurados. Quando o júri voltasse a se reunir para iniciar as deliberações, a primeira pessoa para quem iriam se voltar seria o advogado. Se ele realmente merecia o vermelho, arrastaria vários de seus colegas de júri para um veredito de inocente. E, no mínimo, seu ego de advogado o levaria a insistir nessa certeza e ele não arredaria pé dela. Ele era o único capaz de obter a unanimidade necessária no júri para livrar meu cliente de uma condenação.

Era depositar muita confiança numa coisa só, considerando que o jurado número três respondera a perguntas do juiz e dos advogados por menos de trinta minutos. Mas seleção de júri era isso mesmo. Decisões rápidas e instintivas baseadas na experiência e na observação.

O resultado de toda essa matemática era que eu deixaria os dois lemingues integrando a bancada. Restava-me uma recusa peremptória e eu a usaria no jurado sete ou no dez. O engenheiro ou o aposentado.

Pedi ao juiz alguns minutos para conferenciar com meu cliente. Então me virei para Elliot e empurrei meu diagrama diante dele.

— Então é isso, Walter. Chegamos ao nosso último cartucho. O que acha? Acho que deveríamos nos livrar do sete e do dez, mas só dá pra tirar mais um.

Elliot se mantivera bastante envolvido. Desde os primeiros doze que sentaram ali na manhã anterior, ele expressara opiniões incisivas e intuitivas sobre cada jurado que eu quis derrubar. Mas ele nunca havia escolhido um júri antes. Eu, sim. Pesei seus comentários, mas no fim fiz minhas próprias escolhas. Essa última decisão, porém, seria no chute. Qualquer um dos jurados podia ser prejudicial para a defesa. Qualquer um podia se revelar um lemingue. Era uma decisão difícil e fiquei tentado a permitir que os instintos de meu cliente constituíssem o fator decisivo.

Elliot bateu com o indicador no quadrado do jurado número dez de minha grade. O redator de manuais técnicos de um fabricante de brinquedos, aposentado.

— Esse — ele disse. — Tira esse.

— Tem certeza?

— Absoluta.

Olhei para o diagrama. Havia bastante azul no dez, mas com o sete não era diferente. O engenheiro.

Eu tinha um palpite de que o redator técnico era como o podador de árvores. Queria muito participar do júri, mas provavelmente por motivos muito diferentes. Achei que seu plano fosse usar aquela experiência como pesquisa para um livro ou quem sabe um roteiro de cinema. Sua carreira se resumira a escrever manuais de instrução para brinquedos. Na aposentadoria, como admitira durante o *voir dire*, estava tentando escrever ficção. Não havia coisa melhor do que uma primeira fila em um julgamento de assassinato para estimular a imaginação e o processo criativo. Isso podia ser ótimo para ele, mas não para Elliot. Não queria ninguém que apreciasse a ideia de participar do julgamento de uma pessoa — fosse pelo motivo que fosse — em meu júri.

O jurado sete era azul por outro motivo. Estava listado como engenheiro aeroespacial. A indústria na qual ele trabalhava tinha forte presença no sul da Califórnia e desse modo eu interrogara inúmeros engenheiros aeroespaciais durante *voir dire* ao longo dos anos. Via de regra, engenheiros eram conservadores, política e religiosamente, dois atributos muito azuis, e trabalhavam em companhias que dependiam de vultosos contratos e subvenções do governo. Um voto pela defesa era um voto contra o governo e isso seria pedir demais, no caso deles.

Por último, e talvez mais importante, engenheiros vivem em um mundo de lógica e verdades absolutas. Esse tipo de coisa em geral não se aplica a crimes ou cenas de crime, nem mesmo ao sistema de justiça penal como um todo.

— Não sei — eu disse. — Acho que o engenheiro podia sair.

— Não, eu gosto dele. Gostei dele desde o início. O contato olho no olho que tive com ele foi bom. Quero que fique.

Desviei a atenção de Elliot e olhei para a bancada do júri. Meu olhar vagava do jurado sete para o jurado dez e depois voltava. Eu procurava algum sinal, algum indício revelador que me mostrasse a escolha correta.

— Doutor Haller — disse o juiz Stanton. — Pretende usar sua última recusa ou vai aceitar a atual composição do júri? Devo lembrá-lo que já está ficando tarde e ainda temos de escolher os jurados suplentes.

Meu telefone vibrava enquanto o juiz falava comigo.

— Ahn, só um minuto, Meritíssimo.

Virei para Elliot outra vez e me curvei junto dele como se quisesse sussurrar alguma coisa. Mas o que eu estava fazendo na verdade era pegar o celular.

— Tem certeza, Walter? — sussurrei. — O cara é engenheiro. Pode ser encrenca pra nós.

— Olha, eu ganho a vida interpretando as pessoas e me arriscando — sussurrou Elliot de volta. — Quero aquele homem no meu júri.

Balancei a cabeça e olhei entre as pernas, onde segurava meu telefone. Era um texto de Favreau.

Favreau: Tira o 10. Tem coisa ali. Perfil de 7 é promotoria mas o contato olho no olho é bom e o rosto é honesto. Está interessado na sua história. Ele gosta do seu cliente.

Contato olho no olho. Pronto. Enfiei o celular de volta no bolso e fiquei de pé. Elliot agarrou a manga do meu paletó. Me curvei para ouvi-lo sussurrar ansioso.

— O que você está fazendo?

Afastei sua mão porque não gostei daquela demonstração em público de como queria me controlar. Endireitei o corpo e me dirigi ao juiz.

— Excelência, a defesa gostaria de agradecer e liberar o jurado número dez dessa vez.

Enquanto o juiz dispensava o redator técnico e convocava um novo jurado para preencher a cadeira número dez, sentei e me virei para Elliot.

— Walter, nunca mais me agarra desse jeito na frente do júri. Faz você parecer um babaca e já vou ter muito problema pra convencer eles de que você não é um assassino.

Dei-lhe as costas e observei enquanto o mais recente e provavelmente último jurado se encaminhava à bancada do júri.

PARTE QUATRO
FILÉ DE LINGUARUDO

Na pele do morto

Advogado assume principal caso de colega assassinado;
O julgamento da década

POR JACK McEVOY, *da redação do* Times

A dificuldade não estava em nenhum dos 31 casos que caíram em seu colo. O problema era o maior deles, com o maior cliente e os maiores riscos envolvidos. O advogado de defesa Michael Haller vestiu a pele do colega Jerry Vincent, assassinado há duas semanas, e agora ocupa um papel central no Julgamento da Década, como vem sendo chamado.

Está programado para começar hoje o julgamento de Walter Elliot, 54 anos, presidente dos Archway Studios, acusado de assassinar a esposa e seu suposto amante há seis meses em Malibu. Haller assumiu o caso depois que Vincent, 45, foi encontrado baleado em seu carro no centro de Los Angeles.

Vincent havia tomado as providências legais que permitiram a Haller encarregar-se de seus clientes na eventualidade de sua morte. Haller, que vinha chegando ao fim de um ano afastado do exercício da profissão, foi dormir à noite sem nenhum caso e acordou no dia seguinte com 31 novos processos nas mãos.

"Eu estava animado para voltar a trabalhar, mas não esperava nada parecido", disse Haller, 42, filho do falecido Michael Haller Sr., conhecido advogado de defesa em Los Angeles nas décadas de 50 e 60. "Jerry Vincent foi meu amigo e colega, e é claro que eu preferiria não ter caso nenhum se isso pudesse trazê-lo de volta."

A investigação sobre o assassinato de Vincent prossegue. Ninguém foi preso e os detetives dizem não haver suspeitos. Ele levou dois tiros na cabeça quando estava em seu carro na garagem anexa ao prédio onde ficava seu escritório, no bloco 200 da Broadway.

Após a morte de Vincent, toda a carteira de clientes do advogado falecido foi entregue nas mãos de Haller. Seu trabalho era cooperar com os investigadores respeitando os limites da prerrogativa de sigilo advogado-cliente, inventariar os casos e entrar em contato com todos os clientes ativos. De imediato, uma surpresa. Um dos clientes de Vincent estava agendado para comparecer ao tribunal um dia após o crime.

"Minha equipe e eu mal havíamos começado a organizar todos os casos quando vimos que Jerry — e agora eu, é claro — tinha uma audiência de sentença com um cliente", disse Haller. "Tive de largar tudo, correr para o Fórum Criminal e fazer meu papel."

Com esse era menos um, mas ainda restavam 30 casos em aberto para rever. Cada cliente da lista precisava ser rapidamente contatado e informado sobre a morte de Vincent e sobre a opção de contratar um novo advogado ou seguir em frente tendo Haller como representante.

Alguns clientes decidiram trocar de advogado, mas a grande maioria permaneceu com Haller. Sem a menor dúvida, o maior de todos é o do "Assassinato em Malibu". Esse caso tem atraído ampla atenção do público. Partes do julgamento estão programadas para serem transmitidas ao vivo em rede nacional pela Court TV. Dominick Dunne, o principal cronista de justiça e crimes da *Vanity Fair*, está entre os membros da mídia que requisitaram lugares no tribunal.

O caso ficou nas mãos de Haller com uma importante condição. Elliot concordaria em mantê-lo como seu advogado apenas se Haller concordasse em não adiar a data do julgamento.

"Walter é inocente e insistiu em sua inocência desde o primeiro dia", contou Haller ao *Times* na primeira entrevista que concedeu desde que assumiu o caso. "Houve adiamentos no início do processo e ele vem aguardando há seis meses o momento de ir a tribunal e a oportunidade de limpar seu nome. Não estava interessado em mais um adiamento e nisso concordo com ele. Se você é inocente, pra que esperar? Trabalhamos quase dia e noite para nos prepararmos e acho que estamos prontos."

E aprontar tudo não foi fácil. Seja quem for que matou Vincent também roubou sua maleta do carro. Ela continha o laptop de Vincent e sua agenda.

"Reconstruir a agenda não foi tão difícil, mas o laptop foi uma tremenda perda", disse Haller. "Era realmente o ponto de armazenagem central, com informações e a estratégia do caso. Os arquivos físicos que encontramos no escritório não estavam completos. Precisamos do laptop, e no início achei que estivesse num beco sem saída."

Mas então Haller encontrou algo que o assassino não levara. Vincent carregava um backup de seu computador em um pen drive preso em seu chaveiro. Vasculhando os megabytes de dados, Haller começou a juntar as peças da estratégia para o julgamento de Elliot. A seleção do júri começou na semana passada e, com a convocação das testemunhas tendo início hoje, ele disse que estará inteiramente preparado.

"Creio que o sr. Elliot não sofrerá qualquer revés em sua defesa", disse Haller. "Estamos a postos e prontos para começar."

Elliot não retornou as ligações para comentar a história e tem evitado entrar em contato com a mídia, a não ser por uma única coletiva de imprensa após sua prisão, em que negou veementemente o envolvimento no crime e lamentou a perda de sua esposa.

Promotores e investigadores ligados ao Ministério Público de Los Angeles disseram que Elliot matou a esposa, Mitzi, 39, e Johan Rilz, 35, em um acesso de fúria após encontrá-los em uma casa de veraneio de propriedade do casal, na praia de Malibu. Elliot ligou para a polícia local e foi detido logo após a investigação da cena do crime. Embora a arma do assassinato não tenha sido encontrada, exames forenses determinaram que Elliot disparara uma arma recentemente. Os investigadores também afirmam que ele deu declarações contraditórias quando interrogado inicialmente na cena do crime e posteriormente. Outras evidências contra o magnata do cinema podem ser reveladas no julgamento.

Elliot aguarda em liberdade graças a uma fiança de 20 milhões, a maior quantia já registrada para um suspeito de crime na história de Los Angeles.

Especialistas em direito e observadores de tribunais dizem ser esperado que a defesa ataque a forma como a evidência foi trabalhada na investigação e os procedimentos de testes que determinaram que Elliot havia disparado uma arma.

O promotor público Jeffrey Golantz, que está cuidando do processo, recusou-se a fazer comentários. Golantz nunca perdeu um caso como promotor, e esse será seu décimo primeiro caso de homicídio.

36

O júri apareceu em fila indiana como os Lakers entrando na quadra de basquete. Não estavam todos usando o mesmo uniforme, mas uma mesma sensação de expectativa pairava no ar. O jogo estava prestes a começar. Eles se dividiram em dois grupos e entraram nas duas fileiras da bancada. Carregavam blocos de anotações e canetas. Sentaram nas mesmas cadeiras em que haviam ficado na sexta, quando o júri foi escolhido, e fizeram o juramento.

Eram quase dez horas de segunda-feira e a sessão teria início um pouco depois do programado. Isso porque mais cedo o juiz convocara os advogados e o réu em seu gabinete por quase quarenta minutos, onde repassou de última hora as regras básicas de procedimento no tribunal e aproveitou para me lançar o olhar de condenação e expressar seu desagrado com a matéria que saíra publicada na primeira página do *Los Angeles Times* daquele dia. Sua principal preocupação era que o artigo pendia pesadamente pela defesa e me pintava simpaticamente como o lado mais fraco. Embora na sexta à tarde houvesse advertido o novo júri a não ler nem ver qualquer notícia sobre o caso ou o julgamento, o juiz ficou preocupado com o possível vazamento do artigo.

Em minha defesa, disse ao juiz que havia concedido a entrevista dez dias antes para uma matéria que, segundo me explicaram, sairia pelo menos a uma semana do início do julgamento. Golantz deu um sorrisinho e disse que minha explicação sugeria que antes eu estava tentando influenciar a seleção do júri concedendo a entrevista, mas agora, em vez disso, estava contaminando o julgamento. Retruquei lembrando que a matéria claramente dizia ter procurado a promotoria, mas que eles se recusaram a dar qualquer declaração. Se a matéria era parcial, o motivo era esse.

Stanton, meio a contragosto, pareceu aceitar minha versão das coisas, mas nos advertiu sobre conversar com a imprensa. Percebi então que eu teria de cancelar meu compromisso com a Court TV de fazer comentários ao final de cada sessão diária de julgamento. A publicidade teria sido boa para mim, mas eu não queria me indispor com o juiz.

Prosseguimos para tratar de outras coisas. Stanton tinha grande interesse em economizar tempo com o julgamento. Como qualquer juiz, queria acelerar o andamento do processo. Ele estava lotado de casos, e um julgamento longo só iria atrasar ainda mais sua programação. Ele queria saber quanto tempo cada lado esperava gastar na apresentação do caso. Golantz disse que precisaria de no mínimo uma semana e eu disse o mesmo, embora na realidade soubesse que provavelmente levaria muito menos tempo. A maior parte do caso pelo lado da defesa seria construída, ou pelo menos aperfeiçoada, durante a fase da promotoria.

Stanton franziu o rosto com essas estimativas e sugeriu que tanto a defesa como a promotoria considerassem seriamente a agilização do processo. Afirmou querer levar o caso ao júri enquanto a atenção deles continuasse focada.

Observei os jurados conforme sentavam em seus lugares e procurei por sinais que denunciassem alguma propensão ou qualquer coisa assim. Eu continuava satisfeito com o júri, sobretudo o número três, o advogado. Alguns dos demais eram duvidosos, mas eu decidira durante o fim de semana que iria fazer o advogado acreditar em meu caso e trazê-lo para meu lado, na esperança de que conduzisse os outros junto com ele quando fosse votar pela absolvição.

Os jurados olhavam uns para os outros ou então erguiam o olhar para o juiz, o poderoso chefão do tribunal. Até onde pude perceber, nenhum jurado fitou nem mesmo de relance a mesa da promotoria ou da defesa.

Virei para examinar a plateia. O tribunal mais uma vez estava abarrotado de gente da mídia e do público em geral, além de familiares dos envolvidos.

Logo atrás da mesa da promotoria sentava-se a mãe de Mitzi Elliot, vinda de Nova York. A seu lado, o pai de Johan Rilz e dois irmãos dele que haviam viajado de Berlim. Notei que Golantz posicionara a mãe, de luto, na ponta da coxia, onde ela e sua constante torrente de lágrimas ficariam plenamente visíveis para o júri.

A defesa tinha cinco lugares reservados na primeira fileira atrás de mim. Sentados ali estavam Lorna, Cisco, Patrick e Julie Favreau — esta última perto de mim, porque eu a contratara para acompanhar o julgamento e observar o júri. Não dava para ficar de olho nos jurados o tempo todo e às vezes eles se entregavam quando achavam que nenhum advogado estava vendo.

O quinto lugar vago fora reservado para minha filha. Eu havia esperado que no fim de semana conseguisse convencer minha ex-esposa a deixar que Hayley faltasse à escola para ir comigo ao tribunal. Ela nunca me vira trabalhando antes e achei que os depoimentos de abertura seriam uma hora perfeita. Estava bastante confiante em meu caso. Eu me sentia invulnerável e queria que minha filha visse o pai dela nesse estado de espírito. Minha ideia era que sentasse com Lorna, que já conhecia e de quem gostava, e me visse em ação diante do júri. Em meu argumento cheguei até a citar a frase de Mark Twain sobre tirá-la da escola para que pudesse aprender alguma coisa. Mas aquele no fim das contas era um caso em que não tinha como eu levar a melhor. Minha ex-esposa se recusou a permitir. Minha filha foi para a escola e o lugar reservado ficou vazio.

Walter Elliot não tinha ninguém na plateia. Ele não tinha filhos e nenhum parente próximo. Nina Albrecht me perguntara se teria permissão de sentar na plateia para dar seu apoio, mas como estava listada tanto na relação de testemunhas da promotoria como da defesa, não podia assistir ao julgamento enquanto seu depoimento não terminasse. No mais, não havia ninguém pelo lado do meu cliente. E o plano era esse mesmo. Ele tinha um bando de amigos, simpatizantes e puxa-sacos que desejariam estar presentes. Havia até alguns atores muito famosos dispostos a comparecer para mostrar o seu apoio. Mas eu lhe disse que a presença de uma comitiva hollywoodiana ou de seus advogados corporativos transmitiria uma mensagem e uma imagem erradas ao júri. Tudo que a gente faz é pro júri, disse a ele. Cada gesto — da escolha da gravata que usamos às testemunhas que a gente leva para o banco — é feito para o júri. Nosso júri anônimo.

Depois que os jurados tomaram seus lugares e ficaram à vontade, o juiz Stanton decretou aberta a sessão e deu início aos trabalhos perguntando se algum dos jurados havia visto a matéria no *Times* daquela manhã. Ninguém ergueu a mão e Stanton respondeu com mais um lembrete de que não deveriam ler reportagens nem assistir a noticiários sobre o julgamento na mídia.

Depois disse aos jurados que o julgamento começaria com uma apresentação inicial feita pelos dois advogados.

— Senhoras e senhores, lembrem-se — disse —, o que vão ouvir são alegações formais. Não evidências. Cabe à defesa e à promotoria apresentar as provas para sustentar suas alegações. E serão os senhores, ao final do julgamento, que decidirão se o fizeram satisfatoriamente.

Com isso, gesticulou para Golantz e disse que o estado seria o primeiro. Como decidido em uma audiência preliminar, cada lado teria uma hora para a apresentação inicial. Quanto a Golantz eu não poderia dizer, mas eu não chegaria nem perto disso.

Bem-apessoado e provocando forte impressão com seu terno preto, camisa branca e gravata bordô, Golantz ficou de pé e, da mesa da promotoria, dirigiu seu discurso ao júri. Para o julgamento levara uma assistente, uma advogada jovem e atraente chamada Denise Dabney. Ela sentava a seu lado e ficou de olho no júri o tempo todo em que ele falou. Era um modo de trabalhar em equipe, dois pares de olhos examinando constantemente o rosto dos jurados, transmitindo em dobro a gravidade e a importância de seu papel na conclusão do caso.

Após se apresentar e apresentar a segunda advogada, Golantz foi ao ponto.

— Senhoras e senhores do júri, estamos aqui hoje devido à ganância e à raiva irrefreáveis. Pura e simplesmente. O réu, Walter Elliot, é um homem de grande poder, dinheiro e posição em nossa comunidade. Mas isso não lhe bastou. Ele não queria dividir esse dinheiro e esse poder. Não quis dar a outra face diante da traição. Em vez disso, reagiu do modo mais extremo possível. Tirou não só uma vida, mas duas. Em um momento de fúria e humilhação, puxou a arma e matou sua esposa, Mitzi Elliot, e Johan Rilz. Ele acreditava que seu dinheiro e seu poder o poriam acima da lei e o salvariam de uma punição por esses crimes abomináveis. Mas não vai ser assim. O estado irá lhes provar, acima de qualquer dúvida razoável, que Walter Elliot puxou o gatilho e é responsável pelas mortes de dois seres humanos inocentes.

Eu estava virado em minha cadeira, em parte para ocultar meu cliente da visão do júri e em parte para conseguir ver Golantz e as fileiras da plateia atrás dele. Antes que seu primeiro parágrafo terminasse, as lágrimas rolavam pelo rosto da mãe de Mitzi Elliot, e isso era algo que eu teria de tratar com o juiz longe dos ouvidos do júri. Aquele teatro todo era prejudicial e eu pediria ao juiz para mudar a mãe da vítima para um lugar que fosse um ponto menos focal para o júri.

Olhei mais além da mulher e vi as carrancas severas dos homens vindos da Alemanha. Eu estava muito interessado neles e em saber como iam parecer aos olhos do júri. Queria ver como lidavam com a emoção e o ambiente de um tribunal americano. Queria ver até que ponto podiam parecer ameaçadores. Quanto mais sombrios e intimidadores, melhor funcionaria a estratégia da defesa quando eu focasse em Johan Rilz. Olhando para eles agora, eu sabia que estava começando com o pé direito. Eles pareciam raivosos e maus.

Golantz expôs seu caso diante dos jurados, contando-lhes o que apresentaria em termos de testemunhas e provas e qual acreditava ser o seu significado. Não houve surpresas. Em certo momento, recebi uma mensagem de Favreau, que li sob a mesa.

Favreau: Eles tão engolindo tudo isso. É bom caprichar.

Ótimo, pensei. Me diz uma coisa que eu não sei.

Existia sempre uma vantagem injusta para a promotoria em todo julgamento. O estado conta com o poder e a autoridade do seu lado. Isso vem com uma pressuposição de honestidade, integridade e justiça. Um pressuposto incutido na mente de cada jurado e dos demais presentes de que o motivo para estarem ali é de que onde há fumaça, há fogo.

É esse pressuposto que toda defesa tem de superar. A pessoa sendo julgada deveria ser presumidamente inocente. Mas qualquer um que algum dia já pisou em uma sala de tribunal, seja como advogado, seja como réu, sabe que presunção de inocência é apenas outro conceito idealista que se aprende na escola de direito. Não havia a menor sombra de dúvida na minha cabeça ou na de qualquer outro ali de que eu começava o julgamento com um réu presumidamente culpado. Eu tinha de encontrar um jeito ou de provar que ele era inocente ou de provar que o estado era culpado de má conduta, despreparo ou corrupção na elaboração do caso.

Golantz gastou até o último minuto de sua hora designada, aparentemente sem ocultar nenhum segredo sobre seu caso. Ele demonstrou a típica arrogância de promotoria; pôs todas as cartas na mesa e a defesa que ousasse contradizê-lo. O promotor é sempre o gorila de trezentos quilos, tão forte e tão grande que não precisa se preocupar com sutilezas. Ele pinta seu cenário com uma brocha, não um pincel, e pendura o quadro na parede usando uma marreta e um prego gigante.

O juiz nos dissera na sessão preliminar que deveríamos permanecer em nossas mesas ou usar o atril situado entre as duas ao nos dirigir às testemunhas durante os depoimentos. Mas a apresentação inicial e a argumentação de encerramento eram uma exceção a essa regra. Ao longo desses dois momentos-chave do julgamento, éramos livres para usar o espaço diante da bancada do júri — um lugar que os advogados de defesa veteranos chamavam de "campo de provas", pois era o único momento durante um julgamento em que os advogados falavam diretamente para o júri e cada um demonstrava ou não seu ponto de vista.

Golantz finalmente passou da mesa da promotoria para o campo de provas quando chegou o momento de seu *grand finale*. Ele parou bem na frente da bancada a uma certa distância e ficou com os braços abertos, como um pregador se dirigindo ao rebanho.

— Meu tempo acabou, amigos — ele disse. — Assim, ao encerrar, insisto que escutem com todo o cuidado a exposição das evidências e as testemunhas. O bom senso os guiará. Peço que não se deixem confundir ou desviar pelos obstáculos à justiça que a defesa porá diante de vocês. Não tirem os olhos do caminho. Lembrem-se: duas pessoas tiveram suas vidas roubadas. O futuro delas lhes foi arrancado. É por isso que estamos aqui hoje. Por elas. Muito obrigado.

A velha abertura não-tirem-os-olhos-do-caminho. Essa vinha andando pelos tribunais desde que eu era da defensoria pública. Mesmo assim, foi um começo sólido para Golantz. Ele não ia ganhar nenhum troféu de orador do ano com aquilo, mas dissera a que viera. Ele também se dirigira aos jurados como "amigos" pelo menos quatro vezes, segundo minhas contas, e essa era uma palavra que eu nunca usaria com um júri.

Favreau me enviara mensagens mais duas vezes durante a última meia hora da exposição, informando-me sobre a diminuição de interesse do júri. Podia ser que estivessem engolindo tudo no começo, mas agora ao que parecia já estavam cheios. Às vezes, é melhor não se estender demais. Golantz se arrastara por quinze assaltos completos como um peso-pesado. Eu ia ser o meio-médio. Meu negócio eram diretos curtos e ligeiros. Queria entrar e sair rapidamente, marcar alguns pontos, plantar umas sementes e questionar algumas coisas. Ia fazer com que gostassem de mim. Isso era o principal. Se gostassem de mim, iam gostar do meu caso.

Assim que o juiz fez um sinal de cabeça na minha direção, me levantei e na mesma hora fui para o campo de provas. Não queria nada se interpondo entre mim e o júri. Também estava ciente de que isso me deixava bem na frente e no foco da câmera da Court tv montada na parede acima da bancada.

Encarei o júri sem fazer nenhum gesto físico, exceto um leve balançar de cabeça.

— Senhoras e senhores, sei que o juiz já me apresentou, mas gostaria de me apresentar pessoalmente, bem como meu cliente. Sou Michael Haller, advogado representando Walter Elliot, que os senhores veem ali sentado atrás da mesa.

Apontei para Elliot e, conforme o combinado, ele acenou com a cabeça sombriamente, sem tentar qualquer tipo de sorriso, que pareceria uma tentativa de agradar tão falsa quanto chamar os jurados de amigos.

— Bom, não vou me estender demasiado por ora, pois quero chegar ao momento das testemunhas e das evidências — por mais escassas que sejam — e dar início ao caso. Chega de conversa. É hora de mostrar a verdade ou parar de falar. O doutor Golantz pintou um quadro grande e complicado diante dos senhores. Levou uma hora inteira para terminar. Mas estou aqui para dizer que esse caso não é tão complicado assim. O caso montado pela promotoria nada mais é que um labirinto de propagandas enganosas e efeitos especiais. E quando soprarmos toda a fumaça e tivermos percorrido o labirinto até o fim, vamos enxergar isso. Os senhores irão descobrir que não há fogo, que não existe caso nenhum contra Walter Elliot. Que há mais do que dúvida razoável aqui, que é uma afronta que esse caso contra Walter Elliot tenha sido sequer apresentado, para começo de conversa.

Mais uma vez me virei e apontei para meu cliente. Ele sentava com os olhos voltados para baixo, fixos no bloco onde fazia anotações — mais uma vez, como previamente combinado, apresentei meu cliente como um homem ocupado, ativamente envolvido em sua própria defesa, de queixo erguido e nem um pouco preocupado com as coisas terríveis que a promotoria acabara de dizer a seu respeito. Ele estava do lado dos justos, e a força estava com os justos.

Virei para o júri e continuei.

— Contei seis vezes que o doutor Golantz mencionou a palavra "arma" em sua apresentação inicial. Seis vezes ele disse que Walter pegou uma arma e atirou na mulher que amava, e em uma segunda pessoa inocente. Seis vezes. Mas o que ele não disse seis vezes é que não existe arma nenhuma. Ele não tem uma arma. O Ministério Público não tem uma arma. Eles não têm arma alguma e nenhuma ligação entre Walter e uma arma porque ele nunca possuiu nem nunca esteve de posse da tal arma.

"O doutor Golantz lhes disse que irá apresentar uma prova indiscutível de que Walter disparou uma arma, mas deixe-me alertá-los para que fiquem com um pé atrás. Guardem essa promessa no bolso da calça e vamos ver ao final desse julgamento se a assim chamada prova é de fato indiscutível. Vamos ver se ela ao menos se aguenta de pé."

Enquanto falava, meus olhos iam e vinham pelos rostos dos jurados como os holofotes varrendo o céu noturno de Hollywood. Eu permanecia em constante movimento, embora com modos calmos. Sentia certo ritmo em meus pensamentos e uma cadência, e instintivamente percebi que estava ganhando o júri. Cada um deles acompanhava meu raciocínio.

— Sei que em nossa sociedade queremos que os oficiais civis sejam profissionais íntegros e ajam da melhor forma possível. Vemos os crimes nos noticiários e nas ruas e sabemos que esses oficiais, homens e mulheres, são a tênue linha entre a ordem e o caos. Ou seja, quero isso tanto quanto os senhores. Eu mesmo já fui vítima de um crime violento. Sei como é. E queremos que nossos policiais apareçam na hora certa e sejam os heróis. Afinal, é para isso que estão aí.

Parei e esquadrinhei a bancada do júri inteira, detendo-me em cada par de olhos por um breve momento antes de continuar.

— Mas não foi isso que aconteceu aqui. As provas — e estou falando sobre as provas e testemunhas da própria promotoria — vão mostrar que desde o início os investigadores se concentraram em um único suspeito, Walter Elliot. As provas vão mostrar que, uma vez que Walter se tornou o foco da atenção, a investigação foi dada como concluída. Todos os demais caminhos abertos a uma investigação foram interrompidos ou nem sequer percorridos. Tinham um suspeito e acreditavam ter um motivo, e nunca olharam para trás. Nunca olharam para mais ninguém, tampouco.

Pela primeira vez, saí de onde estava. Dei um passo para a frente, junto ao parapeito diante do jurado número um. Caminhei lentamente ao longo da bancada, deslizando a mão sobre a madeira.

— Senhoras e senhores, esse caso diz respeito à estreiteza de visão. O foco recai sobre um suspeito e a absoluta falta de foco em tudo mais. E prometo aos senhores que, ao deixar esse túnel por onde a promotoria quer que enxerguem o caso, vão sair olhando uns para os outros e piscando para se acostumar à luz brilhante. E vão estar se perguntando: para onde cargas-d'água foi o caso deles? Muito obrigado.

Tirei minha mão da bancada e me dirigi à cadeira. Antes que me sentasse, o juiz chamou o recesso para o almoço.

37

Mais uma vez meu cliente evitou o almoço comigo para poder voltar ao estúdio, cuidar dos seus negócios e se encontrar com os executivos como se nada estivesse acontecendo. Eu começava a pensar que encarava o julgamento como um irritante inconveniente em sua agenda. Ou ele estava mais confiante do que eu no caso da defesa, ou o julgamento simplesmente não era uma prioridade.

Qualquer que fosse o motivo, isso me deixava com meu pessoal da primeira fileira. Fomos para o Traxx, na Union Station, porque eu achava suficientemente longe do tribunal para evitar acabar no mesmo lugar que um dos jurados. Patrick dirigiu e eu lhe disse que desse o Lincoln nas mãos do manobrista e se juntasse a nós, assim ele se sentiria parte da equipe.

Indicaram-nos uma mesa em uma tranquila área reservada junto a uma janela com vista para a sala de espera imensa e deslumbrante da estação de trem. Lorna cuidara do arranjo dos lugares e fiquei ao lado de Julie Favreau. Desde que se envolvera com Cisco, ela decidira que eu precisava estar com alguém e se determinara a bancar a casamenteira. Esse tipo de empenho vindo de uma ex-esposa — uma ex de quem eu ainda gostava em muitos níveis — era decididamente desconfortável e foi constrangedor quando Lorna apontou abertamente para a cadeira ao lado de minha consultora de júri. Eu estava em pleno julgamento, e a possibilidade de um romance era a última coisa que me passaria pela cabeça. Além do mais, eu me sentia incapaz de um relacionamento. O vício desenvolvera em mim um distanciamento emocional das pessoas e das coisas que só agora eu começava a superar. Assim, eu determinara como minha prioridade restabelecer o contato com minha filha. Depois disso, ia me preocupar em encontrar alguma mulher com quem pudesse passar um tempo junto.

    Romances à parte, Julie Favreau era uma maravilhosa parceira de trabalho. Uma mulher pequena e atraente com traços delicados e cabelos negros emoldurando seu rosto em cachos. Um punhado de sardas juvenis no nariz a fazia parecer mais jovem do que era. Eu sabia que estava com trinta e três anos. Ela me contara sua vida, certa vez. Viera de Londres para Los Angeles a fim de atuar no cinema e estudara com um professor que acreditava que os pensamentos pessoais podiam ser externalizados em sinais faciais, tiques e posturas do corpo. Era seu trabalho como atriz fazer aflorar esses indicadores sem torná-los óbvios. Os exercícios dos alunos consistiam em observar, identificar e interpretar esses traços denunciadores nos outros. Suas habilidades a levavam a qualquer lugar, desde as mesas de pôquer no sul de Los Angeles, onde aprendia a ler o rosto de pessoas que tentavam não se entregar, até as salas de tribunal do fórum, onde havia sempre uma variedade de rostos e sinais denunciadores para ler.

    Depois de observá-la na plateia por três dias seguidos, em um julgamento em que eu defendia um homem acusado de uma série de estupros, aproximei-me dela e perguntei quem era. Imaginando que diria ser uma vítima previamente desconhecida do réu na mesa da defesa, fiquei surpreso em descobrir sua história e saber que estava ali apenas para praticar a leitura de rostos. Convidei-a para almoçar, peguei seu telefone e na ocasião seguinte em que me vi diante de um júri, contratei-a para me ajudar. Ela havia se mostrado de uma precisão cirúrgica em suas observações, e usei seus serviços muitas vezes desde então.

— Então — eu disse, conforme abria um guardanapo preto em meu colo. — Como meu júri está se saindo?

    Achei que fosse óbvio que a questão se dirigisse para Julie, mas Patrick falou primeiro.

— Acho que eles querem linchar seu cara — ele disse. — Devem estar achando ele um rico metido que acha que pode se safar de um assassinato.

    Balancei a cabeça. Sua opinião provavelmente não estava muito longe da verdade.

— Bom, obrigado pelas palavras de encorajamento — eu disse. — Pode deixar que vou dizer ao Walter pra ser menos metido e menos rico daqui pra frente.

    Patrick baixou os olhos para a mesa, parecendo sem graça.

— Só disse por dizer, só isso.

— Não, Patrick, gostei do que disse. Toda opinião é válida e conta. Mas tem coisa que não dá pra mudar. Meu cliente é mais rico do que qualquer um de nós consegue imaginar e isso dá pra ele um certo estilo e uma certa imagem. Uma aparência meio desagradável que não sei se tem jeito de melhorar. Julie, o que você está achando do júri até agora?

Antes que pudesse responder, o garçom veio e anotou nossas bebidas. Pedi água com limão, enquanto os outros quiseram Ice Tea, e Lorna pediu uma taça de Mad Housewife Chardonnay. Olhei para a cara dela e ela protestou na mesma hora.

— O que foi? Eu não estou trabalhando. Estou só assistindo. Além disso, é dia de comemoração. Você está num tribunal outra vez e a gente voltou à ativa.

Concordei, meio a contragosto.

— Falando nisso, preciso que você vá ao banco.

Puxei um envelope do bolso do meu paletó e passei através da mesa para ela. Ela sorriu, porque sabia o que havia dentro: um cheque de Elliot de 150 mil dólares, o restante dos honorários combinados por meus serviços.

Lorna guardou o envelope e voltei minha atenção outra vez para Julie.

— Então, o que você viu?

— Acho que é um bom júri — disse. — De um modo geral, vi franqueza no rosto deles. Estão dispostos a ouvir seu caso. Pelo menos por enquanto. Todo mundo sabe que existe a predisposição a acreditar na promotoria, mas eles não fecharam as portas pra nada.

— Viu alguma mudança desde a conversa de sexta-feira? Ainda acha que é melhor se concentrar no número três?

— Quem é o número três? — perguntou Lorna antes que Julie pudesse responder.

— Uma pisada na bola de Golantz. O três é um advogado e a promotoria nunca devia ter deixado ele ali no júri.

— Ainda acho que é bom dar uma atenção especial a ele — disse Julie. — Mas tem outros. Gosto do onze e do doze, também. Os dois aposentados sentados um do lado do outro. Tenho a sensação de que vão se unir e trabalhar quase em equipe quando chegar a hora de deliberar. Ganha um que você ganha os dois.

Eu adorava seu sotaque britânico. Nem um pouco classe alta. Tinha uma entonação moderna das ruas que emprestava solidez a tudo que dizia. Ela não conseguira grande sucesso como atriz até então, e certa vez me contara que fizera uma série de testes para filmes de época que exigiam um sotaque inglês aristocrático que não conseguia imitar de jeito nenhum. Ganhava a vida principalmente com as mesas de pôquer, onde agora jogava a dinheiro, e com a leitura de júri que fazia para mim e o pequeno grupo de advogados para quem eu a apresentara.

— E o jurado número sete? — perguntei. — Durante a seleção o cara arregalava um olho desse tamanho. Agora nem olha mais.

Julie balançou a cabeça.

— Você percebeu. O contato olho no olho mudou completamente. Parece que mudou alguma coisa de sexta pra hoje. Agora eu diria que é um sinal de que ele passou pro lado da promotoria. Da mesma forma que você vai se concentrar no número três, pode ter certeza de que o Senhor Invicto vai tentar o número sete.

— É isso que dá ouvir cliente — sussurrei, mais para mim mesmo.

Pedimos o almoço e dissemos ao garçom que fosse rápido, pois tínhamos de voltar ao tribunal. Enquanto esperávamos, perguntei a Cisco sobre nossas testemunhas e ele disse que estava tudo certo. Eu então lhe pedi que esperasse um pouco depois da sessão e visse se poderia seguir os alemães quando saíssem do tribunal, até eles chegarem ao hotel. Queria saber onde estavam se hospedando. Só por precaução. Antes do fim do julgamento, não iam ficar muito felizes comigo. É uma boa estratégia saber onde estão seus inimigos.

Eu comera metade de minha salada de frango quando dei uma olhada através da janela para a sala de espera. Era uma grande mistura de estilos arquitetônicos, mas com predominância do clima art déco. Havia fileiras e mais fileiras de grandes poltronas de couro para os viajantes aguardarem e imensos candelabros pendendo do alto. Vi pessoas dormindo em suas poltronas e outros sentados sobre as malas, com os pertences reunidos em torno.

E foi então que avistei Bosch. Estava sentado sozinho na terceira fileira a partir da minha janela. Usando os fones de ouvido. Nossos olhares se cruzaram por um momento e então ele desviou o rosto. Baixei o garfo e enfiei a mão no bolso para tirar o dinheiro. Não fazia ideia de quanto custava cada taça de Mad Housewife mas Lorna estava na segunda. Depositei cinco notas de vinte na mesa e disse aos outros para terminar de comer enquanto eu saía para dar um telefonema.

Deixei o restaurante e liguei para o celular de Bosch. Ele tirou os fones e atendeu conforme me aproximei da terceira fileira de poltronas.

— O que foi? — disse, a título de cumprimento.

— Frank Morgan outra vez?

— Na verdade é Ron Carter. Por que me ligou?

— O que achou da matéria?

Sentei na poltrona vaga diante dele e olhei-o de relance, mas agi como se conversasse com alguém distante de mim.

— Isso é meio idiota — disse Bosch.

— Bom, eu não sabia se você queria permanecer anônimo ou...
— Desliga logo.
Fechamos os telefones e olhamos um para o outro.
— Bom? — perguntei. — A jogada funcionou?
— Só vamos saber quando acontecer.
— O que quer dizer?
— A matéria saiu. Acho que serviu pro que a gente queria. Agora é pagar pra ver. Se alguma coisa acontecer, então sim, a jogada funcionou. A gente só vai saber quando a bola já estiver rolando.
Balancei a cabeça, ainda que aquilo tudo não fizesse sentido para mim.
— Quem é a mulher de preto? — ele perguntou. — Você não me contou que tinha uma namorada. Acho que a gente devia pôr ela sob proteção, também.
— É minha leitora de júri, só isso.
— Ah, ela ajuda você a identificar os caras que odeiam a polícia e os que são contra o sistema?
— Algo nessa linha. Só tem você aqui? Você está me vigiando sozinho?
— Sabe, eu tive uma namorada. Ela sempre fazia perguntas aos montes. Nunca uma de cada vez.
— Você alguma vez respondia às perguntas dela? Ou simplesmente se esquivava com piadinhas, como agora?
— Não estou sozinho, doutor. Não se preocupe. Tem gente perto de você que você nunca vai ver. Eu tenho gente no seu escritório, você estando ou não estando lá.
E câmeras. Haviam sido instaladas dez dias antes, quando achávamos que a matéria do *Times* era iminente.
— É, ótimo, mas a gente não vai ficar lá por muito tempo.
— Percebi. Tão se mudando pra onde?
— Lugar nenhum. Eu trabalho no carro.
— Parece divertido.
Examinei-o por um momento. Ele havia sido sarcástico em seu tom, como sempre. Era um sujeito irritante, mas de algum modo conseguira fazer com que eu lhe confiasse minha própria segurança.
— Bom, preciso voltar pro tribunal. Tem alguma coisa que eu deva fazer? Alguma atitude em particular que eu deva tomar ou algum lugar pra ir?
— Só faz o que você faz sempre. Mas tem uma coisa. Ficar de olho em você quando está em movimento exige um monte de gente. Então, no fim do dia, quando chegar em casa à noite, me ligue pra eu poder dispensar algumas pessoas.
— Tá, mas ainda vai ter alguém vigiando, não é?

— Não esquenta. Você tem cobertura vinte e quatro horas, sete dias por semana. Ah, mais uma coisa.

— O que foi?

— Nunca mais se aproxima assim de mim.

Balancei a cabeça. Eu estava dispensado.

— Certo.

Fiquei de pé e olhei pelo restaurante. Dava para ver Lorna contando as notas de vinte que eu deixara e pondo sobre a conta. Parecia estar usando todas. Patrick havia saído da mesa e fora buscar o carro com o manobrista.

— Até mais, detetive — eu disse sem olhar para ele.

Ele não respondeu. Afastei-me e me juntei a todos quando saíam do restaurante.

— Aquele era o detetive Bosch ali com você? — perguntou Lorna.

— É, vi ele sentado lá.

— O que ele tava fazendo?

— Ele disse que gosta de vir aqui na hora do almoço, ficar sentado naquelas poltronas confortáveis pra pensar um pouco.

— Que coincidência ele estar aqui também.

Julie Favreau balançou a cabeça.

— Coincidência não existe.

38

Depois do almoço, Golantz começou a apresentar seu caso. Ele fez o que eu chamava de apresentação "conservadora". Começava bem do início — a ligação para 190 que trouxe o duplo homicídio a público — e prosseguia de forma linear a partir daí. A primeira testemunha era uma telefonista de emergências da central municipal de comunicações. Ela foi usada para apresentar as gravações com as ligações de Walter Elliot chamando o socorro. Eu havia tentado um requerimento preliminar para impedir a apresentação das duas gravações, argumentando que transcrições seriam mais claras e úteis para os jurados, mas o juiz decidira em favor da promotoria. Ele ordenou que Golantz providenciasse transcrições para os jurados, de modo que pudessem acompanhar o áudio quando as gravações fossem passadas no tribunal.

Eu tentava impedir a apresentação das gravações porque sabia que eram prejudiciais ao meu cliente. Elliot conversara calmamente com a atendente na primeira vez que ligou, relatando que sua esposa e outra pessoa haviam sido assassinadas. O comportamento sereno dava margem a uma interpretação de frieza calculada que eu não queria que o júri tivesse. A segunda gravação era ainda pior do ponto de vista da defesa. Elliot soava irritado e também dava a entender que conhecia e desprezava o homem que fora morto com sua esposa.

Gravação 1 — 13h05 — 5/2/07

Telefonista: 190. Qual é a emergência?
Walter Elliot: Eu... bem, eles parecem mortos. Acho que ninguém vai poder ajudar.
Telefonista: Desculpe, senhor. Com quem estou falando?
Walter Elliot: Aqui é Walter Elliot. Essa é minha casa.
Telefonista: Certo, senhor. E o senhor disse que tem alguém morto?
Walter Elliot: Encontrei minha esposa. Ela levou um tiro. E tem um homem aqui. Ele levou um tiro também.
Telefonista: Só um momento, senhor. Deixe-me registrar isso e mandar ajuda para o senhor.

—pausa—

Telefonista: Ok, senhor Elliot, os paramédicos e policiais estão a caminho.
Walter Elliot: É tarde demais pra isso. Os paramédicos, quero dizer.
Telefonista: Tenho que mandar de um jeito ou de outro, senhor. Disse que foram baleados? O senhor corre perigo?
Walter Elliot: Não sei. Acabei de chegar. Não fui eu. Estamos sendo gravados?
Telefonista: Estamos, senhor. Todas as conversas são gravadas. O senhor está na casa nesse momento?
Walter Elliot: Estou no quarto. Não fui eu.
Telefonista: Há mais alguém na casa além do senhor e das duas pessoas que levaram os tiros?
Walter Elliot: Acho que não.
Telefonista: Ok, quero que saia para que os policiais o vejam assim que estacionarem as viaturas. Fique onde consigam enxergar o senhor.
Walter Elliot: Ok, estou saindo.

—fim—

A segunda gravação envolvia uma telefonista diferente, mas não objetei a que Golantz a mostrasse. Afinal, eu saíra derrotado na grande argumentação que definia a importância de as gravações serem ou não apresentadas. Não havia sentido desperdiçar o tempo de tribunal fazendo o promotor trazer a segunda telefonista para testemunhar e apresentar a segunda gravação.

Essa foi feita do celular de Elliot. Ele estava do lado de fora, e um leve som de rebentação podia ser ouvido ao fundo.

Gravação 2 — 13h24 — 5/2/07

Telefonista: 190, qual é a emergência?
Walter Elliot: Olha, eu já liguei antes. Onde está o seu pessoal?
Telefonista: O senhor ligou para 190?
Walter Elliot: Liguei, minha esposa levou um tiro. O alemão também. Onde está todo mundo?
Telefonista: Essa ligação é a de Malibu, na Crescent Cove Road?
Walter Elliot: É, eu mesmo. Liguei faz pelo menos quinze minutos e ninguém apareceu.
Telefonista: Senhor, meu computador mostra que a hora prevista de chegada da equipe alfa é de menos de um minuto. Desligue o telefone e espere na frente da casa, para que vejam o senhor quando chegarem. Pode fazer isso, senhor?
Walter Elliot: Eu já estou do lado de fora.
Telefonista: Então espere bem aí, senhor.
Walter Elliot: Se você diz... Tchau.

—fim—

Elliot não só pareceu irritado na segunda ligação por causa da demora, como também pronunciou a palavra "alemão" quase com escárnio na voz. Não fazia a menor diferença se a culpa podia ou não ser captada em seu tom de voz. As gravações construíam a imagem de Walter Elliot como arrogante e acreditando estar acima da lei. Era um bom começo para Golantz.

Rejeitei interrogar a telefonista porque eu sabia que não traria nenhum benefício para a defesa. O próximo a se apresentar pela promotoria era o policial Brendan Murray, dirigindo o carro alfa que atendeu primeiro a ligação para 190. Em meia hora de depoimento, com detalhes minuciosos, Golantz conduziu o policial por sua chegada e descoberta dos corpos. Ele dedicou especial atenção às lembranças de Murray sobre o comportamento, a postura e as afirmações de Elliot. Segundo Murray, o acusado não demonstrou qualquer emoção ao guiá-los pela escada até o dormitório onde sua esposa jazia morta e nua sobre a cama. Ele passou calmamente por cima das pernas do homem morto junto à porta e apontou para o corpo na cama.

— Ele disse: "Aquela é minha esposa. Tenho certeza de que está morta" — testemunhou Murray.

Segundo Murray, Elliot também disse pelo menos três vezes que não havia matado as duas pessoas no quarto.

— Bom, isso é incomum? — perguntou Golantz.

— Bom, a gente não tem treinamento para se envolver em investigações de homicídio — disse Murray. — Não se espera isso da gente. Então não perguntei ao senhor Elliot se foi ele. Ele só ficava dizendo que não tinha sido ele.

Também não tinha perguntas para Murray. Ele estava em minha relação de testemunhas e eu poderia voltar a convocá-lo durante a fase da defesa, se necessário. Mas eu queria esperar pela testemunha seguinte da promotoria, Christopher Harber, que era parceiro de Murray e um novato no Ministério Público. Eu achava que se havia algum policial capaz de cometer um engano para ajudar a defesa, esse alguém seria ele.

O depoimento de Harber foi ainda mais curto que o de Murray e ele foi usado fundamentalmente para confirmar o testemunho do parceiro. Ouviu as mesmas coisas que Murray ouviu. Viu as mesmas coisas, também.

— Só algumas perguntas, Meritíssimo — eu disse quando Stanton perguntou se eu desejava interrogar a testemunha.

Embora Golantz houvesse conduzido sua inquirição do atril, eu permaneci na mesa da defesa para interrogar o policial. Era um estratagema. Eu queria que o júri, a testemunha e o promotor pensassem que eu estava simplesmente dando sequência aos procedimentos e fazendo um interrogatório *pro forma*. A verdade era que eu estava prestes a plantar o que seria uma questão-chave para a apresentação da defesa.

— Bem, policial Harber, o senhor é um novato, correto?

— Está correto.

— Já teve oportunidade de testemunhar em um tribunal antes?

— Não em um caso de assassinato.

— Certo, não fique nervoso. Apesar do que o doutor Golantz deve ter lhe dito, eu não mordo.

Houve um murmúrio contido de risadas na sala do tribunal. O rosto de Harber ficou um pouco rosado. Era um sujeito grandalhão com cabelo cor de areia cortado em estilo militar, do jeito que apreciavam no Ministério Público.

— Bom, quando o senhor e seu parceiro chegaram à casa de Elliot, o senhor disse que viu meu cliente parado na frente da rotatória. Isso está correto?

— Correto.

— Ok, o que ele estava fazendo?

— Estava só parado ali. Haviam lhe dito que esperasse ali por nós.

— Ok, bem, o que o senhor sabia sobre a situação quando o carro alfa estacionou?

— Só sabíamos o que a central nos dissera. Que um homem chamado Walter Elliot tinha ligado da casa e dito que tinha duas pessoas mortas ali dentro. Elas tinham levado um tiro.

— Alguma vez recebeu uma ligação dessas?

— Não.

— O senhor ficou assustado, nervoso, aturdido, o quê?

— Eu diria que a adrenalina subiu, mas eu fiquei bem calmo.

— O senhor puxou a arma quando desceu do carro?

— Sim, puxei.

— O senhor apontou para o senhor Elliot?

— Não, eu carreguei do lado.

— Seu parceiro puxou a arma?

— Acho que sim.

— Ele apontou para o senhor Elliot?

Harber hesitou. Sempre acho ótimo quando uma testemunha da promotoria hesita.

— Não lembro. Não estava olhando para ele, na verdade. Estava olhando para o acusado.

Balancei a cabeça, indicando que fazia sentido para mim.

— O senhor tinha que cuidar da sua segurança, correto? Não conhecia aquele homem. Só sabia que supostamente havia duas pessoas mortas ali dentro.

— Isso mesmo.

— Então estaria correto dizer que o senhor se aproximou do senhor Elliot com cautela?

— Isso mesmo.

— Quando o senhor guardou a arma?

— Foi depois de dar a busca e garantir a segurança do local.

— Quer dizer, depois que entraram e confirmaram as mortes e que não havia mais ninguém ali dentro?

— Correto.

— Ok, então, enquanto faziam isso, o senhor Elliot permaneceu junto com vocês o tempo todo?

— É, a gente precisava levar ele junto pra mostrar onde estavam os corpos.

— Nesse momento ele estava sob voz de prisão?

— Não, não estava. Ele se ofereceu pra mostrar.

— Mas o senhor o algemou, não foi?

A segunda hesitação de Harber se seguiu à pergunta. Ele estava em território desconhecido e provavelmente tentando lembrar o texto que ensaiara com Golantz ou com sua jovem assistente.

— Ele concordou de boa vontade em ser algemado. A gente explicou que não estava prendendo ele, mas que a situação dentro da casa era instável e que seria melhor pra segurança dele e a nossa se a gente pudesse algemá-lo até ter terminado de checar o lugar.

— E ele concordou.

— É, ele concordou.

Em meu campo de visão periférico vi Elliot abanando a cabeça. Esperava que o júri também tivesse visto.

— Onde algemaram as mãos dele, nas costas ou na frente?

— Nas costas, de acordo com o procedimento padrão. A gente não pode algemar o elemento pela frente.

— Elemento? O que isso quer dizer?

— Um elemento pode ser qualquer um envolvido numa investigação.

— Alguém que está detido?

— Inclusive isso, também. Mas o senhor Elliot não estava sendo detido.

— Sei que o senhor é novo no trabalho, mas quantas vezes algemou alguém sem ter dado voz de prisão?

— Aconteceu algumas vezes. Mas não lembro quantas.

Balancei a cabeça, mas esperava que ficasse bem claro que eu não fazia isso como um sinal de que acreditava nele.

— Bom, seu parceiro e o senhor testemunharam que o senhor Elliot em três ocasiões disse a vocês dois que não era o responsável pelas mortes na casa. Certo?

— Certo.

— O senhor escutou ele afirmar isso?

— Sim, escutei.

— Isso foi quando estavam lá fora, lá dentro ou onde?

— Foi dentro, quando a gente estava no quarto.

— Então isso significa que ele fez esses protestos supostamente espontâneos de sua inocência enquanto estava com os braços algemados às costas e o senhor e seu parceiro tinham as armas puxadas e preparadas, está correto?

A terceira hesitação.

— Está, acho que deve ter sido isso.

— E o senhor está dizendo que ninguém ainda dera voz de prisão até aquele momento?

— Ele não estava detido.

— Ok, então o que aconteceu depois que o senhor Elliot os acompanhou pelo interior da casa até os corpos no andar de cima e o senhor e seu parceiro determinaram que não havia mais ninguém ali?

— Voltamos a levar o senhor Elliot para fora, lacramos a casa e solicitamos a presença dos detetives no local pra uma denúncia de homicídio.

— Tudo isso estava conforme os procedimentos do departamento, também?

— Sim, estava.

— Ótimo. Agora, policial Harber, os senhores tiraram as algemas do senhor Elliot nessa hora, já que ele não havia sido detido?

— Não, senhor, não tiramos. Pusemos o senhor Elliot na traseira do carro, e é contra o procedimento colocar o elemento na viatura sem algemas.

— Mais uma vez essa palavra, "elemento". O senhor tem certeza de que o senhor Elliot não estava preso?

— Tenho certeza. Nós não o prendemos.

— Ok, quanto tempo ele ficou na traseira do carro?

— Aproximadamente meia hora, enquanto a gente esperava a equipe da Homicídio.

— E o que aconteceu quando a equipe chegou?

— Quando os investigadores chegaram a primeira coisa que eles fizeram foi olhar a casa. Depois eles vieram e assumiram a custódia do senhor Elliot. Quer dizer, tiraram ele do carro.

Explorei o deslize.

— Ele estava sob custódia naquele momento?

— Não, me enganei. Ele concordou de livre e espontânea vontade em esperar no carro e daí eles chegaram e tiraram ele de lá.

— O senhor está dizendo que ele concordou de livre e espontânea vontade em ficar algemado na traseira de uma radiopatrulha?

— É.

— Se ele quisesse, podia ter aberto a porta e sair andando?

— Acho que não. As portas traseiras têm trava de segurança. Não dá pra abrir pelo lado de dentro.

— Mas ele estava ali de livre e espontânea vontade.

— É, estava.

Nem mesmo Harber parecia acreditar no que estava dizendo. Seu rosto adquiriu um matiz mais escuro de rosa.

— Policial Harber, quando as algemas foram finalmente tiradas do senhor Elliot?

— Quando os detetives retiraram ele do carro, eles tiraram as algemas e devolveram elas pro meu parceiro.

— Ok.

Balancei a cabeça como que tendo terminado e folheei algumas páginas de meu bloco, procurando alguma pergunta que pudesse ter esquecido. Continuei olhando para meu bloco quando voltei a falar.

— Ãhn, policial? Uma última coisa. A primeira ligação para um-nove-zero aconteceu à uma e cinco, segundo o registro da central. O senhor Elliot teve de ligar outra vez dezenove minutos mais tarde para ter certeza de que não tinham esquecido dele, e então o senhor e seu parceiro finalmente chegaram, quatro minutos depois disso. Um total de vinte e três minutos para atender o chamado.

Ergui os olhos para Harber.

— Policial, por que levou tanto tempo para atender um chamado que seria considerado prioritário?

— O distrito de Malibu é o maior que a gente cobre, geograficamente. A gente teve que vir desde lá do outro lado da montanha, por causa de outro chamado.

— Não havia outra radiopatrulha mais perto e também disponível?

— Meu parceiro e eu estávamos no carro alfa. É uma rover. A gente cuida dos chamados prioritários e atendemos esse quando veio da central.

— Ok, policial, não tenho mais nenhuma pergunta.

Ao interrogar novamente a testemunha, Golantz seguiu a direção enganosa que armei para ele. Fez várias perguntas a Harber que giravam em torno da questão de Elliot estar ou não sob voz de prisão. O promotor queria tirar o foco dessa ideia, na medida em que contribuía para aquela imagem de túnel, a teoria do ofuscamento do júri, proposta pela defesa. Era isso que eu queria que ele pensasse que eu estava fazendo, e funcionou. Golantz passou mais quinze minutos colhendo o depoimento de Harber, frisando que o homem que ele e seu parceiro haviam algemado fora da cena de um duplo homicídio não estava preso. Desafiava o bom senso, mas a promotoria se agarrou àquilo.

Quando o promotor terminou, o juiz interrompeu para o intervalo da tarde. Assim que o júri deixou a sala do tribunal, escutei uma voz sussurrando meu nome. Virei e vi Lorna, que apontou o dedo para os fundos da sala. Virei mais um pouco para olhar para trás, e lá estavam minha filha e sua mãe, espremidas na última fileira da plateia. Minha filha fez um aceno discreto para mim e eu sorri.

39

Encontrei-me com elas no corredor diante da sala do tribunal, longe do aglomerado de jornalistas que cercou os demais implicados no julgamento quando saíram. Hayley me abraçou e fiquei em êxtase por ter vindo. Vi um banco vazio e nos sentamos.

— Há quanto tempo vocês tavam lá dentro? — perguntei. — Não vi vocês.

— Infelizmente, não muito — disse Maggie. — A última aula dela era de educação física, então eu decidi tirar a tarde de folga, pegar ela mais cedo e vir pra cá. Vimos a maior parte do interrogatório do policial.

Olhei de Maggie para nossa filha, que estava sentada entre nós. Ela se parecia com a mãe; cabelos e olhos escuros, a pele com um bronzeado permanente, até no inverno.

— O que está achando, Hay?

— Ahn, achei bem legal. Você perguntou um monte de coisa. Ele parecia que ia ficar nervoso.

— Não esquenta, ele se vira.

Olhei por sobre sua cabeça e pisquei para minha ex-esposa.

— Mickey?

Virei e vi que era McEvoy, do *Times*. Ele também viera, bloco e caneta a postos.

— Agora não — eu disse.

— Eu só queria uma ráp...

— E eu só estou dizendo agora não. Me deixa em paz.

McEvoy virou e voltou para um dos grupos em torno de Golantz.

— Quem era esse? — perguntou Hayley.

— Um jornalista. Eu falo com ele mais tarde.

— Mamãe disse que tinha uma notícia importante sobre você hoje.

— Não era sobre mim, na verdade. Era sobre o caso. Foi por isso que eu quis que você viesse aqui hoje e visse um pouco.

Olhei outra vez para minha ex-esposa e agradeci com um gesto de cabeça. Ela havia deixado de lado alguma raiva que pudesse estar sentindo de mim e colocado nossa filha em primeiro lugar. Apesar de tudo, eu sempre podia contar com ela nesse aspecto.

— Você vai voltar lá pra dentro? — perguntou Hayley.

— Vou, é só um pequeno intervalo, pras pessoas poderem tomar uma água e ir ao banheiro. A gente tem mais uma sessão. Depois vai pra casa e começa tudo de novo amanhã.

Ela balançou a cabeça e olhou através do corredor para a porta do tribunal. Segui a direção de seu olhar e vi que as pessoas começavam a voltar a entrar.

— Ahn, pai? Aquele homem lá matou alguém?

Olhei para Maggie e ela encolheu os ombros, como que dizendo: *Não fui eu que mandei ela perguntar isso.*

— Bom, querida, a gente não sabe. Ele está sendo acusado disso, é verdade. E muita gente acha que sim. Mas ninguém provou nada até agora e a gente vai usar o julgamento pra decidir isso. É pra isso que tem julgamento. Você lembra quando eu expliquei pra você?

— Lembro.

— Mick, essa é sua família?

Olhei por sobre o ombro e gelei ao cruzar o olhar com Walter Elliot. Ele sorria amigavelmente, esperando para ser apresentado. Mal sabia ele quem era Maggie "Feroz".

— Ahn, oi, Walter. Essa minha filha, Hayley, e essa é a mãe dela, Maggie McPherson.

— Oi — disse Hayley, timidamente.

Maggie cumprimentou com a cabeça e pareceu pouco à vontade.

Walter cometeu o equívoco de estender a mão para Maggie. Se ela podia ter agido de um jeito mais frio, eu não conseguia imaginar qual seria. Sacudiu a mão dele uma única vez e então rapidamente tirou a sua. Quando ele fez menção de apertar a mão de Hayley, Maggie praticamente pulou, pôs os braços nos ombros de nossa filha e a puxou do banco.

— Hayley, vamos no banheiro rápido antes que o julgamento comece outra vez.

Ela apressou Hayley na direção dos sanitários. Walter observou-as se afastando e então olhou para mim, a mão ainda estendida. Fiquei de pé.

— Desculpe, Walter, minha ex-esposa trabalha no Gabinete da Promotoria.

As sobrancelhas subiram em sua testa.

— Então acho que entendo por que é sua ex-esposa.

Balancei a cabeça só para fazer com que se sentisse melhor. Disse-lhe para voltar à sala do tribunal que eu iria logo em seguida.

Caminhei em direção aos banheiros e encontrei Maggie e Hayley quando saíam.

— Acho que vamos para casa — disse Maggie.

— Sério?

— Ela tem muita lição e acho que já viu o bastante por hoje.

Eu poderia ter argumentado contra isso, mas deixei pra lá.

— Ok — eu disse. — Hayley, obrigado por ter vindo. Fiquei superfeliz.

— Tudo bem.

Curvei-me e dei um beijo no alto de sua cabeça, depois a puxei para um abraço. Era apenas em momentos como esse com minha filha que a distância que eu abrira em minha vida diminuía. Eu me sentia conectado com alguma coisa que tinha importância. Olhei para Maggie.

— Obrigado por trazê-la.

Ela fez que sim.

— Se faz alguma diferença, você está se saindo bem lá dentro.

— Faz muita diferença. Obrigado.

Encolheu os ombros e deixou escapar um ligeiro sorriso. E isso foi agradável, também.

Observei-as caminhar em direção aos elevadores, sabendo que não era para minha casa que estavam indo e me perguntando como foi que eu conseguira foder tanto com minha vida.

— Hayley! — gritei.

Minha filha olhou para trás.

— Até quarta. Panquecas!

Ela sorria quando se juntaram ao monte de gente que esperava por um elevador. Notei que minha ex-esposa estava sorrindo, também. Apontei para ela conforme voltava à sala do tribunal.

— E você pode ir com a gente, também.

Ela balançou a cabeça.

— Bom, vamos ver — disse.

A porta de um elevador abriu e começaram a andar nessa direção. "Vamos ver." Essas duas palavras pareceram fazer tudo valer a pena para mim.

40

Em qualquer julgamento por homicídio, a principal testemunha da promotoria é sempre o investigador-chefe. Como não existem vítimas vivas para contar ao júri o que aconteceu, recai sobre o investigador principal a tarefa de fazer o relato da investigação, bem como de falar pelos mortos. Sua participação é decisiva. Ele junta todas as peças para o júri, dá clareza ao quadro e estabelece um laço de empatia. O papel do investigador-chefe é vender o caso para o júri e, como em qualquer negócio ou transação, muitas vezes isso depende tanto do vendedor como do que está sendo vendido. Os melhores agentes de homicídios são os melhores vendedores. Já vi sujeitos tão durões quanto Harry Bosch no banco das testemunhas derramando uma lágrima ao descrever os derradeiros momentos de vida de uma vítima de assassinato.

Golantz convocou o investigador-chefe do caso para depor após o intervalo da tarde. Foi uma jogada genial e um golpe de mestre. John Kinder ocuparia o centro do palco até a sessão entrar em recesso pelo restante do dia, e os jurados iriam para casa com as palavras ditas por ele para refletir durante o jantar e depois noite adentro. E não havia nada que eu pudesse fazer a respeito a não ser assistir.

Kinder era um negro grande e afável que falava num barítono paternal. Usava óculos de leitura equilibrados na ponta do nariz quando consultava o espesso fichário que levara com ele em seu depoimento. Entre uma pergunta e outra olhava por sobre o aro para Golantz ou o júri. Seus olhos pareciam confortáveis, bondosos, alertas e inteligentes. Era a testemunha contra a qual eu não tinha uma estratégia à altura.

Com a inquirição precisa de Golantz e uma série de ampliações de fotos da cena do crime — que eu fracassara em tentar vetar, alegando que iriam predispor contra o réu —, Kinder conduziu o júri por um tour à cena do crime, explicando o que as evidências representavam para a equipe de investigadores. Era uma explanação puramente clínica e metódica, mas de suma relevância. Com sua voz profunda e cheia de autoridade, Kinder parecia um professor, lecionando a cartilha da Homicídios para cada pessoa ali no tribunal.

Objetei aqui e ali quando pude, para tentar quebrar o ritmo de Golantz/Kinder, mas não me restava muita coisa além de matutar e esperar. A certa altura, meu celular vibrou com uma mensagem vinda da plateia que não aliviou nem um pouco minhas preocupações.

Favreau: Tão adorando o cara! Não tem nada que dê pra você fazer?

Sem me virar para olhar para Favreau, simplesmente abanei a cabeça enquanto olhava para a tela do aparelho sob a mesa da defesa.

Então olhei para o meu cliente e parecia que ele mal prestava atenção no testemunho de Kinder. Ele estava fazendo umas anotações em um bloco, mas não tinham a ver com o julgamento ou o caso. Vi um monte de números e o cabeçalho DISTRIBUIÇÃO NO EXTERIOR sublinhado na página. Curvei o corpo e sussurrei para ele:

— Esse cara está acabando com a gente — eu disse. — Se é que você está interessado.

Um sorriso sem humor surgiu em seus lábios e Elliot sussurrou em resposta:
— Acho que a gente está indo bem. Você teve um dia bom.

Abanei a cabeça e voltei a olhar para a testemunha. Eu tinha um cliente que não se preocupava com a realidade de sua situação. Ele estava bem consciente de minha estratégia para o julgamento e da arma secreta que eu tinha. Mas nada é certeza absoluta quando você vai para um tribunal. É por isso que noventa por cento dos casos são resolvidos em um acordo antes do julgamento. Ninguém quer ver os dados rolando. A aposta é alta demais. E um julgamento por assassinato é o maior jogo de todos.

Mas desde o primeiro dia, Walter Elliot pareceu não entender isso. Simplesmente foi em frente com seu negócio de fazer filmes e trabalhar na distribuição no exterior e aparentemente acreditava que não havia dúvida de que iria sair livre ao final do julgamento. Eu achava meu caso invulnerável, mas nem mesmo eu sentia toda aquela confiança.

Depois que o básico da investigação da cena do crime foi inteiramente coberto com Kinder, Golantz dirigiu o testemunho para Elliot e a interação do investigador com ele.

— Bom, o senhor testemunhou que o réu permaneceu na viatura do policial Murray enquanto o senhor fazia um exame inicial na cena do crime e reconhecia o terreno, correto?

— É, está correto.

— Quando conversou pela primeira vez com Walter Elliot?

Kinder consultou um documento em seu fichário aberto sobre a prateleira diante do banco da testemunha.

— Aproximadamente às duas e meia, eu saí da casa depois de completar meu exame inicial da cena do crime e pedi para os policiais tirarem o senhor Elliot do carro.

— E depois o que fez?

— Disse a um dos policiais para tirar as algemas dele, porque achei que não era mais necessário. Havia diversos policiais e investigadores presentes nesse momento e o local estava bastante seguro.

— Bem, o senhor Elliot estava detido, nesse momento?

— Não, não estava, e expliquei isso a ele. Eu disse para ele que os rapazes — os policiais — estavam tomando todas as precauções até saberem o que tinha acontecido. O senhor Elliot disse que entendia. Perguntei se queria continuar a cooperar e guiar os membros de minha equipe pelo local e ele disse que tudo bem, que faria isso.

— Então o senhor voltou a entrar com ele na casa?

— Isso. Nós o fizemos calçar as botinhas primeiro, de modo a não contaminar nada, e depois voltamos lá para dentro. Fiz o senhor Elliot repassar exatamente por onde andara quando disse que entrou e encontrou os corpos.

Observei que as botas de plástico foram uma providência um pouco tardia, uma vez que Elliot já entrara com os policiais anteriormente. Eu iria criticar Kinder por isso quando chegasse minha vez de interrogar.

— Havia alguma coisa incomum nos movimentos que ele disse que fizera ou alguma coisa inconsistente no que ele lhe contou?

Objetei à pergunta, dizendo que era vaga demais. O juiz concordou. Ponto para a defesa, ainda que ele seja insignificante. Golantz simplesmente refez a frase e foi mais específico.

— Por onde o senhor Elliot os conduziu dentro da casa, detetive Kinder?

— Ele entrou com a gente e seguimos direto pela escada que dá no quarto. Ele disse que foi isso que tinha feito quando entrou. Disse que depois tinha encontrado os corpos e ligado 190 do telefone do lado da cama. Disse que a telefonista pediu que ele saísse da casa e fosse pra frente, pra esperar, e que foi isso que fez. Perguntei especificamente se estivera em algum outro lugar da casa, e ele disse que não.

— Isso pareceu incomum ou inconsistente para o senhor?

— Bom, antes de mais nada, achei que, se fosse verdade, era esquisito ele ter entrado e subido direto pro quarto sem antes dar uma olhada no primeiro andar. Isso também não batia com o que ele disse pra gente quando fomos de novo pro lado de fora. Ele apontou para o carro de sua esposa, estacionado no canteiro circular bem na frente da casa, e disse que foi assim que percebeu que havia alguém ali dentro com ela. Perguntei o que queria dizer e ele disse que ela estacionou na frente para que Johan Rilz, a outra vítima, pudesse usar o único espaço disponível na garagem. Eles tinham guardado um monte de mobília e outras coisas lá e só tinha uma vaga sobrando. Ele disse que o alemão tinha escondido o Porsche nesse lugar e que sua esposa precisou estacionar o carro em outro lugar.

— E qual o significado disso para o senhor?

— Bom, pra mim ele estava escondendo algo. Ele tinha dito que não passara em nenhum outro lugar da casa além do quarto no andar de cima. Mas ficou bem claro pra mim que ele tinha olhado na garagem e visto o Porsche da segunda vítima.

Golantz sacudia a cabeça enfaticamente do atril, reforçando a questão de Elliot estar escondendo algo. Eu sabia que poderia abordar essa questão quando chegasse minha vez, mas a oportunidade para isso só viria no dia seguinte, depois de ter impregnado a mente do júri por quase vinte e quatro horas.

— O que aconteceu depois disso? — perguntou Golantz.

— Bom, ainda havia um monte de trabalho pra fazer dentro da casa. Então mandei alguns membros da minha equipe levarem o senhor Elliot para a delegacia de Malibu, assim ele poderia esperar lá com um pouco mais de conforto.

— Ele estava preso, nesse momento?

— Não, mais uma vez eu expliquei pra ele que a gente precisava conversar e que, se continuava disposto a cooperar, a gente ia levá-lo pra uma sala de interrogatório da delegacia, e eu disse que ia chegar lá o mais rápido possível. Mais uma vez ele concordou.

— Quem o transportou?

— Os investigadores Joshua e Toles o levaram no carro deles.

— Por que eles não foram na frente e o interrogaram assim que chegaram à delegacia em Malibu?

— Porque eu queria saber mais sobre ele e a cena do crime antes da gente conversar com ele. Às vezes, você só tem uma chance, mesmo se a testemunha colabora.

— O senhor usou a palavra "testemunha". O senhor Elliot não era um suspeito nesse momento?

Era um jogo de gato e rato com a verdade. Independentemente do que Kinder respondesse, todo mundo na sala do tribunal tinha percebido que o alvo deles era Elliot.

— Bom, até certo ponto, qualquer um é suspeito — respondeu Kinder. — Quando você está numa situação como essa, desconfia de todo mundo. Mas até aquele momento eu não sabia quase nada sobre as vítimas, não sabia quase nada sobre o senhor Elliot e não sabia exatamente o que tínhamos na mão. Assim, nesse momento, eu via ele mais como uma testemunha muito importante. Ele encontrou os corpos e conhecia as vítimas. Ele podia ajudar a gente.

— Certo, então o senhor o segurou na delegacia em Malibu enquanto ia trabalhar na cena do crime. O que os senhores estavam fazendo?

— Meu trabalho era supervisionar a documentação da cena do crime e a coleta de qualquer evidência naquela casa. Também estávamos examinando os telefones e os computadores e confirmando as identidades e históricos das partes envolvidas.

— O que descobriram?

— Descobrimos que nenhum dos Elliot tinha ficha criminal ou armas legalmente registradas no nome deles. Descobrimos que a outra vítima, Johan Rilz, era de nacionalidade alemã e parecia não ter ficha criminal nem qualquer arma. Descobrimos que o senhor Elliot era chefe de um estúdio e muito bem-sucedido na indústria do cinema, coisas assim.

— Em algum momento algum membro da sua equipe preparou mandados de busca para o caso?

— É, preparamos. Avançando com muita cautela, a gente redigiu e levou para um juiz assinar uma série de mandados de busca, assim estaríamos autorizados a continuar a investigação e a ir para qualquer lado que ela nos levasse.

— É incomum tomar essas medidas?

— Talvez. A justiça costuma dar para as autoridades uma boa margem de manobra na coleta de evidências. Mas a gente decidiu que, por causa das partes envolvidas nesse caso, a gente devia ser mais cuidadoso que o normal. Pedimos os mandados de busca mesmo que não fôssemos precisar.

— Os mandados de busca eram para quê, especificamente?

— A gente tinha mandados para a casa de Elliot e para os três carros: o do senhor Elliot, o da esposa e o Porsche na garagem. Também tinha um mandado de busca que dava permissão pra submeter o senhor Elliot e as roupas dele a uma série de testes pra determinar se ele tinha disparado alguma arma em um período recente.

O promotor continuou a conduzir Kinder pela investigação até o momento em que deu por encerrada a documentação da cena do crime e foi interrogar Elliot na delegacia de Malibu. Isso motivou a apresentação de uma gravação em vídeo da primeira entrevista com Elliot. Era uma gravação que eu havia visto inúmeras vezes durante a preparação para o julgamento. Eu sabia que era algo sem o menor interesse em termos de conteúdo quanto ao que Elliot dissera a Kinder e seu parceiro, Roland Ericsson. O importante para a promotoria naquela gravação era o comportamento de Elliot. Ele não parecia alguém que acabara de descobrir o corpo nu da esposa morta, com um buraco de bala no meio da cara e outros dois no peito. Parecia tranquilo como um pôr do sol de verão, e isso o fazia parecer um assassino frio e calculista.

Um monitor de vídeo foi montado diante da bancada do júri, e Golantz pôs a fita para rodar, parando de vez em quando para fazer alguma pergunta a Kinder e depois voltando à gravação. O interrogatório gravado durava dez minutos e não havia nenhum tipo de acusação. Era simplesmente uma prática em que os investigadores registravam a versão de Elliot. Não havia perguntas ásperas. Elliot era inquirido francamente sobre o que fez e quando. Terminava com Kinder apresentando um mandado de busca para Elliot que, segundo explicou o investigador, garantia ao Ministério Público permissão para fazer testes em suas mãos, braços e roupas à procura de resíduo de tiro.

Elliot sorriu ligeiramente quando respondeu.

— Sirvam-se, cavalheiros — ele disse. — Façam o que tiverem que fazer.

Golantz olhou para o relógio na parede dos fundos do tribunal e então usou um controle remoto para congelar a imagem do meio sorriso de Elliot na tela. Essa era a imagem que ele queria que os jurados guardassem consigo. Ele queria que ficassem pensando naquele sorrisinho prenda-me-se-for-capaz enquanto voltavam para casa no trânsito das cinco da tarde.

— Excelência — ele disse. — Acho que esse seria um bom momento para encerrar o dia. Pretendo seguir uma nova direção com o policial Kinder depois disso e talvez fosse melhor começar amanhã de manhã.

O juiz concordou, decretando recesso até o dia seguinte e advertindo os jurados para que evitassem qualquer noticiário da imprensa sobre o julgamento.

Fiquei de pé junto à mesa da defesa observando a fila de jurados entrar na sala de deliberações. Eu tinha certeza de que a promotoria ganhara o primeiro dia, mas isso era de se esperar. Nossos cartuchos ainda estavam por queimar. Olhei para meu cliente.

— Walter, o que você vai fazer hoje à noite? — perguntei.

— Tenho um pequeno jantar com uns amigos. Eles convidaram Dominick Dunne. Depois vou assistir à primeira edição de um filme que o meu estúdio está produzindo, com Johnny Depp fazendo um detetive.

— Bom, liga pros seus amigos e liga pro Johnny e cancela tudo. Você vai jantar comigo. A gente tem trabalho pra fazer.

— Não entendi.

— Entendeu sim. Você está se esquivando desde que esse julgamento começou. Por enquanto pra mim estava tudo bem, porque eu não queria saber o que não precisava saber. Agora é diferente. Estamos em pleno julgamento, já passamos da fase da publicação compulsória e eu preciso saber. Tudo, Walter. Então a gente vai conversar hoje à noite, ou você pode procurar um outro advogado amanhã de manhã.

Vi seu rosto se endurecer com a raiva contida. Nesse momento, percebi que podia ser um assassino, ou pelo menos alguém capaz de mandar fazer o serviço.

— Você não ousaria — ele disse.

— Paga pra ver.

Ficamos nos encarando por um momento e vi um relaxamento em seu rosto.

— Ligue pra quem você precisar — eu disse, finalmente. — Vamos pegar meu carro.

41

Como eu insistira em marcar a reunião, Elliot insistiu no lugar. Com uma ligação de trinta segundos, ele conseguiu para nós uma cabine privativa no Water Grill, ao lado do Biltmore, e havia um martíni à sua espera na mesa quando chegamos lá. Enquanto sentávamos, pedi uma garrafa de água sem gás e fatias de limão.

Sentei diante de meu cliente e observei-o examinar o cardápio de frutos do mar. Por muito tempo, fora minha opção não procurar saber nada sobre Walter Elliot, e fechar os olhos. Normalmente, quanto menos você souber sobre o cliente, mais apto estará a providenciar uma defesa. Mas esse momento já havia passado, agora.

— Você pediu esse jantar — disse Elliot sem erguer os olhos do menu. — Não vai dar uma olhada?

— Vou querer o mesmo que você, Walter.

Ele pôs o menu de lado e olhou para mim.

— Filé de linguado.

— Parece ótimo.

Fez um sinal para o garçom que aguardava perto da mesa, mas intimidado demais para se aproximar. Elliot pediu por nós dois, além de uma garrafa de Chardonnay para acompanhar o peixe, e disse ao garçom para não esquecer minha água com limão. Então espalmou as mãos no tampo da mesa e olhou com ar de expectativa para mim.

— Eu podia estar jantando com Dominick Dunne — disse. — É melhor que isso valha a pena.

— Walter, isso *vai* valer a pena. Esse é o momento em que você para de se esconder de mim. É quando você me conta a história toda. A verdade. Olha, se eu souber o que você sabe, não vou servir de saco de pancada pra promotoria. Vou poder saber o próximo passo de Golantz antes que ele se mexa.

Elliot balançou a cabeça como que concordando que chegara a hora de abrir o jogo.

— Não matei minha mulher nem o amigo nazista dela — ele falou. — Estou dizendo isso desde o primeiro dia.

— Isso não é suficiente. Eu disse que queria a história toda. Quero saber o que aconteceu de verdade, Walter. Quero saber o que está acontecendo ou então vou cair fora.

— Deixa de ser ridículo. Nenhum juiz vai deixar você se mandar no meio de um julgamento.

— Quer apostar sua liberdade nisso, Walter? Se eu quiser pular fora desse caso, eu acho um jeito.

Ele hesitou e me observou antes de responder.

— Você devia tomar cuidado com o que pede. Saber demais pode ser um negócio perigoso.

— Eu corro o risco.

— Mas eu não tenho certeza se quero correr.

Curvei-me sobre a mesa para me aproximar dele.

— O que isso quer dizer, Walter? O que está acontecendo? Sou seu advogado. Pode me contar o que você fez, a história morre comigo.

Antes que ele pudesse falar, o garçom trouxe uma garrafa de água mineral importada para a mesa e um pratinho com fatias de limão. O bastante para todo mundo presente ali no restaurante. Elliot esperou o garçom encher meu copo, se afastar e sair do alcance, antes de responder.

— O que está acontecendo é que você foi contratado pra apresentar minha defesa pro júri. Na minha opinião, você fez um excelente trabalho até agora e seus preparativos pra fase da defesa tão no mais alto nível. Tudo isso em duas semanas. Incrível!

— Corta essa merda!

Isso saiu alto demais. Elliot olhou para fora da cabine e encarou uma mulher em uma mesa próxima que escutara a exclamação.

— Você vai ter que falar baixo — ele disse. — O acordo de confidencialidade advogado-cliente é pra ficar só nessa mesa.

Olhei para ele. Estava sorrindo, mas eu sabia que também estava me dando um lembrete do que eu acabara de lhe garantir, de que tudo que ele dissesse morria ali. Seria um sinal de que finalmente resolvera falar? Joguei o único ás que tinha na manga.

— Me fale sobre o suborno que Jerry pagou — eu disse.

No início, identifiquei um choque momentâneo em seus olhos. Então notei uma expressão de compreensão, conforme as engrenagens giravam ali dentro e ele juntava algumas peças. Depois achei ter visto um rápido lampejo de arrependimento. Quem dera Julie Favreau estivesse sentada ao meu lado. Ela poderia interpretá-lo melhor do que eu.

— É uma informação bem perigosa essa que você possui — ele disse. — Onde foi que arranjou?

Obviamente eu não podia contar para meu cliente que a conseguira com um detetive de polícia com quem eu estava cooperando.

— Acho que se pode dizer que veio com o caso, Walter. Estou com todos os registros de Vincent, incluindo os financeiros. Não foi difícil descobrir que ele destinou cem mil do seu adiantamento pra uma parte desconhecida. Foi essa grana que provocou a morte dele?

Elliot ergueu a taça de martíni com dois dedos segurando a delicada haste e bebeu todo o conteúdo. Ele então fez um gesto de cabeça para alguém que eu não via por cima de meu ombro. Pediu mais um. Então olhou para mim.

— Acho que é seguro dizer que uma confluência de eventos levou à morte de Jerry Vincent.

— Walter, eu não vou jogar esse jogo com você, para de enrolação. Preciso saber — não só pra defender você, mas pra minha própria proteção.

Ele pousou a taça vazia no canto da mesa e alguém passou e retirou em dois segundos. Balançando a cabeça como se concordasse comigo, voltou a falar.

— Acho que talvez você tenha encontrado o motivo da morte dele — disse. — Tava na pasta que ele tinha do meu caso. Você até mencionou pra mim.

— Não entendi. Mencionei o quê?

Elliot respondeu com tom impaciente.

— Ele planejava adiar o julgamento. Você encontrou o requerimento. Ele foi assassinado antes que pudesse dar entrada.

Tentei entender o que estava acontecendo, mas não tinha peças suficientes.

— Eu não entendo, Walter. Ele queria adiar o julgamento e por isso foi assassinado? Por quê?

Elliot se curvou sobre a mesa em minha direção. Falou num tom pouco acima de um sussurro.

— Olha aqui, você pediu por isso, então estou contando. Mas não me culpe quando desejar não saber o que você sabe. É, teve um suborno. Ele pagou e ficou tudo certo. O julgamento tava marcado e tudo que a gente tinha a fazer era se preparar. A gente tinha que se manter dentro do programado. Nada de atraso, nada de protelar. Mas ele mudou de ideia e quis o adiamento.

— Por quê?

— Sei lá. Acho que pensou de verdade que podia ganhar o caso sem o acerto.

Ao que parecia, Elliot não tinha conhecimento das ligações do FBI e do aparente interesse deles em Vincent. Se sabia, agora era a hora de mencionar isso. O foco do FBI em Vincent teria sido um ótimo motivo para adiar um julgamento envolvendo um esquema de propina.

— Então adiar o julgamento levou à morte dele?

— É meu palpite, isso.

— Você matou ele, Walter?

— Eu não mato ninguém.

— Mandou matar?

Elliot balançou a cabeça com ar cansado.

— Eu *não mando* matar ninguém, também.

Um garçom se aproximou da cabine com uma bandeja e um suporte e nós dois recostamos para deixá-lo trabalhar. Ele abriu o peixe, serviu os pratos e os colocou na mesa junto com dois pequenos recipientes contendo molho *beurre blanc*. Depois, pôs em cima da mesa mais um martíni para Elliot, junto com duas taças de vinho. Abriu a garrafa e perguntou se ele queria provar o vinho. Elliot fez que não com a cabeça e disse ao garçom que podia ir.

— Ok — eu disse, quando ficamos a sós. — Vamos voltar para o suborno. Quem foi subornado?

Elliot virou metade do martíni em um gole só.

— Isso deve parecer óbvio, se você pensar a respeito.

— Então eu sou estúpido. Me ajude.

— Um julgamento que não pode ser adiado. Por quê?

Meus olhos continuaram nele, mas eu não estava mais olhando para ele. Mergulhei nos meus próprios pensamentos para tentar resolver o enigma, até que a ficha caiu. Fui eliminando as possibilidades — juiz, promotor, tiras, testemunhas, júri... E percebi que havia um único lugar onde um suborno e um julgamento inadiável se cruzavam. Havia um único aspecto que mudaria se o julgamento fosse postergado ou remarcado. O juiz, o promotor e todas as testemunhas continuariam os mesmos, não importa para quando ele fosse programado. Mas a convocação dos jurados muda toda semana.

— Tem gente infiltrada no júri — eu disse. — Você tem alguém.

Elliot não reagiu. Deixou que eu me demorasse naquilo, e foi o que fiz. Minha mente passou de rosto em rosto na bancada do júri. Duas fileiras de seis pessoas. Parei no jurado número sete.

— O número sete. Você queria ele na bancada. Você sabia. Ele é o infiltrado. Quem é ele?

Elliot balançou a cabeça levemente e me lançou aquele seu meio sorriso. Deu a primeira garfada no peixe antes de responder minha pergunta com a maior calma, como se estivéssemos conversando sobre as chances dos Lakers nos play-offs, e não sobre a manipulação de um julgamento por homicídio.

— Não faço ideia de quem ele é e também não faço a menor questão de saber. Mas ele é nosso. Disseram que o número sete ia ser nosso. E não é infiltrado. Ele é um persuasor. Quando chegar a hora das deliberações, vai entrar lá e virar a maré a favor da defesa. Com o caso que Vincent montou e você está desenvolvendo, provavelmente não vai precisar mais do que um empurrãozinho. Estou confiando na gente pra conseguir um veredito favorável. Mas em último caso ele não arreda pé da absolvição e o júri fica empacado. Se isso acontecer, a gente começa tudo de novo e faz o que precisar. Nunca vou ser condenado, Mickey. Nunca.

Empurrei meu prato para o lado. Não conseguia comer.

— Walter, chega de dar voltas. Me conta agora como isso aconteceu. Conta desde o começo.

— Desde o começo?

— Desde o começo.

Elliot riu ao pensar nisso e se serviu de um copo de vinho sem pedir para experimentar a garrafa. Um garçom avançou para assumir a tarefa, mas Elliot fez um gesto com a garrafa, sinalizando que não era necessário.

— É uma longa história, Mickey. Que tal uma taça de vinho pra acompanhar?

Ele parou com o gargalo da garrafa sobre minha taça vazia. Fiquei tentado, mas abanei a cabeça.

— Não, Walter, eu não bebo.

— Não sei se posso confiar em alguém que não toma uma bebida de vez em quando.

— Sou seu advogado. Pode confiar em mim.

— Eu confiei no último, também, e olha o que aconteceu com ele.

— Não me ameaça, Walter. Só me conta a história.

Ele deu um grande gole em seu vinho e pousou a taça com alarde na mesa. Olhou em torno para ver se alguém no restaurante havia notado e fiquei com a sensação de que tudo não passava de encenação. Estava na verdade verificando se não estávamos sendo observados. Olhei à minha volta sem ser óbvio. Não vi Bosch nem ninguém que me parecesse um tira no restaurante.

Elliot começou sua história.

— Quando se trata de Hollywood, não faz diferença quem você é ou de onde você vem, contanto que você tenha uma coisa no bolso.

— Dinheiro.

— Isso mesmo. Cheguei aqui faz vinte e cinco anos, e com dinheiro. Primeiro, investi em um ou dois filmes e depois num estúdio meia-boca pelo qual ninguém dava merda nenhuma. E aí eu transformei o pangaré num campeão. Mais cinco anos e não vai ser mais nas Quatro Grandes que eles vão falar. Vai ser nas Cinco Grandes. A Archway vai disputar cabeça a cabeça com a Paramount, a Warner e o resto.

Eu não estava imaginando voltar vinte e cinco anos quando disse a ele que começasse a história desde o princípio.

— Certo, Walter, já sei todo esse negócio do seu sucesso. O que você está querendo dizer?

— Quero dizer que não era meu dinheiro. Quando eu cheguei aqui, não era meu dinheiro.

— Eu achava que a história era que você tinha vindo de uma família dona de uma mina de fosfato ou de uma transportadora na Flórida.

Ele balançou a cabeça enfaticamente.

— É tudo verdade, mas isso depende da sua definição de família.

A ficha foi caindo devagar.

— Você está falando da máfia, Walter?

— Estou falando de uma organização na Flórida com um fluxo de caixa tremendo que precisava legitimar seus negócios pra se expandir e legitimar testas de ferro pra operar os novos negócios. Eu era um contador. Eu fui um desses homens.

Foi fácil juntar dois e dois. Flórida, vinte e cinco anos antes. O auge do fluxo irrefreado de cocaína e dinheiro.

— Eu fui mandado para o oeste — disse Elliot. — Eu tinha uma história e valises cheias de dinheiro. E eu adorava cinema. Eu sabia como escolher e montar os filmes. Peguei a Archway e transformei numa empresa de um bilhão de dólares. E então minha esposa…

Uma expressão triste de remorso cruzou seu rosto.

— O quê, Walter?

— Na manhã de nosso aniversário de doze anos — assim que passou a ter direito, pelo contrato pré-nupcial — ela me disse que ia me largar. Ia pedir o divórcio.

Entendi na hora. Com o acordo pré-nupcial em vigor, Mitzi Elliot teria direito à metade de tudo que Walter Elliot detinha nos Archway Studios. O problema era que ele não passava de um testa de ferro. Suas propriedades e ações na verdade pertenciam à organização, e aquele não era o tipo de organização que permitiria que metade de seus investimentos saíssem andando de saia pela porta da frente.

— Tentei fazer com que mudasse de ideia — disse Elliot. — Ela não quis escutar. Tava apaixonada por aquele nazista filho da puta e achou que ele podia protegê-la.

— A organização encomendou o assassinato.

Soava muito estranho dizer essas palavras em voz alta. Fui levado a olhar em volta e passar os olhos pelo restaurante.

— Não era pra eu estar lá naquele dia — disse Elliot. — Me mandaram ficar longe, ter certeza de que eu tivesse um álibi sólido.

— Então por que você foi?

Ele ficou me encarando por um instante antes de responder.

— Eu ainda gostava dela. Acho que eu ainda amava ela, e queria ela de volta. Queria lutar por ela. Fui até lá pra impedir aquilo, talvez pra ser o herói, salvar o dia e conseguir ela de volta. Sei lá. Eu não tinha plano nenhum. Só queria que não acontecesse. Então fui até lá… mas era tarde demais. Os dois já tavam mortos quando cheguei. Horrível…

Elliot tinha o olhar perdido na lembrança, talvez vendo a cena no quarto em Malibu. Baixei os olhos para a toalha de mesa branca diante de mim. Um advogado de defesa nunca espera que seu cliente diga toda a verdade. Parte dela, pode ser. Mas a verdade nua e crua, tim-tim por tim-tim, nunca. Eu tinha de achar que havia coisas que Elliot deixara de fora. Mas o que ele me contara era o bastante, por enquanto. Agora era hora de falar do suborno.

— E então apareceu Jerry Vincent — falei, para que continuasse.

Seus olhos readquiriram o foco e ele olhou para mim.

— Isso.

— Me fala sobre o suborno.

— Não tenho muita coisa pra falar. Meu advogado no estúdio me pôs em contato com Jerry e achei que tudo bem. A gente combinou os honorários e então ele me procurou — isso foi bem no começo, faz pelo menos cinco meses — e disse que tinha sido procurado por alguém que podia molhar a mão do júri. Sabe como é, arrumar um jurado pra ficar a nosso favor. Independente do que acontecesse, ele permaneceria inflexível quanto à absolvição, mas também ajudaria a defesa lá dentro, durante as deliberações. Um negociador, um persuasor gabaritado, alguém pra convencer os outros na lábia. O único porém era que depois que a bola rolasse, o julgamento não podia sair da data programada, pra que essa pessoa acabasse no meu júri.

— E você e Jerry aceitaram a oferta.

— Aceitamos. Isso foi há cinco meses. Na época, eu não tinha muita defesa. Eu não tinha matado a minha mulher, mas pelo jeito tava tudo contra mim. Nada de arma secreta... e eu tava com medo. Eu era inocente, mas conseguia perceber que ia ser condenado. Então a gente aceitou.

— Quanto?

— Cem mil adiantados. Como você descobriu, Jerry pagou usando a conta dele. Ele superfaturou os honorários, eu paguei e ele pagou pro jurado. Depois seria mais cem pelo júri no impasse e mais duzentos e cinquenta na absolvição. Jerry me disse que essas pessoas já tinham feito isso antes.

— Você quer dizer, comprar um júri?

— É, foi o que ele disse.

Achei que talvez o FBI soubesse desses subornos anteriores e foi assim que chegaram a Vincent.

— Os julgamentos anteriores de Jerry foram comprados? — perguntei.

— Ele não disse e eu não perguntei.

— Ele chegou a mencionar alguma coisa sobre o FBI farejando o caso?

Elliot recostou na cadeira, como se eu tivesse acabado de dizer uma coisa ofensiva.

— Não. É isso que está acontecendo?

Ele pareceu muito preocupado.

— Não sei, Walter. Só estou querendo saber das coisas, agora. Mas Jerry disse que ia adiar o julgamento, certo?

Elliot fez que sim.

— É. Naquela segunda. Ele me disse que não precisava pagar. Que tinha a arma secreta e que ia ganhar o julgamento sem ninguém infiltrado no júri.

— E foi assim que morreu.

— Só pode ser. Acho que esse tipo de gente não gosta muito que você simplesmente mude de ideia e tire o corpo fora de um negócio como esse.

— Que tipo de gente? A organização?

— Sei lá. Pessoas desse tipo. O tipo de gente que faz esse tipo de coisa.

— Você contou a alguém que Jerry pretendia adiar o caso?

— Não.
— Tem certeza?
— Claro que tenho certeza.
— Então pra quem o Jerry contou?
— Como é que eu vou saber?
— Bom, com quem Jerry fechou o combinado? Quem ele subornou?
— Isso eu também não sei. Ele não ia me dizer. Disse que ia ser melhor se eu não soubesse nenhum nome. A mesma coisa que estou falando pra você.

Um pouco tarde demais pra isso. Eu tinha que pôr um ponto final naquilo e ficar sozinho para refletir. Relanceei meu prato intocado e fiquei pensando se devia levar para Patrick ou se alguém lá na cozinha ia comer.

— Olha — disse Elliot —, não quero que você se sinta mais pressionado do que já está, mas se eu for condenado, estou morto.

Olhei para ele.

— A organização?

Ele fez que sim.

— Se o cara vai pra cadeia ele vira uma desvantagem. Normalmente, apagam o sujeito antes mesmo de chegar no tribunal. Não podem dar a chance de ele fazer um acordo com a lei. Mas eu ainda tenho controle do dinheiro deles, entende? Se me matarem eles perdem tudo. A Archway, as propriedades, tudo. Então eles tão no aguardo, só observando. Se eu me safar, tudo volta ao normal e fica tudo ótimo. Se eu for condenado, vou ser um risco muito grande e não vou durar duas noites na prisão. Eles me pegam lá dentro.

É sempre bom saber exatamente tudo que está em jogo, mas nesse caso eu acho que teria passado sem o lembrete.

— A gente está lidando com um poder muito maior aqui — continuou Elliot. — A coisa vai muito além da confidencialidade advogado-cliente. Isso é brincadeira de criança, Mick. O que eu te contei aqui essa noite não pode passar dessa mesa. Não pode chegar no tribunal nem em lugar nenhum. O que eu contei pra você aqui pode te matar num segundo. Como o Jerry. Não esquece.

Elliot disse isso como se fosse algo trivial e concluiu tudo esvaziando calmamente a taça de vinho. Mas a ameaça estava implícita em cada palavra que disse. Não ia ser difícil me lembrar daquilo.

Elliot gesticulou chamando o garçom e pediu a conta.

42

Fiquei grato que meu cliente gostasse de seus martínis antes do jantar e de seu Chardonnay durante e depois. Não tinha muita certeza se teria conseguido o que consegui com Elliot sem o álcool abrindo o caminho e soltando sua língua. Mas depois disso não queria correr o risco de vê-lo detido por dirigir embriagado no meio de um julgamento por assassinato. Insisti em que não voltasse em seu carro para casa. Mas Elliot teimou e disse que não ia deixar seu Maybach de 400 mil dólares passar a noite em um estacionamento. Então mandei Patrick nos levar até o carro e depois levei Elliot para casa com Patrick atrás de nós.

— Esse carro custa quatrocentos paus? — perguntei. — Estou com medo de dirigir.

— Um pouco menos, na verdade.

— Sei, bom, você tem algum outro pra usar? Quando falei pra não usar a limusine, não esperava que aparecesse no julgamento num desses. Pensa só na impressão que vai passar, Walter. Isso não é legal. Lembra do que você me disse no dia em que a gente se conheceu? Sobre ter que vencer fora do tribunal, também? Um carro desses não ajuda em nada.

— Meu outro carro é um Carrera GT.

— Ótimo. Quanto vale?

— Mais do que esse.

— Vou dizer o que a gente pode fazer. Por que não pega um dos meus Lincolns? Tenho até um com uma placa escrita INOCENTE. Você pode pegar esse.

— Entendi. Tem um Mercedes à minha disposição, simples e modesto. Tudo bem pra você?

— Perfeito. Walter, apesar de tudo que você me contou essa noite, vou dar meu melhor. Acho que nossas chances são muito boas.

— Então acredita que sou inocente.

Hesitei.

— Acredito que você não matou sua esposa e Rilz. Não tenho certeza se isso torna você inocente, mas veja dessa forma: não acho que seja culpado das acusações que está enfrentando. E isso é tudo de que eu preciso.

Ele balançou a cabeça.

— Talvez seja o melhor que eu posso pedir. Obrigado, Mickey.

Depois disso, a gente não conversou muito mais, pois eu estava concentrado em não bater o carro que valia mais do que a casa de muita gente.

Elliot morava em Beverly Hills, numa propriedade ao sul da Sunset. Ele apertou um botão no teto do carro e os grandes portões de metal se abriram para que passássemos, com Patrick seguindo bem atrás de mim, no Lincoln. Descemos e entreguei as chaves a Elliot. Ele me perguntou se eu queria entrar para mais um drinque e eu o lembrei de que não bebia. Ele estendeu a mão e eu a apertei. A sensação foi esquisita, como se estivéssemos fazendo uma espécie de pacto em cima do que fora revelado no restaurante. Dei boa-noite e entrei na traseira do Lincoln.

As maquinações em minha cabeça não pararam de funcionar por todo o trajeto até minha casa. Patrick aprendera rapidamente a captar meus estados de espírito e parecia saber que não era hora de me interromper com conversa fiada. Ele me deixou trabalhar.

Sentei recostado contra a porta, olhando através da janela mas sem enxergar o mundo néon passando lá fora. Eu estava pensando em Jerry Vincent e no acordo que fizera com uma parte misteriosa. Não era difícil imaginar o modo como foi feito. Com quem fizera já era outra história.

Eu sabia que o sistema de júri se apoiava em uma seleção aleatória em múltiplos níveis. Isso ajudava a assegurar a integridade e a composição plurissocial dos jurados. A reserva de centenas de cidadãos chamados toda semana para a convocação do júri era formada aleatoriamente a partir dos registros de eleitores, bem como de títulos de propriedade e de registros em serviços de utilidade pública. Os jurados selecionados a partir desse grupo mais amplo para o processo de escolha do júri em um julgamento específico eram mais uma vez escolhidos aleatoriamente — agora por um computador da justiça. A lista desses potenciais jurados era entregue ao juiz presidindo o julgamento, e os doze primeiros nomes ou números de código na lista eram convocados para assumir seus lugares na bancada para a sessão inicial de *voir dire*. Mais uma vez, a ordem de nomes ou números na lista era determinada pela seleção aleatória gerada por computador.

Segundo Elliot, após uma data de julgamento ter sido definida para o caso, Jerry Vincent foi contatado por um desconhecido e informado de que alguém podia ser infiltrado no júri. A única condição era que não houvesse adiamentos. Se o julgamento mudasse de data, a pessoa infiltrada não podia mudar junto. Tudo isso me revelava que o desconhecido tinha pleno acesso a todos os níveis dos processos aleatórios do sistema de júri: o contato inicial para se apresentar para uma convocação de júri em um tribunal específico em uma semana específica; a seleção aleatória do *venire* para o julgamento; e a seleção aleatória dos primeiros doze jurados a integrar a bancada.

Assim que a pessoa se infiltrava, cabia a ela continuar ali. A defesa tomaria o cuidado de não barrá-la com uma rejeição peremptória, e dando mostras de ser pró-promotoria ela evitava ser recusada pelo promotor. Era bastante simples, contanto que a data do julgamento não mudasse.

Refletir desse modo distanciado me ajudava a entender a manipulação envolvida e quem poderia tê-la planejado. Também me ajudava a entender as implicações éticas da situação. Elliot admitira diversos crimes para mim durante o jantar. Mas eu era seu advogado e tudo que me revelara tinha de morrer comigo, devido à relação de confidencialidade entre advogado e cliente. A exceção a essa norma seria se eu me visse em perigo devido ao que sabia ou se tivesse ciência de um crime planejado mas ainda não ocorrido. A manipulação do júri, contudo, ainda não ocorrera. Esse crime só teria lugar quando começassem as deliberações, de modo que era meu dever denunciá-lo. Elliot aparentemente não tinha conhecimento dessa exceção à regra de confidencialidade advogado--cliente, ou então estava convencido de que a ameaça de sofrer o mesmo fim de Jerry Vincent me impediria de agir.

Pensei em tudo isso e percebi que ainda havia mais uma exceção a considerar. Eu não teria de denunciar a intenção de manipulação do júri caso eu impedisse o crime de acontecer.

Endireitei o corpo e olhei em torno. Estávamos na Sunset em direção a West Hollywood. Olhei adiante e vi uma placa familiar.

— Patrick, estaciona ali na frente do Book Soup. Quero ir lá um minuto.

Patrick parou o Lincoln junto ao meio-fio na frente da livraria. Pedi que esperasse ali mesmo e saí do carro. Entrei na loja e me dirigi para as estantes do fundo. Embora eu adorasse aquela livraria, não estava lá para comprar nada. Eu precisava dar um telefonema e não queria que Patrick escutasse.

O corredor dos policiais estava abarrotado de clientes. Passei direto e encontrei um cantinho vazio onde havia enormes livros empilhados nas mesas e nas prateleiras. Peguei o celular e liguei para meu investigador.

— Cisco, sou eu. Você está onde?

— Em casa. O que foi?

— A Lorna está aí?

— Não, ela foi ver um filme com a irmã dela. Acho que volta lá pelas...

— Tudo bem. É com você que eu queria conversar. Preciso que você faça um negócio e pode ser que você não queira fazer. Se não quiser eu vou entender. De um jeito ou de outro, não quero que fale sobre isso com ninguém. Nem com a Lorna.

Houve uma hesitação antes que respondesse.

— Quem você quer que eu mate?

Nós dois começamos a rir e isso aliviou um pouco a tensão cada vez maior que eu viera acumulando naquela noite.

— A gente pode conversar sobre isso mais tarde, mas o negócio pode ser tão perigoso quanto. Quero que você fique na cola de alguém e descubra tudo que puder sobre o cara. O único problema é que, se você for pego, nós dois provavelmente vamos perder a licença.

— Quem é o cara?

— O jurado número sete.

43

Assim que me vi de volta ao banco traseiro do Lincoln, comecei a me arrepender do que estava fazendo. Eu ia ultrapassar uma linha tênue que podia me deixar em péssimos lençóis. Por um lado, é perfeitamente razoável que um advogado investigue uma suspeita de má conduta e manipulação de júri. Mas, por outro, a investigação em si podia ser vista como manipulação. O juiz Stanton tomara providências para assegurar o anonimato dos jurados. Eu acabara de pedir ao meu investigador para passar por cima disso. Se a merda voasse no ventilador, Stanton ficaria mais do que irritado e ia sobrar bem mais que o olhar de condenação para mim. Uma infração dessas não receberia uma simples advertência. Stanton iria levar uma queixa à ordem, à presidente do Superior Tribunal e até mesmo à Suprema Corte se conseguisse fazer com que o escutassem. Ele tomaria as providências para que o julgamento de Elliot fosse meu último.

Patrick subiu a Fareholm e estacionou na garagem embaixo de minha casa. Saímos do carro e subimos a escada para o deque da entrada. Eram quase dez da noite e eu estava acabado após um dia de catorze horas. Mas minha adrenalina voltou com tudo quando vi um homem sentado numa das cadeiras do deque, a silhueta de seu rosto recortada pelas luzes da cidade atrás dele. Estiquei o braço para impedir Patrick de avançar mais, assim como um pai impede seu filho de atravessar a rua sem olhar.

— Boa noite, doutor.

Bosch. Reconheci a voz e o cumprimento. Relaxei e deixei Patrick ir em frente. Pisamos na varanda e destranquei a porta para que Patrick entrasse. Depois fechei a porta e me virei para Bosch.

— Bela vista — ele disse. — Conseguiu isso aqui defendendo vagabundo?

Eu estava cansado demais pra brincar disso com ele.

— O que você está fazendo aqui, detetive?

— Imaginei que você fosse voltar pra casa depois da livraria — ele disse. — Então só vim na frente esperar você aqui.

— Bom, por hoje chega, pra mim. Pode falar com a sua equipe, se é que tem mesmo uma equipe.

— O que faz você pensar que não tenho?

— Sei lá. Só sei que eu não vi ninguém. Espero que você não esteja de sacanagem comigo, Bosch. Eu estou totalmente exposto aqui.

— Depois do tribunal você jantou com seu cliente no Water Grill. Vocês dois pediram filé de linguado e os dois ergueram a voz algumas vezes. Seu cliente bebeu bastante, e por isso você levou ele pra casa no carro dele. Quando você tava vindo pra cá você parou no Book Soup e fez uma ligação que obviamente não queria que o motorista escutasse.

Fiquei impressionado.

— Ok, então deixa isso pra lá. Saquei. Eles tão por aí. O que você quer, Bosch? O que está acontecendo?

Bosch se levantou e se aproximou de mim.

— Eu ia perguntar a mesma coisa — ele disse. — Por que Walter Elliot estava tão agitado e preocupado no jantar essa noite? E pra quem você ligou dos fundos da loja?

— Primeiro, Elliot é meu cliente e não vou dizer sobre o que conversamos. Não vou cometer esse erro. E quanto à ligação na livraria, eu tava pedindo uma pizza, porque, como você e seus colegas devem ter notado, não toquei no prato lá no restaurante. Fica por aqui, se quiser um pedaço.

Bosch olhou pra mim com aquele meio sorriso dele, aquele ar astuto com os olhos sem brilho e inexpressivos.

— Então é assim que você quer jogar, doutor?

— Por enquanto.

Ficamos sem falar por um longo momento. Os dois ali parados, de pé, meio que esperando a próxima réplica espertinha. Ninguém disse nada e cheguei à conclusão de que eu estava mesmo cansado e com fome.

— Boa noite, detetive Bosch.

Entrei e fechei a porta, deixando Bosch ali no deque.

44

Apenas no fim da terça-feira chegou a minha vez de interrogar o detetive Kinder, depois de o promotor passar horas perguntando detalhes e mais detalhes da investigação. Isso operou em meu favor. Achei que o júri — e Julie Favreau confirmou isso numa mensagem de texto — começou a ficar entediado com a minúcia do testemunho e receberia de braços abertos um novo rumo no interrogatório.

O testemunho direto abordou principalmente as investigações realizadas após a prisão de Walter Elliot. Kinder descreveu por um longo tempo o que descobriu sobre o casamento do réu, o acordo pré-nupcial que entrara recentemente em vigor, o empenho de Elliot nas semanas que precederam o assassinato para determinar quanto dinheiro e controle dos Archway Studios ele perderia no caso de um divórcio. Com um cronograma, ele também foi capaz de estabelecer, por meio das declarações de Elliot e de movimentos documentados, que o réu não possuía um álibi fidedigno para o tempo estimado dos assassinatos.

Golantz também fez questão de interrogar Kinder sobre todos os impasses e ramificações da investigação que, no final das contas, se provaram úteis. Kinder descreveu as inúmeras pistas infundadas que foram afastadas após um exame cuidadoso, a investigação de Johan Rilz em um esforço para determinar se não havia sido ele o alvo principal do assassino e a comparação do duplo homicídio com outros casos similares e sem solução.

No todo, Golantz e Kinder pareciam ter feito um trabalho exaustivo para ligar meu cliente aos crimes de Malibu, e na metade da tarde o jovem promotor finalmente se deu por satisfeito o suficiente para dizer: "Sem mais perguntas, Meritíssimo".

Finalmente chegava minha vez e eu decidira ir atrás de Kinder em um interrogatório que ficaria estritamente focado em apenas três áreas abordadas por Golantz, e depois surpreendê-lo com um soco inesperado no estômago. Fui até o atril para começar minha inquirição.

— Detetive Kinder, sei que ainda vamos ouvir o testemunho do médico-legista, mas o senhor testemunhou ter sido informado após a autópsia de que a hora estimada da morte da senhora Elliot e do senhor Rilz foi entre onze da manhã e meio-dia do dia em que os crimes ocorreram.

— Correto.

— Foi mais perto das onze ou mais perto do meio-dia?

— É impossível dizer com certeza. Isso é só o período de tempo em que ocorreram.

— Ok, e uma vez que vocês determinaram esse período, vocês fizeram o possível para se certificar de que o homem que já haviam prendido não tinha álibi, certo?

— Eu não colocaria dessa forma, não.

— Então como o senhor colocaria?

— Eu diria que era minha obrigação continuar a investigar o caso e me preparar para o julgamento. Parte desse trabalho seria manter a mente aberta para a possibilidade de que o suspeito tivesse um álibi para os assassinatos. No desempenho desse dever, determinei com base em múltiplas entrevistas, bem como em registros obtidos na portaria dos Archway Studios, que o senhor Elliot deixou o local sozinho em seu carro, às dez e quarenta dessa manhã. Isso deu a ele tempo de sobra para...

— Obrigado, detetive. O senhor já respondeu à pergunta.

— Não terminei minha resposta.

Golantz se levantou e pediu ao juiz que a testemunha tivesse oportunidade de responder à pergunta, e Stanton deferiu. Kinder continuou naquele tom de cartilha da Homicídios.

— Como eu ia dizendo, isso forneceu ao senhor Elliot tempo de sobra para chegar à casa em Malibu dentro dos parâmetros da hora estimada da morte.

— O senhor disse tempo de sobra?

— Tempo suficiente.

— Antes o senhor descreveu ter feito o senhor mesmo o trajeto diversas vezes. Quando foi isso?

— A primeira vez foi exatamente uma semana após os assassinatos. Saí dos portões da Archway às dez e quarenta da manhã e dirigi até a casa de Malibu. Cheguei às onze e quarenta e dois, perfeitamente dentro do período de tempo em que houve o homicídio.

— Como o senhor sabia que estava fazendo o mesmo caminho que o senhor Elliot teria feito?

— Não sabia. Então fiz o caminho que considerei o mais óbvio e rápido que qualquer um pudesse fazer. A maioria das pessoas nunca usa o caminho mais longo. Usa o mais curto — a menor quantidade de tempo possível para chegar ao destino. Da Archway eu peguei a Melrose até La Brea e da La Brea desci para a dez. De lá segui na direção oeste para a Pacific Coast Highway.

— Como o senhor sabia que o trânsito que encontrou seria o mesmo que o senhor Elliot encontrou?

— Não sabia.

— O trânsito em Los Angeles pode ser um negócio bastante imprevisível, não é?

— Pode.

— Foi por isso que o senhor fez o mesmo trajeto diversas vezes?

— Um dos motivos, sim.

— Ok, detetive Kinder, o senhor testemunhou ter refeito o trajeto cinco vezes no total e disse que chegou à casa de Malibu sem extrapolar nenhuma vez a faixa de tempo em que ocorreu o homicídio, certo?

— Correto.

— Em relação a esses cinco testes do trajeto, em qual deles o senhor chegou mais cedo à casa de Malibu?

Kinder olhou suas anotações.

— Esse seria o da primeira vez, quando cheguei às onze e quarenta e dois.

— E qual foi o pior resultado?

— Pior?

— Qual o tempo mais longo registrado desses cinco trajetos?

Kinder checou as anotações outra vez.

— O mais tarde que cheguei foi às onze e cinquenta e um.

— Ok, então seu melhor tempo continuava no último terço do período que o médico-legista estabeleceu para a hora das mortes, e seu pior tempo teria deixado o senhor Elliot com menos de dez minutos para entrar escondido em sua casa e matar duas pessoas. Correto?

— Sim, mas podia ter sido feito.

— Podia? O senhor não parece muito confiante, detetive.

— Tenho total confiança de que o acusado teve tempo de cometer esses assassinatos.

— Mas apenas se os assassinatos ocorreram pelo menos quarenta e dois minutos após ter início o período estimado, certo?

— Se quer encarar dessa forma.

— Não tem nada a ver com o modo como estou encarando, detetive. Estou trabalhando com o que o legista passou para nós. Assim, fazendo um resumo para o júri, o senhor está dizendo que o senhor Elliot deixou o estúdio às dez e quarenta e fez todo o percurso até Malibu, entrou na casa, surpreendeu a mulher e o amante no quarto do andar de cima e matou os dois, tudo isso antes que o tempo estimado para o homicídio se esgotasse, ao meio-dia. Entendi direito?

— Essencialmente, sim.

Abanei a cabeça, como se fosse mais do que dava para engolir.

— Ok, detetive, vamos seguir em frente. Por favor, conte ao júri quantas vezes o senhor começou o trajeto para Malibu mas parou no meio do caminho porque sabia que não ia conseguir chegar antes do meio-dia.

— Nenhuma vez.

Mas houve uma leve hesitação na resposta de Kinder. Eu tinha certeza de que o júri percebera.

— Responda sim ou não, detetive: se eu aparecer aqui com registros e até um vídeo mostrando que o senhor partiu da portaria na Archway às dez e quarenta da manhã sete vezes, e não cinco, esses registros seriam falsos?

Os olhos de Kinder oscilaram na direção de Golantz e depois de volta para mim.

— O que o senhor está sugerindo nunca aconteceu — ele disse.

— E o senhor não está respondendo à pergunta, detetive. Mais uma vez sim ou não: se eu apresentasse registros mostrando que o senhor testou o percurso pelo menos sete vezes, mas declarou apenas cinco, esses registros seriam falsos?

— Não, mas eu não…

— Obrigado, detetive. Pedi apenas uma resposta de sim ou não.

Golantz ficou de pé e pediu ao juiz que permitisse à testemunha responder a pergunta até o fim, mas Stanton lhe disse que poderia retomar a questão quando chegasse sua vez de um novo interrogatório. Mas então eu hesitei. Sabendo que Golantz iria proporcionar a Kinder uma chance de se explicar na repergunta, eu tinha a oportunidade de extrair essa explicação agora e talvez continuar a controlá-la, virando essa admissão em meu proveito. Era um jogo, porque naquele momento senti que o pegara de jeito, e se conseguisse segurá-lo até a hora do recesso do dia, então os jurados iriam para casa com uma desconfiança da polícia em suas cabeças. Isso era sempre bom.

Decidi arriscar e tentar controlar a situação.

— Detetive, diga-nos quantos desses testes de trajeto o senhor interrompeu antes de chegar à casa em Malibu.

— Foram dois.

— Quais?

— O segundo e o último — o sétimo.

Balancei a cabeça.

— E o senhor os interrompeu porque percebeu que nunca conseguiria chegar à casa de Malibu dentro da faixa de tempo, correto?

— Não, isso é muito incorreto.

— Então qual foi o motivo para o senhor interromper os testes?

— Em um, fui chamado de volta à delegacia para conduzir o interrogatório de uma pessoa que estava esperando lá, e da outra vez, meu rádio estava ligado e ouvi um policial solicitando reforços. Mudei de caminho para me apresentar.

— Por que o senhor não documentou esses dois em seu relatório da investigação sobre o tempo do trajeto?

— Não achei relevante, porque foram incompletos.

— Então esses testes incompletos não estão documentados em nenhum lugar aí nessas pastas grossas do senhor?

— Não, não estão.

— Então tudo que temos é sua palavra sobre o que causou a interrupção antes de chegar à casa de Elliot em Malibu, correto?

— Isso seria correto.

Balancei a cabeça e decidi que o atacara o bastante com esse assunto. Eu sabia que Golantz seria capaz de reabilitar Kinder quando chegasse sua vez novamente, talvez até aparecendo com documentação dos chamados que desviaram Kinder de seu percurso para Malibu. Mas minha esperança era de ter levantado ao menos uma desconfiança na mente dos jurados. Me contentei com minha pequena vitória e fui em frente.

Em seguida, ataquei Kinder pelo fato de não haver arma do crime recuperada e destaquei que a investigação de seis meses de Walter Elliot em momento algum o ligara a qualquer tipo de arma de fogo. Abordei a questão de diversos ângulos, de modo que Kinder teve de admitir repetidamente que uma peça-chave da investigação e da promotoria nunca fora localizada, ainda que o assassino, se fosse Elliot, tivesse tido pouco tempo para esconder a arma.

Finalmente, frustrado, Kinder disse:

— Bom, é mar pra burro por lá, doutor Haller.

Era a brecha que eu estava esperando.

— Mar pra burro, detetive? Está sugerindo que o senhor Elliot tinha um barco e jogou a arma no meio do Pacífico?

— Não, nada do gênero.

— Então o quê?

— Só estou dizendo que a arma pode ter ido parar na água e que as correntes levaram embora antes que nossos mergulhadores procurassem.

— *Pode ter ido* parar lá? O senhor pretende dar um fim à vida e à carreira do senhor Elliot baseado em um "*pode ter*", detetive Kinder?

— Não, não é isso que estou dizendo.

— O que o senhor está dizendo é que não tem uma arma, não pode ligar uma arma ao senhor Elliot, mas em nenhum momento afastou a crença de que ele é o culpado, correto?

— Tivemos um teste de resíduo de tiro que deu positivo. Pra mim isso ligou o senhor Elliot a uma arma.

— Que arma seria essa?

— Não temos arma.

— Ahn-há, e o senhor consegue sentar aí e dizer com certeza científica que o senhor Elliot disparou uma arma no dia em que sua esposa e Johan Rilz foram assassinados?

— Bom, certeza científica, não, mas o teste...

— Obrigado, detetive Kinder. Acho que isso responde à pergunta. Vamos em frente.

Virei a página de meu bloco de anotações e examinei a série seguinte de perguntas que eu escrevera na noite anterior.

— Detetive Kinder, no curso da investigação, o senhor determinou quando Johan Rilz e Mitzi Elliot se conheceram?

— Determinei que ela o contratou como designer de interiores no outono de 2005. Se já conhecia ele antes disso, não sei dizer.

— E quando se tornaram amantes?

— Isso foi impossível de determinar. O que posso dizer é que da agenda pessoal do senhor Rilz constavam compromissos com a senhora Elliot em uma casa ou outra. A frequência aumentou cerca de seis meses antes do crime.

— Ele foi pago em cada uma dessas ocasiões?

— Os registros do senhor Rilz eram muito incompletos. Foi difícil determinar se recebeu alguma coisa nessas datas específicas. Mas, de um modo geral, os pagamentos para o senhor Rilz por parte da senhora Elliot aumentaram quando a frequência dos encontros aumentou.

Balancei a cabeça como se a resposta se encaixasse em um cenário mais amplo que eu estivesse montando.

— Ok, e o senhor declarou também ter descoberto que os assassinatos ocorreram apenas trinta e dois dias após o contrato pré-nupcial entre Walter e Mitzi Elliot começar a vigorar, desse modo dando à senhora Elliot pleno direito às posses do casal na eventualidade de um divórcio.

— Isso mesmo.

— E esse seria o motivo para os assassinatos.

— Em parte, sim. Considero um fator agravante.

— O senhor enxerga alguma inconsistência nessa teoria do crime, detetive Kinder?

— Não, não, senhor.

— Não ficou óbvio para o senhor com base nos registros contábeis e na frequência de encontros que havia alguma espécie de relacionamento romântico ou pelo menos sexual acontecendo entre o senhor Rilz e a senhora Elliot?

— Eu não diria que isso é óbvio.

— Não?!

Fiz a exclamação com um tom de surpresa. Ele estava acuado. Se dissesse que o caso extraconjugal era óbvio, estaria me fornecendo a resposta que sabia que eu queria. Se dissesse que não era óbvio, então faria o papel de bobo, porque todo mundo ali na sala do tribunal sabia que era óbvio.

— Em retrospecto, pode parecer óbvio, mas na época acho que era segredo.

— Então como Walter Elliot descobriu a respeito?

— Não sei.

— O fato de que foram incapazes de encontrar a arma do crime não indica que Walter Elliot planejou esses assassinatos?

— Não necessariamente.

— Então é fácil esconder uma arma de todo o Ministério Público?

— Não, mas, como eu disse, ela pode simplesmente ter sido jogada no mar do deque nos fundos, e a correnteza levou embora. Não precisaria de muito planejamento pra isso.

Kinder sabia o que eu queria e aonde eu estava tentando chegar. Não consegui fazer com que fosse nessa direção, então decidi dar um empurrãozinho.

— Detetive, nunca lhe ocorreu que se Walter Elliot soubesse do caso de sua esposa, teria feito muito mais sentido simplesmente se divorciar antes do acordo pré-nupcial entrar em vigor?

— Não havia o menor indício de que ele soubesse do caso. E a pergunta não leva em consideração coisas como emoções e raiva. É possível que dinheiro não tenha nada a ver com isso como fator de motivação. Pode ter sido apenas uma questão de traição e acesso de fúria, pura e simplesmente.

Eu não conseguira o que queria. Fiquei irritado comigo mesmo e atribuí isso ao fato de estar enferrujado. Eu havia me preparado para o interrogatório, mas era a primeira vez em um ano que ficava cara a cara com uma testemunha tarimbada e cautelosa. Decidi recuar nesse ponto e acertar Kinder com o direto que ele não percebeu que estava vindo.

45

Pedi um minuto ao juiz e depois fui até a mesa da defesa. Curvei-me no ouvido de meu cliente.

— Apenas balance a cabeça como se eu estivesse dizendo alguma coisa muito importante — sussurrei.

Elliot fez como instruí e então apanhei uma pasta e voltei ao atril. Abri a pasta e olhei para o banco das testemunhas.

— Detetive Kinder, em que ponto de sua investigação o senhor determinou que Johan Rilz era o alvo prioritário desse duplo homicídio?

Kinder abriu a boca para responder imediatamente, depois fechou e recostou no espaldar, pensando por um momento. Era bem o tipo da linguagem corporal que eu esperava que o júri percebesse.

— Em nenhum momento isso ficou determinado — respondeu Kinder finalmente.

— Em nenhum momento Johan Rilz ocupou posição proeminente na investigação?

— Bom, ele foi vítima de um homicídio. No meu manual profissional, isso dá posição proeminente pra ele o tempo todo.

Kinder pareceu muito orgulhoso da resposta, mas não lhe dei muito tempo para saborear.

— Então essa posição proeminente explica por que vocês foram até a Alemanha para investigar o passado dele, correto?

— Eu não fui para a Alemanha.

— E à França? O passaporte dele mostra que morou lá antes de vir para os Estados Unidos.

— Eu não estive lá.

— Então quem de sua equipe esteve?

— Ninguém. A gente não achou que fosse necessário.

— Por que não era necessário?

— A gente tinha pedido à Interpol que verificasse a ficha de Johan Rilz e o resultado foi que estava limpo.

— O que é Interpol?

— Significa Organização Internacional de Polícia Criminal. Uma organização que intercomunica a polícia em mais de cem países e facilita a cooperação além das fronteiras. Tem diversos escritórios por toda a Europa e conta com acesso e cooperação completos dos países-membros.

— Isso é ótimo, mas quer dizer que vocês não procuraram diretamente a polícia de Berlim, de onde veio Rilz?

— Não, não procuramos.

— Vocês conversaram com a polícia de Paris, onde Rilz morou cinco anos atrás?

— Não, a gente se baseou nos nossos contatos com a Interpol para saber do passado do senhor Rilz.

— A ficha levantada pela Interpol na maior parte se resume a uma verificação de registro de detenção criminal, correto?

— Isso estava incluído, sim.

— O que mais estava incluído?

— Não tenho certeza do que mais. Não trabalho pra Interpol.

— Se o senhor Rilz tivesse trabalhado para a polícia em Paris como informante disfarçado em um caso de drogas, a Interpol teria dado essa informação?

Os olhos de Kinder se arregalaram por uma fração de segundo antes de responder. Ficou claro que não estava esperando a pergunta, mas não deu para interpretar se sabia em que direção eu estava indo ou se tudo aquilo era novidade para ele.

— Não sei dizer se teriam fornecido essa informação para nós ou não.

— Organizações de investigação federal e autoridades policiais normalmente não entregam os nomes de seus informantes sem mais nem menos, não é?

— Não, não entregam.

— Por que isso?

— Porque pode pôr os informantes em perigo.

— Então ser um informante em um caso criminal pode ser perigoso?
— Ocasionalmente, sim.
— Detetive, alguma vez o senhor investigou o assassinato de um informante disfarçado?

Golantz levantou antes que Kinder pudesse responder e pediu ao juiz autorização para se aproximar. O juiz fez sinal para nós dois. Apanhei a pasta no atril e fui até lá com Golantz. O escrevente do tribunal deslocou-se para perto com sua máquina de estenografia. O juiz rolou a cadeira e nos curvamos os três para a conferência.

— Doutor Golantz? — começou o juiz.
— Excelência, gostaria de saber que rumo isso vai tomar, porque tenho a sensação de que estou sendo passado pra trás, aqui. Não tem nada em nenhuma parte da publicação compulsória da defesa que indique o que o doutor Haller está perguntando à testemunha.

O juiz girou em sua cadeira e olhou para mim.
— Doutor Haller?
— Excelência, se tem alguém que está sendo passado pra trás é meu cliente. Essa foi uma investigação malfeita que...
— Guarde isso para o júri, doutor Haller. O que tem pra nós?

Abri a pasta e pus uma impressão de computador na frente do juiz, que a posicionou de ponta-cabeça para Golantz.

— O que tenho é uma matéria que saiu no *Le Parisien* há quatro anos e meio. Nela aparece o nome de Johan Rilz como testemunha da promotoria em um caso importante de drogas. Ele foi usado pela Direction de la Police Judiciaire para comprar drogas e ficar por dentro do circuito. Ele era um informante, Excelência, e esses caras aí nem sequer deram uma verificada. Foi uma ocultação...

— Doutor Haller, mais uma vez, guarde a argumentação para o júri. Essa impressão está em francês. O senhor tem uma tradução?

— Desculpe, Excelência.

Tirei a segunda de três folhas da pasta e pus em cima da primeira, mais uma vez posicionada para o juiz. Golantz torcia a cabeça de um jeito esquisito para tentar ler.

— Como vamos saber que se trata do mesmo Johan Rilz? — disse Golantz. — É um nome comum por lá.

— Pode ser na Alemanha, mas não na França.

— Então como vamos saber que é ele? — perguntou o juiz dessa vez. — Isso é um artigo de jornal traduzido. Não é nenhum tipo de documento oficial.

Puxei a última folha da pasta e mostrei.

— Isso é uma fotocópia de uma página do passaporte de Rilz. Obtive no material compulsório do próprio estado. Mostra que Rilz deixou a França com destino aos Estados Unidos em março de 2003. Um mês depois que essa matéria foi publicada. Além do mais, tem a idade. A idade mencionada bate e o artigo diz que o homem estava comprando drogas para a polícia usando seu trabalho de designer de interiores como fachada. É o mesmo, sem dúvida, Excelência. Ele traiu e mandou pra cadeia um monte de gente por lá, daí veio pra cá e recomeçou a vida.

Golantz começou a balançar a cabeça de um jeito desesperado.

— Ainda não serve — ele disse. — Isso é uma violação das normas da publicação compulsória e é inadmissível. Você não pode esconder isso e depois usar pra dar um golpe baixo no estado.

O juiz girou a cadeira para me encarar, dessa vez me lançando o olhar de condenação.

— Excelência, se alguém escondeu alguma coisa, esse alguém foi o estado. Isso aqui é coisa que a promotoria deveria ter conseguido e passado para mim. Na verdade, acho que a testemunha sabia sobre isso e *foi ela* que escondeu.

— Essa é uma acusação séria, doutor Haller — entoou o juiz. — Tem alguma prova disso?

— Excelência, eu só tenho conhecimento disso por acidente. No sábado eu estava revendo o material do meu investigador e notei que ele tinha consultado todos os nomes associados com esse caso na ferramenta de busca LexisNexis. Ele havia usado o computador e a conta que eu herdei junto com a carteira de clientes de Jerry Vincent. Fui checar a conta e notei que o default da busca estava para apresentar resultados somente em inglês. Como eu tinha olhado a fotocópia do passaporte de Rilz na publicação compulsória e sabia do passado dele na Europa, dei uma busca outra vez, agora incluindo francês e alemão. Esse artigo de um jornal francês apareceu em dois minutos, e acho difícil de acreditar que eu pudesse encontrar com tanta facilidade uma coisa que todo o Ministério Público, a promotoria e a Interpol não sabiam. Então, Excelência, não sei se isso é uma evidência de alguma coisa, mas a defesa certamente está com a sensação de ser a parte lesada nessa história.

Não dava para acreditar. O juiz girou a cadeira na direção de Golantz e lançou o olhar de condenação para ele. Pela primeira vez na vida. Fui um pouco para a direita, de modo que boa parte do júri pudesse ver a cena.

— O que tem a dizer sobre isso, doutor Golantz? — perguntou o juiz.

— É absurdo, Excelência. Não escondemos nada, e tudo que descobrimos consta do material de publicação compulsória. E gostaria de perguntar por que o doutor Haller não nos alertou para isso ontem, já que ele acabou de admitir que descobriu isso no sábado, a mesma data dessa impressão.

Encarei Golantz sem nenhuma expressão quando respondi.

— Se eu soubesse que você era fluente em francês eu teria mandado pra você, Jeff, aí quem sabe você podia ajudar em alguma coisa. Mas eu não sou, não sabia o que dizia aqui e tive que mandar traduzir. Recebi a tradução uns dez minutos antes de começar minha inquirição da testemunha.

— Tudo bem — disse o juiz, interrompendo os olhares. — Isso continua sendo uma impressão caseira de um artigo de jornal. O que você vai fazer para verificar a informação que contém, doutor Haller?

— Bom, assim que entrarmos em recesso, vou pôr meu investigador atrás disso e ver se a gente consegue contatar alguém na Police Judiciaire. Vamos fazer o trabalho que o Ministério Público deveria ter feito seis meses atrás.

— É óbvio que nós também vamos verificar — acrescentou Golantz.

— O pai e dois irmãos do Rilz estão sentados na plateia. Quem sabe você não começa por eles?

O juiz estendeu a mão num gesto conciliatório, como um pai apartando uma briga entre dois irmãos.

— Ok — disse. — Vou dar um fim a essa linha de interrogatório. Doutor Haller, vou permitir que forneça as bases para isso durante a apresentação da defesa. O senhor pode voltar a convocar a testemunha então, e se puder verificar a notícia e a identidade, vou lhe dar ampla margem para seguir nessa direção.

— Excelência, isso deixa a defesa em desvantagem — protestei.

— Em que sentido?

— Porque agora que o estado ficou sabendo dessa informação, ele pode tomar medidas para obstruir minha verificação.

— Isso é absurdo — disse Golantz.

Mas o juiz balançou a cabeça afirmativamente.

— Compreendo sua preocupação e estou deixando o doutor Golantz de sobreaviso que se eu descobrir algum indício disso, vou ficar... como direi, muito incomodado. Acho que por ora é só, senhores.

O juiz rolou sua cadeira de volta e os advogados retornaram aos seus lugares. Quando voltava, olhei o relógio na parede do fundo do tribunal. Faltavam dez para as cinco. Imaginei que se conseguisse ganhar mais alguns minutos, o juiz chamaria o recesso do dia e os jurados teriam a conexão francesa para refletir durante a noite.

Parei no atril e pedi alguns minutos para o juiz. Então agi como se estivesse estudando meu bloco de anotações, tentando decidir se havia mais alguma coisa sobre a qual eu quisesse perguntar a Kinder.

— Doutor Haller, como estamos? — finalmente me deu a deixa o juiz.

— Tudo bem, Meritíssimo. E vou aguardar para explorar as atividades do senhor Rilz na França com mais detalhes durante a fase da defesa no julgamento. Até lá, não tenho mais perguntas para o detetive Kinder.

Voltei para a mesa da defesa e sentei. O juiz então anunciou que o tribunal entrava em recesso até o dia seguinte.

Observei o júri saindo em fila da sala do tribunal e não consegui captar nenhuma expressão neles. Então olhei atrás de Golantz na plateia. Os três membros da família Rilz me fuzilavam com um olhar maligno.

46

Cisco me ligou em casa às dez horas. Disse que estava nas proximidades, em Hollywood, e que podia chegar logo. Disse que já tinha algumas novidades sobre o jurado número sete.

Depois de desligar, falei para Patrick que ia sair para o deque para conversar em particular com Cisco. Enfiei um suéter, pois o ar estava um pouco gelado, peguei a pasta que usara antes no tribunal e saí para esperar meu investigador.

A Sunset Strip brilhava como a explosão de uma fornalha sobre a crista das colinas. Eu comprara a casa em um ano gordo por causa do deque e da vista que tinha da cidade. Ela nunca deixou de me cativar, dia e noite. Nunca deixou de me encher de energia e me dizer a verdade. Essa verdade era a de que tudo é possível, tudo pode acontecer, de bom ou de ruim.

— Ei, chefe.

Levei um susto e me virei. Cisco subira a escada e se aproximara por trás sem que eu o escutasse. Ele devia ter subido a colina pela Fairfax e depois desligado o motor e descido na banguela até minha casa. Ele sabia que eu ia ficar incomodado se o escapamento da moto acordasse toda vizinhança.

— Não me assusta desse jeito, cara.

— Por que você está tão nervoso assim?

— Só não gosto de gente chegando de fininho, só isso. Senta aí.

Apontei para a pequena mesa e as cadeiras posicionadas sob o beiral do telhado e diante da janela da sala de estar. Era uma desconfortável mobília ao ar livre que eu quase nunca usava. Eu gostava de ficar no deque olhando a cidade e extraindo sua energia. O único modo de fazer isso era de pé.

A pasta que eu trouxera comigo estava sobre a mesa. Cisco puxou uma cadeira e já ia sentando quando parou e usou a mão para limpar o pó e a fuligem.

— Cara, você nunca tira a sujeira disso aqui?

— Você está usando jeans e camiseta, Cisco. Senta e não amola.

Nós nos sentamos e vi que ele olhou pela janela transparente para dentro da sala. O televisor estava ligado e Patrick assistia ao canal de esportes radicais na tevê a cabo. Pessoas executavam manobras em motos de neve.

— Aquilo ali é esporte? — perguntou Cisco.

— Para o Patrick acho que é.

— Como vão as coisas com ele?

— Indo. Ele só vai ficar umas semanas. Me fala sobre o número sete.

— Certo. Vamos trabalhar.

Ele levou o braço ao bolso de trás e puxou um pequeno diário dali.

— Tem luz aqui?

Fiquei de pé, fui até a porta da frente e apertei o interruptor do lado de dentro para acender a luz do deque. Dei uma olhada na tevê e vi uma equipe médica atendendo um piloto que aparentemente não completara sua manobra e tinha cento e cinquenta quilos de moto e esquis em cima dele.

Fechei a porta e voltei a sentar na frente de Cisco. Ele estava examinando alguma coisa em seu diário.

— Ok — ele disse. — Jurado número sete. Não tive muito tempo pra checar, mas tem umas coisinhas que eu queria passar pra você. O nome dele é David McSweeney e acho que quase tudo que ele escreveu na ficha do júri é falsa.

A ficha do júri é um formulário de uma folha que cada jurado preenche como parte do processo de *voir dire*. Nas fichas aparecem o nome do possível jurado, profissão e área onde reside, pelo código postal, além de uma lista de perguntas básicas destinadas a ajudar os advogados a decidir se eles querem a pessoa na bancada. Nesse caso, o nome seria removido, mas todas as demais informações estavam na ficha que eu fornecera a Cisco como ponto de partida.

— Me dá alguns exemplos.

— Bom, de acordo com o código postal na ficha, ele mora em Palos Verdes. Não é verdade. Eu segui o cara direto do tribunal pra um apartamento numa travessa do Beverly, atrás da CBS.

Cisco apontou para o sul, mais ou menos na direção do Beverly Boulevard e da Fairfax Avenue, onde se localizava o estúdio de tevê da CBS.

— Pedi pra um amigo checar a placa da picape que ele dirigiu do tribunal até a casa dele e ela está registrada no nome de David McSweeney, Beverly, o mesmo endereço pra onde eu vi ele ir. Pedi pra esse mesmo cara verificar a carteira de motorista e me mandar a foto pelo celular. Dei uma olhada, McSweeney é o nosso cara.

A informação era intrigante, mas eu estava mais preocupado em como Cisco vinha conduzindo a investigação do jurado número sete. A gente já havia perdido uma fonte na investigação de Vincent.

— Cisco, cara, seu rastro vai aparecer pra todo lado. Eu já te disse que não quero mais nenhuma contrainteligência dando rasteira na gente.

— Fica frio, cara. Não deixei rastro nenhum. Meu contato não vai dizer pra ninguém que fez uma pesquisa pra mim. É contra a lei um policial pesquisar pra alguém de fora. Ele perde o emprego. E se começarem a fuçar, a gente não tem com que se preocupar também, porque ele não usa o computador do trabalho nem a identidade de usuário quando está fazendo isso pra mim. Ele pegou a senha de um tenente aposentado. Então não tem pegada nenhuma, ok? Nenhum fio solto. A gente está seguro nessa.

Balancei a cabeça com relutância. Policiais roubando policiais. Por que isso não me surpreendia?

— Certo — eu disse. — Que mais?

— Bom, pra começar, ele tem ficha na polícia, mas marcou no formulário que nunca tocou piano antes.

— Pegaram ele pelo quê?

— Foram duas vezes. Uma por assalto à mão armada, em 97, outra por tentativa de fraude, em 99. Nenhuma condenação, mas isso é tudo que sei com certeza até agora. Quando o tribunal abrir dá pra conseguir mais coisa, se você quiser.

Eu queria saber mais, principalmente como duas prisões por fraude e assalto à mão armada podiam resultar em liberdade, mas se Cisco fosse puxar o prontuário dos casos, ele teria de apresentar sua identidade, e isso ia deixar pegadas.

— Não se você precisar registrar a retirada dos arquivos. Por enquanto, deixa pra lá. Mais alguma coisa?

— Tenho, estou dizendo pra você, acho que é tudo falso. No formulário ele diz que é um engenheiro da Lockheed. Até onde descobri, não é verdade. Liguei pra Lockheed e não tem nenhum David McSweeney na lista de ramais. Então ou o cara trabalha sem telefone, ou...

Ergueu as mãos com as palmas para cima, como que dizendo não haver outra explicação a não ser que alguma coisa cheirava mal.

— Foi só uma noite trabalhando nisso e tudo que descobri é mentira, incluindo provavelmente o nome do cara.

— Como assim?

— Bom, a gente não sabe o nome dele oficialmente, né? Foi ocultado no formulário.

— Certo.

— Então eu segui o jurado número sete e identifiquei ele como David McSweeney, mas quem pode dizer se esse é o mesmo nome que foi omitido no formulário? Tá entendendo o que eu quero dizer?

Pensei por um momento e então balancei a cabeça.

— Você quer dizer que McSweeney pode ter se apropriado do nome de um jurado legítimo e quem sabe até da convocação do júri e está se passando por essa pessoa no tribunal.

— Exatamente. Quando você é convocado e vai até o guichê de registro dos jurados, tudo que eles fazem é bater sua carteira de motorista com a lista. São funcionários de salário mínimo, Mick. Não seria difícil passar por um deles mostrando uma carteira de motorista falsa, e todo mundo sabe como é fácil conseguir um documento falso.

A maioria das pessoas quer pular fora de uma convocação de júri. Esse era um esquema para entrar em um. O dever cívico levado ao extremo.

Cisco disse:

— Se você conseguir de algum modo descobrir o nome que a justiça registrou para o número sete, eu posso checar, e aposto com você que *tem mesmo* um cara na Lockheed com esse nome.

Fiz que não com a cabeça.

— Não tem jeito de eu conseguir isso sem deixar rastro.

Cisco deu de ombros.

— Mas o que é que está acontecendo, Mick? Não vai me dizer que aquele promotor de merda tem alguém infiltrado no júri.

Pensei por um momento em contar a verdade, mas então decidi que não.

— Por enquanto, é melhor você não ficar sabendo.

— Abaixando periscópio.

Ou seja, era como se estivéssemos a bordo de um submarino — cada qual em seu compartimento; assim, se houvesse um vazamento com um de nós, não iria tudo para o fundo.

— Melhor assim. Você viu esse cara com alguém? Alguma pessoa que pode interessar a gente?

— Eu segui ele até o The Grove essa noite e ele se encontrou com alguém pra tomar um café no Marmalade, um dos restaurantes que eles têm por lá.

Era uma mulher. Parecia coisa casual, tipo terem se encontrado sem querer e sentado pra bater um papo. Fora isso, mais ninguém, até agora. Mas se você pensar bem, só segui o cara desde as cinco, quando o juiz liberou o júri.

Balancei a cabeça. Ele me passara muita coisa em um período tão curto de tempo. Mais do que eu havia esperado.

— Você chegou muito perto dele e da mulher?

— Não muito perto. Você me disse pra tomar todas as precauções.

— Então não saberia descrevê-la?

— Só disse que não fiquei muito perto, Mick. Descrever eu consigo. Tenho até uma foto dela na minha câmera.

Ele teve de se levantar para enfiar a mão enorme em um dos bolsos da frente de seu jeans. Tirou uma pequena câmera preta muito discreta e voltou a sentar. Ligou e olhou a tela na parte de trás. Apertou alguns botões no alto e então estendeu por sobre a mesa para mim.

— O começo é aí, é só ir passando pra chegar na mulher.

Mexi na câmera e passei por uma série de fotos digitais mostrando o jurado número sete em vários momentos durante a noite. As três últimas eram dele sentado com uma mulher no Marmalade. O cabelo preto tingido pendia solto e escondia seu rosto. E também as fotos não estavam muito nítidas, porque tinham sido tiradas de muita distância e sem flash.

Não reconheci a mulher. Devolvi a câmera para Cisco.

— Ok, Cisco, ótimo trabalho. Pode largar isso, agora.

— Largar?

— É, e volta pra isso aqui.

Deslizei a pasta sobre a mesa para ele. Ele balançou a cabeça e sorriu maliciosamente conforme pegava.

— E aí, o que é que você falou pro juiz lá no tribunal na hora da conferência?

Eu tinha me esquecido de que ele estava presente no tribunal, esperando para começar a seguir o jurado sete.

— Falei que percebi que você tinha feito a pesquisa inicial do histórico de Rilz com a ferramenta de busca em inglês e que eu tinha refeito pondo francês e alemão. Até imprimi a história outra vez no domingo pra ficar com uma data mais recente.

— Beleza. Só que eu fiquei parecendo um incompetente.

— Eu precisava inventar uma coisa assim. Se eu dissesse pra ele que estou com isso faz uma semana e escondendo esse tempo todo, a gente não ia estar conversando aqui, agora. Eu provavelmente ia estar preso por desacato à justiça. Além do mais, o juiz acha que incompetente é o Golantz, por não ter encontrado isso antes da defesa.

Isso pareceu servir para aplacar Cisco. Ele brandiu a pasta.

— E aí, o que você quer que eu faça com isso? — perguntou.

— Cadê o tradutor que você usou pro artigo do jornal?

— Provavelmente no dormitório dela em Westwood. É uma aluna de intercâmbio que eu achei na internet.

— Bom, liga pra ela e vai buscar a garota porque a gente vai precisar dela hoje à noite.

— Tenho a sensação de que a Lorna não vai gostar muito disso. Eu e uma francesa de vinte anos.

— A Lorna não fala francês, ela vai ter que aceitar. Como é o fuso, nove horas adiantado em Paris?

— É, nove ou dez. Esqueci.

— Ok, então eu quero você com a tradutora à meia-noite começando a dar os telefonemas. Liga pra todos os gendarmes, ou sei lá que nome eles têm, que trabalharam nesse caso de drogas, e põe um deles num avião pra cá. Tem o nome de pelo menos três na matéria. Pode começar por aí.

— Simples assim? Você acha que um desses caras vai simplesmente entrar em um avião porque a gente quer?

— É bem capaz de um apunhalar o outro pra ver quem ganha a viagem. Diz que a gente vai dar uma passagem de primeira classe e pôr o cara no mesmo hotel do Mickey Rourke.

— Tá, e que hotel seria esse?

— Sei lá, mas ouvi dizer que idolatram ele por lá. Os franceses acham que ele é um gênio ou algo do tipo. De qualquer jeito, o que estou dizendo é, diga apenas o que eles quiserem escutar. Gaste o que for necessário. Se tiver dois querendo vir, traz os dois e a gente avalia e põe o melhor no banco das testemunhas. Mas faz alguém vir pra cá. Estamos em Los Angeles, Cisco. Qualquer policial do mundo quer conhecer este lugar e depois voltar pra casa e contar pra todo mundo o que e quem ele viu.

— Ok, vou pôr alguém no voo. Mas e se o cara não puder vir imediatamente?

— Então faz ele vir o mais rápido possível e me fala. Posso esticar um pouco mais no tribunal. O juiz quer apressar o andamento, mas eu consigo fazer ir um pouco mais devagar, se precisar. Provavelmente até a próxima terça ou quarta, é o máximo que dá. Consegue alguém mais ou menos por aí.

— Quer que eu ligue pra você hoje à noite quando tiver arranjado tudo?

— Não, preciso descansar minha beleza. Perdi o costume de ficar em pé no tribunal o dia inteiro e estou destruído. Vou pra cama. Me liga de manhã.

— Certo, Mick.

Ele se levantou e eu também. Bateu com a pasta no meu ombro e depois a enfiou na parte de trás da cintura do jeans. Enquanto descia a escada, eu andei até a beirada do deque para vê-lo montar em sua moto parada no meio-fio, pôr um ponto morto e silenciosamente começar a deslizar pela Fareholm na direção do Laurel Canyon Boulevard.

Depois, ergui o olhar para a cidade ao longe e pensei nas coisas que estava fazendo, na minha situação pessoal e no teatro que armei na cara do juiz em pleno tribunal. Não fiquei ruminando muito tempo sobre isso e não me sentia nem um pouco culpado por ter feito nada daquilo. Eu estava defendendo um homem que eu acreditava ser inocente dos crimes pelos quais era acusado, mas com alguma cumplicidade na construção do motivo para eles terem ocorrido. Eu tinha uma pessoa infiltrada no júri que estava diretamente relacionada ao assassinato de meu predecessor. E eu tinha um detetive em cima de mim de quem eu estava escondendo coisas e que eu não podia ter certeza se poria minha segurança na frente de seu próprio desejo de desvendar o caso.

Tudo isso me passou pela cabeça e eu não sentia culpa nem medo em relação a nada. Eu era como um cara fazendo uma manobra com um trenó de cento e cinquenta quilos em pleno ar. Talvez não fosse esporte, mas era perigoso como o diabo e conseguira realizar o que eu fora incapaz de fazer em mais de um ano. Sacudir a ferrugem e devolver energia em minhas veias.

Isso pôs a velocidade do meu sangue a mil.

Escutei o escapamento do motor *panhead* da moto de Cisco enfim funcionando. Ele descera toda a ladeira até o Laurel Canyon antes de ligar o motor. A válvula de escape rugiu profundamente conforme ele sumia noite adentro.

PARTE CINCO
BOCA CALADA

47

Na segunda de manhã eu estava vestindo meu terno Corneliani. Eu sentava ao lado de meu cliente na sala do tribunal e estava preparado para começar a apresentar sua defesa. Jeffrey Golantz, o promotor, sentava em sua mesa, preparado para tentar frustrar meus esforços. E a plateia atrás de nós estava lotada mais uma vez. Mas a cadeira diante de todos continuava vazia. O juiz não saíra de seu gabinete e o atraso já era de quase uma hora em relação ao horário de início estabelecido por ele próprio, às nove horas. Havia alguma coisa errada ou algo surgira e ainda não havíamos sido informados. Policiais foram vistos escoltando um homem que não reconheci para o gabinete e depois saindo outra vez, mas ninguém dizia uma palavra sobre o que estava acontecendo.

— Ei, Jeff, o que você acha? — perguntei finalmente através da coxia.

Golantz olhou na minha direção. Estava usando seu terno preto elegante, mas ele vinha aparecendo no tribunal vestido dia sim, dia não daquele jeito e não impressionava mais ninguém. Ele deu de ombros.

— Não faço ideia — disse.

— Quem sabe lá no fundo ele não está reconsiderando meu pedido de absolvição por falta de provas.

Sorri. Golantz não.

— Vai sonhando — ele disse, com o melhor sarcasmo promotorial de que era capaz.

A promotoria empatara toda a semana anterior. Eu até ajudei um pouco, me demorando mais do que precisava com uma ou outra testemunha, mas na maior parte a culpa cabia a Golantz, com seu excesso de zelo. Ele segurou o médico-legista que conduzira as autópsias em Mitzi Elliot e Johan Rilz quase um dia inteiro no banco das testemunhas, descrevendo em detalhes excessivamente minuciosos como e quando as vítimas haviam morrido. Ele manteve o contador de Walter Elliot sendo interrogado pela metade de um dia, explicando as finanças do casamento de Elliot e quanto Walter tinha a perder com um divórcio. E permaneceu com o técnico forense da polícia quase por igual período, explicando seus resultados de altos níveis de resíduo de tiro nas mãos e nas roupas do réu.

Entre uma e outra testemunha-chave, ele conduziu interrogatórios mais curtos de testemunhas menos importantes e então finalmente encerrou o caso da promotoria na sexta à tarde com um dramalhão. Levou uma velha amiga de Mitzi Elliot ao banco das testemunhas. Ela contou que Mitzi lhe confidenciara seus planos de se divorciar assim que o acordo pré-nupcial entrasse em vigor. Falou da briga conjugal quando o marido descobriu o que pretendia e disse ter visto hematomas nos braços de Mitzi Elliot no dia seguinte. Não parou de chorar um minuto e repetidamente se desviou para o depoimento e as evidências apresentadas por outras testemunhas, o que me levou a entrar com uma objeção.

Como de praxe, requeri ao juiz, assim que a promotoria deu a apresentação de seu caso por encerrada, uma absolvição por falta de provas. Argumentei que o estado não chegara nem perto de estabelecer a *prima facie* contra Elliot. Mas também, como de praxe, o juiz negou meu pedido sem maiores comentários e disse que o julgamento passaria à fase da defesa, a começar pontualmente às nove da manhã da segunda-feira seguinte. Passei o fim de semana montando minha estratégia e preparando minhas duas principais testemunhas: a dra. Shamiram Arslanian, minha especialista em teste GSR, e um capitão de polícia francês chapado de jet-leg chamado Malcolm Pepin. A segunda de manhã chegara e eu estava a postos para começar. Mas nada de juiz na cadeira à minha frente.

— O que está acontecendo? — Elliot sussurrou para mim.

Dei de ombros.

— Sei tanto quanto você. Na maioria das vezes, quando o juiz não aparece, não tem nada a ver com o caso. Geralmente é algum problema com o julgamento seguinte na agenda dele.

Isso não acalmou Elliot. Um vinco profundo marcava o centro de sua testa. Ele sabia que havia alguma coisa rolando. Virei e olhei para a plateia. Julie Favreau estava sentada três fileiras atrás, com Lorna. Pisquei na direção delas e Lorna me devolveu um sinal de positivo. Examinei o resto da plateia e notei que atrás da mesa da promotoria havia um espaço vazio no meio do público. Nenhum alemão. Eu já ia perguntar a Golantz onde os Rilz haviam se metido quando um policial uniformizado se aproximou da barra, atrás do promotor.

— Com licença.

Golantz virou e o policial gesticulou para ele com um documento que tinha em sua mão.

— O senhor é o promotor? — perguntou. — Com quem eu falo sobre isto?

Golantz se levantou e foi até a barra. Deu uma rápida olhada no papel e devolveu.

— Isso é uma intimação da defesa pra você testemunhar. O senhor é o policial Stallworth?

— Sou.

— Então é aqui mesmo.

— Não, coisa nenhuma. Eu não tive nada a ver com esse caso.

Golantz apanhou a intimação outra vez e examinou. Dava para perceber seu cérebro começando a maquinar, mas ia ser tarde demais quando ele juntasse todas as peças.

— O senhor não esteve na cena do crime, na casa? E quanto ao perímetro ou o controle de trânsito?

— Eu estava em casa dormindo, cara. Eu faço o turno da noite.

— Espera aí um segundo.

Golantz voltou até sua mesa e abriu uma pasta. Vi quando checou a relação final de testemunhas que eu apresentara duas semanas antes.

— Que isso, Haller?

— Que isso o quê? Ele está aí na lista.

— Porra nenhuma.

— Porra nenhuma, não. Faz duas semanas que ele está aí.

Me levantei e fui até a barra. Estendi a mão.

— Policial Stallworth, sou Michael Haller.

Stallworth se recusou a apertar minha mão. Desrespeitado na frente de toda a plateia, insisti.

— Fui eu que convoquei você. Se puder esperar no corredor, vou tentar chamá-lo e liberá-lo assim que a sessão tiver início. Tem algum atraso acontecendo por causa do juiz. Mas pode sentar tranquilo que eu chamo.

— Não, não, é um engano. Eu não tive nada a ver com esse caso. É minha folga do serviço e estou indo pra casa.

— Policial Stallworth, não tem engano nenhum aqui e mesmo que tivesse você não pode ignorar uma intimação. Só o juiz pode liberar você, depois que eu pedir. Se for pra casa vai deixar ele muito puto da vida. Acho que não ia querer o juiz puto da vida com você.

O policial bufava como se estivesse sendo ofendido da pior maneira possível. Olhou para Golantz em busca de ajuda, mas o promotor tinha o ouvido colado no celular e conversava aos sussurros. Parecia alguma coisa urgente.

— Olha — eu disse para Stallworth —, vai lá pro corredor e eu...

Escutei meu nome e o do promotor sendo chamados da frente do tribunal. Virei e vi o assistente do juiz sinalizando para nós da porta que levava ao gabinete do magistrado. Finalmente estava acontecendo alguma coisa. Golantz encerrou sua ligação e se levantou. Dei as costas para Stallworth e segui Golantz na direção do gabinete.

O juiz estava sentado atrás da escrivaninha com sua toga preta. Parecia pronto para continuar também, mas alguma coisa o detivera.

— Senhores, sentem — ele disse.

— Excelência, quer que eu chame o réu aqui? — perguntei.

— Não, não acho que seja necessário. Apenas sentem e vou explicar o que está acontecendo.

Golantz e eu nos sentamos lado a lado diante do juiz. Dava para perceber que Golantz estava se remoendo por dentro com a intimação de Stallworth e com o que aquilo devia querer dizer. Stanton se curvou para a frente e cruzou os dedos das mãos em cima de um papel dobrado na frente dele, sobre a mesa.

— Temos uma situação incomum envolvendo má conduta no júri — ele disse. — A coisa ainda está... evoluindo e peço desculpas por não ter falado nada antes.

Parou de falar nesse ponto e ambos ficamos olhando para ele e imaginando se era para sairmos e voltarmos à sala do tribunal ou se podíamos perguntar alguma coisa. Mas Stanton prosseguiu após um instante.

— Meu escritório recebeu uma carta na terça-feira endereçada pessoalmente a mim. Infelizmente, não tive chance de abrir a não ser depois da sessão do tribunal, na sexta — é meio que um ritual de encerramento da semana pra deixar a papelada em dia depois que todo mundo já foi pra casa. A carta dizia... bom, aqui está a carta. Eu já pus a mão, mas nenhum de vocês deve encostar nela.

Ele desdobrou o papel que ergueu com a palma das mãos e deixou que a gente lesse. Fiquei de pé de modo a me curvar sobre a mesa. Golantz era alto suficiente — mesmo sentado — para não precisar fazê-lo.

Juiz Stanton, fique sabendo que o jurado número sete não é quem o senhor pensa que é e quem ele diz que é. Verifique na Lockheed e cheque as digitais. Ele tem ficha na prisão.

A carta parecia ter saído de uma impressora a laser. Não havia mais sinal algum na página além dos dois vincos de onde fora dobrada.

Voltei a sentar.

— O senhor guardou o envelope em que ela veio? — perguntei.

— Guardei — disse Stanton. — Sem remetente e com carimbo do correio de Hollywood. Vou mandar para o laboratório do procurador-geral, para darem uma olhada no bilhete e no envelope.

— Excelência, espero que o senhor não tenha conversado com esse jurado — disse Golantz. — Devemos estar presentes para tomar parte de qualquer interrogatório. Isso pode ser só um esquema de alguém pra tirar o jurado da bancada.

Eu já esperava que Golantz corresse em defesa do jurado. Até onde ele podia saber, o jurado número sete era um jurado azul.

Falei em minha própria defesa.

— Ele quis dizer um esquema da defesa e eu protesto contra essa acusação.

O juiz rapidamente ergueu as mãos, pedindo calma.

— Segurem os cachorros, os dois. Ainda não conversei com o número sete. Passei o fim de semana pensando em como prosseguir com isso quando viesse para o tribunal hoje. Conversei sobre a questão com outros juízes e estava inteiramente determinado a discutir o caso na presença dos advogados hoje de manhã. O único problema é que o jurado número sete não apareceu. Ele não está aqui.

Isso fez tanto eu quanto Golantz hesitarmos por um segundo.

— Não está aqui? — disse Golantz. — O senhor mandou policiais par...

— Claro, mandei os oficiais do tribunal para o endereço dele, e a esposa disse que estava trabalhando, mas que não sabia nada sobre tribunal ou julgamento, nem nada do gênero. Eles foram até a Lockheed e acharam o homem e trouxeram aqui faz alguns minutos. Não era ele. Não era o jurado número sete.

— Excelência, agora fiquei confuso — eu disse. — Pelo que entendi encontraram ele no trabalho.

O juiz balançou a cabeça.

— É. Foi o que eu disse. Isso está começando a parecer o Gordo e o Magro e aquele negócio de "Quem está na primeira base?".

— Abbott e Costello — eu disse.

— Como?

— Abbott e Costello. A piada do "Quem está na primeira base?" é deles.

— Que seja. A questão é: o jurado número sete não era o jurado número sete.

— Continuo sem entender, Excelência — eu disse.

— Temos o número sete registrado no computador como Rodney L. Banglund, engenheiro da Lockheed, residente em Palos Verdes. Mas o homem que ficou duas semanas sentado na cadeira número sete não é Rodney Banglund. Não sabemos quem era e agora ele sumiu.

— Ele tomou o lugar de Banglund, mas Banglund não sabia nada sobre isso — disse Golantz.

— É o que parece — disse o juiz. — Banglund — o verdadeiro — está sendo interrogado agora mesmo, mas quando ele esteve aqui, não pareceu saber nada a respeito. Disse que nunca foi convocado para um júri, pra começo de conversa.

— Então a convocação dele foi desviada e usada por esse sujeito de identidade desconhecida — eu disse.

O juiz fez que sim.

— É o que parece. A questão é saber com que intenção, e o Ministério Público espera descobrir.

— O que isso muda no julgamento? — perguntei. — Ele pode ser declarado inválido?

— Acho que não. Pensei em chamar o júri, explicar que o número sete foi liberado por motivos que não cabe a eles saber, encaixar o primeiro substituto e continuar em frente. Enquanto isso, que os homens do procurador-geral vejam com muito cuidado se todos os outros naquele grupo são exatamente quem dizem ser. Doutor Golantz?

Golantz balançou a cabeça pensativamente antes de falar.

— Isso é muito chocante — disse. — Mas acho que o estado está preparado para continuar, contanto que a investigação mostre que todo esse esquema inclui só o número sete.

— Doutor Haller?

Fiz que sim, concordando. A sessão transcorrera como eu havia esperado.

— Tenho testemunhas na cidade que vieram de Paris e estou pronto para prosseguir. Não quero a invalidação do julgamento. Meu cliente também não.

O juiz selou o acordo balançando a cabeça.

— Ok, voltem lá e vamos retomar em dez minutos.

A caminho do corredor, Golantz sussurrou uma ameaça para mim.

— Ele não é o único que vai investigar isso, Haller.

— Tá, e o que você quer dizer com isso?

— Quero dizer que quando a gente descobrir onde tá esse filho da puta, também vai descobrir o que ele estava fazendo no júri. E se isso tiver alguma ligação com a defesa, então eu vou...

Empurrei-o ao passar pela porta da sala do tribunal. Não precisava escutar o resto.

— Ótimo pra você, Jeff — eu disse quando entrava na sala.

Não vi Stallworth e esperava que o policial estivesse aguardando no corredor, conforme eu o instruíra. Elliot me abordou todo afobado quando voltei à mesa da defesa.

— O que aconteceu? O que está acontecendo?

Usei minha mão para sinalizar que baixasse o tom de voz. Então sussurrei:

— O jurado número sete não apareceu hoje e o juiz foi investigar e descobriu que ele era falso.

Elliot se empertigou na cadeira e parecia que alguém acabara de enterrar um abridor de cartas nas suas costas.

— Meu Deus, o que isso quer dizer?

— Pra nós, nada. O julgamento continua com um jurado alternativo no lugar. Mas vai ter uma investigação sobre quem era o número sete, e estou rezando, Walter, pra que isso não chegue até você.

— Não vejo como chegaria. Mas não dá pra continuar, agora. Você tem que parar tudo. Pede invalidação do julgamento.

Observei o olhar suplicante no rosto de meu cliente e percebi que nunca tivera a menor fé em sua defesa. Estivera contando o tempo todo apenas com o jurado infiltrado.

— O juiz disse nada de impugnação. Vamos seguir como estamos.

Elliot esfregou a boca com a mão trêmula.

— Não se preocupe, Walter. Você está em boas mãos. Vamos vencer aqui do modo limpo.

Só então o assistente do juiz pediu ordem no tribunal e o juiz apareceu, indo para sua cadeira.

— Certo, declaro aberta a sessão de *Califórnia versus Elliot* — disse. — Tragam o júri.

48

A primeira testemunha da defesa era Julio Muniz, o cinegrafista freelance de Topanga Canyon que passou para trás toda a mídia local e chegou primeiro à casa de Elliot no dia do crime. Estabeleci rapidamente com minhas perguntas o modo como Muniz ganhava a vida. Ele não trabalhava para nenhuma rede nem canal de notícias local. Escutava as transmissões da polícia em um rádio em sua casa e em seu carro e descobria endereços de cenas de crime e situações de atividade policial. Corria para esses lugares com sua câmera de vídeo, filmava e vendia para os canais locais que não haviam coberto a notícia. Em relação ao caso de Elliot, o ponto de partida dele foi quando escutou o chamado de uma equipe de homicídios em seu rádio e se dirigiu ao endereço com a câmera.

— Senhor Muniz, o que fez assim que chegou ao local? — perguntei.

— Bom, liguei a câmera e comecei a filmar. Notei que tinha alguém na traseira da viatura e que provavelmente era um suspeito. Então filmei e depois filmei os policiais isolando a cena do crime com fita amarela na frente da propriedade, essas coisas.

A seguir apresentei a fita digital usada por Muniz nesse dia como a primeira evidência da defesa e empurrei o carrinho com o monitor e o videocassete diante do júri. Enfiei a fita e apertei o "play". A fita fora previamente rebobinada no ponto em que Muniz começava a filmar diante da casa de Elliot. Conforme passava o vídeo, observei os jurados prestando toda a atenção. Eu já estava familiarizado com a filmagem, tendo assistido diversas vezes. Mostrava Walter Elliot sentado no banco de trás da radiopatrulha. Como o vídeo fora feito de um ângulo acima do carro, a designação 4A pintada no teto era claramente visível.

O vídeo pulou do carro para cenas dos policiais isolando a casa e depois voltava a pular para a viatura. Dessa vez mostrava Elliot sendo retirado do carro pelos detetives Kinder e Ericsson. Eles tiraram as algemas e o conduziram para o interior da casa.

Usando um controle remoto, parei o vídeo e rebobinei até o ponto em que Muniz se aproximara de Elliot no banco de trás da radiopatrulha. Comecei a passar a fita novamente e então congelei a imagem, de modo que o júri pudesse ver Elliot curvado, pois suas mãos haviam sido algemadas às suas costas.

— Ok, senhor Muniz, deixe-me pedir sua atenção para o teto da viatura. O que o senhor vê pintado ali?

— A designação do carro. É um quatro-A, ou quatro-alfa, como dizem no rádio do procurador-geral.

— Ok, e o senhor reconhece a designação? Já viu antes?

— Bom, eu escuto o rádio pra caramba, então conheço bem a designação quatro-alfa. E pra falar a verdade eu já tinha visto o quatro-alfa nesse mesmo dia.

— E isso em quais circunstâncias?

— Eu estava escutando o rádio e fiquei sabendo de uma ocorrência com refém no Malibu Creek State Park. Corri pra filmar, também.

— A que horas isso aconteceu?

— Umas duas da manhã.

— Então, cerca de dez horas antes de filmar as atividades na casa de Elliot o senhor foi filmar essa ocorrência com refém, correto?

— Correto.

— E o carro quatro-alfa também esteve envolvido nesse incidente anterior?

— É, quando o suspeito acabou sendo capturado, ele foi transportado no carro quatro-alfa. O mesmo carro.

— A que horas mais ou menos isso aconteceu?

— Isso foi só lá pelas cinco da manhã. Foi uma longa noite.

— O senhor gravou isso em vídeo?

— É, gravei. Essa filmagem aparece um pouco antes nessa mesma fita.

Ele apontou para a imagem congelada na tela.

— Então vamos assistir — eu disse.

Apertei o botão de "rewind" do controle remoto. Golantz se levantou na mesma hora, protestou e solicitou uma conferência. O juiz fez sinal de que nos aproximássemos e eu levei junto a lista de testemunhas que submetera à justiça duas semanas antes.

— Meritíssimo — disse Golantz, furioso. — A defesa andou ocultando informação outra vez. Não tem nenhuma indicação no material compulsório nem em lugar nenhum da intenção do doutor Haller de explorar algum outro crime com essa testemunha. Quero protestar contra essa apresentação.

Calmamente, deslizei a relação de testemunhas diante do juiz. Pela lei da publicação compulsória, eu tinha de listar cada testemunha que pretendia convocar e fazer um breve resumo do que seria de se esperar no depoimento delas. Julio Muniz fazia parte dessa lista. O resumo era breve, mas abrangente.

— Aqui diz claramente que ele iria testemunhar sobre o vídeo gravado no dia dois de maio, o dia dos assassinatos — eu disse. — O vídeo no parque foi filmado no dia do crime, dois de maio. Está aqui faz duas semanas, Excelência. Se tem alguém ocultando informação, então é o doutor Golantz que está ocultando dele mesmo. Ele podia ter conversado com essa testemunha e verificado os vídeos. Parece que não fez isso.

O juiz examinou a lista de testemunhas por um momento e balançou a cabeça.

— Objeção negada — disse. — Pode prosseguir, doutor Haller.

Voltei, rebobinei a fita e comecei a passar. O júri continuava com a máxima atenção. Era uma gravação noturna, as imagens estavam granuladas e as cenas pareciam pular mais do que na primeira sequência.

Finalmente, chegou a uma cena mostrando um homem com as mãos algemadas nas costas sendo enfiado em uma viatura. Um policial fechou a porta e bateu duas vezes no teto. O carro começou a andar e veio diretamente para a câmera. Quando passava, congelei a imagem.

A tela mostrava uma cena granulada da radiopatrulha. A luz da câmera iluminou o homem sentado na traseira, assim como o teto do carro.

— Senhor Muniz, qual a designação no teto desse carro?

— É outra vez quatro-A, ou quatro-alfa.

— E o homem que está sendo transportado, onde ele está sentado?

— No banco de trás, atrás do banco do passageiro.

— Ele está algemado?

— Bom, estava quando puseram dentro do carro. Eu filmei.

— As mãos dele foram algemadas nas costas, correto?

— Correto.

— Bom, ele está na mesma posição e no mesmo banco dessa viatura em que o senhor Elliot estava quando você o filmou umas oito horas depois?

— É, está. Exatamente na mesma posição.

— Obrigado, senhor Muniz. Não tenho mais perguntas.

Golantz passou a vez. Não havia nada no interrogatório para ser contestado e as imagens não mentiam. Muniz desceu do banco das testemunhas. Eu disse ao juiz que queria continuar com o vídeo a postos para minha testemunha seguinte e chamei o policial Todd Stallworth para depor.

Stallworth parecia ainda mais furioso ao entrar na sala do tribunal. Isso era ótimo. Também tinha um aspecto cansado e seu uniforme parecia grudado no corpo. Uma das mangas de sua camisa tinha uma mancha escura, presumivelmente de algum confronto físico à noite.

Estabeleci rapidamente a identidade de Stallworth e que ele dirigia o carro alfa no distrito de Malibu durante o primeiro turno no dia dos crimes na casa de Elliot. Antes que eu pudesse fazer qualquer outra pergunta, Golantz objetou mais um vez e requisitou outra conferência. Quando nos aproximamos, ele ergueu as palmas da mão, num gesto de *O que é isso?*. Seu estilo já estava começando a me cansar.

— Excelência, protesto contra essa testemunha. A defesa a escondeu na relação de testemunhas no meio de um monte de policiais que estavam na cena e não tinham nada a ver com o caso.

Mais uma vez eu estava com a relação na mão. Dessa vez, eu a bati na frente do juiz, demonstrando frustração, e então corri o dedo pela coluna de nomes até chegar a Todd Stallworth. Estava lá, no meio de uma lista de cinco outros policiais, todos eles presentes à cena do crime na casa de Elliot.

— Excelência, se eu escondi Stallworth, escondi debaixo do nariz dele. Está claramente listado aqui com os demais policiais. A explicação é a mesma de antes. Estou dizendo que ele vai testemunhar sobre as próprias atividades no dia dois de maio. Foi só isso que escrevi, porque nunca conversei com ele. Vou ouvir o que ele tem a dizer pela primeira vez agora.

Golantz balançou a cabeça e tentou manter a compostura.

— Excelência, desde o início desse julgamento a defesa vem se apoiando em trapaças e enganações para...

— Doutor Golantz — interrompeu o juiz —, não diga mais nada que não possa provar e que vai meter o senhor em encrenca. Essa testemunha, assim como a primeira chamada pelo doutor Haller, estava na relação fazia duas semanas. Bem aqui, preto no branco. O senhor não aproveitou a oportunidade, então a decisão foi sua. Mas isso não é trapaça nem enganação. Melhor tomar cuidado com o que diz.

Golantz ficou com a cabeça curvada por um momento antes de falar.

— Meritíssimo, o estado pede um breve recesso — disse finalmente, com a voz mais calma.

— Breve quanto?

— Até a uma.

— Eu não chamaria duas horas de breve, doutor Golantz.

— Meritíssimo — interrompi. — Faço objeção quanto a qualquer recesso. Tudo que ele quer é pegar minha testemunha e mudar o depoimento dela.

— Mas agora quem faz objeção sou eu — disse Golantz.

— Olhem, nada de recesso, nada de adiamento e chega de bate-boca — disse o juiz. — Já perdemos quase a manhã toda. Objeção negada. Pra trás.

Voltamos aos nossos lugares e passei uma sequência de 32 segundos de vídeo mostrando o homem algemado sendo enfiado na traseira do carro alfa no Malibu Creek State Park. Congelei a imagem no mesmo ponto anterior, assim que o carro veio na direção da câmera. Mantive isso na tela conforme continuei meu interrogatório.

— Policial Stallworth, é o senhor dirigindo esse carro?

— É, sou.

— Quem é o homem no banco de trás?

— Ele se chama Eli Wyms.

— Noto que foi algemado antes de ser enfiado dentro do carro. É porque estava sob voz de prisão?

— É, estava.

— Ele foi preso por que motivo?

— Por tentar me matar, antes de mais nada. E também acusado de disparar ilegalmente uma arma de fogo.

— Quantos disparos?

— O número exato não me lembro.

— Seriam noventa e quatro.

— Parece correto. Foi muito tiro. Ele atirou para tudo que é lado.

Stallworth estava cansado e entregue, mas não hesitava nas respostas. Não fazia ideia de onde elas se encaixavam no caso Elliot e não parecia dar a mínima em tentar proteger a promotoria com respostas curtas e pouco colaborativas. Era provável que estivesse louco da vida com Golantz por não ter conseguido liberá-lo de testemunhar.

— Então o senhor o deteve e o levou para a delegacia de Malibu, ali perto?

— Não, tive que transportá-lo até a prisão municipal, no centro, para a avaliação psiquiátrica.

— Quanto tempo isso levou? O trajeto, quero dizer.

— Cerca de uma hora.

— E então o senhor voltou para Malibu?

— Não, primeiro mandei o quatro-alfa para o conserto. Um dos tiros de Wyms acertou o holofote na lateral. Quando passei no centro, parei na oficina da polícia e pedi para trocar. Isso levou o resto do meu turno.

— Então quando foi que o carro voltou para Malibu?

— Na troca do turno. Entreguei para o pessoal do dia.

Olhei minhas anotações.

— Esses seriam os policiais... Murray e Harber?

— Isso mesmo.

Stallworth bocejou e um murmúrio de risadas percorreu o tribunal.

— Sei que já passou da sua hora de dormir, policial. Não vai demorar muito mais. Quando passam o carro de um turno para outro, vocês o limpam ou desinfetam de algum modo?

— A gente devia fazer isso. Mas pra falar a verdade, a menos que alguém tenha vomitado no banco de trás, ninguém faz. O carro sai de circulação uma ou duas vezes por semana e os caras da oficina dão uma limpada.

— Por acaso Eli Wyms vomitou no seu carro?

— Não, eu teria notado.

Mais murmúrios de risadas. Olhei do atril para Golantz e ele não estava achando a menor graça.

— Ok, policial Stallworth, deixe-me ver se compreendi direito. Eli Wyms foi preso por atirar no senhor e disparar pelo menos outras noventa e três vezes nessa mesma madrugada. Ele foi preso, teve as mãos algemadas atrás das costas e foi transportado para o centro. Entendi tudo corretamente?

— Parece correto pra mim.

— No vídeo, Wyms pode ser visto no banco traseiro do lado direito da viatura. Ele ficou ali durante todo o trajeto de uma hora até o centro?

— É, ficou. Eu tinha passado o cinto nele.

— É um procedimento padrão pôr uma pessoa sob custódia no lado do passageiro?

— É, claro. Você não vai querer o cara atrás de você quando estiver dirigindo.

— Policial, também observei na gravação que o senhor não enfiou as mãos de Wyms em um saco plástico ou qualquer coisa dessa natureza antes de colocá-lo na viatura. Por quê?

— Não achei que fosse necessário.

— Por quê?

— Porque não ia ser relevante. As evidências de que ele havia disparado as armas de fogo em posse dele eram inquestionáveis. Ninguém ia se preocupar com resíduo de tiro.

— Obrigado, policial Stallworth. Espero que possa ter seu merecido descanso, agora.

Sentei e passei a testemunha para Golantz. Lentamente, ele ficou de pé e se encaminhou até o atril. Ele sabia exatamente para onde eu estava indo agora, mas havia pouca coisa que pudesse fazer para me impedir. Mas tenho de admitir. Ele encontrou uma pequena brecha em meu interrogatório e tentou da melhor maneira possível explorá-la.

— Policial Stallworth, aproximadamente quanto tempo o senhor aguardou até que seu carro fosse consertado na oficina do centro?

— Umas duas horas. Eles tinham poucos caras no turno da noite e estavam fazendo mágica ali.

— O senhor permaneceu perto do carro nessas duas horas?

— Não, sentei em uma mesa no escritório e escrevi o relatório de prisão sobre Wyms.

— E como o senhor testemunhou há pouco, independente de qual devesse ser o procedimento, vocês geralmente contam com a oficina para fazer a limpeza dos carros da frota, correto?

— É, correto.

— Vocês fazem um requerimento formal ou as pessoas que trabalham na oficina já cuidam normalmente da manutenção e limpeza dos carros?

— Nunca fiz nenhum pedido formal. Eles simplesmente fazem, eu acho.

— Bom, durante as duas horas em que o senhor ficou longe do carro escrevendo seu relatório, sabe dizer se os empregados da oficina limparam ou desinfetaram o carro?

— Não, não sei.

— Pode ser que tenham feito isso e o senhor não ficasse necessariamente sabendo, não é?

— Isso.

— Obrigado, policial.

Hesitei, mas optei pelas reperguntas.

— Policial Stallworth, o senhor disse que levou duas horas para consertar o carro porque estavam com pouca gente e muito serviço, correto?

— Correto.

Ele disse isso num tom de cara-já-estou-ficando-de-saco-cheio-disso.

— Então é improvável que esses homens tenham usado o tempo deles para limpar seu carro, a menos que o senhor pedisse, certo?

— Sei lá. Você devia perguntar isso pra eles.

— O senhor especificamente pediu que limpassem o carro?

— Não.
— Obrigado, policial.

Sentei e Golantz foi para mais um assalto.

Era quase meio-dia. O juiz chamou o recesso do almoço, mas deu ao júri e aos advogados apenas quarenta e cinco minutos de intervalo, querendo compensar o tempo perdido de manhã. Por mim tudo bem. Minha testemunha central era a próxima e quanto antes eu conseguisse fazê-la subir no banco das testemunhas, mais perto meu cliente ficaria do veredito de inocente.

49

A dra. Shamiram Arslanian foi uma testemunha surpresa. Não em termos de sua presença no tribunal — figurava na relação de testemunhas por mais tempo do que eu estava no caso —, mas em termos de aparência física e personalidade. Seu nome e seu currículo como especialista forense evocavam a imagem de uma mulher grave, morena, científica. Um jaleco branco e o cabelo preso e esticado para trás. Mas não era nada disso. Era uma loira animada de olhos azuis, disposição alegre e sorriso fácil. Não apenas fotogênica. Mas telegênica. Articulada e confiante sem nunca nem chegar perto de parecer arrogante. A descrição em uma só palavra para ela que todo advogado quer para suas testemunhas: encantadora. E isso era uma coisa rara de conseguir com uma testemunha depondo sobre as questões forenses de seu caso.

Eu passara a maior parte do fim de semana com Shami, como ela preferia ser chamada. Havíamos examinado a evidência de resíduo de tiro no caso Elliot e trabalhado no testemunho que ela daria para a defesa, bem como no interrogatório que poderia esperar de Golantz. Isso fora adiado ao máximo no processo, para evitar problemas com a publicação compulsória. O que minha especialista não sabia, não poderia revelar ao promotor. Assim, não a informei sobre a existência de uma arma secreta até o último momento possível.

Não havia dúvida nenhuma de que se tratava de uma celebridade, tão aguda e certeira quanto um matador de aluguel. Ela já havia sido apresentadora de um programa sobre suas próprias façanhas na Court tv. Pediram duas vezes seu autógrafo quando a levei para jantar no Palm, e ela tratou pelo primeiro nome alguns executivos de tevê que foram até nossa mesa. O preço de seus serviços também era os de uma celebridade. Por quatro dias em Los Angeles para examinar evidências, se preparar e testemunhar receberia 10 mil dólares limpos, mais despesas. Um trabalhinho bem bom se você está à altura, e ela estava. Era conhecida por estudar os inúmeros pedidos de seus serviços e escolher apenas aqueles em que acreditava piamente que algum erro atroz fora cometido, ou alguma grande injustiça. Mas também não faria mal a ninguém se o caso em questão contasse com a atenção da mídia no país inteiro.

Após os primeiros dez minutos em sua presença percebi que iria valer cada centavo gasto por Elliot. Era encrenca em dobro para a promotoria. Sua personalidade iria ganhar o júri, e os fatos apresentados por ela poriam uma pedra em cima do caso. Grande parte do trabalho em um julgamento depende muito de quem está testemunhando, não do que o testemunho revela de fato. Tem a ver com vender seu peixe para o júri, e Shami era capaz de vender fósforos usados. O técnico forense que testemunhou para a promotoria era um nerd de laboratório com a personalidade de um tubo de ensaio. Minha testemunha fora apresentadora de um programa chamado *Dependente químico*.

Escutei o murmúrio de reconhecimento na sala do tribunal assim que minha testemunha de cabelos fogosos fez sua entrada pelo fundo, captando todos os olhares enquanto andava pela coxia central, passava pela portinhola e cruzava o campo de provas até o banco das testemunhas. Estava usando um terno azul-marinho que marcava perfeitamente suas curvas e acentuava a cascata de cachos dourados sobre seus ombros. Até o juiz Stanton pareceu babar. Pediu ao oficial do tribunal que buscasse um copo d'água para ela antes mesmo que fizesse o juramento. O pobre nerd da promotoria não teria ganhado uma gota de saliva nem se estivesse desidratado.

Depois que disse seu nome e o soletrou, e fez o juramento de não dizer nada além da verdade, me levantei com meu bloco de anotações e fui até o atril.

— Boa tarde, doutora Arslanian. Como vai?

— Bem, obrigada.

Havia um leve traço de sotaque sulista em sua voz.

— Antes de falar sobre seu currículo, quero esclarecer uma coisa. A senhora é uma consultora paga pela defesa, correto?

— Sim, está correto. Estou recebendo para estar aqui, mas não para testemunhar outra coisa que não seja minha opinião, esteja ela a favor da defesa ou não. É assim que trabalho e não tem acordo.

— Ok, diga-nos de onde é, doutora.

— No momento estou morando em Ossining, Nova York. Nasci e fui criada na Flórida e passei muitos anos na região de Boston, frequentando diferentes escolas aqui e ali.

— Shamiram Arslanian. Isso não soa como um nome comum da Flórida, para mim.

Seu rosto se iluminou num sorriso.

— Meu pai é cem por cento armênio. Acho que isso me deixa com um pé na Armênia e outro na Flórida. Meu pai me chamava de "armefloridense" quando eu era criança.

Muitas pessoas na sala riram educadamente.

— Qual sua formação na medicina legal? — perguntei.

— Bom, tenho dois diplomas. Fiz o mestrado no MIT — o Instituto de Tecnologia de Massachusetts — em engenharia química. Depois ganhei meu doutorado em criminologia pela John Jay College, em Nova York.

— Quando a senhora diz "ganhei", está se referindo a um título honorário?

— Tá longe disso! — ela disse, enfaticamente. — Ralei dois anos pra conseguir o filho da mãe.

Dessa vez as risadas se fizeram ouvir em toda a sala do tribunal e notei que até o juiz sorriu educadamente antes de bater com seu martelinho pedindo ordem.

— Vi em seu currículo que a senhora tem ainda dois bacharelados. É isso mesmo?

— Eu tenho dois de tudo, parece. Dois filhos. Dois carros. Até dois gatos em casa, Wilbur e Orville.

Olhei de relance para a mesa da promotoria e vi que Golantz e sua assistente olhavam fixamente para a frente, sem esboçar sequer a sombra de um sorriso. Então olhei para o júri e vi todos os vinte e quatro olhos cravados em minha testemunha com a atenção arrebatada. Eles estavam comendo na palma de sua mão e ela ainda nem começara.

— Essas duas outras faculdades são de quê?

— Uma é de engenharia em Harvard e a outra é a Faculdade Berklee de Música. Fiz as duas ao mesmo tempo.

— A senhora se formou em música? — eu disse, fingindo surpresa.

— Eu gosto de cantar.

Mais risadas. Só bola dentro. Uma surpresa depois da outra. Shami Arslanian era a testemunha perfeita.

Golantz finalmente ficou de pé e se dirigiu ao juiz.

— Meritíssimo, o estado gostaria que a testemunha fornecesse seu depoimento no que diz respeito à medicina legal, não música, nomes de bichos ou coisas que não têm relação com a natureza séria deste julgamento.

O juiz meio a contragosto me pediu para manter o foco do interrogatório. Golantz sentou. Ele estava com a razão, mas saíra perdendo. Todo mundo na sala agora o via como um desmancha-prazeres, tirando o pouco de leveza que havia numa situação tão grave.

Fiz mais algumas perguntas, que revelavam que a dra. Arslanian no momento trabalhava como professora e pesquisadora na John Jay. Depois de passar por sua formação e limitada disponibilidade como uma especialista prestando testemunho, finalmente conduzi seu depoimento à questão do resíduo de tiro encontrado no corpo e nas roupas de Walter Elliot no dia dos assassinatos em Malibu. Ela testemunhou que revisara os procedimentos e os resultados do laboratório do procurador-geral e conduzira suas próprias avaliações e testes. Disse também que revisara todos os vídeos submetidos a ela pela defesa, comparando-os com os exames feitos.

— Agora, doutora Arslanian, o técnico forense do estado testemunhou anteriormente neste julgamento que as amostras extraídas das mãos, das mangas da camisa e do paletó do senhor Elliot deram positivo para níveis elevados de certos elementos associados com resíduo de tiro. A senhora concorda com essa conclusão?

— Concordo — disse a testemunha.

Uma reverberação grave de surpresa percorreu a sala.

— Está dizendo que seus exames concluíram que o acusado tinha resíduo de tiro nas mãos e nas roupas?

— Correto. Níveis elevados de bário, antimônio e chumbo. Combinados, esses são indícios de resíduo de tiro.

— O que significa "níveis elevados"?

— Significa apenas que alguns desses materiais podem ser encontrados no corpo de uma pessoa, quer ela tenha disparado ou manipulado uma arma, quer não. Simplesmente no dia a dia.

— Então são níveis elevados dos três elementos que são exigidos para um resultado positivo de teste de resíduo de tiro, correto?

— Certo, isso e padrões de concentração.

— Pode explicar o que significa "padrões de concentração"?

— Claro. Quando uma arma é disparada — nesse caso, imaginamos estar falando de uma pistola — ocorre uma explosão na câmara que fornece à bala sua energia e velocidade. A explosão manda gases pelo cano junto com a bala, bem como por qualquer minúscula fissura ou abertura na arma. A culatra — quer dizer, aquela parte atrás do cano da arma — abre depois que um tiro é disparado. Os gases que escapam empurram esses elementos microscópicos de que a gente está falando para trás, na direção de quem atira.

— E foi isso que aconteceu nesse caso, correto?

— Não, não está correto. Com base em tudo que investiguei, não posso dizer que esteja.

Ergui as sobrancelhas, fingindo surpresa.

— Mas doutora, a senhora acabou de afirmar que concordava com a conclusão do estado de que havia resíduo de tiro nas mãos e nas mangas do acusado.

— Concordo com a conclusão do estado de que havia resíduo de tiro no acusado. Mas não foi essa a pergunta que o senhor me fez.

Esperei um momento, como que reformulando a pergunta.

— Doutora Arslanian, está me dizendo que poderia haver uma explicação alternativa para o resíduo de tiro no senhor Elliot?

— Sim, estou.

Lá estávamos. Finalmente havíamos chegado ao ponto crucial do caso da defesa. Chegara a hora de usar a arma secreta.

— A defesa forneceu à senhora materiais para seu exame durante o fim de semana. A análise desse material a levou a uma explicação alternativa sobre o resíduo de tiro nas mãos e nas roupas de Walter Elliot?

— Sim, levou.

— E qual seria essa explicação?

— É muito provável, na minha opinião, que o resíduo nas mãos e nas roupas do senhor Elliot tenha sido transferido, nesse caso.

— Transferido? A senhora está sugerindo que alguém plantou os resíduos intencionalmente nele?

— Não, não é isso. Estou sugerindo que isso ocorreu inadvertidamente, por acidente ou erro. O resíduo de tiro é basicamente poeira. Ele se move. Pode ser transferido por contato.

— O que "transferido por contato" quer dizer?

— Quer dizer que o material de que estamos falando pousa em uma superfície depois que foi descarregado de uma arma de fogo. Se essa superfície entra em contato com outra, parte do material é transferido. Ele sai quando esfregado, é isso que estou dizendo. É por isso que existem protocolos para autoridades policiais impedirem que isso ocorra. As vítimas e suspeitos de crimes envolvendo armas muitas vezes têm suas roupas retiradas para preservação e exame. Algumas divisões policiais revestem as mãos das pessoas com sacos para preservar a evidência e proteger contra a transferência.

— Esse material pode ser transferido mais de uma vez?

— Claro, pode, em níveis cada vez mais reduzidos. É um material sólido. Não é um gás. Não se dissipa como gás. É microscópico, mas sólido, e precisa estar em algum lugar. Já conduzi um monte de estudos sobre isso e descobri que a transferência pode se repetir muitas vezes.

— Mas no caso da transferência repetida, a quantidade do material não iria diminuir a cada vez até se tornar desprezível?

— Isso mesmo. Cada nova superfície contém menos material do que a anterior. Então a questão é com que quantidade você começa. Quanto maior a quantidade, maior a transferência.

Balancei a cabeça e fiz uma pequena pausa, folheando páginas de meu bloco, como se procurasse alguma coisa. Queria traçar ali uma linha clara entre a discussão teórica e o caso específico de que tratávamos.

— Ok, doutora — eu disse, finalmente. — Com essas teorias em mente, pode nos dizer o que aconteceu no caso Elliot?

— Vou dizer e vou *mostrar* — disse a dra. Arslanian. — Quando o senhor Elliot foi algemado e colocado na traseira da viatura quatro-alfa, ele foi literalmente mergulhado em um banho de resíduo de tiro. Foi aí que a transferência aconteceu.

— Como assim?

— As mãos, os braços e as roupas dele foram colocadas em contato direto com o resíduo de tiro de outra ocorrência. A transferência era inevitável.

Golantz objetou rapidamente, dizendo que eu não fornecera base para uma resposta dessas. Eu disse ao juiz que pretendia fazer isso nesse exato instante e pedi permissão para pôr o equipamento de vídeo diante do júri outra vez.

A dra. Arslanian havia usado a filmagem feita pela minha primeira testemunha, Julio Muniz, e a editado em um vídeo de demonstração. Apresentei isso como uma evidência da defesa, ante a objeção indeferida de Golantz. Usando o vídeo como apoio visual, cuidadosamente conduzi minha testemunha pela teoria de transferência em que a defesa se baseava. A demonstração levou quase uma hora e foi uma das apresentações mais completas de uma teoria alternativa de que já tive oportunidade de participar em um tribunal.

Começamos pela prisão de Eli Wyms e o momento em que foi enfiado na traseira do carro alfa. Cortamos então para Elliot sendo colocado na mesma viatura menos de dez horas depois. O mesmo carro e o mesmo banco. As mãos dos dois homens algemadas às costas. Ela foi absolutamente convincente em sua conclusão.

— Um homem que disparou armas de fogo pelo menos noventa e quatro vezes sentou nesse banco — ela disse. — Noventa e quatro vezes! Ele estava literalmente fedendo a resíduo de tiro.

— E é essa sua opinião de especialista, que o resíduo de tiro teria sido transferido de Eli Wyms nesse banco de carro? — perguntei.

— Sem a menor dúvida.

— E é sua opinião de especialista que o resíduo de tiro nesse banco poderia então ter sido transferido para o próximo que sentasse ali?

— Sim, é.

— E é sua opinião de especialista que é essa a origem do resíduo de tiro nas mãos e roupas de Walter Elliot?

— Mais uma vez, com as mãos nas costas desse jeito, ele ficou em contato direto com a superfície de transferência. É, é minha opinião de especialista, acredito cem por cento que foi desse jeito que apareceu resíduo de tiro nas mãos e nas roupas dele.

Fiz uma pausa novamente para todos digerirem as conclusões da especialista. Se eu entendia alguma coisa de dúvida razoável, eu sabia que a enfiara na consciência de cada um dos jurados. Se na hora iam votar segundo sua consciência, aí já era outra questão.

50

Chegara a hora então de trazer o grande acessório de palco que serviria de ferramenta pedagógica para a dra. Arslanian.

— Doutora, a senhora extraiu alguma outra conclusão de sua análise da evidência de resíduo de tiro que dê sustentação à teoria de transferência delineada aqui?

— Sim.

— E qual foi ela?

— Posso usar um manequim para demonstrar?

Pedi ao juiz permissão para deixar que a testemunha usasse um manequim com o propósito de fazer uma demonstração, e ele a concedeu sem objeção por parte de Golantz. Atravessei então o cercado da assistente e me dirigi ao corredor que levava ao gabinete do juiz. Eu deixara o manequim da dra. Arslanian a postos ali, à espera da permissão. Empurrei-o até o centro do campo de provas, diante do júri — e da câmera da Court TV. Fiz um sinal para que a dra. Arslanian descesse do banco das testemunhas e fizesse sua demonstração.

O manequim era um modelo em tamanho real com membros inteiramente manipuláveis, mãos e até dedos. Era feito de plástico branco e tinha diversas manchas cinzas no rosto e nas mãos, de experimentos e demonstrações conduzidos ao longo dos anos. Estava vestido com jeans azul e camiseta pólo azul-escura sob um agasalho impermeável com um motivo nas costas celebrando o título do campeonato de futebol da Universidade da Flórida no começo do ano. O manequim ficava suspenso a um palmo do chão com um suporte de metal e uma plataforma de rodinhas.

Percebi que eu esquecera algo e fui até minha bolsa. Rapidamente tirei a arma feita de madeira e a vareta retrátil. Entreguei as duas para a dra. Arslanian e então voltei ao atril.

— Ok, o que temos aqui, doutora?

— Esse é o Manny, meu manequim de demonstrações. Manny, esse é o júri.

Houve algumas risadas, e um dos jurados, o advogado, até mesmo acenou um olá para o boneco.

— Manny torce para o Florida Gator?

— Ahn, hoje torce.

Às vezes, o mensageiro pode obscurecer a mensagem. Com algumas testemunhas, você acaba até querendo isso, porque o depoimento delas não ajuda muito. Mas esse não era o caso da dra. Arslanian. Eu sabia que com ela era como estar numa corda bamba: bonita e divertida demais de um lado; evidência sólida e científica de outro. O equilíbrio apropriado faria com que ela e sua informação deixassem uma forte impressão no júri. Eu sabia que agora era hora de voltar à inquirição séria.

— Pra que precisamos do Manny aqui, doutora?

— Porque uma análise dos discos SEMS coletados pelo técnico forense do procurador-geral pode nos mostrar que o resíduo de tiro no senhor Elliot não veio de seu disparo de uma arma.

— Sei que o especialista do estado nos explicou esses procedimentos na semana passada, mas gostaria que refrescasse nossa memória. O que é um disco SEMS?

— O teste de resíduo de tiro é conduzido com discos com uma face adesiva protegida por uma película de plástico. Os adesivos são pressionados na área de teste e assim coletam todo o material microscópico da superfície. O disco depois é colocado num microscópio de varredura eletrônica, ou SEMS, da sigla em inglês. Pelo microscópio, a gente vê, ou não, os três elementos de que falei aqui. Bário, antimônio e chumbo.

— Ok, então a senhora vai fazer uma demonstração para nós?

— Isso, vou.

— Por favor, explique ao júri.

A dra. Arslanian abriu a vareta retrátil e encarou o júri. Sua demonstração fora cuidadosamente planejada e ensaiada, nos mínimos detalhes, até o fato de eu chamá-la de "doutora" e ela se referir sempre ao técnico forense do estado como "senhor".

— O senhor Guilfoyle, especialista forense do Ministério Público, extraiu oito amostras diferentes do corpo e das roupas do senhor Elliot. Cada disco adesivo tinha um código, de modo que o ponto exato da amostra fosse apontado e mapeado em um gráfico.

Ela usava a vareta metálica para apontar no manequim, conforme ia discutindo as localizações das amostras. O manequim permanecia com os braços pendendo nas laterais.

— O disco A veio do alto da mão direita. O B, do alto da mão esquerda. O C, da manga direita do agasalho do senhor Elliot e o D, da manga esquerda. Depois temos os discos E e F para os lados direito e esquerdo do agasalho e G e H para o peito e o torso da camisa que o senhor Elliot usava sob o agasalho aberto.

— Essa é a roupa que ele estava usando nesse dia?

— Não, não era. Essas peças são uma cópia exata do que ele estava usando, até mesmo o tamanho e o fabricante.

— Certo, o que a senhora descobriu com sua análise dos oito adesivos?

— Preparei um gráfico para os jurados, para que possam acompanhar.

Apresentei o gráfico como evidência da defesa. Golantz recebera uma cópia de manhã. Agora punha-se de pé e protestava, dizendo que a entrega tardia do gráfico violava as normas da publicação compulsória. Contei ao juiz que o gráfico fora preparado apenas na noite anterior, após eu ter me reunido com a dra. Arslanian no sábado e no domingo. O juiz concordou com a promotoria, dizendo que os rumos de minha inquirição da testemunha eram óbvios e bem preparados e que portanto eu deveria ter entregado o gráfico mais cedo. A objeção foi deferida e a dra. Arslanian agora teria de improvisar como pudesse. Era um risco, mas não me arrependi da minha jogada. Melhor ter minha testemunha conversando com os jurados sem aquele apoio do que ver Golantz em posse de minha estratégia previamente à sua implementação.

— Ok, doutora, a senhora ainda pode fazer referência às suas anotações e ao gráfico. Os jurados só precisam tentar acompanhar. O que descobriu da análise dos oito adesivos SEMS?

— Descobri que os níveis de resíduo de tiro nos diferentes discos divergem muito.

— Como assim?

— Bom, nos adesivos A e B, que vieram das mãos do senhor Elliot, foram encontrados os níveis mais altos de resíduos. A partir daí, os níveis de resíduo de tiro caem abruptamente: discos C, D, E e F com níveis muito menores, e absolutamente nenhuma leitura de resíduo nos discos G e H.

Mais uma vez ela usou a vareta para ilustrar.

— O que isso diz para a senhora, doutora?

— Que o resíduo de tiro nas mãos e nas roupas do senhor Elliot não veio do disparo de uma arma.

— Pode ilustrar por quê?

— Primeiro, leituras comparadas das duas mãos indicam que a arma foi segura com ambas as mãos quando disparada.

Ela foi até o manequim e ergueu os braços de plástico, formando um V ao juntar as mãos dele na frente. Ela curvou as mãos e os dedos em torno da arma de madeira.

— Mas a ação de segurar desse modo também teria resultado em níveis mais altos de GSR nas mangas do agasalho, em particular, e no resto das roupas de um modo geral.

— Mas os discos adesivos processados pelo Ministério Público não mostram isso, não é mesmo?

— Correto. Mostram o contrário. Embora um declínio nas leituras em comparação com a leitura das mãos seja de se esperar, não se espera que seja dessa ordem.

— Então, na sua opinião de especialista, o que isso significa?

— Uma exposição de transferência combinada. A primeira exposição ocorreu quando ele foi colocado com as mãos e os braços às costas na traseira do carro quatro-alfa. Depois disso, o material ficou em suas mãos e seus braços, e parte disso foi então transferida uma segunda vez para os dois lados de seu agasalho com o movimento normal das mãos e dos braços. Isso teria ocorrido continuamente até a roupa ser coletada dele.

— E quanto à leitura nula nos adesivos da camisa sob o agasalho?

— Não levamos isso em consideração porque o agasalho poderia ter estado com o zíper puxado durante a execução dos tiros.

— Em sua opinião de especialista, doutora, existe algum modo pelo qual o senhor Elliot poderia ter adquirido esse padrão de resíduo de tiro em suas mãos e suas roupas disparando uma arma de fogo?

— Não, não existe.

— Obrigado, doutora Arslanian. Não tenho mais perguntas.

Voltei para minha cadeira e me curvei para sussurrar no ouvido de Walter.

— Se isso não deixar os jurados com uma dúvida razoável, então não sei o que vai deixar.

Elliot balançou a cabeça e sussurrou de volta.

— Os melhores dez mil dólares que eu já gastei.

Achei que eu também não tinha ido nada mal, mas deixei pra lá. Golantz pediu o intervalo do meio da tarde ao juiz antes de começar seu interrogatório da testemunha, e o juiz concordou. Notei que o burburinho na sala do tribunal vibrava com a maior eletricidade desde que voltáramos do recesso, ou pelo menos assim me pareceu. Shami Arslanian definitivamente dera um novo impulso à defesa.

Depois que o júri e o juiz deixaram o recinto e o público se espremia rumo ao corredor, resolvi dar um pulinho na mesa do promotor. Golantz estava escrevendo perguntas em um bloco de anotações. Ele não ergueu os olhos para mim.

— O que foi? — disse.

— A resposta é não.

— Qual a pergunta?

— A que você ia fazer sobre meu cliente aceitar uma alegação de culpado. A gente não está interessado.

Golantz sorriu com afetação.

— Você é engraçado, Haller. Conseguiu uma testemunha que causou boa impressão: e daí? O julgamento está longe de terminar.

— E tenho um capitão da polícia francesa que vai testemunhar amanhã que Rilz dedurou sete dos sujeitos mais perigosos e vingativos que ele já investigou. Dois deles por acaso saíram da prisão no ano passado e sumiram. Ninguém sabe onde estão. Pode ser que estivessem em Malibu na primavera passada.

Golantz baixou a caneta e finalmente me olhou.

— É, conversei com seu Inspetor Clouseau ontem. Está na cara que ele vai dizer qualquer coisa que você quiser que ele diga, contanto que você o ponha pra voar de primeira classe. No fim do depoimento, ele puxou um mapa das celebridades e me perguntou se eu sabia onde morava Angelina Jolie. Que bela testemunha você foi arranjar. Muito séria.

Eu havia pedido ao capitão Pepin para dar um tempo com aquele negócio de mapa de estrelas de cinema. Ao que parecia, não me escutou. Eu precisava mudar de assunto.

— E aí, cadê os alemães? — perguntei.

Golantz deu uma olhada para trás, como que checando se a família de Johan Rilz não estava mesmo lá.

— Contei pra eles que era melhor se prepararem pra sua estratégia de construir a defesa sujando a memória do filho e irmão deles — ele disse. — Disse pra eles que você ia pegar os problemas de Johan na França cinco anos atrás e usar pra tentar limpar a barra do seu assassino. Disse pra eles que você ia pintá-lo como um cafetão alemão que seduzia clientes ricos, homens ou mulheres, por toda Malibu e a Costa Oeste. Sabe o que o pai disse pra mim?

— Não, mas você vai me dizer mesmo.

— Disse que já tinham visto o suficiente da justiça americana e que iam voltar pra casa.

Tentei retrucar com uma réplica cínica e engraçadinha. Mas não saiu nada.

— Não se preocupe — disse Golantz. — De um jeito ou de outro, vou ligar pra eles e contar o veredito.

— Ótimo.

Deixei-o ali e saí para o corredor à procura do meu cliente. Encontrei-o cercado pelos jornalistas. Sentindo-se confiante após o sucesso do depoimento da dra. Arslanian, estava fazendo a cabeça do grande júri — a opinião pública.

— Esse tempo todo eles só se concentraram em vir em cima de mim, enquanto o verdadeiro assassino está por aí em liberdade!

Uma declaração concisa e perfeita. Ele era bom. Já ia me encaminhando para abrir uma brecha no aperto e puxá-lo quando Dennis Wojciechowski me interceptou primeiro.

— Vem comigo — ele disse.

Seguimos pelo corredor, nos afastando da multidão.

— E aí, Cisco? Estava querendo saber por onde você andou.

— Andei ocupado. Já tenho o relatório da Flórida. Quer ouvir?

Eu contara a ele o que Elliot havia me contado sobre ser testa de ferro da tal organização. A história de Elliot parecera bastante sincera, mas quando parei para pensar me lembrei de um simples truísmo — todo mundo mente — e pedi a Cisco para ver o que conseguia fazer para confirmá-la.

— Pode falar — eu disse.

— Usei um investigador em Fort Lauderdale que já trabalhou comigo antes. Tampa fica do outro lado do estado, mas eu queria na investigação alguém conhecido e em quem eu confiasse.

— Tá certo. O que ele descobriu?

— O avô de Elliot fundou uma transportadora de adubo fosfatado setenta e oito anos atrás. Ele trabalhou nisso, depois o pai de Elliot trabalhou ali e depois foi a vez do Elliot trabalhar também. O único problema era que ele não gostava de sujar as mãos naquele negócio e vendeu um ano depois que o pai dele morreu de ataque cardíaco. Como a empresa era particular, os registros da venda não vieram a público. Artigos de jornal da época disseram que os valores giravam em torno de trinta e dois milhões de dólares.

— E o crime organizado?

— Meu colega não achou nem cheiro disso. Pra ele pareceu que o negócio era limpo — legalmente, quer dizer. Elliot disse pra você que ele era testa de ferro e que mandaram ele aqui pra investir o dinheiro. Não disse nada sobre vender a própria empresa e trazer o dinheiro pra cá. O cara está mentindo pra você.

Balancei a cabeça.

— Ok, Cisco, valeu.

— Você precisa de mim no tribunal? Tem umas coisinhas que eu ainda estou vendo. Me disseram que o jurado número sete não apareceu hoje de manhã.

— É, virou fumaça. E não preciso de você ali dentro, não.

— Ok, meu velho, depois a gente conversa.

Ele se afastou em direção aos elevadores e eu fiquei olhando para meu cliente sendo entrevistado pelos repórteres. Um calor lento começou a me queimar e foi ficando mais forte conforme me espremi até chegar perto dele.

— Ok, por enquanto chega, pessoal — eu disse. — Sem mais comentários. Sem mais comentários.

Agarrei o braço de Elliot, puxei-o para longe da aglomeração e escoltei-o pelo corredor. Afastei alguns jornalistas que tentaram se aproximar até finalmente estarmos longe o bastante para conversar sem sermos ouvidos.

— Walter, o que você pensa que está fazendo?

Ele sorria em êxtase. Cerrou um punho e socou o ar.

— Enfiando no rabo deles. Do promotor e da polícia, todo mundo.

— É, bom, melhor esperar um pouco pra isso. Ainda tem coisa pra rolar. A gente pode ter vencido a batalha, mas ainda não venceu a guerra.

— Ah, vamos lá. Tá no papo, Mick. Ela foi foda, lá dentro. Eu vou casar com ela!

— É, que ótimo, mas vamos ver como ela se sai com o interrogatório da promotoria antes de você comprar a aliança, ok?

Outro repórter se aproximou e eu o mandei passear, então virei para meu cliente.

— Escuta, Walter, a gente precisa conversar.

— Ok, então fala.

— Mandei meu investigador checar sua história na Flórida e acabei de descobrir que era tudo conversa mole. Você mentiu pra mim, Walter, e eu pedi pra não fazer isso.

Elliot balançou a cabeça e parecia irritado comigo por ter cortado as asinhas dele com os repórteres. Para ele, ser pego numa mentira era um inconveniente menor, era apenas um aborrecimento eu levantar aquela lebre.

— Por que mentiu pra mim, Walter? Pra que você foi inventar aquela história?

Ele deu de ombros e desviou o olhar quando falou:

— A história? Li num roteiro, uma vez. Eu recusei o projeto, pra falar a verdade. Mas não esqueci a história.

— Mas por quê? Sou seu advogado. Pode me contar qualquer coisa. Pedi pra você me contar a verdade e você mentiu pra mim. Por quê?

Finalmente ele me olhou nos olhos.

— Eu sabia que tinha que pôr seu coração nisso.

— Coração? Que coração? Do que você está falando?

— Vamos lá, Mickey. Não vamos começar agora a…

Estava se virando para voltar à sala do tribunal, mas agarrei seu braço com força.

— Não, eu quero escutar. Que história é essa de pôr meu coração nisso?

— Todo mundo está voltando lá pra dentro. O intervalo terminou e a gente precisa entrar.

Segurei-o com mais força ainda.

— Que negócio é esse de coração, Walter?

— Você está machucando meu braço.

Relaxei o aperto, mas não o deixei ir. E não tirei os olhos dele.

— Que coração?

Ele desviou o olhar, e um sorriso meio constrangido se insinuou em seu rosto. Larguei seu braço, finalmente.

— Olha — disse. — Desde o começo eu precisava que você acreditasse que eu não fiz aquilo. Era o único jeito de eu saber que você ia dar tudo que tinha. Que você ia usar todas as suas armas.

Encarei-o e vi o sorriso se abrir em uma expressão de orgulho.

— Falei pra você que eu sabia ler as pessoas, Mick. Eu sabia que você precisava de alguma coisa em que acreditar. Eu sabia que se eu fosse só um pouquinho culpado, mas não culpado do crime maior, então isso ia te dar o que você precisava. Eu tinha que ajudar você a achar seu coração de volta.

Dizem que os melhores atores de Hollywood estão do lado errado da câmera. Nesse momento, eu soube que era verdade. Eu sabia que Elliot havia matado a esposa e o amante dela e que estava até se orgulhando disso. Recuperei a voz e falei:

— Onde você conseguiu a arma?

— Ah, eu já tinha. É fria. Comprei num mercado de pulgas, na década de setenta. Eu era o maior fã de Dirty Harry e queria uma Magnum .44. Eu guardava na casa, pra proteção. Você sabe como tem vagabundo perto da praia.

— O que aconteceu de verdade naquela casa, Walter?

Ele balançou a cabeça como se estivesse planejando o tempo todo o momento de me contar.

— O que aconteceu é que fui até lá pra pegar ela e quem andava trepando com ela toda segunda como se tivesse hora marcada. Mas quando eu cheguei, percebi que era o Rilz. Ela andava com ele debaixo do meu nariz fazendo ele passar por bicha, levava o cara pros jantares, pras festas e pras premières com a gente, e provavelmente davam risada depois. Riam por trás de mim, Mick.

"Isso me deixou doente. Louco, na verdade. Peguei a arma no armário, calcei as luvas de borracha que estavam debaixo da pia e subi. Você devia ter visto a cara deles quando viram aquela puta arma."

Fiquei olhando para ele por um longo momento. Já ouvira confissões de clientes antes. Mas em geral eles choravam, torciam as mãos, lutavam contra os demônios que seus crimes haviam criado por dentro. Mas não Walter Elliot. Ele estava frio como gelo.

— Como você se livrou da arma?

— Não fui lá sozinho. Tinha uma pessoa comigo que levou a arma, as luvas e a minha roupa, depois foi pela praia, voltou pra Pacific e chamou um táxi. Enquanto isso, eu me lavei e me troquei, daí liguei pro 190.

— Quem foi lá pra ajudar você?

— Você não precisa saber disso.

Balancei a cabeça. Não porque concordava com ele. Balancei a cabeça porque eu já sabia. Tive uma visão súbita de Nina Albrecht destrancando com a maior facilidade a porta do deque quando eu não consegui. Mostrava uma familiaridade com o quarto de seu chefe que me chamou a atenção no primeiro momento.

Desviei os olhos de meu cliente e olhei para o chão. Ali haviam pisado um milhão de pessoas, que haviam caminhado um milhão de quilômetros atrás de justiça.

— Nunca me passou pela cabeça a transferência, Mick. Quando disseram que queriam fazer o teste, fui com a maior boa vontade. Eu achava que eu tava limpo, que iam perceber isso e encerrar a história. Sem arma, sem resíduo, sem caso.

Ele balançou a cabeça ao pensar como estivera por um triz.

— Graças a Deus por advogados como você.

Em um movimento brusco, meus olhos voltaram a fixar os dele.

— Você matou o Jerry Vincent?

Elliot me fitou bem nos olhos e balançou a cabeça negativamente.

— Não, eu não. Mas foi uma sorte, essa troca, porque acabei com um advogado melhor.

Não sabia como reagir. Olhei através do corredor para a porta da sala do tribunal. O assistente estava ali. Fez um sinal para mim pedindo que voltasse a entrar. O intervalo terminara e o juiz estava pronto para começar. Balancei a cabeça e ergui um dedo: espera um pouco. Eu sabia que o juiz não voltaria para sua cadeira enquanto os advogados não estivessem atrás de suas mesas.

— Volta lá pra dentro — eu disse a Elliot. — Preciso usar o banheiro.

Elliot se dirigiu calmamente na direção do assistente à espera. Fui rapidamente para o banheiro mais próximo e até uma das pias. Joguei água fria no rosto, respingando no meu melhor terno e na minha melhor camisa. Mas não me importei.

51

Nessa noite pedi a Patrick que fosse ao cinema, porque queria a casa só para mim. Nada de televisão nem de conversa. Eu não queria interrupções nem ninguém me observando. Liguei para Bosch e disse que não sairia mais naquela noite. Mas isso não para me preparar para o que provavelmente seria o último dia de julgamento. Eu estava mais do que pronto para isso. Eu tinha o capitão de polícia francês engatilhado para injetar outra dose de dúvida razoável no júri.

E não era porque eu sabia agora que meu cliente era culpado. Eu podia contar nos dedos da mão o número de clientes verdadeiramente inocentes que tivera ao longo dos anos. Culpados eram minha especialidade. Mas eu estava me sentindo injuriado porque fora usado tão bem. E porque me esquecera da regra básica: todo mundo mente.

E estava me sentindo injuriado porque sabia que eu também era culpado. Não conseguia deixar de pensar no pai e nos irmãos de Rilz, no que haviam dito a Golantz sobre a decisão de voltar para casa. Eles não queriam esperar pelo veredito, se isso significava antes de mais nada ver o ente querido dragado pelos esgotos do sistema judiciário americano. Eu passara boa parte dos meus vinte anos de profissão defendendo homens culpados e às vezes maus. Eu sempre fora capaz de aceitar e lidar com isso. Mas não me sentia em paz comigo mesmo pelo trabalho que teria de realizar no dia seguinte.

Era em momentos como esse que me batia com mais força o desejo de voltar para a antiga vida. Vivenciar aquele distanciamento outra vez. Tomar a pílula para a dor física que eu sabia ser capaz de amortecer minha dor interna. Era em momentos como esse que eu me dava conta de ter meu próprio júri para encarar de frente e de que o veredito iminente era culpado, que não haveria mais nenhum outro caso depois desse.

Saí para o deque, na esperança de que a cidade conseguisse me tirar do abismo no qual eu mergulhara. A noite estava fria, revigorante, clara. Los Angeles se esparramava diante de mim num tapete de luzes, cada uma um veredito sobre um sonho em algum lugar. Algumas pessoas viviam o sonho, outras não. Algumas pessoas vendiam seu sonho a preço de banana e outras o guardavam a sete chaves como algo tão sagrado quanto a noite. Eu não tinha certeza se me restara algum sonho. Minha sensação era de ter apenas pecados para confessar.

Após certo tempo, uma lembrança me invadiu, e de algum modo eu sorri. Era uma das últimas lembranças distintas de meu pai, o maior advogado de sua época. Uma antiga bola de vidro — uma peça de herança mexicana que chegara até nós pela família de minha mãe — fora encontrada quebrada sob a árvore de Natal. Minha mãe me levou até a sala para que eu visse o dano e para me dar a chance de confessar minha culpa. Nessa época, meu pai estava doente, e não iria melhorar. Ele passara a tocar o trabalho — o que restava dele — em casa, no escritório junto à sala. Não pude vê-lo pela porta aberta, mas pude ouvir sua voz cantarolando uma cantiga infantil.

Numa furada, fique de boca calada...

Eu sabia o que isso queria dizer. Mesmo aos cinco anos de idade, era o filho de meu pai, no sangue e no direito. Recusei-me a responder às perguntas de minha mãe. Recusei-me a me incriminar.

Agora eu ria alto enquanto olhava para a cidade dos sonhos. Curvei-me, os cotovelos no parapeito, e baixei a cabeça.

— Não posso mais continuar com isso — sussurrei para mim mesmo.

O tema do Cavaleiro Solitário de repente começou a tocar pela porta aberta atrás de mim. Entrei e olhei para o celular em cima da mesa junto às minhas chaves. O visor dizia NÚMERO DESCONHECIDO. Hesitei, sabendo exatamente quanto tempo a melodia ia tocar antes que a ligação caísse na caixa de mensagens.

No último instante atendi.

— Esse número é de Michael Haller, advogado?

— É, quem está falando?

— Aqui é o policial de Los Angeles Randall Morris. O senhor conhece uma pessoa chamada Elaine Ross?

Senti uma garra puxando minhas entranhas.

— Lanie? Conheço. O que aconteceu? Qual o problema?

— Ahn, doutor, estou com a senhorita Ross aqui na Mulholland Drive e ela não deveria estar dirigindo. Na verdade, ela meio que desmaiou assim que me deu seu cartão.

Fechei os olhos por um instante. A ligação pareceu confirmar meus temores em relação a Lanie Ross. Ela tivera uma recaída. Uma prisão a faria voltar ao sistema e provavelmente lhe custaria outra temporada na cadeia e na reabilitação.

— Pra onde o senhor vai levá-la? — perguntei.

— Vou ser honesto com o senhor, doutor Haller. Entro em código sete daqui a vinte minutos. Se for efetuar essa prisão, vai demorar mais duas horas e já estou no limite da minha cota de hora extra desse mês. O que eu ia dizer é, se o senhor puder vir pra cá ou mandar alguém vir buscá-la, estou disposto a quebrar essa. Entende o que eu quero dizer?

— Entendo, claro. Obrigado, policial Morris. Vou até aí se me der o endereço.

— Sabe onde fica o mirante do Fryman Canyon?

— Sei.

— É bem aqui. Mas tem que ser rápido.

— Chego aí em menos de quinze minutos.

Fryman Canyon ficava apenas a algumas quadras da garagem convertida em quarto de hospedagem que um amigo emprestava de graça para Lanie. Dava para ir buscá-la e depois ainda voltar andando até onde o carro dela estava para trazê-lo também. Ia levar menos de uma hora e isso manteria Lanie fora da cadeia e o carro fora do reboque.

Saí de casa e segui por Laurel Canyon subindo a colina na direção da Mulholland. Quando cheguei ao topo, tomei a esquerda e fui para oeste. Baixei os vidros e deixei o ar frio entrar quando senti os primeiros sinais do cansaço do dia começando a me abater. Andei pela estrada sinuosa por cerca de um quilômetro, diminuindo só quando os faróis iluminaram um coiote sarnento parado na beira da estrada.

Meu celular tocou, como eu esperava.

— Por que demorou tanto pra ligar, Bosch? — eu disse a título de alô.

— Estou ligando faz tempo mas o desfiladeiro fica fora da área de cobertura do celular — disse Bosch. — Isso é algum tipo de teste? Pra onde você está indo, porra? Você ligou e disse que não ia mais sair essa noite.

— Recebi uma ligação. Uma... uma cliente minha foi detida numa roubada aqui em cima. A polícia vai quebrar a dela se eu for buscá-la pra levar pra casa.

— Onde ela está?

— No mirante Fryman Canyon. Estou quase chegando.

— Quem era o policial?

— Randall Morris. Ele não disse se era Hollywood ou North Hollywood.

A Mulholland era o limite entre duas divisões policiais. Morris podia trabalhar em qualquer uma das duas.

— Ok, encosta aí até eu checar isso.

— Encostar? Onde?

A Mulholland era uma pista tortuosa de duas mãos sem nenhum lugar pra parar a não ser os mirantes. Se eu parasse o carro em qualquer lugar ali, corria o risco de ser atingido pelo próximo carro que dobrasse a curva.

— Então diminui.

— Já estou quase chegando.

O mirante de Fryman Canyon era no lado do Valley. Virei à direita para entrar e passei bem ao lado da placa dizendo que a área de estacionamento estava fechada depois de anoitecer.

Não vi o carro de Lanie nem qualquer viatura policial. O lugar estava vazio. Olhei o relógio. Haviam passado apenas doze minutos desde que eu dissera ao policial Morris que estaria lá em menos de quinze.

— Merda!

— O que foi? — perguntou Bosch.

Bati no volante com a palma da mão. Morris não tinha esperado. Ele fora embora e levara Lanie para fazer a prisão.

— O que foi? — repetiu Bosch.

— Ela não está aqui — eu disse. — E o policial também não. Ele levou ela embora.

Agora eu ia ter de descobrir para que delegacia Lanie fora levada e provavelmente ia passar o resto da noite cuidando da fiança para poder levá-la para casa. Estaria um bagaço no tribunal, no dia seguinte.

Parei o carro, desci e dei uma olhada. As luzes do Valley se esparramavam sob o precipício por quilômetros e quilômetros.

— Bosch, preciso ir. Tenho que encontrar...

Captei um movimento em meu campo de visão periférico esquerdo. Virei e vi uma silhueta agachada saindo de um arbusto alto perto da clareira. Primeiro pensei em um coiote, mas depois vi que era um homem. Estava todo de preto e com máscara de esqui puxada sobre o rosto. Quando se ergueu de um salto, vi que segurava uma arma apontada para mim.

— Espera um pouco — eu disse. — O que é...

— Larga a porra do telefone!

Larguei o telefone e levantei as mãos.

— Tá, tá, o que é isso? Você está com o Bosch?

O homem avançou rápido em minha direção e me fez virar com um safanão. Caí de joelhos no chão e então senti sua mão agarrando o colarinho de meu paletó.

— Levanta!

— O qu...

— Levanta! Agora!

Ele começou a me empurrar.

— Peraí, peraí. Estou levantando.

No instante em que fiquei de pé, fui empurrado para a frente e passei diante dos faróis na frente do carro.

— Aonde a gente está indo? O qu...

Fui empurrado outra vez.

— Quem é você? Por que tá...?

— Você pergunta demais, doutor.

Ele agarrou a parte de trás de meu colarinho e me empurrou em direção ao precipício. Eu sabia que era uma queda abrupta ali da beirada. Eu iria terminar na banheira aquecida do quintal de alguém — após um mergulho de cem metros.

Tentei fincar os calcanhares e diminuir o impulso para a frente, mas isso resultou em um empurrão ainda mais forte. Eu estava indo rápido agora e o homem de máscara ia me jogar pela beirada nas profundezas do abismo.

— Você não pod...

De repente, um tiro. Não vindo de trás. Mas da direita, e de uma certa distância. Quase simultaneamente, escutei um estalo metálico atrás de mim e o homem de máscara gritou e caiu num arbusto do lado esquerdo.

Depois ouvi vozes gritando.

— Larga a arma! Larga a arma!

— No chão! No chão!

Me joguei de frente sobre a terra na beira do precipício e pus as mãos em cima da cabeça como proteção. Ouvi mais gritos e o som de correria. Escutei o ronco de motores e veículos rodando sobre o cascalho. Quando abri os olhos, vi luzes azuis piscando em padrões repetidos pelo chão e nos arbustos. Luzes azuis querem dizer tiras. Isso significava que eu estava salvo.

— Doutor — uma voz disse atrás de mim. — Pode se levantar agora.

Ergui o pescoço para ver quem era. Era Bosch, o rosto ensombrecido recortado em silhueta contra as estrelas acima dele.

— Essa passou perto — ele disse.

52

O homem mascarado grunhia de dor quando suas mãos foram algemadas às suas costas.

— Minha mão! Porra, seus filhos da puta, minha mão tá quebrada!

Fiquei de pé e vi diversos homens em agasalhos pretos se movendo em torno como formigas num formigueiro. Algumas das jaquetas plásticas diziam LAPD, Departamento de Polícia de Los Angeles, mas a maioria tinha um FBI gravado nas costas. Logo depois um helicóptero veio sobrevoando e iluminou toda a clareira do estacionamento com um holofote.

Bosch se aproximou dos agentes do FBI segurando o mascarado.

— Ele está ferido? — perguntou.

— Ferimento nenhum — disse um agente. — O tiro deve ter acertado a arma, mas mesmo assim dói pra caralho.

— Onde está a arma?

— A gente ainda está procurando — disse o agente.

— Pode ter caído pela beirada — disse outro agente.

— Se a gente não encontrar hoje, encontra de dia — disse um terceiro.

Puxaram o homem para endireitá-lo. Havia dois agentes do FBI segurando seus cotovelos, um de cada lado.

— Vamos ver o que temos aqui — disse Bosch.

A máscara de esqui foi arrancada sem maiores cerimônias e apontaram uma lanterna diretamente para a cara do sujeito. Bosch virou e olhou para mim.

— Jurado número sete — eu disse.

— Do que você está falando?

— O jurado número sete do julgamento. Ele não apareceu hoje e o Ministério Público tava à procura dele.

Bosch virou para o homem que eu sabia se chamar David McSweeney.

— Segurem ele aí.

Ele então se virou e fez um sinal para que eu o seguisse. Afastou-se do círculo de atividade e entrou na clareira de estacionamento perto do meu carro. Parou e se voltou para mim. Mas eu tinha uma pergunta primeiro.

— O que aconteceu aqui?

— O que aconteceu aqui foi que acabei de salvar a sua vida. Ele ia te empurrar lá embaixo.

— Isso eu sei, mas o que *aconteceu*? De onde saíram você e todo mundo? Você disse que ia liberar seu pessoal à noite depois que eu fosse dormir. De onde vieram todos esses policiais? E o que o FBI está fazendo aqui?

— As coisas foram diferentes essa noite. Aconteceram umas coisas.

— O que aconteceu? O que mudou?

— A gente fala sobre isso depois. Vamos conversar sobre o que está acontecendo aqui primeiro.

— Eu não sei o que está acontecendo.

— Me fala sobre o jurado número sete. Por que ele não apareceu hoje?

— Bom, você provavelmente devia perguntar isso pra ele. Tudo que eu posso dizer pra você é que hoje de manhã o juiz convocou a gente no gabinete dele e disse que tinha recebido uma carta anônima dizendo que o número sete era uma fraude e que mentiu sobre a ficha na polícia. O juiz ia interrogar ele, mas ele não apareceu. Os policiais foram mandados pra casa dele e pro trabalho dele e trouxeram um cara que não era o número sete.

Bosch ergueu a mão como um guarda de trânsito.

— Calma, calma. Não dá pra entender uma palavra do que você está falando. Eu sei que você está um pouco assustado, mas...

Parou quando um dos homens com jaqueta do LAPD se aproximou para conversar com ele.

— Quer que a gente chame os paramédicos? Ele acha que quebrou a mão.

— Não, deixa ele aí. Depois que a gente autuar a gente manda dar uma olhada.

— Tem certeza?

— Ele que se foda.

O homem balançou a cabeça e voltou para o local onde seguravam McSweeney.

— É, ele que se foda — eu disse.

— Por que ele queria te matar? — perguntou Bosch.

Mostrei as mãos vazias.

— E eu é que sei? Talvez por causa da história que a gente plantou. O plano não era esse, tirar o cara da toca?

— Acho que você está escondendo alguma coisa de mim, Haller.

— Olha, já contei tudo que eu podia contar. Quem está escondendo as coisas e fazendo joguinho é você. O que o FBI está fazendo aqui?

— Eles tão nessa desde o começo.

— Tá, e por acaso você esqueceu de me contar.

— Eu contei o que você precisava saber.

— Bom, eu preciso saber de tudo, agora, ou minha cooperação termina nesse minuto. Isso inclui servir de testemunha contra aquele homem ali.

Esperei um instante e ele não disse nada. Virei para andar até o carro e Bosch pôs a mão em meu braço. Ele sorriu de frustração e balançou a cabeça.

— Vamos, cara, sossega o facho. Não faz ameaça que não vai cumprir.

— Você acha que é só ameaça? Por que não espera pra ver quando eu começar a enrolar com a intimação pro júri preliminar federal que eu sei que vai sair disso? Eu posso alegar confidencialidade com o cliente de instância em instância até a Suprema Corte — aposto que vai levar só uns dois anos — e seus novos amiguinhos ali do FBI vão ficar lamentando você não ter aberto o jogo comigo quando teve a chance.

Bosch pensou por um momento e me puxou pelo braço.

— Certo, bad boy, vem aqui um minuto.

Andamos até um ponto na área de estacionamento ainda mais longe do formigueiro de agentes. Bosch começou a falar.

— O FBI me procurou poucos dias depois do assassinato do Vincent e disse que ele tinha sido uma "pessoa do interesse" deles. Só isso. Uma pessoa do interesse deles. Foi um dos nomes que apareceu quando tavam investigando os tribunais estaduais. Nada específico, só baseado em rumores, coisas que supostamente teria dito aos clientes que era capaz de conseguir, conexões que dizia ter, esse tipo de coisa. Eles tinham chegado a uma lista de advogados que ouviram dizer que podiam ser comprados e o Vincent tava nela. Convidaram ele pra ser uma testemunha cooperativa e ele negou. Eles tavam aumentando a pressão em cima dele quando ele foi morto.

— Então eles contam tudo isso e vocês juntam forças. Não é lindo? Obrigado por me contar.

— Como eu disse, você não precisava saber.

Um sujeito com jaqueta do FBI atravessou a área de estacionamento às costas de Bosch, e seu rosto foi momentaneamente iluminado do alto. Ele me pareceu familiar, mas não consegui lembrar de onde. Até que o imaginei com um bigode.

— Ei, olha só o otário que você mandou atrás de mim outro dia — eu disse, alto o bastante para que o agente escutasse. — Ele teve sorte que eu não meti uma bala na cara dele lá na porta.

Bosch pôs as mãos no meu peito e me empurrou alguns passos.

— Calma aí, doutor. Se não fosse pelo FBI, eu não teria conseguido o contingente necessário pra ficar de olho em você. E bem agora você ia estar caído lá embaixo, na base dessa montanha.

Tirei suas mãos de mim mas me acalmei. Minha raiva se dissipou quando admiti a verdade do que Bosch acabara de me dizer. E a verdade de que eu fora usado como peão desde o início. Por meu cliente e agora por Bosch e o FBI. Bosch aproveitou o momento para sinalizar para outro agente, que estava por perto, observando.

— Esse é o agente Armstead. É ele que está cuidando das coisas pelo lado do FBI e ele queria fazer umas perguntas pra você.

— Por que não? — eu disse. — Ninguém responde às minhas. Eu posso muito bem responder às de vocês.

Armstead era um agente jovem, de porte atlético e com um corte de cabelo estilo militar.

— Doutor Haller, vamos responder suas perguntas assim que pudermos — ele disse. — No momento, estamos com uma situação complicada aqui e sua cooperação vai ser de grande ajuda. O jurado número sete é o homem pra quem o Vincent pagou o suborno?

Olhei para Bosch com uma cara de "quem é esse aí?".

— Cara, como eu vou saber? Eu não participei de nada disso. Quer uma resposta, vai perguntar pra ele.

— Não se preocupa. Vamos fazer um monte de perguntas pra ele. O que está fazendo aqui, doutor Haller?

— Eu já disse pro seu pessoal. Já disse pro Bosch. Recebi uma ligação de alguém se passando por um policial. Ele falou que estava com uma mulher que eu conheço pessoalmente aqui em cima e que ela tinha bebido e se eu quisesse podia vir aqui para levá-la até sua casa e livrá-la de uma encrenca ao ser autuada.

— A gente checou o nome que você passou pelo telefone — disse Bosch. — Tem mesmo um Randall Morris no departamento. Ele cuida de crimes com gangues, na divisão sul do Departamento de Polícia de Los Angeles.

Balancei a cabeça.

— É, bom, acho que não tem dúvida nenhuma agora que foi uma ligação falsa. Mas ele sabia o nome da minha amiga e tinha meu celular. Pareceu convincente na hora, tá?

— Como ele conseguiu o nome da mulher? — perguntou Armstead.

— Boa pergunta. Ela é muito minha amiga, só isso, mas faz quase um mês que a gente não se fala.

— Então como ele ia saber sobre ela?

— Cara, você está me perguntando um negócio que não faço a menor ideia. Vai perguntar pro McSweeney.

Na mesma hora percebi que cometera um deslize. Eu não deveria saber esse nome, a menos que estivesse investigando o número sete.

Bosch olhou para mim com curiosidade. Não sei se ele sabia que o júri deveria permanecer anônimo, até para os advogados do caso. Antes que pudesse fazer qualquer pergunta, fui salvo por alguém gritando do arbusto na beirada do precipício.

— Achei a arma!

Bosch apontou um dedo para o meu peito.

— Não saia daí.

Observei Bosch e Armstead andando rápido para lá e se reunindo aos outros que examinavam a arma sob um facho de lanterna. Bosch não tocou nela, mas curvou-se na luz para ver mais de perto.

A abertura de *Guilherme Tell* começou a tocar atrás de mim. Virei e vi meu celular jogado no cascalho, o minúsculo visor quadrado brilhando como um farol. Fui até lá e o apanhei. Era Cisco e eu atendi a ligação.

— Cisco, depois eu ligo de volta.

— Não demora. Tenho uma coisa quente pra contar. Você vai querer saber disso.

Fechei o aparelho e fiquei olhando enquanto Bosch finalmente terminou de examinar a arma e se aproximou de McSweeney. Ele se curvou no ouvido do sujeito e sussurrou alguma coisa. Não esperou por uma resposta. Apenas se virou e veio em minha direção. Dava para perceber até mesmo com o luar fraco que ele estava empolgado. Armstead vinha andando atrás dele.

— A arma é uma Beretta Bobcat, como a que a gente tava procurando no caso do Vincent — ele disse. — Se a balística der resultado positivo, então vamos trancar o cara e jogar a chave fora. Vou pedir pro prefeito um reconhecimento formal da sua contribuição.

— Ótimo. Eu mando emoldurar.

— Me ajuda a montar esse caso, Haller, e pode começar por ele como o cara que matou Vincent. Por que ele queria matar você também?

— Não sei.

— O suborno — perguntou Armstead. — Foi ele que levou o dinheiro?

— A mesma resposta que eu dei faz cinco minutos. Não sei. Mas tem tudo a ver, você não acha?

— Como ele sabia o nome da sua amiga no telefone?

— Também não faço ideia.

— Então você ajuda em quê? — disse Bosch.

Era uma boa pergunta, e a resposta imediata não me desceu muito bem.

— Olha, detetive, eu...

— Deixa pra lá, cara. Por que você não entra na porra do carro e cai logo fora daqui? A gente assume, de agora em diante.

Virou e começou a se afastar, seguido por Armstead. Hesitei e então chamei Bosch. Fiz um sinal para que voltasse. Ele disse qualquer coisa ao agente do FBI e voltou sozinho para perto de mim.

— Sem enrolação — disse com impaciência. — Não tenho tempo pra isso.

— Ok, o negócio é o seguinte — eu disse. — Eu acho que ele queria fazer parecer que eu tinha pulado.

Bosch considerou isso e balançou a cabeça.

— Suicídio? Quem ia acreditar numa coisa dessa? Você tem o caso da década, cara. Está por cima da carne seca. Você está na tevê. E tem uma filha pra se preocupar. Suicídio não ia colar.

— Ia sim.

Ele olhou para mim sem dizer nada, esperando uma explicação.

— Sou um viciado em recuperação, Bosch. Você não sabe nada a respeito?

— Por que não me conta?

— A história ia ser que eu não aguentei a pressão do grande caso e toda a atenção que despertou, e já tinha tido ou ia ter uma recaída. Então me joguei, pra não voltar praquela vida. Não é incomum, Bosch. Depressão por síndrome de abstinência. E isso me leva a achar qu...

— O quê?

Apontei através da clareira na direção do jurado número sete.

— Que seja lá quem for que tentou isso sabia muita coisa a meu respeito. Os caras fizeram uma pesquisa séria. Descobriram meu problema, a clínica de reabilitação, o nome da Lanie. Depois bolaram um plano bem-feito pra se livrar de mim, porque não podiam simplesmente ir metendo bala em mais um advogado sem provocar uma investigação geral sobre o que tava acontecendo. Se eu passasse por suicida, a pressão em cima deles seria bem menor.

— Certo, mas por que eles precisavam se livrar de você?

— Acho que eles pensam que eu sei de muita coisa.

— Você sabe?

Antes que eu pudesse responder, McSweeney começou a berrar do outro lado.

— Ei! Você aí com o advogado. Quero fazer um trato. Eu posso entregar gente da pesada, cara! Quero fazer um acordo!

Bosch esperou para ver se eu tinha mais coisas a dizer, mas era só aquilo.

— Quer saber? — eu disse. — Vai lá e aproveita a boa vontade dele. Antes que ele lembre que tem direito a um advogado.

Bosch balançou a cabeça.

— Obrigado, professor — ele disse. — Mas acho que eu sei o que estou fazendo.

Começou a atravessar a clareira.

— Ei, Bosch, espera — chamei. — Você está me devendo um negócio antes de ir embora.

Bosch parou e fez um sinal para Armstead continuar com McSweeney. Então voltou até onde eu estava.

— Devendo o que pra você?

— Uma resposta. Hoje de noite eu liguei e disse que não ia sair à noite. Pelo combinado era pra você ter cortado a vigilância e deixado um carro só. Mas as tropas estão todas aqui. O que fez você mudar de ideia?

— Você ainda não sabe, não é?

— Não sei o quê?

— Vai poder dormir até mais tarde amanhã, doutor. O julgamento acabou.

— Como assim?

— Seu cliente está morto. Alguém — provavelmente seu amigo ali, que quer fazer um acordo — apagou o Elliot e a namorada dele essa noite quando voltavam de um jantar. O portão eletrônico não abriu e ele desceu pra empurrar, alguém apareceu e meteu uma bala na nuca dele. Depois matou a mulher no carro.

Dei um passo pra trás, em choque. Eu sabia de que portão Bosch estava falando. Eu estivera na mansão de Elliot em Beverly Hills ainda na outra noite. E quanto à namorada, achei que também sabia quem podia ser. Eu imaginava Nina Albrecht nessa condição desde o momento em que Elliot me contara ter tido ajuda no dia dos assassinatos em Malibu.

Bosch não permitiu que o olhar de perplexidade em meu rosto seguisse por mais tempo.

— Um amigo meu no prédio do legista me deu um toque e eu imaginei que podia ter alguém à solta por aí nessa noite, dando uma geral. Pensei que era melhor chamar a equipe de volta e ver o que tava acontecendo lá na sua casa. Pra sua sorte foi o que eu fiz.

Olhei bem nos olhos de Bosch quando respondi.

— É — eu disse. — Pra minha sorte.

53

Não havia mais julgamento, mas fui até o tribunal na terça de manhã para acompanhar o encerramento oficial do caso. Tomei meu lugar junto à cadeira vazia que Walter Elliot ocupara durante as duas últimas semanas. Os fotógrafos de jornal que haviam obtido permissão para entrar na sala do tribunal pareceram gostar daquela cadeira vazia. Tiraram um monte de fotos dela.

Jeffrey Golantz sentava do lado oposto da coxia. Era o promotor mais sortudo do mundo. Deixara o tribunal no dia anterior encarando a perspectiva de uma derrota capaz de atrapalhar sua carreira e voltara com sua irrepreensível folha corrida intacta. Sua trajetória ascendente no Gabinete da Promotoria e na política da cidade estava a salvo, por hora. Ele não tinha nada a me dizer enquanto ficávamos ali sentados à espera do júri.

Mas a conversa na plateia era incessante. As pessoas se agitavam com a notícia dos assassinatos de Walter Elliot e Nina Albrecht. Ninguém mencionou o atentado contra minha vida e os eventos no mirante de Fryman Canyon. Por hora, tudo permaneceria em segredo. Assim que McSweeney disse a Bosch e Armstead que queria fazer um acordo, os investigadores me pediram para manter silêncio, de modo que pudessem agir lenta e cautelosamente com o suspeito disposto a cooperar. Eu mesmo estava feliz em poder cooperar. Até certo ponto.

O juiz Stanton sentou em sua cadeira pontualmente às nove. Seus olhos estavam inchados e ele parecia ter dormido muito pouco. Fiquei imaginando se estava ciente de todos os detalhes do que acontecera na noite anterior, assim como eu.

O júri foi chamado e observei seus rostos. Se algum deles fazia ideia do que estava acontecendo, não dava sinais disso. Observei que vários deles lançaram um olhar para a cadeira vazia ao meu lado, quando sentaram.

— Senhoras e senhores, bom dia — disse o juiz. — A partir desse momento eu os estou liberando de seus serviços neste tribunal. Como sei que podem ver, o senhor Elliot não está mais em seu lugar atrás da mesa da defesa. Isso porque o réu desse julgamento foi vítima de homicídio na noite passada.

Metade dos jurados ficou de queixo caído ao mesmo tempo. Os demais expressaram sua surpresa com os olhos. Um burburinho baixo de vozes excitadas percorreu a sala e então um lento e deliberado bater de palmas ecoou atrás da mesa da promotoria. Virei-me e vi a mãe de Mitzi Elliot aplaudindo a notícia do falecimento de Elliot.

O juiz bateu com força seu martelinho no momento em que Golantz levantava rapidamente de sua cadeira e corria na direção dela, para segurar delicadamente seus braços e impedi-la de continuar. Notei lágrimas rolando no rosto da mulher.

— Não vou tolerar nenhuma manifestação vinda da plateia — disse asperamente o juiz. — Não me interessa saber quem são ou suas possíveis ligações com o caso, todo mundo aqui deve mostrar respeito à corte ou terá de ser retirado.

Golantz voltou para seu lugar, mas as lágrimas continuaram a descer pelo rosto da mãe da vítima.

— Sei que para todos vocês a notícia é bastante chocante — disse Stanton aos jurados. — Podem ter certeza de que as autoridades estão investigando a questão com todo o cuidado e esperamos que em breve o responsável ou responsáveis sejam trazidos perante a justiça. Sei que vão ficar sabendo de tudo a respeito disso quando forem ler os jornais ou ver os noticiários, como agora estão livres para fazê-lo. No momento, só posso agradecer por seus préstimos. Sei que permaneceram inteiramente atentos às apresentações do caso da promotoria e da defesa e espero que seu período aqui tenha constituído uma experiência positiva. Considerem-se livres agora para voltar à sala de deliberação, pegar suas coisas e ir para casa. Todos dispensados.

Ficamos de pé uma última vez diante do júri e observamos enquanto saíam em fila dirigindo-se à sala de deliberação. Depois que se foram, o juiz agradeceu a mim e a Golantz por nosso comportamento profissional durante o julgamento, agradeceu à sua equipe e rapidamente decretou a corte suspensa. Eu não havia me dado o trabalho de tirar minhas pastas da bolsa, então permaneci imóvel por um longo tempo depois que o juiz deixou a sala do tribunal. Sonhei acordado até Golantz se aproximar com a mão estendida. Sem pensar, correspondi ao gesto e a apertei.

— O que passou, passou, Mickey. Você é um puta advogado.

Era, eu pensei.

— É — eu disse. — O que passou, passou.

— Vai ficar pra conversar com os jurados, ver o que eles pretendiam deliberar? — perguntou.

Abanei a cabeça.

— Não, não quero nem saber.

— Nem eu. Vê se se cuida.

Deu um tapa em meu ombro e passou pela portinhola. Eu tinha certeza de que haveria uma multidão de jornalistas no corredor, à espera, e que ele iria declarar que por caminhos tortuosos achava que a justiça fora feita. Aquele que vive pela arma morre pela arma. Ou qualquer coisa assim.

Ele que ficasse com a mídia. Dei-lhe uma boa margem e depois também saí. Os repórteres já o haviam cercado e pude andar rente à parede e passar sem ser notado. A não ser por Jack McEvoy, do *Times*. Ele me avistou e começou a me seguir. Me alcançou quando cheguei à entrada da escada.

— Ei, Mick!

Olhei-o de relance mas não parei de andar. Eu sabia por experiência que é o melhor a fazer. Se um jornalista consegue pegá-lo, o resto do bando vem atrás e cai em cima de você. Eu não queria ser devorado. Empurrei a porta e comecei a descer.

— Sem comentários.

Ele continuou me acompanhando, degrau a degrau.

— Não estou escrevendo sobre o julgamento. Estou cobrindo os novos assassinatos. Achei que talvez você e eu pudéssemos acertar o mesmo combinado da outra vez. Sabe, troca de inform…

— Sem acordo, Jack. E sem comentários. Até mais tarde.

Estiquei o braço e o detive no primeiro patamar. Deixei-o ali, desci mais dois lances e então saí no corredor. Fui até o gabinete da juíza Holder e entrei.

Michaela Gill estava no cercado da assistente e perguntei se eu podia ver a juíza por alguns minutos.

— Mas você não tem hora marcada — ela disse.

— Sei disso, Michaela, mas acho que a juíza vai querer me ver. Ela está lá dentro? Pode dizer que só quero dez minutos? Fala pra ela que é sobre os arquivos de Vincent.

A assistente apanhou o telefone, apertou um botão e transmitiu meu pedido à juíza. Depois desligou e me disse que eu podia entrar imediatamente.

— Obrigado.

A juíza estava atrás de sua mesa, com os óculos de leitura no nariz, segurando uma caneta em pleno ar como se eu a tivesse interrompido no meio da assinatura de uma ordem judicial.

— Bom, doutor Haller — disse. — Sem dúvida foi um dia dos mais agitados. Sente-se.

Sentei-me na já familiar cadeira diante dela.

— Obrigado por me receber, Excelência.

— O que posso fazer por você?

Ela fez a pergunta sem olhar para mim. Começou a rabiscar sua assinatura em uma série de documentos.

— Só queria informá-la de que estou abrindo mão dos demais casos de Vincent.

Ela baixou a caneta e me olhou através dos óculos.

— Como é?

— Estou renunciando a eles. Voltei ao trabalho cedo demais, ou provavelmente nunca deveria ter voltado. Mas pra mim chega.

— Isso é absurdo. Sua defesa do senhor Elliot foi o assunto desse tribunal. Vi alguns trechos pela televisão. O senhor deu uma surra em Golantz e acho que poucos que assistiram teriam apostado em outra coisa que não uma absolvição.

Fiz um gesto com a mão, dispensando os elogios.

— De qualquer modo não importa, Excelência. Não foi pra isso que vim aqui.

Ela tirou os óculos e os pôs sobre a mesa. Pareceu hesitar, mas então perguntou:

— Então por que o senhor está aqui?

— Porque quero que saiba que sei de tudo, Excelência. E em breve todo mundo também vai ficar sabendo.

— Tenho certeza de que não faço ideia do que está falando. O que o senhor sabe, doutor Haller?

— Sei que a senhora se vendeu e tentou me assassinar.

Ela explodiu numa risada, mas não havia alegria em seus olhos, só chispas fuzilantes.

— Isso é alguma brincadeira?

— Não, brincadeira nenhuma.

— Então, doutor Haller, sugiro que se acalme e se recomponha. Se sair por aí nesse tribunal fazendo esse tipo de acusação grotesca, haverá consequências para o senhor. Consequências graves. Talvez o senhor tenha razão. Está sentindo o estresse de ter voltado muito depressa após a reabilitação.

Sorri e pude perceber por seu rosto que ela se dera conta na mesma hora do erro.

— A senhora deu uma escorregada agora, não foi, Excelência? Como sabia da reabilitação? Mais do que isso, como o jurado número sete sabia como me tirar de casa na noite passada? A resposta é que a senhora mandou alguém fuçar meu passado. Armou uma cilada pra mim e mandou McSweeney acabar comigo.

— Não sei do que está falando e não conheço esse sujeito que você diz que tentou te matar.

— Bom, mas acho que ele conhece a senhora, e da última vez que o vi estava prestes a brincar de vamos-fazer-um-acordo com os agentes do governo.

Isso a atingiu como um soco no estômago. Eu sabia que revelar esse fato para ela não ia me fazer crescer aos olhos de Bosch ou Armstead, mas eu não estava nem aí. Não foram eles que foram usados como peões em um jogo e quase lançados de um mergulho fatal da Mulholland. Eu sim, e isso me dava o direito de confrontar a pessoa que eu sabia estar por trás de tudo.

— Mas eu descobri isso sem precisar fazer acordo com ninguém — eu disse. — Meu investigador achou McSweeney. Nove anos atrás ele foi preso por assalto à mão armada e adivinha quem era o advogado? Mitch Lester, seu marido. No ano seguinte, pegaram o cara outra vez, por fraude, e mais uma vez foi Mitch Lester no caso. Taí a ligação. É um belo triângulo, não acha? Você tem acesso e controla a convocação dos jurados e o processo de seleção. Você pode entrar nos computadores e foi você quem plantou o infiltrado no meu júri. Jerry Vincent deu o dinheiro pra você, mas depois mudou de ideia quando o FBI começou a farejar. Não podia correr o risco de que Jerry fosse pego pelos federais e tentasse fazer um acordo em que entregava um magistrado pra eles. Então mandou McSweeney.

"Daí, quando deu merda ontem, resolveu fazer uma faxina. Mandou McSweeney — o jurado número sete — atrás de Elliot e de Albrecht, e depois de mim. Como estou indo, *Meritíssima*? Deixei passar alguma coisa?"

Disse a palavra "Meritíssima" com extremo sarcasmo e desdém, como se significasse o mesmo que lixo. Ela ficou de pé.

— Isso é um absurdo. Você não tem prova nenhuma me ligando a ninguém a não ser meu marido. E fazer essa ponte de um cliente dele até mim é completamente ridículo.

— Tem razão, Excelência. Não tenho prova nenhuma, mas a gente não está num julgamento. Somos só você e eu. Tudo de que eu preciso é do meu instinto, e o que ele diz é que você está nisso até o pescoço.

— Quero que saia agora mesmo.

— Mas e com os federais, o que vai fazer? Eles tão com McSweeney.

Pude perceber o medo que isso fez surgir em seus olhos.

— Acho que não teve notícias dele, teve? É, aposto que não vão deixar ele fazer nenhuma ligação enquanto não tirarem tudo dele. Melhor torcer pra ele não ter prova nenhuma. Porque se ele incluir você nesse triângulo, vai ter que trocar a toga preta por um macacão laranja.

— Saia agora mesmo ou eu vou mandar chamar a segurança pra te prender!

Apontou para a porta. Com calma e muito devagar, me levantei.

— Claro, vou indo. E quer saber de uma coisa? Pode ser que nunca mais eu exerça a advocacia nesse tribunal. Mas prometo que vou voltar aqui quando você estiver sendo julgada. Você e o seu marido. Pode contar com isso.

A juíza ficou me encarando, o braço ainda esticado na direção da porta, e vi a raiva em seus olhos lentamente se transformarem em medo. Seu braço abaixou um pouco e então deixou que caísse completamente. Larguei-a ali sozinha.

Desci até o térreo pela escada, porque não queria entrar em um elevador lotado. Onze andares. Ao chegar ao último, empurrei as portas de vidro e saí do prédio. Apanhei meu celular, liguei para Patrick e lhe disse para trazer o carro. Depois liguei para Bosch.

— Decidi apertar um pouco seu cronograma e o do FBI — falei.

— Como assim? O que você fez?

— Não quis esperar o FBI levar um ano e meio pra montar um processo, que é o que eles costumam demorar. Às vezes, a justiça não pode esperar, detetive.

— O que foi que você fez, Haller?

— Acabei de ter uma conversa com a juíza Holder — é, não precisei da ajuda de McSweeney pra descobrir isso. Falei pra ela que os federais tão com McSweeney e que ele ia cooperar. Se eu fosse você e o FBI, apressava um pouco a porra do processo e nesse meio-tempo ficava de olho nela. Não parece do tipo que vai sair correndo, na minha opinião, mas a gente nunca sabe. Tenha um bom dia.

Fechei o telefone antes que tivesse tempo de protestar contra minha atitude. Eu não estava nem aí. Ele me usara o tempo todo. Foi uma sensação boa dar as regras do jogo e pôr ele e o FBI pra dançar conforme a minha música.

PARTE SEIS
O ÚLTIMO VEREDITO

54

Bosch bateu na minha porta cedo na quinta de manhã. Eu não tinha penteado o cabelo ainda, mas já estava vestido. Ele, por outro lado, parecia ter passado a noite em claro.

— Acordei você? — ele perguntou.

Abanei a cabeça.

— Preciso arrumar minha filha pra escola.

— Certo. Quarta à noite e fins de semana alternados.

— O que foi, detetive?

— Tenho umas perguntas pra fazer e achei que você podia estar interessado em saber em que pé tão as coisas.

— Claro. Vamos sentar aí fora. Não quero que ela escute a gente.

Alisei o cabelo com a mão enquanto andava até a mesa.

— Não quero sentar — disse Bosch. — Não tenho muito tempo.

Ele se virou e apoiou os cotovelos no parapeito. Me voltei e fiz o mesmo, ficando perto dele.

— Eu também não gosto de sentar quando estou aqui.

— Tenho a mesma vista da minha casa — ele disse. — Só que fica do outro lado.

— Acho que isso faz da gente dois lados de uma mesma montanha.

Ele tirou os olhos da paisagem e me olhou por um momento.

— Algo do tipo — disse.

— Então, o que está acontecendo? Achei que ia estar puto demais comigo até pra me contar o que andava rolando.

— A verdade é que eu mesmo também acho que o FBI é devagar demais. Eles não gostaram muito do que você fez, mas pra mim não importa. Fez as coisas andarem.

Bosch endireitou o corpo e se recostou no parapeito, a vista da cidade às suas costas.

— Então e aí, o que está acontecendo? — perguntei.

— O júri preliminar federal voltou a fazer indiciamentos na noite passada. Holder, Lester, Carlin, McSweeney, além de uma mulher que é supervisora no departamento de júri e foi quem deu acesso aos computadores. Estamos interrogando todos eles simultaneamente essa manhã. Então fica na moita até a gente fazer a ligação entre todo mundo.

Foi legal da parte dele confiar em mim o suficiente para me contar aquilo antes de efetuar prisões. Pensei que podia ser ainda mais legal se eu desse um pulo no fórum para ver Holder saindo de lá algemada.

— Não tem nenhum fio solto? — perguntei. — Holder é uma *juíza*, você sabe. É bom que esteja tudo bem amarradinho.

— Fio nenhum. McSweeney entregou todo o serviço. A gente tem ligações telefônicas, transferências de dinheiro. Conseguimos até gravar o marido numa conversa.

Balancei a cabeça. Parecia o pacote federal típico, pra mim. Um dos motivos pelos quais eu nunca aceitava casos envolvendo os federais em minha prática da advocacia era que, quando o governo montava um processo, eles normalmente não deixavam brecha nenhuma. A defesa sair com vitória era coisa rara. Na maioria dos casos, você terminava achatado que nem um gambá atropelado.

— Não sabia que Carlin tava envolvido nisso — eu disse.

— Ele está bem no centro. Ele e a juíza aparecem nisso desde o começo e foi ele que ela usou pra fazer contato com o Vincent lá atrás. E o Vincent usou ele pra entregar o dinheiro. Depois chegou no ouvido do Carlin que o Vincent começou a dar pra trás por causa do FBI rondando, então ele contou pra juíza. Ela achou que o melhor a fazer era cortar o elo fraco. Ela e o marido mandaram McSweeney cuidar do Vincent.

— Chegou no ouvido dele como? Wren Williams?

— É, a gente acha que sim. Ele se aproximou dela pra ficar de olho no Vincent. A gente acha que ela não fazia ideia do que tava acontecendo. A inteligência dela não chega lá.

Balancei a cabeça e pensei em como todas as peças se encaixavam.

— E quanto a McSweeney? Ele só fez o que mandaram ele fazer? A juíza manda matar um cara e ele vai e mata?

— Pra começar, McSweeney já era um golpista antes de ser assassino. Então não acho nem por um minuto que a gente está tirando toda a verdade dele. Mas ele diz que a juíza pode ser muito persuasiva. Do modo como ela explicou pra ele, era Vincent ou eles todos. Não tinha escolha. Além do mais, ela também prometeu aumentar a parte dele depois que fizesse como o planejado no julgamento e influenciasse o veredito.

— E os indiciamentos, são em quê?

— Conspiração pra cometer assassinato, corrupção. Isso é só a primeira leva. Tem mais coisa aí pela frente. Não foi a primeira vez. McSweeney contou pra gente que entrou em quatro júris nos últimos sete anos. Duas absolvições e dois impasses. Três tribunais diferentes.

Assobiei quando pensei em alguns dos casos superimportantes que tinham terminado em absolvições chocantes ou em impasses do júri em anos recentes.

— Robert Blake?

Bosch sorriu e fez que não com a cabeça.

— Quem dera — ele disse. — O. J., também não. Mas eles ainda não estavam agindo, na época deles. Esses casos a gente perdeu por conta própria.

— Tanto faz. Essa história vai cair como uma bomba.

— A pior que eu já vi.

Ele cruzou os braços e deu uma olhada na vista por sobre os ombros.

— Você tem a Sunset Strip e eu tenho a Universal — ele disse.

Ouvi a porta sendo aberta, olhei para trás e vi Hayley espiando.

— Pai?

— O que foi, Hay?

— Tá tudo bem?

— Tudo certo. Hayley, esse é o detetive Bosch. Ele é da polícia.

— Oi, Hayley — disse Bosch.

Acho que foi a única vez em que vi um sorriso de verdade no rosto de Bosch.

— Oi — disse minha filha.

— Hayley, já comeu o cereal? — perguntei.

— Já.

— Tá, então pode ver um pouco de tevê até chegar a hora de ir.

Ela voltou a entrar e fechou a porta. Olhei o relógio. Ainda tínhamos dez minutos antes de sair.

— Sua filha é bonitinha — disse Bosch.

Balancei a cabeça.

— Tenho que perguntar uma coisa — ele disse. — Você que fez esse caso rolar morro abaixo, não foi? Foi você quem mandou a carta anônima pro juiz.

Pensei um momento antes de responder.

— Se eu disser que sim, vou virar testemunha?

No final das contas eu nem fora chamado para o júri preliminar. Com McSweeney entregando tudo, eles aparentemente não precisavam de mim. E eu não queria que isso mudasse agora.

— Não, é só entre você e eu — disse Bosch. — Só queria saber se você agiu do jeito certo.

Considerei a possibilidade de não contar, mas no fim das contas eu queria que ele soubesse.

— É, fui eu. Eu queria McSweeney fora do júri e queria ganhar jogando limpo. Não esperava que o juiz Stanton pegasse a carta e consultasse outros juízes a respeito.

— Ele ligou pra juíza do Superior e pediu o conselho dela.

Fiz que sim.

— Só pode ser isso — eu disse. — Ele procura ela sem saber que ela tava por trás da coisa toda. Depois ela avisou o McSweeney e mandou ele não aparecer no tribunal, e então usou ele pra tentar limpar a merda toda.

Bosch balançou a cabeça como se eu estivesse confirmando algo que ele já sabia.

— E você fazia parte dessa merda. Ela deve ter imaginado que foi você que mandou a carta pro juiz Stanton. Você sabia demais e precisava sair do caminho — como o Vincent. Não tinha nada a ver com a matéria que a gente plantou. Foi por causa da dica pro juiz Stanton.

Abanei a cabeça. Minhas próprias ações tinham quase me levado a morrer mergulhando no precipício da Mulholland.

— Acho que foi uma bela duma cagada.

— Quanto a isso não sei dizer. Você ainda está aí. Eles vão sair de circulação, depois de hoje.

— Aí é que tá. Que tipo de acordo vocês fecharam com McSweeney?

— Sem pena de morte e consideração de redução de pena. Se todo mundo for pego, então ele provavelmente pega quinze anos. Pela lei federal isso quer dizer que ele ainda vai ter que cumprir treze.

— Quem é o advogado dele?

— Tem dois. Dan Daly e Roger Mills.

Estava em boas mãos. Pensei no que Walter Elliot me dissera, de que quanto mais culpado você é, de mais advogados precisa.

— Um ótimo acordo pra três assassinatos — eu disse.

— Um — corrigiu Bosch.

— Como assim? Vincent, Elliot e Albrecht.

— Ele não matou Elliot e Albrecht. Esses dois não bateram na balística.

— Do que você está falando? Ele matou os dois e depois tentou me matar.

Bosch balançou a cabeça, em gesto negativo.

— Matar você ele tentou, mas não foi ele quem matou Elliot e Albrecht. A arma era diferente. Além do mais, não faz sentido. Pra que ele ia armar uma tocaia pra cima dos dois e depois tentar fazer o seu parecer suicídio? Não encaixa. McSweeney está limpo quanto a Elliot e Albrecht.

Fiquei em silêncio, perplexo, por um longo momento. Nos últimos três dias, eu acreditara que o homem que matara Elliot e Albrecht era o mesmo que tentara me matar e que estava trancafiado em segurança na mão das autoridades. Agora Bosch me contava que havia um segundo assassino à solta em algum lugar.

— Beverly Hills tem algum palpite? — perguntei, finalmente.

— Ah, têm, eles têm certeza absoluta de quem foi. Mas não vão abrir processo nunca.

As bombas continuavam caindo. Era uma surpresa atrás da outra.

— Quem?

— A família.

— Você quer dizer a Família, com F maiúsculo? O crime organizado?

Bosch sorriu e fez que não com a cabeça.

— A família de Johan Rilz. Eles se encarregaram disso.

— Como você sabe?

— Proeminências e sulcos. As balas que tiraram das duas vítimas eram de Parabellum nove milímetros, Luger. Cartucho e revestimento de chumbo, fabricação alemã. A polícia de Beverly Hills colheu o perfil dos projéteis e fez a balística comparando com a Mauser C96, que também é fabricada na Alemanha.

Fez uma pausa para ver se eu tinha alguma pergunta. Quando viu que não, continuou.

— Lá em Beverly Hills eles acham que é quase como se alguém tivesse mandando uma mensagem.

— Uma mensagem da Alemanha.

— Isso mesmo.

Pensei em Golantz dizendo à família Rilz como eu pretendia jogar o nome de Johan na lama por uma semana. Eles haviam ido embora para não presenciar isso. E Elliot foi morto antes que isso pudesse acontecer.

— Parabellum — eu disse. — Como anda seu latim, detetive?

— Eu não cursei faculdade de direito. O que quer dizer?

— Prepare-se para a guerra. É parte de um ditado: "Se você quer a paz, prepare-se para a guerra". O que vai acontecer com a investigação, daqui pra frente?

Bosch encolheu os ombros.

— Sei de um ou dois detetives em Beverly Hills que vão viajar em grande estilo pra Alemanha. Passagens na classe executiva, com aqueles bancos que viram leito. Vão pra lá, fazem uns requerimentos, tomam todas as providências cabíveis. Mas se o crime foi cometido direitinho, não acontece nada.

— Como foi que conseguiram trazer as armas?

— Dá pra fazer. Pelo Canadá, ou *Der* FedEx, se "absolutamente, positivamente precisa chegar a tempo".

Não sorri. Estava pensando em Elliot e no equilíbrio da justiça. De algum modo, Bosch parecia saber no que eu estava pensando.

— Lembra do que você disse pra mim quando me contou que tinha dito pra juíza Holder que sabia que ela tava por trás disso tudo?

Encolhi os ombros.

— O que eu disse?

— Que às vezes a justiça não pode esperar.

— E?

— E você tinha razão. Às vezes, ela não espera. Naquele julgamento, as coisas tavam a seu favor e Elliot parecia que ia se safar. Então alguém decidiu não esperar pela justiça e deu seu próprio veredito. Na época em que eu patrulhava as ruas, faz muito tempo, sabe como a gente chamava um homicídio que depois descobria ser só um acerto de contas das ruas?

— Como?

— Veredito de chumbo.

Balancei a cabeça. Entendi. Ficamos os dois em silêncio por um bom tempo.

— De qualquer jeito, contei tudo que eu sei — disse Bosch, finalmente. — Preciso ir andando, tem umas pessoas que quero mandar pra cadeia. Hoje promete ser um ótimo dia.

Bosch içou o peso do parapeito, pronto para ir.

— É engraçado você ter aparecido aqui hoje — eu disse. — Na noite passada eu decidi perguntar uma coisa da próxima vez que visse você.

— É, o que é?

Pensei por um momento e então balancei a cabeça. Era a coisa certa a fazer.

— Dois lados da mesma montanha... Sabia que você parece muito com o seu pai?

Ele não disse nada. Só me encarou por uns instantes, depois virou para o parapeito. Olhou ao longe para a cidade.

— Quando foi que descobriu isso? — ele perguntou.

— Certeza eu só tive na noite passada, quando eu tava olhando umas fotos antigas e uns álbuns de recortes com minha filha. Mas acho que lá no fundo eu já sabia disso faz muito tempo. A gente tava procurando fotos do meu pai. Cada vez que eu olhava pra uma eu me lembrava de alguma coisa, daí percebi que era você. Assim que eu saquei, pareceu óbvio. Eu só não tinha notado logo de cara.

Me aproximei do parapeito e fiquei olhando a cidade junto com ele.

— A maior parte do que eu sei dele veio de livros — eu disse. — Um monte de casos diferentes, um monte de mulheres diferentes. Mas tem algumas lembranças que não são de livros, são só minhas. Lembro do escritório que ele montou em casa quando começou a ficar doente. Tinha uma pintura na parede — na verdade era uma gravura, mas na época eu achava que fosse uma pintura de verdade. *O jardim das delícias terrenas*. Puta negócio mais horripilante pra um moleque...

"A lembrança que eu tenho é dele me segurando no colo e me fazendo olhar pra pintura, dizendo que eu não precisava ter medo. Que era bonito, não assustador. Ele tentou me ensinar a dizer o nome do pintor. Hieronymus Bosch. Rima com 'anônimos', ele falou. Só que naquela época acho que eu também não sabia dizer 'anônimos'."

Eu não estava vendo a cidade ao longe. Estava vendo a lembrança. Fiquei em silêncio por algum tempo depois disso. Era a vez do meu meio-irmão. No fim, ele apoiou os cotovelos no parapeito e falou.

— Eu lembro daquela casa — disse. — Eu visitei ele, uma vez. Me apresentei. Ele tava na cama. Morrendo.

— O que você disse pra ele?

— Só disse que eu tinha conseguido me virar. Só isso. Não tinha muito mais coisa pra dizer.

Como agora, pensei. O que havia para dizer? De algum modo, meus pensamentos saltaram para minha própria família dilacerada. Eu tinha pouco contato com os irmãos que sabia ter, sem falar em Bosch. E também tinha minha filha, que eu via só oito dias por mês. Parecia que as coisas mais importantes da vida eram as mais fáceis de destruir.

— Você soube todos esses anos — eu disse, finalmente. — Por que nunca me procurou? Tenho mais um meio-irmão e três meias-irmãs. São seus, também, você sabe.

Bosch não disse nada, de início, depois deu uma resposta que achei que estivesse repetindo para si mesmo havia algumas décadas.

— Sei lá. Acho que não queria perturbar a vida de ninguém. Na maioria das vezes as pessoas não gostam de surpresas. Não desse tipo.

Por um momento, pensei como teria sido minha vida se eu tivesse sabido sobre Bosch. Talvez houvesse me tornado tira, em vez de advogado. Vai saber.

— Estou largando tudo, viu?

Não tive certeza se eu havia mesmo dito aquilo.

— Largando o quê?

— O trabalho. A justiça. Pode dizer que o veredito de chumbo foi meu último.

— Eu também larguei, uma vez. Não aguentei. Voltei.

— Vamos ver.

Bosch me olhou por um instante e depois voltou a fitar a cidade. Era um lindo dia, com nuvens baixas e uma frente fria que comprimira a camada de smog numa faixa cor de âmbar no horizonte. O sol acabara de ultrapassar a crista das montanhas a leste e lançava sua luz sobre o Pacífico. Dava para enxergar até Catalina.

— Eu apareci no hospital daquela vez que você levou um tiro — ele disse. — Não sei bem por quê. Fiquei sabendo da notícia e disseram que o tiro tinha sido na barriga, e eu sei que esse tipo de ferimento pode resultar numa coisa ou outra. Achei que talvez se você precisasse de sangue ou algo assim, eu podia... Imaginei que nosso sangue era compatível, entendeu? Mas tinha aquele monte de repórter e câmeras. Acabei indo embora.

Sorri e depois comecei a rir. Não consegui segurar.

— O que é tão engraçado?

— Você, um detetive, se oferecendo pra doar sangue pra um advogado de defesa. Acho que não iam deixar você entrar mais no clube da polícia se ficassem sabendo disso.

Agora Bosch sorria e balançava a cabeça.

— Acho que não pensei nisso.

E de uma hora para outra, o sorriso sumiu de nossos rostos, e o desconforto de sermos dois estranhos voltou. Bosch enfim olhou o relógio.

— Os oficiais encarregados dos mandados devem se reunir daqui a vinte minutos. Preciso ir andando.

— Ok.

— Até mais, doutor.

— Até, detetive.

Ele desceu a escada e eu fiquei onde estava. Escutei seu carro dando partida, depois se afastando e descendo a ladeira.

55

Continuei no deque depois disso e observei a cidade conforme a luz se movia sobre ela. Inúmeros pensamentos diferentes cruzavam minha mente e saíam voando pelo céu como as nuvens lá no alto, belas, remotas, inatingíveis. Distantes. Fiquei com a sensação de que nunca mais voltaria a ver Bosch. Que ele ficaria com seu lado da montanha e eu com o meu, e isso era tudo.

Após algum tempo ouvi a porta se abrir e passos no deque. Senti a presença de minha filha ao meu lado e pus a mão em seu ombro.

— O que você tá fazendo, pai?
— Só olhando.
— Tá tudo bem?
— Tudo.
— O que aquele policial queria?
— Só conversar. É um amigo meu.

Nós dois ficamos em silêncio por um tempo antes que ela continuasse.

— Queria que a mamãe tivesse ficado com a gente ontem — ela disse.

Baixei os olhos para fitá-la e fiz um carinho em sua nuca.

— Uma coisa de cada vez, Hay — eu disse. — A gente levou ela pra comer panqueca com a gente, não foi?

Ela pensou um pouco e fez que sim com a cabeça. Estava concordando. As panquecas eram um começo.

— Eu vou chegar atrasada se a gente não for — ela disse. — Se atrasar outra vez vou receber advertência.

— Que pena. O sol está pra bater no oceano.

— Vamos, pai. Isso acontece todo dia.

— Em algum lugar, pelo menos.

Entrei para apanhar as chaves, tranquei a porta e descemos a escada para a garagem. No momento em que dei ré no Lincoln e manobrei para descer a ladeira, vi o sol derramando ouro sobre o Pacífico.

AGRADECIMENTOS

Sem nenhuma ordem em particular, o autor agradece às seguintes pessoas por sua contribuição na pesquisa e elaboração desta história, indo da mais ínfima à incrivelmente altruísta e gigantesca:

Daniel Daly, Roger Mills, Dennis Wojciechowski, Asya Muchnick, Bill Massey, S. John Drexel, Dennis McMillan, Pamela Marshall, Linda Connelly, Jane Davis, Shannon Byrne, Michael Pietsch, John Wilkinson, David Ogden, John Houghton, Michael Krikorian, Michael Roche, Greg Stout, Judith Champagne, Rick Jackson, David Lambkin, Tim Marcia, Juan Rodriguez e Philip Spitzer.

Esta é uma obra de ficção. Quaisquer equívocos no campo do direito, das provas e das táticas de tribunal são de responsabilidade exclusiva do autor.

1ª EDIÇÃO [2009]
2ª EDIÇÃO [2022]

ESTA OBRA FOI COMPOSTA PELA ABREU'S SYSTEM EM ADOBE GARAMOND PRO
E IMPRESSA EM OFSETE PELA GRÁFICA PAYM SOBRE PAPEL PÓLEN NATURAL
DA SUZANO S.A. PARA A EDITORA SCHWARCZ EM JULHO DE 2022

A marca FSC® é a garantia de que a madeira utilizada na fabricação do papel deste livro provém de florestas que foram gerenciadas de maneira ambientalmente correta, socialmente justa e economicamente viável, além de outras fontes de origem controlada.